LA COMTESSE DE KHARA

EMILY VARGA

LA COMTESSE DE KHARA

Traduit de l'anglais (États-Unis)
par Rosalind Elland-Goldsmith

FLAMMARION

Publié pour la première fois aux États-Unis en octobre 2024
par Wednesday Books, une maison de St Martins Publishing Group
sous le titre : *For she is Wrath*

82, rue Saint-Lazare – CS 10124 – 75009 Paris
ISBN : 978-2-08-048896-1

Les Éditions Flammarion sont investies dans une démarche active
pour l'empreinte environnementale de leurs parutions.
Ainsi, le livre que vous tenez entre vos mains a été imprimé en Espagne
sur des papiers issus de forêts gérées durablement,
par un imprimeur engagé dans la protection de l'environnement.

Chapitre 1

La luminosité, aujourd'hui, était parfaite pour s'évader.

Les rayons filtraient à travers les barreaux de fer tels des traits de lumière projetés sur une toile poussiéreuse. Lorsque je m'étirais, je sentais tout juste leur chaleur au bout de mes doigts. Alors, je fermais les yeux et m'imaginais dehors, face au soleil – libre.

Ce que je n'étais pas. Loin de là.

Bien au contraire, j'étais prisonnière de quatre murs de granite gris délabrés, et gisais sur un sol de pierre glacial.

Et encore, j'avais de la chance. Si cela n'avait tenu qu'à la directrice de la prison, plus jamais de ma vie n'aurais-je senti la caresse du jour sur mon visage.

Si.

Je ramassai la pierre que j'avais passé des semaines à tailler, et gravai un bâton sur la paroi. *Trois cent soixante-quatre.*

Presque un an que je croupissais ici.

Un an que j'entendais la voix des gardes qui, chaque soir, passaient récupérer mon seau, les sanglots des autres détenues, et les échos interminables des interrogatoires menés par la directrice. Un an que je ne m'étais régalée du kahari de mouton de ma grand-mère, et que je n'avais plus goûté la moindre épice. Une année depuis la dernière fois que j'avais serré mon père dans mes bras en lui promettant que tout allait bien, que je ne tarderais pas à rentrer.

Rien qu'en pensant à celui qui m'avait privée de tout cela, j'eus envie d'arracher les pierres de ma cellule et de l'enterrer sous leur poids écrasant. Le poids d'une honte que je n'aurais jamais dû porter.

Trois cent soixante-quatre jours que la rage bouillonnait dans mes veines.

Et j'avais employé chaque instant à préparer mon évasion.

Je calculai l'heure d'après la position du soleil, à travers les barreaux – midi. Le moment était presque venu. Je passai le doigt sur la pointe acérée de mon couteau de fortune, et poussai un soupir de soulagement lorsqu'une goutte de sang perla. Mon arme était prête.

J'étais prête.

Toutes ces semaines à me préparer, à épier les conversations des gardiens pour m'assurer que la directrice serait bien absente aujourd'hui… c'était maintenant ou jamais.

Ma gamelle vide reposait au pied de la porte de ma cellule, juste sous la fente. Je m'accroupis le plus près possible à côté, pierre en main.

Aujourd'hui, j'allais recouvrer la liberté. Et retrouver Baba.

Ensuite, je m'assurerais que les foudres de l'enfer s'abattent sur ceux qui m'avaient envoyée ici.

Des pas retentirent dans le couloir, leur écho réfléchi par les murs de la prison. Puis, il y eut un grincement de porte. Le *glang* familier de la louche sur le métal rouillé. Les échos bruyants d'une détenue qui lapait sa ration.

Tap, tap, tap, tap.

Au bruit de ses pas, je mesurai la distance entre le gardien et la porte de ma cellule. Je fermai les yeux et m'imaginai sur le terrain d'entraînement, l'épée brandie, mon adversaire à l'approche.

Tap, tap, tap, tap.

À chaque fois qu'il s'arrêtait pour servir une ration, je reprenais ma respiration.

Je me mordis la lèvre pour disperser un peu la terreur qui me parcourait tout entière. Je me concentrai sur mon objectif, sur la terreur que m'inspirait l'idée de ne jamais pouvoir quitter cette geôle, de voir mes plans réduits à néant.

Le gardien s'immobilisa de nouveau. Devant ma porte. J'entendis ses genoux craquer lorsqu'il se baissa. Puis, par la fente, son bras jaillit et la vieille louche métallique versa l'immonde bouillie dans ma gamelle.

Le geste de l'homme était rapide... les miens, plus encore. En une fraction de seconde, j'agrippai sa manche de tissu rêche, et tirai dessus si violemment que sa face s'écrasa sur le battant de fer.

Un fracas réjouissant résonna dans le couloir, et le gardien tenta de se dégager, mais je le retenais de toutes mes forces, les deux pieds sur la porte. Vite, j'attrapai mon caillou taillé. D'une main maladroite, je remontai la manche de ma victime puis plantai la pointe de pierre dans la chair de son avant-bras. Le gardien poussa un cri, s'agita de plus belle pour tenter de se libérer. Je redoublai d'énergie moi aussi, lui fracassant encore et encore le visage contre la porte.

Il s'étrangla, puis son cri se mua en gémissement. Malgré les tremblements qui secouaient mes bras et la transpiration qui dégoulinait dans mon cou, je tins bon. Je portai toute mon attention sur la violence de mes gestes, sur leur nécessité si je voulais m'échapper. Le sang du gardien s'écoulait par la fente à présent – un sillon écarlate.

Encore quelques secondes et l'homme se tut tout à fait. Mes doigts lâchèrent prise lorsqu'il fut inerte. De l'autre côté du battant de fer, j'entendis son corps s'affaisser dans un bruissement humide. L'odeur métallique du sang m'assaillit d'un coup. Je plaquai un instant mon visage contre le sol froid, et l'air rance de la cellule circula dans mes poumons.

Les autres gardiens ne mettraient pas longtemps à s'apercevoir de l'absence de leur collègue.

Je me redressai, glissai les deux bras dans la fente et tâtai son uniforme jusqu'à sentir une boucle attachée à sa ceinture. D'un geste rapide, je décrochai les clés.

J'allais réussir. À fuir et à revoir mon père.

Je dus m'y reprendre à trois fois pour dégripper le vieil écrou, et la porte s'ouvrit en grinçant. Je me gardai de poser les yeux sur le corps sanguinolent à mes pieds, et lui attrapai les chevilles pour l'entraîner dans ma cellule.

Ne pas regarder pour ne pas regretter.

Les gardiens m'avaient si souvent sortie de mon cachot pour me torturer que, dans mon cœur, il n'y avait plus de place pour le regret. Pas pour eux.

Ni pour personne.

Pour la première fois, je quittai ma geôle debout, de mon plein gré, les mains maculées du sang du gardien que je venais d'assassiner.

Avant de m'y aventurer, je jetai un œil dans le couloir. Puis, d'un pas rapide, je pris la direction de la porte tout au fond. Il régnait dans le bâtiment un silence lugubre. Comme si les autres détenues retenaient leur souffle devant ma transgression – le meurtre d'un gardien.

Le long du couloir, j'aperçus des regards sombres qui me scrutaient à travers les lucarnes à barreaux.

D'ici quelques secondes, on donnerait l'alerte.

Je devais faire vite.

J'allongeai ma foulée, la plante de mes pieds nus glissant sur le sol froid. À chaque pas, une douleur lancinante sillonnait toute la hauteur de mes cuisses.

La brise fraîche me parvint, le parfum salé de l'océan, et de plus en plus, je me sentis transportée par l'espoir – l'espoir d'échapper vivante à cette prison et de revoir enfin ma famille.

De faire *payer* ce qui le méritait.

Les cellules défilaient à mesure que je remontais le corridor, ainsi que les visages blêmes rivés aux barreaux. À présent, les prisonnières tambourinaient sur leurs gamelles vides et vociféraient. J'avais l'impression qu'elles étaient des milliers, sans parvenir à discerner si elles m'acclamaient ou me huaient.

Si la directrice avait été présente aujourd'hui, j'aurais été rongée par l'inquiétude. Mais, en l'absence de Mme Thohfsa, les gardiens relâchaient toujours leur vigilance.

J'allais m'évader. Une bonne fois pour toutes.

Je fis glisser les clés, les unes après les autres, dans le verrou de la porte donnant sur l'extérieur. Leur son métallique me parut résonner aussi fort qu'une cloche.

Une fois que j'aurais franchi ce dernier obstacle, que je surgirais dans la cour de la prison, rien ne pourrait m'empêcher de rejoindre le chemin de la liberté.

Rien… sauf la rangée de gardes qui m'attendaient là, avec leur directrice, lames pointées vers moi.

— Une chance que j'aie décidé de rentrer plus tôt, retentit la voix traînante et nasillarde de Thohfsa, qui s'avançait vers moi.

Elle était vêtue de son habituel sherwani pourpre, dont l'ourlet remuait dans la brise, et portait ses cheveux tressés en couronne haute sur sa tête. Sa bouche, comme toujours, n'était qu'un trait menaçant en travers de son visage, et les rides de ses joues paraissaient encore plus creusées dans l'éclat de midi.

Je crus que le sol se dérobait sous mes pieds.

Je ne pouvais pas faire demi-tour – rien d'autre que ma cellule ne m'attendait dans cette direction. Mais jamais je ne pourrais atteindre la sortie, pas en brandissant un misérable caillou aiguisé, alors que les six hommes devant moi étaient armés de cimeterres.

Si seulement j'avais eu mes anciens poignards sous la main... J'aurais, au moins, pu leur opposer une résistance digne de ce nom. J'observai les épées pointées vers moi et les battements de mon cœur s'intensifièrent. Et dire qu'autrefois, rien ne m'exaltait plus que la perspective d'un combat.

Mais le sourire de Thohfsa était plus effrayant que la plus acérée des épées.

Un relent de bile acide remonta dans ma gorge. Dans n'importe quelle autre prison, on m'aurait exécutée en pareille circonstance. Et j'aurais tout donné pour que ce soit le cas ici aussi.

Mais Thohfsa voulait que ses détenues restent en vie. Elle aimait les faire souffrir.

En trois cent soixante-quatre jours, elle me l'avait démontré à maintes reprises.

— J'ordonnerai l'exécution du gardien du premier étage pour ne pas avoir empêché cette tentative d'évasion ridicule.

— Trop tard, ripostai-je. Je m'en suis chargée moi-même.

Elle retint un cri de surprise, comme ses gardes, mais je ne leur accordai pas le moindre regard. Je fixais toute ma colère sur Thohfsa, sans cesser de faire rouler dans ma paume le caillou taillé, et passant en revue, dans ma tête, les rares issues qui s'offraient à moi.

Thohfsa pivota vers ses hommes.

— Vous offrirez une ration supplémentaire aux détenues du premier étage qui nous ont avertis. Et, pour Dania… préparez la salle d'interrogatoire.

— Inutile, répliquai-je. Je ne veux pas abuser de votre temps.

Ma voix était éraillée, après tous ces mois sans parler à personne – à peine un souffle rauque. Mais cela ne m'empêcha pas de poursuivre :

— Je préfère tenir compagnie aux puces qui prospèrent dans ma cellule.

Thohfsa s'esclaffa – le même aboiement cruel qu'à chaque perspective de torture.

Souvent, dans la solitude de mon cachot, j'effleurais les innombrables cicatrices qu'elle avait laissées sur ma peau, au fil des semaines – la carte, gravée dans ma chair, de mes révoltes et rébellions. Cette seule pensée renforça la rage qui brûlait en moi. Je ne resterais pas plantée là, je ne la laisserais pas m'arrêter encore une fois sans combattre. Je serrais le caillou si fort que mes doigts en étaient engourdis. Thohfsa leva le menton et me toisa comme une vulgaire limace sous le talon de sa botte.

Et puis merde. Quitte à échouer, autant l'entraîner dans ma chute.

Je me jetai sur elle, pierre brandie, hurlant de toutes mes forces.

Thohfsa ne remua pas – elle se contenta d'un geste adressé à ses gardes.

Un coup violent me heurta le crâne, et tout devint noir.

Ma chair hurlait sous l'effet des brûlures. Chaque mouvement, même infime, entraînait une douleur telle que j'en étais prise de vomissements, malgré mon estomac vide. Enfin, après plusieurs longues minutes, je tentai de soulever mon corps meurtri, étendu dans ma cellule.

Je parvins à peine à me traîner sur le sol, les sévices de Thohfsa résonnant encore dans chacun de mes membres. L'odeur de peau brûlée, âcre et entêtante, flottait dans le cachot.

Deux gardes m'avaient ramenée et jetée dans ma cellule. Face contre terre, je regrettai de ne pas être taillée dans le granite, moi aussi – si j'étais faite de pierre, au moins, je n'éprouverais plus la douleur physique de cet instant, et n'aurais plus à supporter la peine d'ignorer ce qu'étaient devenus mes proches depuis mon départ.

Ce qui était arrivé à mon père, à ma grand-mère – même à mon chat.

J'avais été condamnée pour meurtre. Pour trahison. La réputation de ma famille avait été entachée. Je passai la langue sur mes dents et goûtai la colère qui m'habitait depuis mon arrestation.

Depuis ce coup monté où l'on m'avait accusée d'un crime que je n'avais pas commis.

Qui avait souillé l'honneur de ma famille. Mon père, vraisemblablement, n'avait plus eu le droit de travailler à la forge, et sans doute les amies de ma grand-mère lui avaient-elles tourné le dos. J'avais envie de m'arracher les cheveux rien qu'en imaginant qu'ils affrontaient tout cela sans moi, et que je ne pouvais rien faire pour les aider.

Pourquoi l'empereur n'avait-il pas ordonné mon exécution, tout simplement ? Je pris une inspiration lente pour freiner mes ruminations. Je devais rester concentrée sur une seule chose : rester vivante, malgré la douleur, malgré les ténèbres.

Ensuite, m'évader. Revoir ma famille.

Et me venger.

Un grattement retentit et m'arracha à mes pensées.

Je tournai la tête, et mille échardes éperonnèrent mon cerveau. Des yeux, je fouillai ma cellule. D'où venait ce bruit ? À travers les barreaux, le clair de lune esquissait des ombres sur le sol. Mais je ne vis rien d'autre.

Hormis les brins de paille épars de mon couchage et mon seau à déchets, les lieux étaient déserts.

Un rat, peut-être ?

Mon estomac rugit à cette idée, et j'avisai ma gamelle vide. Un rat pour dîner, voilà qui aurait eu le mérite de l'originalité… Quoique, vu mon état, je n'aurais sans doute même pas été capable de le capturer.

Le grattement retentit à nouveau et je me raidis. C'était indéniable, et l'écho semblait plus proche aussi – un frottement contre la pierre.

Il résonna de plus belle et jusque dans ma tête. Les mains sur les oreilles, je me demandai un instant si j'étais devenue folle.

Mais le grattement persistait.

S'intensifiait.

Je me relevai péniblement, malgré le halo noir qui infiltrait mon champ de vision. D'un coup, je fus prise de nausée et mes jambes fléchirent sous mon poids. Je pris appui sur le sol et retins mon souffle, aux aguets.

Gratte, gratte, gratte.

Le son provenait de sous mes pieds. Je plaquai une oreille contre le granite, et mon visage trembla sous l'effet d'une vibration. Je reculai d'un bond.

Gratte, gratte.

Le bruit s'élevait du fond de la cellule, près de la fenêtre – qui n'était pas tant une fenêtre qu'une sorte de brèche. Je m'en approchai à pas de loup, la vibration de plus en plus intense.

Soudain, il y eut un craquement sonore et je poussai un cri. Je battis en retraite aussi vite que mes plaies à vif me le permettaient.

Le sol se déchira et des fragments de pierre volèrent dans toute la pièce.

Les deux bras levés, je me protégeai de l'averse rocheuse. Un éclat de granite érafla mon épaule, et je le ramassai pour l'utiliser comme arme.

Une chose était certaine : je n'avais pas affaire à un rat.

C'est alors qu'une tête humaine émergea du sol. Je retins un hurlement et jetai mon fragment de pierre en direction de cette vision terrifiante. Mon esprit se vida tout à fait lorsque le visage se mit à pivoter pour sonder les alentours.

— Et merde… lâcha la fille surgie du sol. Encore une cellule.

Chapitre 2

— Qui es-tu ? soufflai-je, tandis qu'une jeune fille de mon âge se hissait hors du trou. Une goule ? Tu viens me dévorer ?

— Je ne serais pas bien maligne comme goule, si je m'étais fait emprisonner juste pour pouvoir te manger…

Elle me détailla, puis fronça les sourcils.

— Et puis tu es en piteux état. Tant qu'à faire, autant m'attaquer à des personnes en bonne santé.

L'inconnue était plus petite que moi, coiffée de boucles noires sales et hirsutes. Je passai la main dans mes propres cheveux en songeant que je ne devais pas être bien présentable non plus, après des mois de détention. Les premiers jours, je les avais gardés tressés, pour éviter qu'ils s'emmêlent. Mais ce genre de coquetterie m'était vite passé. Entre quatre murs gris, avec personne à qui parler, il n'y avait aucun sens à soigner son apparence.

La fille avait les joues creusées, et son corps tout entier semblait crier famine. Son regard, en revanche, était incandescent.

— Et moi qui pensais être proche du but…

Elle se mit à faire les cent pas en se frottant le visage. Ses ongles étaient noirs.

— Tu creuses un tunnel pour t'évader ?

Elle s'immobilisa.

— Quelle perspicacité.

Je la toisai avant de répondre :

— Pardon d'avoir été surprise de voir quelqu'un surgir du sol de ma cellule. Ça fait un an que je n'ai parlé à personne, précisai-je. Hormis Thohfsa et les gardiens.

Un instant, je songeai que j'avais peut-être tout à fait perdu la tête, que l'inconnue n'était que le fruit de mon imagination.

Elle me dévisagea.

— Moi, ça fait trois ans.

— Trois ans… soufflai-je.

Cela paraissait terriblement long… peut-être était-ce ce qui m'attendait aussi.

J'observais l'inconnue à travers mes cheveux emmêlés. Elle avait tout de même réussi à s'échapper de sa cellule, ce que je n'étais parvenue à faire qu'une seule fois et avec quel succès…

— Comment as-tu réussi ? demandai-je en désignant les débris de pierre sur le sol.

— Je n'ai pas vraiment réussi, on dirait. Je ne pensais pas émerger ici, mais dehors. Un an à creuser, et je me retrouve dans une cellule encore plus moche que la mienne !

Elle renifla.

— … et qui sent encore plus mauvais.

Je m'esclaffai, si fort et si longtemps que je dus paraître démente. Je m'éclaircis la voix et montrai mes blessures.

— Je ne m'attendais pas à recevoir de la visite… Sinon, j'aurais fait un effort.

Elle grimaça.

— C'est Thohfsa qui t'a fait ça ?

— Ce n'est pas moi.

Elle plissa les paupières et grommela :

— Tu es celle qui a essayé de s'enfuir. Par ta faute, j'ai failli me faire prendre. Les gardiens ont fouillé toutes les cellules après t'avoir capturée.

Puis, elle pencha la tête et demanda :

— Tu pensais vraiment pouvoir t'évader en plein jour ?

— Tu pensais bien pouvoir creuser un tunnel jusqu'à l'extérieur.

— C'est vrai.

Elle s'étira et fouilla la pièce du regard.

— Ton cachot est plus petit que le mien. Qu'est-ce que tu as fait ? Tu as tué quelqu'un d'important ?

— Un truc comme ça, marmonnai-je.

Plus précisément, il était déjà mort à mes pieds.

Des pas résonnèrent dans le couloir – un gardien qui faisait sa ronde. Je m'assis prestement sur le sol.

— Pas un bruit ! soufflai-je.

Nous restâmes muettes jusqu'à ce que le bruit de bottes se soit évanoui. La fille haussa les sourcils.

— N'importe quelle autre détenue m'aurait dénoncée… murmura-t-elle. Pourquoi ne pas avoir donné l'alerte ? Tu aurais eu droit à un traitement de faveur.

Je lui retournai un regard appuyé. Pour rien au monde je n'aurais supporté de soumettre qui que ce soit aux mauvais traitements de Thohfsa.

De plus, une idée se formait dans ma tête.

— Je déteste la trahison, déclarai-je. Surtout après mon évasion ratée. Tu veux vraiment te sauver de cette prison ?

Je désignai mes plaies et ajoutai :

— Voici ce qu'il t'arrivera.

Elle esquissa un rictus un peu tordu, comme si elle ne savait plus vraiment sourire.

— Comment t'appelles-tu ?

Je me raidis. Cela faisait un an que je ne m'étais présentée à personne.

Un nom était pourtant vecteur de sens. De pouvoir. Si j'avais eu un autre patronyme, je n'aurais peut-être pas fini dans cette geôle. Mais ici, nous étions toutes les mêmes.

Nous n'étions rien.

Entre ces murs, mon prénom ne signifiait rien.

— Dania, répondis-je. Mais mes amis m'appellent Dani.

Non pas qu'il m'en reste un seul…

— Moi, c'est Noor.

À son tour, elle s'assit sur le sol, jambes croisées. Je jetai un coup d'œil à la porte. Les rondes ne recommenceraient pas avant plusieurs heures, mais Thohfsa avait peut-être demandé qu'on me surveille de près.

— Et je ne me ferai pas prendre, assura-t-elle. Je creuserai un tunnel jusqu'à l'extérieur. Je réussirai à m'évader.

Elle parlait d'un ton tellement confiant, tellement assuré, depuis le fond d'un cachot plongé dans la pénombre, que je ne pus retenir un gloussement.

L'idée qui m'était venue quelques minutes plus tôt se précisa quand mon regard tomba sur le trou creusé par Noor.

— À deux, ce serait plus rapide, fis-je remarquer.

Cette fille était arrivée jusqu'ici, après tout. Si elle avait pu atteindre ma cellule, elle pouvait bien rejoindre l'extérieur.

Nous pouvions rejoindre l'extérieur.

Elle posa sur moi un regard si perçant qu'il semblait pouvoir transpercer ma peau et accéder du même coup à toutes mes pensées.

— C'est vrai, admit-elle, avant d'incliner la tête. Je creuse depuis presque un an… J'ai dû me tromper… J'ai dû creuser dans la mauvaise direction.

— Je comprends.

Je me penchai vers elle, d'un air calme et détendu, comme si j'avais l'habitude de recevoir des invités dans mon cachot.

— Personne n'a rien remarqué ?

Elle secoua la tête.

— Je m'assure d'être toujours revenue à temps dans ma cellule pour sortir mon seau et ma gamelle. Je ne m'absente jamais plus d'une journée – de toute façon, je n'ai pas assez de bougies pour m'éclairer plus longtemps.

Elle désigna un sac qu'elle avait jeté sur le sol. Un bout de cire et une tasse en cuivre cabossée dépassaient de l'ouverture.

J'écarquillai les yeux. Je n'avais jamais eu droit à plus qu'une cuillère pour manger mes lentilles.

— Comment les as-tu eus ?

Je fus frappée par mon propre émerveillement devant un gobelet rouillé… On ne mesure la valeur de certaines choses que lorsqu'on en est privé.

Noor esquissa un sourire, malgré sa mine sombre.

— Décidément, tu veux percer à jour tous mes secrets… Les gardiens savent pourquoi je suis ici, et ils sont très friands de ce que je pourrais avoir à leur offrir. Alors, ils me font des petits cadeaux contre quelques informations, ou dans l'idée qu'un jour, si je sors, je leur retournerai la faveur…

— Eh bien, à moi, ils n'offrent rien.

— Tu ne viens pas d'en tuer un ?

Certes.

— Qu'as-tu donc fait de si spécial ? m'enquis-je.

Noor s'appuya sur ses mains.

— J'étais l'assistante du cultivateur en chef des plantations de zoraat de l'empereur Vahid.

J'eus le souffle coupé, surprise de la facilité avec laquelle elle avait prononcé ces mots.

Comme s'ils ne sous-entendaient pas qu'elle avait contribué à l'essor de l'empereur, dont le pouvoir provenait du zoraat. Il avait obtenu ces graines enchantées d'un djinn, des êtres magiques et puissants connus pour garder jalousement leurs biens, et pour ne négocier qu'en cas de nécessité absolue.

— Mon chef a volé une grande quantité de zoraat et l'a cachée, ainsi qu'une petite fortune, dans un endroit secret, poursuivit Noor.

Je sifflai. Dès le jour où il avait conclu le marché qui lui donnait plein accès aux graines magiques, Vahid avait placé ses précieuses cultures sous étroite surveillance – grâce au zoraat, il avait annexé non moins de cinq royaumes, ainsi que les provinces du nord. Les graines lui avaient aussi conféré le pouvoir de guérir de toutes les affections, une source inépuisable de nourriture, ainsi qu'une armée indestructible. L'empereur gardait le zoraat pour lui seul.

— Je suppose que Vahid ne l'a pas très bien pris…

— En effet.

Noor détourna le visage et ses yeux se troublèrent. Il y eut quelques secondes de silence, puis elle reprit :

— Il a fait exécuter Souma, mon chef, pour trahison.

Elle déglutit bruyamment et un sourire amer courba ses lèvres.

— Puis, il a refusé de croire que je ne savais rien de la cachette où Souma avait dissimulé les graines volées. Alors il m'a fait torturer et jetée en prison.

Je me figeai.

— Et alors ? Tu sais où elles sont cachées ?

Au lieu de me répondre, Noor balaya la pièce du regard et s'arrêta, l'œil étincelant, sur mes bâtonnets gravés dans le mur – mon sinistre décompte.

— C'est charmant ici, n'est-ce pas ? lança-t-elle. Quand je pense qu'on nous a emprisonnées sur cette île stérile où sont envoyées toutes celles dont on veut à jamais effacer l'existence…

Ma question restait sans réponse. Si Noor savait où était cachée la réserve de zoraat, elle détenait un pouvoir considérable.

Elle pouvait tout contrôler.

Le royaume. L'empereur. Le monde entier.

Comme si elle lisait dans mes pensées, elle me dévisagea de nouveau.

— Et toi, Dania, pourquoi es-tu ici ? Qu'as-tu fait ?

J'avalai ma salive. Même si je me la répétais mentalement chaque jour, la vérité n'était pas si facile à énoncer tout haut. La dire, c'était la rendre réelle. La boule dans ma gorge se serra encore.

— J'ai été piégée. On m'a accusée d'avoir assassiné le chef d'une tribu du nord.

Je gardai les yeux baissés, chassant de mon esprit l'image du corps inerte qui gisait à mes pieds le jour de mon arrestation.

— Condamnée pour meurtre et trahison.

Noor siffla.

— Qu'as-tu donc fait de si spécial ?

Un écho de ma propre question. Ce petit jeu pouvait durer longtemps…

— Dès que tu me révéleras ton secret, je te dévoilerai le mien.

Elle croisa les bras.

— Avant de m'allier avec toi, je veux savoir si tu risques de me poignarder dans le dos…

— Après un an de détention, je suis prête à tout pour m'évader. Mais pour répondre à ta question : non, je n'ai pas assassiné cet homme.

Je serrai les poings. Non seulement, je n'avais pas commis ce meurtre mais je connaissais précisément l'identité des vrais coupables, ainsi que leurs motivations.

Chaque nuit, je répétais leurs noms en boucle.

Un en particulier.

— C'était un coup monté. Je faisais confiance à quelqu'un qui s'est révélé être mon ennemi.

Ces mots-là étaient les plus douloureux.

Pires que d'admettre que je m'étais fait avoir.

L'homme qui m'avait trahie était mon meilleur ami et mon premier amour. Par sa faute, je croupissais à présent dans une cellule sordide sur une île ignorée de tous.

C'est à cause de Mazin que je suis ici.

Son seul prénom faisait bouillir en moi la colère, comme des eaux s'accumulant derrière un barrage qui menace de céder. Et qui finira par céder. Mais, pour le moment, une expiration était encore suffisante pour contenir la rage qui frémissait sous ma peau.

— Tant que je suis en prison et eux, en liberté, je ne peux rien faire.

Noor jouait avec l'ourlet de sa tunique – un kurta si sale qu'il avait viré au gris.

— Et si tu étais libre ?

Je fermai les yeux et ces mots plantèrent dans mon cœur leurs crochets acérés.

— Si j'étais libre…

Je pensai à ma famille, à mon père qui devait être mort d'inquiétude. Puis, je me concentrai sur les traîtres, ceux qui m'avaient piégée.

Je songeais à Mazin, en qui j'avais alors une confiance totale – confiance qu'il n'avait pas hésité à embrocher avec son cimeterre. À Darbaran, chef de la garde palatine – l'homme qui m'avait arrêtée. À l'empereur Vahid qui m'avait utilisée comme un pion pour se débarrasser d'un opposant, sans considération pour ma propre existence ni pour les membres de ma famille. Je serrai mes poings meurtris et encore maculés de mon propre sang.

Si j'étais libre, je m'assurerais qu'ils paient.

Ils connaîtraient la même douleur que celle qu'ils m'ont infligée, la même humiliation.

Mais je ne pouvais rien dire de tout cela. Pas encore. Pas alors que ces pensées tourbillonnaient furieusement dans mon esprit depuis un an.

— Je ne sais pas vraiment… éludai-je.

Noor me jeta un regard incrédule, comme si elle m'avait percée à jour, comme si elle savait que j'avais d'ores et déjà échafaudé un plan que je mettrais en œuvre au premier jour de ma liberté retrouvée.

Elle se mordit la joue.

— Moi, je veux être libre, déclara-t-elle. J'y aspire tellement que j'ai l'impression de sentir le goût de la liberté sur ma langue. Mais je veux aussi me venger. L'empereur Vahid m'a pris ma vie. Je veux tout lui prendre en retour.

Son propos était si virulent, si déterminé, que, d'un coup, nous n'étions plus deux détenues, sans espoir ni avenir. L'espace d'un instant, j'eus le sentiment que nous pouvions peut-être agir. Vraiment.

— Et tu as raison, Dania, assura-t-elle. Creuser seule, cela prend une éternité… nous irions plus vite à deux.

Elle me considéra et ajouta :

— … Mais avant, il faut que tu reprennes des forces.

Elle tendit la main, et je me rétractai. Personne ne m'avait touchée depuis mon arrestation, sauf pour me malmener.

Noor ouvrit la paume et j'hésitai quelques secondes avant de l'attraper. Ses doigts se refermèrent sur les miens, et nous scellâmes ainsi notre alliance.

— À deux, nous ne passerons pas une année de plus ici, décidai-je, pleine d'espoir.

Elle hocha la tête et déclara :

— Tu n'as pas répondu à ma question. Si tu étais libre, Dania, que ferais-tu ?

Le visage de Mazin s'imprima dans mon esprit – le garçon qui m'avait projetée dans cet enfer, qui m'avait sacrifiée à la torture. Abandonnée, pour devenir chef de la garde impériale et servir son seul et unique maître : l'empereur.

Il existait néanmoins, sur cette terre, une personne qui m'importait plus encore que la vengeance.

Je voudrais tenir dans ma main la dernière épée fabriquée par Baba.

Qu'il m'entraîne au combat.

Entendre son rire grave et fier, quand je faisais mieux que ses autres élèves.

Dîner avec lui à la lueur de la forge…

Tous ces souvenirs m'assaillirent d'un coup, comme si mon barrage intérieur avait cédé et laissé libre cours non à de la colère, mais à de l'impatience.

— Si j'étais libre, j'irais retrouver mon père.

Chapitre 3

Avant

La luminosité, aujourd'hui, était parfaite pour combattre.

Je brandis mon épée, et la lame étincela comme si elle venait de sortir de la forge.

— Excusez-moi, je suis bien chez le forgeron ?

Un garçon un peu plus âgé que moi se tenait à la grille, scrutant d'un œil incertain l'atelier de mon père. Dans une main, il tenait les rênes d'un bel étalon noir qui piaffait à ses côtés. C'était un jeune homme grand et mince, coiffé d'une tignasse noire. Son menton large et ses joues encore un peu rebondies lui donnaient un air enfantin. Les broderies dorées et les boutons sertis de pierres de son sherwani noir, un peu grand pour lui, trahissaient son rang.

Je plissai les paupières. Ce garçon arrivait du palais, il travaillait donc pour l'empereur Vahid – l'homme qui avait conquis le trône et décimé, pour ce faire, la moitié de la tribu de ma mère, issue d'une province du nord.

Et je savais parfaitement ce qu'il faisait là.

— Si vingt lames disposées à l'entrée d'un atelier ne te confirment pas que tu es devant une forge, ton principal problème n'est pas d'avoir perdu ton chemin.

Son expression se durcit.

Tant mieux. Je n'avais aucune envie de l'aider. Travailler pour Vahid et déambuler en uniforme dans les rues de ce village ne lui vaudrait que le mépris de ses habitants. Mon père fournissait autrefois au roi les plus belles et plus redoutables épées. L'empereur avait décidé que ses lames proviendraient de la même forge.

— Je préfère vérifier mes informations plutôt que de me ridiculiser, déclara-t-il, l'air hautain. Ce qui n'a pas l'air d'être ton cas.

Je pris une inspiration. Ce clown en habit d'apparat se permettait-il de m'insulter ?

Il bomba le torse et me toisa.

— Tu ne sais pas qui je suis.

Je retins un ricanement. Ce gamin essayait donc de me prendre de haut ?

— Hélas si, je le sais très bien. Tu viens commander une épée de la part de l'empereur, et le forgeron qui la fabriquera n'est autre que *mon père*.

Il resta bouche bée, et j'esquissai un sourire en coin.

— Je suis envoyé par Vahid en personne, et c'est ainsi que tu me parles ?

— Regarde un peu autour de toi, enfin !

D'un geste, je désignai mon petit village à flanc de montagne, nos maisons en terre, encastrées dans la paroi tels des flocons de neige, à la lisière de terres où les tribus nordiques s'étaient soumises à l'empereur. Nous n'étions qu'à une journée à cheval de la cité impériale où Vahid avait installé son palais, mais nous n'étions pas un peuple docile.

Ici, le pouvoir de l'empereur n'impressionnait personne. Ce que les villageois craignaient, c'étaient les soldats qui pouvaient s'en prendre à leur famille, ou les lois restreignant leurs libertés et leur droit de commercer. Mais un gamin monté sur un étalon ne susciterait que l'indifférence – sauf si quelqu'un se décidait à lui voler sa bourse pour se venger de l'empereur. Pour nous, la vraie menace venait des animaux qui rôdaient dans la montagne et des hivers cinglants capables d'anéantir nos récoltes d'abricots.

Je jetai un regard à l'élégant cheval, dont la selle était ornée de l'insigne impérial – une fleur de zoraat.

— Ici, les habitants soutenaient le roi. Et lui nous protégeait. Tu ne trouveras personne pour se pâmer devant toi, si c'est ce que tu espères.

— Ton père a accepté de fabriquer la nouvelle épée de l'empereur, fit-il remarquer, le menton levé.

La rage gonfla en moi, me coupant le souffle. Je contractai les mâchoires.

— Il tient à sa tête.

— Contrairement à toi, on dirait.

Je me triturais les doigts, m'efforçant de rester calme.

— J'y tiens, mais je sais qui a le pouvoir de me faire exécuter. Et ce n'est pas toi.

Sa main vola vers le fourreau attaché à sa ceinture, pour me prouver que j'avais tort, et il dégaina son cimeterre. Dès que j'aperçus la garde vierge de l'arme, sans reliefs, je sus qu'elle n'était pas l'œuvre de mon père.

Les épées de Baba n'étaient pas seulement solides et tranchantes, elles étaient aussi magnifiquement sculptées. Mon père s'enorgueillissait de ses pommeaux en argent décorés de koftgari, et de ses gardes en os de chameau ciselé.

Pour autant, je maniais l'épée depuis ma plus tendre enfance et savais qu'entre deux adversaires, celui qui dégainait le premier avait, le plus souvent, l'avantage. La pointe de mon talwar étincelait déjà avant qu'il n'ait brandi la sienne et il ne put que lever les mains en signe de capitulation alors que je pressais ma lame à double bord sur sa gorge.

— Je ne m'exciterais pas trop si j'étais toi, menaçai-je sans hausser le ton – et sans dissimuler le sourire dans ma voix.

— Ceci est… un acte de trahison… balbutia-t-il, et un éclair passa dans ses yeux noirs.

Finalement, ce joli garçon possédait peut-être un peu d'esprit.

— Dania ! appela une voix à l'autre bout de la cour.

Je gémis intérieurement. Mon père accourait à grands pas.

Il s'inclina devant le garçon, pourtant bien plus jeune que lui, et je me retins de hurler. J'aurais voulu lui redresser le menton avec mon épée, et lui faire jurer de ne plus *jamais* se prosterner devant un laquais de l'empereur.

— Excusez ma fille. Elle peut se montrer un peu… exaltée.

Baba me jeta un coup d'œil en guise d'avertissement.

Je pouffai, sans masquer mon agacement.

— On s'amusait, Baba. Mais je suis surprise : le palais n'entraîne-t-il pas ses soldats au combat ?

Mon père me fusilla du regard, pas dupe un instant de mon petit numéro.

— Ce jeune homme n'est pas un soldat, Dani, tu le sais très bien.

Je grimaçai.

— Nanu n'aimerait pas te voir discuter avec lui… marmonnai-je.

— Nanu ne paye pas nos factures !

Je croisai les bras et me tus. Le garçon me jeta un regard dédaigneux, et fixa son attention sur mon père. Je serrai les dents et me retins de dégainer à nouveau.

— Je m'appelle Mazin, pupille de l'empereur, expliqua-t-il. Je viens apporter des précisions sur sa nouvelle épée, et régler la commande.

Il marqua un temps, le visage impassible, et me lança un rapide coup d'œil.

— Si votre travail se révèle satisfaisant, bien sûr... précisa-t-il.

Cette fois, je bondis, mue par la colère. Comment osait-il insinuer que le travail de Baba puisse être insatisfaisant ?

— Mon père est le forgeron le plus convoité de l'empire !

Baba posa une main sur mon épaule.

— Ce n'est rien, Dani. L'empereur Vahid a tous les droits d'évaluer mon travail et d'estimer si celui-ci est à la hauteur de ses attentes.

— Alors pourquoi avoir envoyé ce stupide gamin ? Pourquoi ne pas venir en personne ?

— Peut-être parce qu'il a confiance en ce *stupide gamin*, ironisa Mazin en se grandissant au maximum – et il fallait bien admettre qu'il était très grand.

J'inclinai la tête, refusant de le laisser m'intimider.

— Nous savions que Vahid était un imbécile.

Mazin prit une inspiration et, dans son regard, je vis étinceler la surprise – peut-être l'admiration. Sans doute était-ce la première fois qu'on osait insulter l'empereur devant lui.

Tant mieux, pensai-je. *Ça ne lui fera pas de mal de revenir sur terre.*

Sauf qu'à la mine scandalisée de mon père, je sus que j'avais été trop loin.

— Dania !

Il me tira à l'écart.

— Reste là pendant que nous discutons, m'ordonna-t-il.

Je rougis et toisai Baba, incrédule.

— Vraiment ? Mais je reste toujours à tes côtés quand tu discutes…

— Pas cette fois… Peut-être quand tu auras appris à tenir ta langue, et que chacun de tes mots ne nous fera pas risquer la prison pour trahison.

Il avait prononcé cette phrase d'une voix dure et tout bas, afin que je sois la seule à l'entendre.

Je ne ripostai pas. Il était rare que Baba emploie un tel ton. Les paupières plissées, je scrutai le garçon en sherwani.

Baba et moi étions des alliés. Depuis la mort de ma mère, nous nous soutenions sans faillir, envers et contre tous.

Mazin suivit mon père vers la forge et, avant d'en franchir la porte, me jeta un regard assorti d'un sourire en coin. La honte m'empourpra les joues.

Je serrai les poings.

Ce garçon venait de se faire une ennemie.

Chapitre 4

Je creusai la terre jusqu'à en faire saigner mes mains. Depuis que je m'étais remise des blessures infligées par Thohfsa, chaque heure de mon temps avait été consacrée à gratter le sol de ma cellule. Noor et moi progressions centimètre par centimètre et, malgré notre lenteur, je sentais toute la portée de notre entreprise.

Recouvrer la liberté.

Retrouver ma famille.

Je repoussai la petite voix en moi qui cherchait à m'imposer un autre but, plus noir, plus violent.

Obtenir vengeance.

Le moment n'était pas venu de songer à cela. Ma priorité était de retrouver mon père, m'assurer qu'il allait bien.

Les premiers jours, Noor et moi travaillions sans parler, repoussant la terre en silence, millimètre par millimètre. Mais après une année de solitude, il me parut impossible de poursuivre ainsi. Notre démarche convergente m'avait fait prendre conscience de mon besoin de contact humain, en dépit de ce que je pouvais prétendre.

Nous étions un jour dans notre tunnel, à la lueur d'un unique rayon de soleil filtré par la meurtrière de ma cellule, lorsqu'en grattant le sol, je lui demandai :

— Alors, tu travaillais pour l'empereur Vahid ? Tu cultivais la magie djinn ?

Cette question me démangeait depuis des jours. Si Noor avait accès au zoraat – la substance la plus puissante sur Terre –, que ferait-elle lorsqu'elle se serait échappée de cette prison ?

Elle se figea, son gobelet rempli de terre dans la main. Elle leva les yeux vers l'étroite fenêtre et la luminosité déclinante du jour.

— Je travaillais pour un de ses chefs, répondit-elle. Il s'appelait Souma. Il contrôlait les fermes de zoraat pour le compte de l'empereur. Il était aussi chargé de réaliser les dosages de magie administrés aux soldats et aux guérisseurs. Je travaillais avec lui en tant qu'herboriste à l'officine impériale.

— Quel pouvoir… soufflai-je. Qui t'a autorisée à accéder au zoraat ? J'ignorais que ce droit était accordé au commun des mortels…

— Qui te dit que j'étais le commun des mortels ?

Elle haussa un sourcil, mais son sourire se dissipa aussitôt.

— À vrai dire, je ne suis rien. Tout juste une orpheline qui a eu la chance de se trouver au bon endroit au bon moment. J'avais besoin de travailler, Souma cherchait une assistante. Manier les graines de zoraat est une activité dangereuse et les assistants avaient tendance à… y succomber.

Elle ponctua cette phrase d'une grimace.

— Tu as donc été employée parce que tous les autres étaient morts ?

Je lui tendis une tasse de terre et elle remonta le boyau pour la vider dans le seau.

— On peut dire ça, admit-elle en me rejoignant à nouveau. Surtout, j'ai un don pour manier du zoraat. Ces graines ne doivent être consommées que dans certaines proportions, sinon les résultats sont catastrophiques. L'empereur Vahid fait ses propres mélanges – il paraît que le djinn lui a appris les bons dosages. Mais, pour tous les autres utilisateurs, les soldats et les guérisseurs, l'empereur chargeait Souma de réaliser les mélanges.

— Tu en as pris ? demandai-je, sans masquer l'émerveillement dans ma voix.

Dans mon entourage, personne n'avait jamais consommé de zoraat. J'avais croisé l'empereur plusieurs fois, en rendant visite à Maz au palais, mais je ne lui avais jamais parlé.

Se transfigurer, faire naître le feu sans fumée et faire trembler la terre – ces facultés offertes par le zoraat étaient certainement utiles… Je m'étirai les doigts, songeant à mes propres compétences – le maniement des épées et des poignards. Comme il me tardait de pouvoir les exercer à nouveau.

Ce n'était pas tant de magie que je rêvais, que d'acier au creux de ma main.

— Non, je n'ai jamais eu le droit d'en consommer, répondit Noor. Les graines sont réservées aux soldats et aux guérisseurs, et l'empereur contrôle chaque prise. Il tient à n'en administrer qu'à ceux qui en ont vraiment besoin. Mais Souma a affirmé que j'étais une des personnes les plus douées en matière de zoraat. C'est une des raisons pour lesquelles il…

Elle s'interrompit et son visage s'obscurcit. Seul continua de briller son regard, dans la clarté pâle du tunnel.

— … il me faisait tant confiance, acheva-t-elle, après un toussotement.

Sur ces mots, sa voix se brisa.

Visiblement, cet homme avait beaucoup compté pour elle. Comme un père, peut-être… Ma gorge se noua quand l'image de Baba me vint à l'esprit.

Cette émotion commune me fit me sentir proche de Noor. Nous n'étions pas seulement des fugitives en puissance, nous étions aussi les filles de nos pères, des personnes qui avaient subi des injustices terribles et qui voulaient retrouver ce qu'on leur avait arraché, même si cela semblait improbable. Cette prison nous avait pris de longs mois de notre existence, un temps que nous ne récupérerions jamais. J'enfonçai les doigts dans le sol, laissai la terre s'incruster sous mes ongles. Un homme m'avait dépouillée de tout, et il le paierait à coup sûr.

Noor renifla, et cela dissipa ma rêverie. Elle se remit à gratter la pierre et à remplir sa tasse.

— Je suis désolée pour toi, murmurai-je.

Elle leva les yeux, écartant d'une main ses cheveux emmêlés.

— Moi aussi.

Mais ce n'était pas tout. Souma avait trahi Vahid, et j'étais bien placée pour connaître le sort réservé à ceux que l'on soupçonnait de trahison envers l'empereur.

— Je suis surprise que Vahid n'ait pas anéanti toute sa famille, ajoutai-je.

Noor resta silencieuse plusieurs minutes, si bien que je crus qu'elle éludait ma remarque.

— C'est ce qu'il a fait, déclara-t-elle enfin. Vahid était hors de lui. Les fils de Souma ont été exécutés, tous ses amis emprisonnés et torturés pour les forcer à révéler la cachette de zoraat. Thohfsa était aux anges, comme tu peux l'imaginer…

Noor parlait avec grande amertume. Je me demandai comment elle pouvait vivre avec tout cela. Mon père, au moins, était en vie et attendait mon retour.

En grattant la terre, je ressentis un soulagement. Heureusement que j'étais celle qui croupissait en prison, et pas mon père.

Puis je m'interrogeai : Noor connaissait-elle la cachette de Souma ? Une fois libre, partirait-elle à sa recherche ?

L'accès à un tel pouvoir, c'était bien plus que s'évader. C'était la liberté absolue. Le pouvoir d'aller partout, d'être celui ou celle qui l'on souhaitait. Avec du zoraat, je pouvais fuir avec mon père, loin de l'empereur, loin de Maz.

C'est alors qu'une voix sombre, malsaine, résonna en moi.

Voulais-je *vraiment* échapper à Mazin ?

Voulais-je vraiment le fuir ?

Ou au contraire, le retrouver pour le faire payer ?

Je jetai un regard en coin à Noor. Elle n'avait pas dit si Vahid avait fini par mettre la main sur ses graines volées. Ce qui devait signifier qu'elle savait où les trouver.

— Tous ceux que tu connaissais sont donc morts, résumai-je en dégageant une grosse pierre. Et Vahid a tué Souma. Alors, toi, que feras-tu quand tu te seras échappée d'ici ?

Elle m'avait posé cette question sans y répondre elle-même. Vouloir quitter ce lieu de torture aurait été une raison suffisante en soi, mais Noor creusait le sol avec une telle ferveur qu'elle semblait animée par autre chose que la seule soif de liberté, comme je n'étais pas mue exclusivement par le souhait de retrouver mon père. Nous avions chacune une raison secrète de vouloir nous évader, et nous n'osions la révéler parce que cela voudrait dire l'admettre.

Noor saisit la pierre, et son visage plongé dans l'obscurité me parut encore plus inquiétant que d'habitude. Malgré son gabarit petit et menu, son menton fin et pointu, et ses épaisses boucles noires, elle ressemblait plus que jamais à la goule que j'avais cru voir surgir dans ma cellule quelques jours plus tôt.

Enfin, elle se décida à répondre :

— Disons que… je suis une personne loyale. Et que Souma mérite d'être vengé. Que justice soit faite.

— Vengé par toi ? questionnai-je, alors qu'un besoin identique coulait dans mes veines.

Quoique… Je n'étais pas animée par un désir aussi noble que la « justice ». Rien d'aussi respectable. Ce que je souhaitais infliger à ceux qui m'avaient trahie n'avait même rien de respectable.

Planter une lame dans le cœur de Mazin, par exemple.

J'avais pourtant de meilleures raisons que Noor de vouloir rétablir la justice. Noor était orpheline, elle n'avait plus de famille… Personne ne l'avait accusée de trahison, sa réputation et son nom n'étaient pas souillés. Pourquoi était-elle aussi touchée par le sort d'un homme qui n'avait fait que l'employer ?

— Oui, vengé par moi, répondit-elle.

Sa voix était aussi dure que la pierre dans ses mains.

— Sinon, personne ne le fera.

— Comment t'y prendras-tu ? questionnai-je, et ces mots restèrent suspendus entre nous comme une incantation. Comment puniras-tu Vahid ?

Nous savions l'une comme l'autre que je ne l'interrogeais pas seulement sur les rouages de sa stratégie.

Comment renverser un empereur ?

Vahid était parvenu à renverser un roi grâce à la magie. La même technique pouvait-elle être réutilisée ?

Noor hésita et sa réponse resta d'abord au bord de ses lèvres.

— J'ai un plan, souffla-t-elle enfin.

Sans aucun doute, son plan reposait sur le zoraat et sur un trésor que Thohfsa cherchait à découvrir, en la torturant depuis trois ans. Mais, si Noor en connaissait la cachette, peut-être accepterait-elle de m'y amener.

Entre cela et notre plan d'évasion, l'espoir se répandit dans ma poitrine.

Mais ce rayon d'espoir pouvait disparaître. C'était le risque. Alors, le désespoir m'engloutirait, à coup sûr.

Je le savais d'expérience.

— La terre est incrustée si loin sous mes ongles qu'elle fait presque partie de moi…

J'auscultais mes mains, allongée dans la cellule de Noor. Cette dernière avait dit vrai : mon cachot était effectivement plus moche que le sien. Celui-ci était trois fois plus grand au moins, meublé d'un sommier – certes branlant – et d'un matelas de paille rongé par les vers, qui me parut aussi confortable que s'il avait été fourré de plumes de paon. Un vrai palais.

La première fois que j'avais vu cette cellule, j'avais pleuré. Puis, je m'étais allongée sur le matelas, et mon corps s'était détendu tout entier comme jamais depuis un an à dormir sur le sol glacial.

— Tu as dit qu'on t'avait piégée, articula Noor.

Sa voix m'arracha à ma détente. Elle était adossée au mur, les jambes croisées, les yeux rivés sur moi.

— Raconte-moi ce qui s'est passé.

Je me redressai, et fis rouler mes épaules et taire les gémissements de mon estomac. La faim se faisait de plus en plus sentir.

Noor eut un petit rire.

— Tu fais une de ces têtes quand tu repenses à ta vie d'avant… C'est pour ça que je te pose tant de questions… Et quand tu parles d'évasion, tu as l'air aussi exaltée que si Thohfsa était démembrée sous nos yeux.

Mes lèvres remuèrent malgré moi :

— C'est vrai.

— Alors, raconte-moi. Que s'est-il passé ?

Que s'est-il passé ?

Je ne pensais qu'à cela. J'avais tout analysé, passé en revue chacun de mes faux pas, retrouvé tous les indices qui démontraient la manipulation dont j'avais été victime.

Manipulation.

Comment avais-je pu ne rien voir ? Comment avais-je été assez stupide pour ne pas imaginer que Mazin choisirait l'empereur et non moi, s'il y était contraint ?

Je posai les mains sur la couverture rugueuse.

— J'ai été trahie par quelqu'un que je croyais aimer. Que je prenais pour mon allié. C'était une erreur.

— Un salaud… trancha Noor, et je fus touchée par sa solidarité. Comment s'appelle-t-il ?

J'exhalai un soupir.

— Mazin. Je pensais le connaître par cœur.

— Qu'a-t-il fait ?

— Il m'a invitée à le rejoindre au palais. Mais, arrivée au point de rendez-vous, j'ai découvert le corps inanimé d'un chef de guerre du nord, empoisonné au zoraat. Darbaran, le chef de la garde palatine, m'a arrêtée sur-le-champ. J'ai cru que Maz me défendrait, mais au contraire. Il n'a pas bougé le petit doigt.

Prononcer ces mots me faisait si mal que j'en tremblais.

— Il m'a fait croire qu'il m'aimait, que je pouvais lui faire confiance. Puis, lui et les autres m'ont accusée de meurtre. C'est Vahid qui a ordonné qu'on m'envoie ici, condamnant du même coup ma famille.

Je déglutis péniblement, étranglée par la rage autant que par le chagrin. Maz ne m'avait pas seulement confisqué ma liberté, et piétiné la réputation de ma famille. Il m'avait volé une des seules relations que je croyais sincère.

Puis, il avait mis le feu à mon existence et m'avait regardée, le sourire aux lèvres, brûler dans les flammes.

— Qui t'a tendu ce piège ?

Les commissures de mes lèvres se courbèrent malgré moi, mais à l'expression de Noor, je sus que ce n'était pas un sourire qu'elle voyait – c'était une expression d'épouvante et de méfiance.

La fureur rôdait toujours sous ma peau, n'attendant que d'être libérée et armée d'une épée pour creuser son sillon de vengeance et de mort. Alors, je récitai tout haut la liste que je me répétais chaque soir avant de m'endormir. Les noms des personnes qui étaient responsables de mon sort :

— Darbaran, le chef de la garde palatine – c'est lui qui m'a accusée de meurtre, qui m'a arrêtée et qui s'est assuré que je ne pourrais pas m'échapper. Vahid, qui a voulu se débarrasser d'un opposant politique sans déclencher une guerre civile, et qui m'a utilisée pour réaliser sa manœuvre. Et enfin, Maz.

Je me tus, pour ne pas prononcer d'autres paroles que j'aurais pu regretter.

— Maz et toi, qu'étiez-vous l'un pour l'autre ? questionna Noor avec douceur.

Je fermai les yeux. Comment répondre ? Maz était mon meilleur ami. L'amoureux à qui j'avais offert mon cœur. Celui à qui j'avais confié mes secrets, que j'avais tenu contre moi dans les rayons de l'aube, aux côtés de qui j'avais combattu les obstacles qui entravaient notre chemin.

J'observai le mur. Noor aussi avait décoré sa cellule de griffures et de marques, et dénombré les jours – trois fois plus nombreux que moi – depuis le début de sa détention. Un sombre rappel de ce que serait ma vie si je restais ici. L'existence à laquelle m'avait condamnée Mazin.

— Maz est un garçon en qui j'ai eu confiance, alors que je n'aurais pas dû. Qui n'a jamais eu d'autre projet que de me trahir.

Noor fit claquer sa langue.

— Ton amoureux, donc.

Ce mot comprima mon cœur et me plongea dans une colère inexplicable.

Oui, aurais-je voulu répondre.

Oui, mon amoureux.

Mais je n'étais pas prête. Je résistais encore à mesurer pleinement sa trahison. Pire, dans les moments les plus sombres, mon esprit tordu se tournait encore vers lui.

Noor toussota.

— Comment sais-tu qu'ils sont responsables ? Ces hommes que tu as cités ?

— Et toi, comment sais-tu que ton chef te faisait confiance ? rétorquai-je. Qu'il se souciait de toi ?

Elle répondit sans hésitation :

— Je le sentais dans mes tripes.

— Voilà, acquiesçai-je. Moi aussi. Lors de mon arrestation, je me suis tout remémoré, chaque instant, chaque conversation, les regards étranges et les coïncidences absurdes. Le fait que Maz m'avait invitée à le rejoindre dans cette cour, à ce moment précis. L'arrivée de Darbaran, à la minute où je découvrais le cadavre. L'un et l'autre ont agi sur les ordres de Vahid. Le chef de guerre à mes pieds était un de ses principaux rivaux – le chef d'une tribu nordique, soupçonné de préparer une rébellion. Si l'empereur l'avait ouvertement fait exécuter, il aurait déclenché une guerre civile.

Ma voix était chargée d'amertume quand j'ajoutai :

— Maz restera loyal à Vahid malgré tout le mal que l'empereur a commis.

Les yeux de Noor s'assombrirent quand je prononçai son nom.

— Et pourquoi ne t'a-t-il pas fait exécuter pour te réduire au silence ?

Cette question, je me la posais moi-même. Pourquoi étais-je toujours en vie ? Que faisais-je ici ?

— Je ne sais pas. Sans doute pour m'infliger la plus grande souffrance possible.

C'était le plus douloureux. Savoir que Mazin ne m'avait pas seulement trahie, mais qu'il avait souhaité que je souffre. Et le plus pathétique, c'était que j'en étais blessée… Blessée qu'il m'ait délibérément manipulée, fait jeter en prison ici, et qu'il ait choisi l'empereur.

Qu'avais-je fait pour mériter cela ?

Rien, peut-être. Peut-être avait-il toujours été un traître, et que j'étais trop amoureuse pour le voir.

Un silence s'abattit sur la cellule.

Noor se gratta la nuque.

— Si ce Maz t'a vraiment fait jeter en prison, ce ne devait pas être un bon amant, déclara-t-elle.

Cette touche d'humour dissipa la tension ambiante, ce que je savourai avec reconnaissance.

Je ricanai avant de répondre :

— Non, cela n'a jamais été un problème.

J'arpentai des yeux les fissures du plafond.

Noor s'adossa contre le mur tandis que je repensais au premier baiser que j'avais échangé avec Mazin.

À la première fois qu'il avait entouré ma taille de ses bras, pressé ses lèvres contre mon cou. Ces souvenirs auraient dû être effacés par la trahison, nimbés d'amertume, pourtant je me rappelais encore les battements de mon cœur quand son pouce avait parcouru ma lèvre inférieure, l'impatience qui m'avait saisie lorsque j'avais senti son sourire sur ma peau. Je déglutis péniblement, m'efforçant de chasser ces pensées.

— On s'est rencontrés jeunes. Je pensais le connaître aussi bien qu'il me connaissait, mais j'avais tort.

— Ce sont les plus proches dont la trahison est le pire, commenta Noor, si bas que je l'entendis à peine.

Je songeai à ces paroles qu'elle semblait prononcer en connaissance de cause.

Je m'éclaircis la voix, décidée à changer de sujet.

— C'est ce qui vous est arrivé, à Souma et toi ? Quelqu'un l'a dénoncé à Vahid ?

Noor hocha la tête.

— Son propre fils. Il voulait sauver l'honneur de sa famille, mais n'a réussi qu'à les faire tous massacrer. Même les domestiques ont été arrêtés et emprisonnés.

— Dont toi.

Noor sembla gênée à l'idée qu'elle était une domestique, mais finit par acquiescer.

— Oui, dont moi. Mais je ne resterai pas ici comme les autres. Ce n'est pas mon destin.

— Ni le mien, renchéris-je, essuyant mon visage couvert de terre et jetant un regard au tunnel.

Croupir en prison n'était pas mon destin. Ce n'était *plus* mon destin.

Chapitre 5

Nous consacrions nos journées à creuser en discutant, puis à rejoindre nos cellules à toute vitesse pour ne pas être découvertes. Le reste du temps, nous dormions.

Jamais je n'avais aussi bien dormi. Je jetais toute mon énergie dans notre projet d'évasion. J'étais prise d'un regain d'enthousiasme, d'un espoir que je ne pensais plus jamais ressentir.

La lueur blafarde de notre bougie éclairait à peine nos visages ternis par la poussière. Tels des rongeurs, nous nous affairions sans cesse dans le sous-sol.

Mes gestes étaient animés par des projections de liberté.

L'espoir de revoir mon père m'aidait à étouffer la faim qui me tenaillait. Pour rester en mouvement, j'imaginais les blessures que j'infligerais à Maz lorsque j'aurais une lame à la main. J'étais un rat qui s'échappait du piège, et qui se préparait à sauter à la gorge de ses prédateurs.

— Je crois qu'on a atteint un rocher… je n'arrive pas à l'entailler.

La voix de Noor me parvint étouffée par l'étroitesse du tunnel. De sa timbale vide, elle frappa l'obstacle.

Mon cœur se serra. Un rocher… Selon sa taille, nous mettrions des semaines à l'excaver.

— Roche ou argile ? Essaie de gratter autour pour évaluer les dimensions.

— Ça bouge ! répondit-elle enfin, et je laissai échapper un soupir.

Si l'obstacle était mobile, nous pourrions le dégager.

— Je vais taper dessus, annonça-t-elle en assénant quelques coups. C'est bon, il se déloge.

— Ouf !

Je recommençai à écoper la terre, et remontai le tunnel jusqu'à la cellule de Noor pour y jeter les déchets.

C'est alors qu'un cri étranglé s'éleva du boyau et un nuage de poussière fraîche déferla d'un coup. Mon estomac se serra et je fis volte-face.

— Noor ? appelai-je, oubliant dans ma panique de baisser la voix.

Je replongeai dans la cavité, rampant aussi vite que possible, les yeux à peine accoutumés à la pénombre.

Au fond du tunnel, la bougie s'était éteinte et, malgré mes appels répétés, Noor ne répondait pas. J'atteignis un obstacle et tâtai le mur, sans trouver le moindre signe de mon amie. Je m'allongeai sur le ventre, tentant de comprendre ce qui s'était produit.

Un éboulement.

Je bondis. Mes ongles se brisèrent sur un gros rocher, et je poussai un cri. La gorge comprimée, je creusai de plus belle, les bras tremblants.

Non.

Non, non, non, non.

Ce ne pouvait pas être la fin. Pas comme ça – pas Noor ensevelie dans le tunnel, et moi piégée dans sa cellule.

Pas alors que nous étions si proches du but.

Mes doigts rencontrèrent une masse lisse et tiède – un corps. Mon cœur accéléra encore sa cadence. Le pied nu de Noor émergeait du sol. Je tirai, sans me soucier de lui faire mal, obnubilée seulement par son visage resté enseveli sous la terre. Combien de temps ? Je déblayai son corps, puis le traînai vers la cellule.

À la sortie, j'étendis Noor sur le sol.

— Ne meurs pas, on a encore une année de travail devant nous…

Les mains tremblantes, je dégageai sa bouche pleine de cailloux, et les débris partout sur son corps. Ses yeux étaient clos, ses membres inertes. Je repoussai ses cheveux, dégageai tant bien que mal ses voies respiratoires.

— Je mettrai deux ans si tu me laisses seule…

Je poussai un long soupir, mon pouls cognant sous ma peau tel un oiseau paniqué.

— … et comme je ne suis pas douée, il me faudra plutôt quatre ans.

Je collai l'oreille sur sa poitrine et perçus un battement ténu. Noor était vivante. Pour le moment… Je laissai échapper un gloussement qui tenait autant du rire que du sanglot.

Mais alors, mon propre cœur se figea. Un filet de liquide sombre s'écoulait sur le sol, sous le crâne de Noor.

Je me levai d'un bond.

Peut-être les gardiens resteraient-ils insensibles au sort de Noor… sauf qu'ils savaient qu'elle avait accès à de grandes quantités de magie djinn, et cela leur donnerait sans doute envie de la sauver.

Je tambourinai contre la porte de la cellule, en hurlant et en appelant à l'aide. S'ils la transportaient rapidement à l'infirmerie, on pourrait arrêter le saignement et la sauver de la mort.

Mais sous aucun prétexte les gardiens ne devaient me voir à leur arrivée.

Des bruits de pas retentirent dans le couloir, ainsi que des cris. Vite, je m'éloignai de la porte et plongeai dans le tunnel dont je refermai l'accès à l'aide de la dalle mobile que nous utilisions chaque jour.

Puis, tapie dans la pénombre, j'attendis, le cœur serré, le sang glacé.

Pourvu qu'ils viennent vite. Pourvu qu'ils la sauvent.

Enfin, la porte s'ouvrit, et les appels retentirent dans le cachot. Je plaquai les deux mains sur ma bouche pour étouffer ma respiration.

— Merde. Il faut l'amener à la directrice.

— Si elle est morte, Thohfsa nous tuera. Emmenons-la d'abord à l'infirmerie.

Des grognements m'indiquèrent qu'ils soulevaient Noor, et l'un des hommes lança un juron.

Puis, ce fut le silence.

Je poussai un soupir. Mon cœur galopait si vite dans ma poitrine que je parvenais à peine à penser.

Il n'y avait plus un bruit.

Plus une voix.

Je patientai longtemps avant de me risquer à soulever la dalle.

La cellule était déserte. Noor avait disparu.

Mais ce n'était pas tout.

Les gardiens avaient laissé la porte ouverte.

Chapitre 6

Évidemment qu'ils l'avaient laissée ouverte puisqu'ils pensaient Noor seule dans son cachot.

Je m'efforçai de garder mon calme, de résister à la poussée d'adrénaline en moi. Je pouvais m'échapper. Fuir incognito. Filer dans la nuit, sans que personne ne le sache.

Le souffle court, je m'introduisis dans le couloir, plongé dans le silence, cette fois. Les autres détenues dormaient. La cellule de Noor se situait à l'opposé de la mienne, dans une aile adjacente à l'océan. Je pouvais presque sentir le parfum salé des embruns, et l'eau glaciale entre mes doigts.

Si je restais dissimulée dans l'ombre, si je parvenais à me glisser dans la cour ni vu ni connu et à franchir le mur d'enceinte, j'atteindrais la plage.

L'issue n'avait jamais été aussi proche. La gorge nouée, le corps tremblant, je remontai le corridor.

En m'assurant de ne laisser aucune trace.

Le sol sous mes pieds était glacé. Je longeai les murs, me remémorant aussi précisément que possible le plan de la prison. Cette aile devait être aménagée comme la mienne – aussi, en continuant tout droit, je tomberais à coup sûr sur la sortie.

Au bout du couloir suivant, j'aperçus deux gardiens plantés devant la porte principale. La brise charriait leurs murmures. Je me plaquai contre le granite et scrutai les silhouettes au clair de lune. Quelques minutes passèrent, puis les hommes quittèrent leur poste pour poursuivre leur ronde.

Je m'avançai à pas de loup vers la sortie. Dès la porte franchie, l'air marin me fouetta le visage en guise d'accueil.

Je me faufilai dans la cour, puis le long du bâtiment, le dos contre la muraille. Des bruits de pas retentirent et je retins mon souffle lorsqu'un gardien surgit au coin de l'allée, avant de faire demi-tour et de reprendre sa patrouille dans l'autre sens. Prudemment, je me remis en marche avec un seul objectif.

L'évasion. L'évasion. L'évasion.

J'atteignis le mur d'enceinte. Personne en vue.

Je n'avais plus qu'à l'escalader. Je serais de l'autre côté dans quelques minutes.

Je jetai un coup d'œil par-dessus mon épaule, et une lueur attira mon attention. Un long bâtiment de brique se dressait à l'écart de la prison, tel un cavalier solitaire. On m'y avait emmenée une fois, après une séance de torture particulièrement brutale.

L'infirmerie.

Noor.

Mon pied se figea sur le mur de brique, et mon souffle se prit dans ma trachée.

Pouvais-je m'évader seule, et abandonner mon amie – celle à qui je devais d'être arrivée aussi loin ? Une étrange nausée me saisit, dont je ne parvins plus à me débarrasser.

Si je retournais la chercher, je me ferais prendre, à coup sûr. M'évader à l'insu de tous était une chose, mais secourir Noor et combattre ensuite les gardiens en serait une autre.

Sans compter que je n'avais aucune idée de son état. Était-elle consciente ? Et même vivante ?

Son sourire ironique m'apparut, ses mains expertes maculées de terre, son visage respectueux lorsqu'elle évoquait Souma. Noor comprenait ma souffrance. Elle la connaissait.

Je ne pouvais pas franchir ce mur seule.

Je ne pouvais pas m'évader sans Noor.

— Quelle folie… marmonnai-je en revenant sur mes pas et en me dirigeant vers l'infirmerie.

Je repensai au corps inerte de mon amie lorsque je l'avais extirpée du tunnel, à la flaque de sang sous son crâne.

Pourvu qu'elle soit en vie.

Il le fallait.

Les yeux sur la flamme vacillante de l'infirmerie, tel un phare dans la nuit, je me pressai contre la muraille pour ne pas être vue de la prochaine ronde. La cour de la prison était mouchetée de buissons épars mais par chance, pas une torche n'éclairait le mur d'enceinte de mon côté.

Une forte odeur de cardamome attira mon attention, et je tournai la tête. Je n'avais pas bu de tchaï depuis bien longtemps, pourtant je n'eus aucun mal à en reconnaître le parfum. Deux gardiens se tenaient devant l'infirmerie, tasses en main. Le thé fumant projetait des rubans de vapeur dans la nuit. J'aurais pu les tuer, l'un comme l'autre, rien que pour en boire une goutte.

Ils gardaient la seule entrée du bâtiment. Tant qu'à me faire prendre, autant en profiter pour avaler une gorgée de thé.

Je m'accroupis derrière un buisson et tâtai le sol, en quête d'une arme quelconque.

Mes doigts tremblaient tant ils avaient besoin de saisir un couteau.

Un cimeterre.

Un katar.

Même une lame d'apparat.

Je serrai une main sur ma poitrine en repensant au pendentif de Maz, un véritable poignard miniature que j'aurais pu utiliser en pareille circonstance.

À la place, mon autre main effleura l'écorce rugueuse d'une branche. Je l'attrapai avec soulagement, puis rampai vers les gardiens.

Si je les attaquais, ils donneraient l'alerte sans attendre et je perdrais mon avantage. La dernière fois que j'avais essayé de traverser la prison n'avait guère été concluante, et je n'étais pas beaucoup mieux équipée aujourd'hui. Je soupesai la branche.

Noor ne prendrait pas le risque de combattre deux gardiens dans une cour aussi exposée, songeai-je en me mordant la lèvre. Or, je devais raisonner comme elle, si j'espérais sortir d'ici vivante avec elle…

Je me rapprochai du bâtiment, ventre à terre, reconnaissante de la pénombre qui me rendait invisible parmi les buissons. Depuis des semaines, je passais plusieurs heures chaque jour à ramper alors, au moins, j'avais l'habitude. Je m'immobilisai à quelques mètres des deux hommes et tendis l'oreille. Mon souffle se figea lorsqu'ils prononcèrent le nom de Thohfsa.

— Hassim dit que Thohfsa viendra voir la prisonnière. Elle veut être informée de son évolution heure par heure.

— Tu crois que la fille sait vraiment où Souma a caché son trésor ?

L'autre ricana.

— Une gamine comme elle ne peut pas résister à la torture, à mon avis elle ne sait rien. Mais Thohfsa doit penser qu'elle a tout de même des informations à livrer, sinon elle ne lui accorderait pas autant de privilèges. Elle ne convoquerait pas une guérisseuse à son chevet, surtout.

— Thohfsa n'apprendra rien si la gamine meurt avant son arrivée.

Mon cœur balbutia.

Pitié, qu'elle ne meure pas.

— Pourvu que la guérisseuse fasse bien son travail…

Je me mordis la lèvre si fort qu'un goût métallique se répandit dans ma bouche. Si Thohfsa venait voir Noor en personne, je n'avais que peu de temps pour la secourir. Et si la directrice de la prison avait sommé la présence d'une guérisseuse, c'était que l'empereur avait autorisé le recours au zoraat pour la soigner. Cela prouvait bien qu'il soupçonnait Noor de connaître l'emplacement du trésor de Souma. En attendant, je ressentais avant tout un intense soulagement – si l'on cherchait à soigner Noor, c'est qu'elle était en vie. Et si elle guérissait de ses blessures, je n'aurais pas à la porter. Nous aurions alors une véritable chance de nous en sortir.

Je fermai les yeux et inhalai une dernière fois l'entêtant parfum de tchaï. Puis, je saisis une grosse pierre et la jetai dans les buissons à gauche de l'infirmerie. Je n'avais pas le temps d'être discrète, pas si Thohfsa était en chemin.

J'empoignai mon bâton, dont l'écorce me lacéra la peau.

— Eh, tu as entendu ?

Le premier gardien pivota vers le bruit.

— … Il n'y a pas de patrouille de ce côté-là.

L'autre retint un ricanement.

— Tu nages en plein délire. Il n'y aura plus une seule tentative d'évasion après ce que Thohfsa a infligé à la fugitive de l'autre fois. Surtout pas elle !

Il s'esclaffa, et je me retins de rire en même temps.

Ils s'imaginaient donc que j'avais renoncé ! Ces imbéciles ne tarderaient pas à mesurer leur manque de discernement.

J'agrippai ma branche, prête à l'affrontement. Mais, alors que j'allais surgir de l'ombre, le premier gardien secoua la tête et, avec un soupir, quitta son poste pour trouver la source du bruit.

Me laissant seule en présence de son collègue.

D'une roulade, je jaillis des broussailles dans le halo des torches, mon épée de fortune levée.

L'homme écarquilla les yeux et entrouvrit la bouche mais n'eut pas le temps de produire le moindre son. Avec l'extrémité la plus épaisse de mon gourdin, je l'assommai violemment, et il tomba à terre.

— Eh bien si, tu vois... marmonnai-je en assénant un coup de pied à son corps inerte. J'ai recommencé.

Mais je ne pouvais pas le laisser là alors que son collègue était sans doute déjà sur le retour. J'aperçus un trousseau de clés suspendu à sa ceinture et le décrochai aussi silencieusement que possible. Je déverrouillai la porte, et traînai le gardien dans le bâtiment sans oublier mon gourdin.

Je fermai le battant et me trouvai plongée dans le silence. Seul résonnait mon souffle saccadé.

Les dalles de pierre qui tapissaient le sol de l'infirmerie étaient les mêmes que dans nos cellules, pourtant ici, elles paraissaient moins lugubres. Le bâtiment était plus propre, et semblait avoir à peine servi. Dans l'air flottait un léger parfum de curcuma – celui du baume qu'on appliquait sur nos plaies après les interrogatoires de Thohfsa. L'infirmerie n'était pas vaste. Un long couloir, balayé par un courant d'air, desservait plusieurs chambres. Le clair de lune, filtré par une fenêtre en hauteur, illuminait faiblement l'entrée et, d'une porte entrouverte au bout du corridor, s'échappait une lueur tamisée. Les murs étaient jalonnés de torches éteintes. Je frissonnai, regrettant de n'avoir pas eu le temps de boire le fameux tchaï pour me réchauffer.

J'attrapai le gardien par les bras et, avec un grognement, le fis glisser dans la pièce la plus proche – une chambre vide, à l'exception de quelques instruments médicaux. Puis je m'étirai pour faire circuler le sang dans mes membres. Je n'étais plus aussi endurante qu'avant mon incarcération. Les repas faméliques de la prison avaient eu raison de mes muscles, autrefois affûtés par de fréquents entraînements avec Mazin.

Je donnai un dernier coup d'orteil dans la jambe du gardien qui demeura inerte. Vite, je fouillai ses poches à la recherche d'une arme – en vain. Je ne trouvai rien non plus pour le ligoter, et me contentai de bloquer la porte à l'aide d'une chaise métallique coincée sous la poignée. Puis, je partis à la recherche de Noor.

Chapitre 7

Je rasais les murs. Toutes les chambres ressemblaient à des coquilles vides, et il n'y avait pas un gardien en vue.

Je progressai vers la lueur, seul indice de présence dans le bâtiment. Cette pièce était donc, à coup sûr, celle où était installée Noor.

Dans ma tête, une petite voix répétait que j'étais folle d'être revenue la chercher, d'avoir renoncé à fuir alors que je le pouvais.

Mais en moi, un autre écho résonnait, celui qui faisait avancer mes jambes et tambouriner mon cœur : si je m'étais évadée seule, je serais restée prisonnière pour toujours. Prisonnière d'une sensation. Cette nausée qui me rongeait, je la connaissais.

C'était la culpabilité.

Si j'abandonnais Noor, je ne m'en libérerais jamais.

Je m'approchai de la porte entrouverte à pas de loup, à l'affût du moindre signe de vie. Ce n'est qu'en atteignant la porte que j'entendis un chuchotement, et l'espoir serra ma poitrine.

Noor.

Noor était en vie. Elle *parlait.*

Je demeurai prudemment dissimulée – elle ne parlait sans doute pas seule.

— Je vous l'ai dit, je ne sais rien.

— Tu mens.

Une autre voix, aussi basse mais redoutable, me noua l'estomac. Thohfsa.

— Je n'ai pas fait venir cette guérisseuse pour que tu continues à me mentir. Tu vas me dire une bonne fois pour toutes où se trouve le trésor de Souma.

Mon exaltation, la lueur d'espoir qui m'avait animée, s'évanouit aussitôt. Si Thohfsa était au chevet de Noor, ses gardes n'étaient pas loin. Je me risquai à jeter un coup d'œil dans la pièce.

Noor était allongée dans un lit étroit, en kurta de coton blanc et couverte d'un drap. Elle avait le teint pâle, mais son regard était alerte.

Thohfsa se tenait au pied du sommier, les bras croisés et la mine renfrognée.

— Tu as entendu ? C'est ta dernière chance. Ce petit jeu n'a que trop duré. Je t'ai accordé des privilèges, donné du temps… Maintenant, tu vas souffrir plus que tu ne le crois possible, à moins de me répondre.

J'enfonçai mes ongles dans mes paumes. Je connaissais ces menaces, mais n'avais jamais entendu Thohfsa les prononcer avec tant de véhémence.

La chambre n'était pas plus vaste que la cellule de Noor, mais elle était dotée de plusieurs fenêtres. Je m'avançai sur la pointe des pieds, veillant à toujours rester dans la pénombre du couloir. Contre toute attente, Thohfsa semblait être venue seule. Si c'était le cas, elle avait commis une grave erreur que je n'hésiterais pas à utiliser à mon avantage.

Mais pourquoi se serait-elle passée de ses gardes ?

— Tu vas me dire où se trouve le trésor de Souma.

Bien sûr. Thohfsa ne voulait pas risquer de partager la réponse avec qui que ce soit.

Seule, je pouvais la combattre, même sans arme. Je serrai plus fort la branche, prête à l'assaut.

— Où est-il ? gronda Thohfsa en se penchant au-dessus de Noor.

Je vis sa main se diriger vers une petite épée suspendue à sa ceinture et, à son mouvement maladroit, je sus que Thohfsa n'avait pas grandi une lame à la main, contrairement à moi. Elle avait sans doute combattu à l'arme blanche quelques fois dans sa vie – alors que la garde d'un cimeterre était une extension de mon corps.

Et l'idée d'en tenir un à nouveau me démangeait.

Je bondis, renonçant à toute tentative de rester dissimulée.

— Elle vous a répondu, rugis-je, et ma voix résonna dans toute la pièce. Elle ne sait pas où se trouve le trésor. Alors pourquoi ne pas la laisser tranquille et choisir, plutôt, un adversaire qui ne soit *pas* alité ?

Noor retint un cri et se redressa. Thohfsa était stupéfaite, et ses traits se transformèrent sous l'effet de la panique. Après des mois de souffrance, je brûlais d'envie de lui rendre ses coups et sévices. Je m'avançai dans la chambre.

J'avais une poignée de secondes pour agir, après quoi Thohfsa reprendrait ses esprits et donnerait l'alerte.

Je lui sautai dessus et enfonçai mon gourdin dans son ventre. Elle trébucha en arrière, le souffle coupé.

Dégaine ton arme. Dégaine ton arme.

Comme si elle avait perçu mes pensées, elle tira l'épée de son fourreau. Le calme se fit en moi et je bombai la poitrine, prête au combat.

Thohfsa esquissa un sourire cruel et son visage se rida ; elle ressemblait à un squelette malveillant à la lueur des torches vacillantes.

— Je t'ai torturée un nombre de fois incalculable, et tu en demandes encore ? Je vais finir par penser que tu aimes cela.

J'ignorai ses paroles et, sans la quitter des yeux, m'approchai de Noor.

— Tout va bien ? lui demandai-je en lui jetant un coup d'œil.

— J'ai connu mieux, répliqua-t-elle, alors que Thohfsa s'élançait vers moi.

— Tu n'as pas de quoi te plaindre, rétorquai-je en exécutant une pirouette pour échapper à l'assaut. Pendant que tu te reposes dans un lit douillet, j'affronte Thohfsa avec une branche !

La cheffe de la prison nous toisa l'une puis l'autre, et plissa les paupières.

— Comment vous connaissez-vous ?

Je haussai un sourcil.

— Je pensais que vous saviez tout ce qui se passe dans votre prison, madame la directrice.

Thohfsa grogna encore et se jeta de nouveau sur moi, l'arme brandie. Je dressai mon gourdin pour contrer le coup, priant pour que l'écorce soit assez résistante, ou que sa lame soit trop émoussée pour trancher du bois. Alors que Thohfsa abattait son épée, Noor m'appela mais je ne pouvais me permettre de détourner le regard. La lame de mon adversaire rencontra mon bâton, pile au milieu.

Et y resta coincée.

J'aurais voulu crier de triomphe. À la place, je levai mon gourdin et assénai un grand coup à Thohfsa avec le pommeau de son arme.

Elle chancela et, sans attendre, je délogeai le poignard de l'écorce, pour en diriger la pointe vers elle.

Thohfsa vociféra de fureur. Une étincelle de terreur brillait dans ses yeux malgré son air sévère et, sur ma langue, je sentis le goût de la victoire.

— Vous n'avez pas bien fait vos recherches, Thohfsa, lui lançai-je avec un sourire aussi perfide que ceux qu'elle m'avait si souvent dispensés. Vous avez choisi de combattre la fille du forgeron de l'empereur. Même sans arme, je pourrais vous vaincre.

— Ce n'est pas dans ton intérêt de me tuer, balbutia-t-elle. J'ai le pouvoir de te rendre ta liberté. Laisse-moi, et je promets de te relâcher.

— Vous osez me proposer un marché ? Après tout le mal que vous avez fait ?

Je la détaillai de la tête aux pieds avec mépris, et ajoutai :

— Je ne suis pas d'humeur à négocier.

Je m'avançai vers la directrice, le souvenir de chacune de ses séances de torture encore frais dans ma mémoire, chaque coup de fouet sur mon dos, mes cuisses, mon crâne.

— Dania…

La voix douce de Noor transperça ma rage. Elle s'était avancée jusqu'au bord du lit et tentait de poser pied à terre. Agrippée au matelas, elle prit appui sur le sol et poussa un gémissement en s'inclinant vers moi.

— Contente-toi de l'assommer. Tu n'as pas besoin de la tuer.

— Pas besoin de la tuer ? Cette femme nous a torturées pendant des mois !

— Écoute-la ! résonna la voix de Thohfsa. Si je suis vivante, vous avez plus de chances d'être libérées. Je vous aiderai !

Je lui répondis avec un faux sourire :

— Noor ne vous connaît pas aussi bien que moi, madame la directrice.

Thohfsa passa la langue sur ses lèvres, une lueur machiavélique éclairant à nouveau son visage. Je penchai la tête mais, avant que je puisse l'en empêcher, elle poussa un hurlement.

Sans réfléchir, et malgré Noor qui m'agrippait le bras en répétant « Dania, Dania ! », je plantai mon arme dans l'estomac de Thohfsa.

Je retins mon souffle. J'avais oublié ce que cela faisait de transpercer un corps, la sensation de l'acier déchirant la peau, le dégoût qui montait à mesure que la lame s'enfonçait.

Nous restâmes face à face quelques secondes, bouches bées.

Puis, un épais ruban de sang s'écoula le long du poignard. Je fermai les yeux, et ma rage, ma haine, se tut.

Une fraction de seconde, la paix régna dans la prison.

Thohfsa était morte, elle qui m'avait promis le même sort à chacune de ses séances de torture. J'arrachai la lame de son corps, et elle s'affaissa au sol.

Je jetai un coup d'œil à Noor.

— Ce n'est pas à toi de décider de la façon d'assouvir ma vengeance.

Elle acquiesça, les yeux ronds.

J'essuyai mon arme sur le drap et m'efforçai de reprendre mon souffle.

Cela faisait longtemps que je n'avais poignardé personne et j'étais secouée, mais je n'avais pas le temps de m'y appesantir. Chaque seconde perdue pouvait nous coûter la vie. Je me concentrai et, d'instinct, fis rouler la lame de Thohfsa dans ma main. Je poussai une lente expiration.

— On doit filer. Thohfsa a crié si fort que je ne serais pas surprise de voir arriver ses gardes d'ici peu. Si on ne se sauve pas tout de suite, ce sera trop tard.

Le regard insondable de Noor glissa vers le corps de notre ennemie. Elle eut l'air d'hésiter, de vouloir protester, mais se ravisa. À la place, elle demanda :

— Tu as un plan ?

Je souris – à la manière de Thohfsa.

— Non, mais maintenant j'ai une arme.

Chapitre 8

Une épée. La seule chose qui m'avait manqué pour réussir à m'évader. J'adaptai ma démarche à cette nouvelle arme, plus lourde que mon talwar habituel. Mais elle ferait l'affaire.

Des cris et des pas résonnèrent à l'autre bout de l'infirmerie – l'alerte donnée par Thohfsa avait porté ses fruits.

Noor courut à la porte et sonda le couloir, les yeux pleins de terreur.

— Comment va-t-on leur échapper ?

Mon cœur tambourinait aussi fort qu'un tabla. Pour me calmer, je comptai lentement dans ma tête, en me balançant d'avant en arrière. Grâce à l'épée, je me sentais confiante, puissante.

— Cette fois, on va suivre mon plan.

La foulée des gardiens sur la pierre s'intensifia – cet écho menaçant qui habitait mes jours et mes nuits depuis un an. Noor bondit en arrière quand deux hommes pénétrèrent dans la pièce, en pointant leurs armes. Le premier était celui qui avait suivi le bruit du caillou – je le reconnus à ses cheveux courts et à sa barbe soigneusement taillée. L'autre arborait une tignasse désordonnée et son uniforme était boutonné de travers. Leurs yeux naviguèrent entre le corps inerte et moi, toujours cramponnée à la lame tachée de sang.

Je pouffai devant leur air stupéfait et repensai aux reproches que leur adressait sans arrêt Thohfsa.

— Ne me dites pas que vous n'en avez jamais rêvé !

Noor s'avança vers eux, les mains levées en signe d'apaisement.

— La directrice est morte, déclara-t-elle. Vous pouvez nous laisser partir à la faveur de la nuit, ou nous affronter et mourir.

Elle désigna l'arme dans ma main.

— Je ne savais pas qu'on leur donnait le choix... grommelai-je.

Mes doigts se resserrèrent sur l'épée, et je m'avançai à mon tour.

— Je sais que tu manies bien l'épée, répondit Noor, les dents serrées. Mais je préférerais que nous quittions ces lieux avec le moins d'effusion de sang possible.

— Je ne promets rien... répliquai-je à mon tour, les paupières plissées.

Pour ne pas dire : hors de question.

Visiblement, les gardiens étaient de mon avis car ils se jetèrent sur nous, leurs épées étincelant à la lueur des torches.

Agile comme un chat, je bondis de gauche à droite, retrouvant le frisson familier du combat. Tous mes muscles s'éveillèrent pour exécuter ces mouvements appris et tant de fois répétés avec Baba sur le terrain d'entraînement.

Le gardien à la barbe taillée attaqua le premier, et je pivotai en arrière, le désarmant d'un coup de lame. Il fut surpris par cette riposte, et sa deuxième épée demeura suspendue mollement dans son autre main. Il me dévisagea, et je profitai de sa sidération pour planter ma lame au fond de son ventre. Noor retint un cri. Le gardien gémit – on aurait dit le miaulement d'un chaton aux abois.

Le deuxième gardien se jeta sur moi à son tour avec un rugissement, et je mis une seconde de trop à tenter d'arracher la lame du corps de son collègue. Obligée de battre en retraite, j'exécutai une roulade arrière à l'instant où mon assaillant tranchait l'air de son cimeterre à double lame, me manquant de quelques centimètres.

Je me relevai, démangée par l'envie de lui prendre son arme. L'homme bondit à nouveau, alors que je virevoltais autour de lui. En un éclair, j'agrippai le pommeau de l'épée et, cette fois, parvins à l'extraire.

Puis, dès que le gardien brandit son cimeterre, je lui broyai la mâchoire avec la lourde poignée de mon épée.

Il s'écroula comme un roc.

Noor courut à son côté, plaça deux doigts sur son cou.

— Celui-là n'est pas mort, au moins.

— D'autres, bientôt, répliquai-je avec un rictus. Sinon, c'est nous qui mourrons.

Je ramassai le cimeterre du blessé et fis quelques mouvements dans l'air pour l'éprouver.

— Je ne peux pas utiliser plus d'épées que je n'aie de mains. Celles-ci suffiront pour le moment.

Je désignai le dernier sabre, à lame courbe, qui reposait près d'une flaque de sang.

— Prends-la.

Noor parut s'étrangler.

— Non merci, je serais plus dangereuse pour moi-même que pour les autres.

— Tu as besoin d'une arme !

Je m'avançai pour inspecter le couloir. Pas un écho, plus de gardiens.

Noor ramassa le sabre avec deux doigts tremblants.

Je lui jetai un coup d'œil incrédule. Elle n'avait pas menti… Tout indiquait qu'elle n'avait jamais manié une arme de sa vie. Pas étonnant qu'elle ait eu l'idée de creuser pour s'évader plutôt que de se battre…

Devant son visage blême, je demandai :

— Comment te sens-tu ?

Elle expira lentement.

— Le zoraat de la guérisseuse n'était pas parfaitement dosé. J'en ressens encore les effets. J'aurais préparé un meilleur mélange… Mais, enfin, elle a soigné ma blessure et j'ai repris conscience… tout ça pour être soumise à l'interrogatoire de Thohfsa.

Elle roula des épaules et se massa la nuque.

— Où est la guérisseuse, à présent ? questionnai-je.

Je baissai les yeux vers Thohfsa, toujours inerte. Sa poitrine battait encore faiblement, à mesure que son sang s'écoulait. Je n'étais aucunement disposée à la gratifier d'une mort rapide – pas après ce qu'elle m'avait fait subir.

— On lui a ordonné de partir une fois ses soins dispensés, répondit Noor. Entre nous, j'ai été surprise que l'empereur l'envoie ici aussi vite.

Je me mordis la joue.

— Tu as bien dit que Vahid était prêt à tout pour récupérer le zoraat volé par Souma. Rien d'étonnant à ce qu'il veuille te garder en vie…

— Je n'aime pas du tout cette idée.

— Je te comprends.

Je savais ce que cela faisait d'être dans le collimateur de Vahid. Cet homme était sans merci.

Nous enjambâmes les corps et, à pas de loup, regagnâmes la sortie. Dehors, l'obscurité et le silence régnaient. Aucun gardien en vue.

Nous contournâmes le bâtiment vers le mur d'enceinte – celui qui ne longeait pas la falaise. La pression était presque insoutenable, et plus d'une fois, mon souffle resta coincé dans ma gorge.

Les autres gardiens n'avaient pas encore été alertés, mais ils ne tarderaient pas à s'apercevoir de la disparition de Thohfsa et de leurs collègues.

Nous n'avions pas beaucoup de temps pour agir.

Nous poursuivîmes notre retour en rampant dans l'herbe, pour éviter la torche mobile qui balayait la cour. La tour de surveillance se situait à côté de l'entrée principale, et nous devions nous diriger vers elle pour franchir le mur. Mon souffle formait de petits nuages blancs dans l'air froid.

Plus que quelques minutes, et nous serions libres.

C'est alors qu'un cri résonna au loin. Je me figeai.

— Qu'y a-t-il ?

— J'ai entendu une voix.

Peu à peu, les appels se multiplièrent du côté de l'infirmerie. Des pas précipités envahirent la pelouse.

De plus en plus proches.

Puis, dans toute la prison, le hurlement strident de l'alarme retentit.

Mon sang se glaça. Cette fois, on nous cherchait.

Je me cramponnai aux lames dans ma main comme à deux ancres.

La dernière fois que j'avais affronté une troupe entière de gardiens, cela s'était mal fini.

Mais à présent, j'étais armée.

Une épée dans chaque main, j'étais invincible.

Noor, en revanche, manqua de lâcher son sabre et pivota vers moi, affolée.

— À chaque fois que tu te retournes, j'ai l'impression que tu vas m'arracher un œil, fis-je remarquer en éloignant sa lame.

— Je t'ai bien dit que je n'en voulais pas !

— Il faut que tu sois armée au cas où on…

Le sifflement d'une épée quittant son fourreau se détacha du chaos ambiant. J'aurais pu reconnaître ce son entre tous, même au milieu d'une tempête.

Je me postai au coin du bâtiment et jetai un coup d'œil vers la pelouse.

Une demi-douzaine de gardiens nous attendait, cimeterres levés.

— Noor, murmurai-je. Je suis désolée de te le dire, mais tu vas avoir besoin de ce sabre.

Chapitre 9

— On ne s'en sortira jamais…

La voix tremblante de Noor me parvint par-dessus la rumeur du combat à venir.

— J'ai connu pire… soufflai-je en réponse.

Elle me retourna un regard stupéfait.

— *Vraiment ?*

Non, pas vraiment, mais elle n'avait pas besoin de le savoir. La seule chose qui m'importait à cet instant était d'avoir une lame entre les mains.

Trois lames, même.

— On doit briser leur unité, expliquai-je.

Nous ne pouvions plus rebrousser chemin – d'autres gardiens nous attendaient dans cette direction. Et nous ne pouvions pas escalader le mur derrière l'infirmerie, car celui-ci ne donnait que sur la mer déchaînée, hérissée de rochers saillants.

Une seule solution : combattre les hommes qui nous barraient la route.

— Je peux en affronter deux à la fois, tant qu'ils n'attaquent pas en même temps, déclarai-je.

Plusieurs souvenirs du terrain d'entraînement me revinrent alors que je prononçais ces mots, et mes mains régénérées par ces images se serrèrent sur leurs armes.

Mais, lors de ces entraînements, c'est à Mazin que j'étais opposée.

Nous passions des heures à croiser le fer avec les autres élèves de Baba, et l'un contre l'autre. Maz avait eu besoin de nombreuses heures de leçon mais, au bout de quelques mois, il était devenu le seul à pouvoir rivaliser avec moi.

Jusqu'au dernier combat – celui que nous avions mené à mains nues et où il m'avait vaincue. Celui qui m'avait conduite en prison, alors que lui repartait libre.

— Dania… gémit Noor, apeurée. Tu penses vraiment que je peux affronter six hommes, alors que je sais à peine tenir cette chose ?

Je me tournai vers elle, ma détermination renforcée par une colère venue d'autrefois.

— Pas les affronter… admis-je. Mais tu pourrais faire diversion.

— Pardon ? Tu veux que je joue les appâts ?

— Ils ne savent pas que nous sommes deux ! Juste que tu viens de t'échapper de l'infirmerie et que Thohfsa est morte. Profitons-en !

— D'accord, acquiesça-t-elle, les lèvres pâles. Mais ne les laisse pas m'embrocher pour pouvoir t'enfuir toute seule !

Elle se tenait droite comme un I, son sabre en main et l'air d'avancer vers l'échafaud.

— Si ç'avait été mon plan, je ne serais pas revenue te chercher.

Elle esquissa un sourire, malgré la peur qui la tenaillait.

J'aurais voulu la rassurer, mais il était impossible de prédire l'issue de cet affrontement. Je savais que j'étais fine lame et j'avais acquis de solides compétences au gré de ma formation, mais je n'avais jamais combattu en devant me soucier d'une autre personne – vulnérable et dépourvue d'expérience, de surcroît. Je devais à tout prix essayer d'équilibrer le rapport de force.

— Il faut les diviser. Attire-les par là, ça me donnera le temps d'en éliminer quelques-uns.

Ils ignoraient sans doute ma présence, et nous devions exploiter cet avantage.

Noor hocha la tête et brandit son arme comme un talisman – pas du tout comme une épée.

Je posai la main sur son dos crispé et, avec une inspiration, la propulsai vers les gardes.

Des cris retentirent, suivis de foulées rapides.

— On la tient !

La voix était proche, un peu à l'écart des autres. Parfait.

— Tu pensais t'échapper ? gronda un gardien. Toute seule ?

Rapide comme l'éclair, Noor battit en retraite, agitant maladroitement son sabre. Un homme s'élança à sa suite – mais j'étais prête. D'un coup sec, je lui tranchai la gorge.

— Elle n'est pas seule, crachai-je, alors qu'il s'effondrait sur le sol.

La tristesse m'envahit l'espace d'une seconde. J'avais infligé la mort, une fois de plus – cette vie-là aurait sans doute pu être épargnée. Mais je n'avais pas le temps de m'appesantir.

Une lourde fatigue s'abattit sur moi. J'avais creusé des jours durant. J'étais affamée, en manque de sommeil et il me fallait mobiliser toutes les connaissances acquises auprès de Baba.

Pourtant, la voix qui résonna en moi à cet instant fut celle de ma grand-mère.

Ne montre jamais ta peur. La peur nourrit les faibles.

Un autre gardien surgit au coin du bâtiment, et je l'embrochai sans un regard. Le suivant arriva sur ses pas et, à son tour, rencontra le tranchant de ma lame. Dans le même temps, je dégainai mon talwar et décimai trois soldats d'un seul geste. Tous mes coups étaient fatals, chaque mouvement était un assaut. Un garde aux cheveux longs et noirs, affublé d'un cache-œil, se rua sur moi. Je ripostai avec mes deux épées.

Sauf qu'il parvint à se protéger le visage avec sa lame et à me repousser. C'était un homme robuste – et beaucoup plus grand que moi. Jamais je ne pourrais le vaincre en assénant des coups ; je devais *déjouer* les siens. J'esquissai un pas de côté, mais il en fit autant, et deux autres gardiens le rejoignirent. Je me jetai sur celui de droite, lui sectionnai le talon avec mon cimeterre et m'esquivai d'une pirouette alors qu'il s'écroulait avec un cri étranglé. Il agrippa son pied et se mit à gémir. Je n'eus pas plus le temps de m'appesantir sur son sort que sur celui de ses collègues. Mes lames rencontrèrent le sabre du colosse et je m'éloignai en roulé-boulé. Un petit soldat, barbu et torse bombé, abattit son cimeterre si vite qu'il me prit par surprise, et m'infligea une égratignure sur l'avant-bras.

Je tus un glapissement, et il me toisa avec un sourire arrogant. La douleur crépitait dans mes veines. Je me forçai à afficher un air plus féroce. Qu'ils me pensent invincible. Je ne leur montrerais pas ma peur.

La peur nourrit les faibles.

Son collègue choisit cet instant pour bondir et me plaquer au sol. Mes poumons se vidèrent lorsque son corps massif s'écrasa sur le mien.

Un sourire courba ses lèvres minces, et son visage était si proche du mien que je voyais les pores noirs de sa peau comme je sentais sa sueur nauséabonde. J'étais hors d'état de combattre et incapable de le repousser.

Un sentiment de panique s'empara de moi.

Je ne voyais plus d'issue.

— C'est avec ton odeur fétide que tu as prévu de me tuer ? lançai-je pour le déstabiliser.

En vain.

Je multipliais les coups de pied, sans trouver ma cible. Les grosses mains de mon assaillant plaquèrent mes bras au-dessus de ma tête. Pressées dans l'herbe, mes épées étaient inutiles.

Le corps du gardien était si lourd que j'étais au bord de suffoquer. Je vis qu'il abattait sa lame, et le temps parut se figer. Mais, en plein geste, ses bras faiblirent. Ses yeux de fouine se révulsèrent et il s'affaissa sur moi en grondant.

Je restai figée un instant. Puis, des deux mains, je repoussai le corps engourdi de mon assaillant. Noor se tenait au-dessus de lui, l'épée brandie devant elle. Je la dévisageai, ahurie.

— Je… je croyais que tu ne savais pas manier l'épée ?

Elle pencha la tête et poussa un soupir.

— Je suis quasi sûre d'avoir utilisé le mauvais côté…

Des bruits de pas retentirent derrière nous, et Noor fit volte-face. Un autre soldat surgit au même moment. Je bondis à mon tour, cimeterre dressé, et plantai ma lame dans sa nuque. Un jet de sang m'éclaboussa.

Alors, un silence pesant s'abattit sur la prison. Nous jetâmes un coup d'œil au coin de l'infirmerie, et observâmes les dégâts.

Tous les gardiens étaient morts.

Noor siffla.

— Dania ! Tu as réussi !

Mais rien dans ce tableau ne me réjouissait. Je refoulai mes larmes, puis j'attrapai Noor par le bras et la tirai vers le mur d'enceinte.

— D'autres se lanceront à nos trousses, il faut fuir tout de suite.

— On ne les a pas tous tués ?

Je secouai la tête.

— Je pense qu'on a seulement éliminé les gardiens de la patrouille de nuit, et ils ont certainement donné l'alerte. Bientôt, c'est à tous les gardiens de la prison qu'on devra faire face. Les premiers pensaient qu'une seule détenue s'était évadée. Mais devant le massacre, leurs collègues débarqueront en force.

Noor hocha la tête, et dégagea sa main.

— Mais pourquoi te diriges-tu vers le mur d'enceinte ?

Je la regardai, ahurie.

— Pour l'escalader, bien sûr.

Noor rit et agita une grosse clé dorée au clair de lune.

— Pourquoi escalader, alors que j'ai volé à Thohfsa les clés de la grille principale ?

Chapitre 10

Déjà, une foule de gardiens se précipitait vers l'infirmerie. Noor déverrouilla la grille, les mains tremblantes. Ensemble, nous nous glissâmes dans la nuit, abandonnant les gardiens à leur macabre découverte.

Les battements de mon cœur retentissaient plus fort que mes pas empressés mais, lorsque mes pieds touchèrent le sable frais et humide, je me sentis pousser des ailes.

Nous avions atteint la plage.

La liberté était à notre portée.

Nous trouvâmes une barque délabrée et, sans faire de bruit, la poussâmes à l'eau. Ce n'est qu'une fois en mer que je m'autorisai à lâcher mes épées pour me saisir des rames.

Nous pagayâmes toute la nuit, galvanisées par l'adrénaline. Malgré toutes les blessures qui la maculaient, ma peau semblait régénérée, comme si la liberté m'avait insufflé un feu nouveau. Nous ne savions pas précisément vers où nous ramions – seulement que nous laissions la prison loin derrière nous.

— Je n'arrive pas à croire ce qu'on vient de faire… Ce que *tu* viens de faire, articula Noor, d'une voix si vacillante que je me demandai si elle allait se mettre à rire ou à pleurer.

Un rire fébrile s'échappa de ma poitrine.

— Ces hommes n'avaient reçu qu'une formation rudimentaire. Face à de vrais soldats, ç'aurait été une autre histoire…

Noor toussota.

— Même ainsi, je ne pensais pas un tel exploit possible ! Comment as-tu fait ? Tu as consommé de la magie djinn ?

Je me frottai la nuque. Non, mon maniement rapide des armes, mon agilité, n'avaient rien à voir avec la magie.

Je les devais aux enseignements de Baba.

Chaque assaut, chaque parade et chaque défense étaient le fruit d'heures d'entraînement.

C'est alors qu'un visage m'apparut, celui du garçon avec qui j'avais partagé ces séances – ses yeux noirs, ses gestes assurés…

Si je fermais les paupières, j'entendais le souffle de ses pas près de moi. Et il n'y avait pas que les entraînements, mais aussi tout le reste. Tout ce que je souhaitais désespérément oublier – son sourire en coin quand il m'observait, sa voix éraillée lorsqu'il prononçait mon prénom. Je serrai les poings et mes ongles me griffèrent les paumes. J'aurais voulu lui échapper, mais chaque souvenir de lui était incrusté dans ma peau.

Je me forçai à les enfouir, coûte que coûte, ces instants de douceur auxquels je ne voulais plus penser – parce qu'ils n'avaient été que des illusions.

La seule chose réelle qui avait existé entre lui et moi était le terrain d'entraînement.

Mais son nom, je ne voulais pas le prononcer. Pas maintenant.

— J'ai toujours été entourée d'épées, expliquai-je d'un ton mesuré. Mon père est forgeron, c'est lui qui m'a appris à combattre.

— Il a bien réussi.

Noor contemplait l'étendue noire de l'océan et, absorbées dans nos pensées, nous laissâmes, quelques minutes, dériver notre embarcation.

— Dania, il y a une chose que je ne t'ai pas dite.

La voix de Noor était grave, à peine audible par-dessus le ronflement de l'océan.

Je cessai de ramer et levai les yeux vers elle.

— Je sais où est caché le trésor de Souma, déclara-t-elle, les pupilles scintillantes.

Je pris une inspiration et l'air marin tournoya dans mes poumons, les ramifications de son aveu se déployant dans mon esprit plus vite que n'importe quel plan d'évasion. Cette confession et ses conséquences supplantèrent les souvenirs de Maz, et m'offrirent autre chose.

Quelque chose qui ressemblait à de la vengeance.

Je m'étais doutée que Noor connaissait la cachette. Mais, à présent, le champ des possibles était absolu. Le pouvoir. La magie en quantités infinies.

Que ferais-je, si je possédais une force pareille ?

Cette fois, les souvenirs qui m'assaillirent n'avaient rien de doux. Ils étaient, au contraire, chargés d'amertume. Je revis le visage de Mazin, impassible alors que les gardes du palais me saisissaient de force. Les doigts sales du capitaine Darbaran s'enfonçant dans la chair de mes bras, avant d'y attacher des chaînes.

Je pourrais les punir. Mais qu'est-ce que j'y gagnerais, moi ?

Malgré ma tentation de céder à la haine, la voix grave de mon père me ramena, une fois de plus, à la raison. À lui, la vengeance n'apporterait rien – elle ne ferait qu'empirer les choses.

— Viens avec moi, proposa Noor, d'une voix si douce que ses paroles furent aussitôt emportées par le vent. Allons chercher ensemble le trésor de Souma. On se le partagera. Avec tout ce qu'il a caché, on pourra aller où on veut.

Elle déglutit, une flamme dans le regard.

— Nous pourrions obtenir justice.

Un souffle me traversa.

— Justice ? répétai-je, un sourcil levé. C'est vraiment ce que tu veux ? Moi, j'ai besoin d'autre chose.

Elle fixa son regard sur la mer insondable.

— Je veux me venger, admit-elle après un silence. C'est le mot qui convient.

Un mot que je ne connaissais que trop bien.

— Je veux me venger de l'empereur Vahid.

Elle passa nerveusement sa langue sur ses lèvres, comme si cet aveu même l'effrayait.

Une question me revint en tête. Le désir de vengeance de Noor dépassait la simple loyauté due à un supérieur hiérarchique, même bienveillant. Il y avait autre chose.

— Pourquoi ? lui demandai-je, la tête penchée.

Nous nous étions beaucoup confiées l'une à l'autre, mais il restait des secrets.

— Je veux détruire l'homme qui a décimé toutes ces vies, répondit-elle. L'homme qui a tué mon…

Elle s'étrangla. Quel était ce mot si douloureux qui refusait de sortir ? Souma était-il son ami ?

— Ton… ? l'encourageai-je.

Elle leva vers moi des yeux pleins de larmes.

— Souma était mon père. Mon vrai père. Ma mère a eu une liaison avec lui mais il a caché mon identité à sa famille. Quand ma mère est morte, Souma m'a accueillie chez lui. Voilà pourquoi je ne supporte pas l'idée de rester cachée alors que l'empereur, lui, mène une vie paisible, sans se soucier de quoi que ce soit.

Elle serra les poings.

— Vahid nous a beaucoup pris à chacune, conclus-je avec un sourire sans joie. S'il a tué ton père, il doit payer, Noor. À ta place, c'est ce que je souhaiterais.

Elle baissa la tête.

Vengeance.

Je n'attendais que cela. Et pourtant, la vengeance n'effacerait pas ce qui s'était passé.

Noor pouvait m'offrir un pouvoir sans limite – l'accès à la magie djinn.

Et, bizarrement, je ne me sentais pas victorieuse.

Que recherchais-je profondément ? Compenser les torts que j'avais subis ? Sans aucun doute. Mais, plus que tout, je voulais pouvoir tenir la main de mon père, sentir les cicatrices sur sa peau tannée par sa vie de forgeron, retrouver la sensation d'être aimée. Le père de Noor était mort mais le mien vivait encore, et grâce à cette conversation, j'avais pris conscience de ma chance.

— Je ne peux pas t'accompagner, déclarai-je en pesant mes mots. Je ne peux pas aller chercher le trésor de Souma avec toi.

Noor grimaça, déçue.

— Je dois retourner auprès de mon père.

Elle acquiesça mais je vis ses mains serrer la rame si fort que ses articulations blanchirent. Une question me traversa soudain : Noor avait-elle un endroit où aller ?

Elle n'avait plus de famille.

Je déglutis péniblement.

Baba l'accueillerait à bras ouverts, surtout quand il apprendrait l'aide incommensurable qu'elle m'avait apportée pour fuir la prison.

D'un geste léger, spontané, je posai la main sur son poignet.

— Viens chez moi. Ce sera une joie.

J'avais prononcé ces mots d'une voix calme, posée. Noor et moi ne nous connaissions pas depuis longtemps, mais notre amitié s'était nouée dans les entrailles d'une prison qui avait failli nous tuer, et dont nous avions réussi à nous évader au prix de plusieurs vies.

— Une fois en sécurité, on réfléchira à la suite.

Noor se mordit la lèvre, et jeta un coup d'œil vers la prison qui n'était plus, à présent, qu'un point noir à l'horizon du petit matin.

— Dania, tu m'as assez aidée comme ça. Tu es revenue me sauver alors que rien ne t'y obligeait.

Elle esquissa un sourire triste et ajouta :

— Ne t'inquiète pas. Si j'avais une famille, moi aussi j'irais la retrouver.

Quelle injustice… J'en avais le cœur brisé.

J'attrapai ses deux mains, faisant tanguer la barque.

— Maintenant, tu fais partie de ma famille.

Chapitre 11

Mon village était niché au pied des montagnes, comme incrusté dans la roche. Quelques dizaines de maisons de terre cuite protégeaient les habitants du vent glacial, et l'affleurement d'une falaise nous abritait des orages les plus violents.

L'atelier de mon père se dressait un peu à l'écart des habitations, à flanc de colline. Dès que je les aperçus, la grille de fer et les murs blancs m'appelèrent. La forge aurait dû se situer au centre de la cité impériale, à proximité du palais afin d'équiper aisément l'armée. Mais mon père n'était pas un artisan comme les autres. Il avait refusé de quitter le hameau où il avait épousé ma mère, là où il se sentait chez lui, même si un autre choix lui aurait offert une vie plus prospère. N'empêche qu'au village, tout le monde savait où le trouver.

Il avait le don de fabriquer des épées aussi belles que mortelles, des armes d'une surprenante légèreté, précises et équilibrées. L'empereur Vahid lui avait même demandé si sa forge était chauffée par le feu des djinns.

Bien sûr que non. Mon père était un homme ordinaire. Et pour cela, je l'aimais de tout mon cœur.

Peu après avoir rejoint la terre ferme, Noor et moi volâmes une mule dans un village côtier. Nous voyageâmes ainsi toute la nuit, décidées à prendre le plus d'avance possible sur nos poursuivants.

— J'espère que ton village dispose d'un puits très profond… gémit Noor à l'aube. Je meurs de soif !

Elle fit mine de s'évanouir sur l'encolure de la mule, tandis que je mettais pied à terre. Les rênes dans une main, je m'engageai dans un dédale de ruelles que je connaissais depuis toujours.

— Bien sûr qu'il y a un puits. Sinon personne n'habiterait ici.

— Allons-y tout de suite ! Je t'en supplie, Dania…

Je pouffai, malgré ma soif. Nous n'avions pu nous désaltérer qu'en ramassant ici et là de la neige au creux des dunes, lorsque nous traversions le désert gelé. Mon estomac s'était mis à gronder peu après que nous avions avalé les dernières dattes et baies sauvages grappillées en chemin.

— Chez mon père, on pourra boire et manger autant qu'on le voudra. Promis.

— Tant mieux parce que je ne supporterai pas beaucoup plus longtemps ce régime de dattes. Les repas étaient meilleurs en prison !

— Tu n'es pas sérieuse…

Je frémis rien qu'en me rappelant l'éternelle bouillie de lentilles donnée aux prisonniers.

Noor leva la tête.

— Évidemment. Au moins les dattes ont un goût.

Pour ma part, je m'étais délectée des abricots et des galettes à la poudre d'amande que nous avions volés dans les villes et lotissements croisés au fil de notre voyage. Nous avions même réussi à remplacer nos kurtas tachés de sang par des tuniques propres, et à nous chausser d'espadrilles tissées, simples mais confortables. Je n'étais pas fière d'avoir volé, mais je me tranquillisai en songeant qu'une fois auprès de mon père, j'aurais les moyens de rembourser ceux que j'avais lésés.

En cet instant, c'était bien la seule chose qui m'importait : retrouver Baba.

— Imagine un peu... murmura Noor. Du ragoût de mouton avec du riz parfumé. Des cornichons épicés. Du pain pita à l'ail et aux graines d'oignons noirs...

Elle se lécha les lèvres.

— Chez mon père, on fera un festin.

Je ne pus dissimuler l'impatience dans ma voix. J'en tremblais. Nous étions si proches de chez moi que mes yeux brûlaient de larmes.

Je précédais Noor dans les ruelles, serrant mon dupatta beige autour de mon visage. Je ne pouvais risquer que quelqu'un me reconnaisse et alerte Vahid – ou Mazin – de mon retour. Rien n'indiquait que des espions rôdaient dans le village, mais mieux valait être prudente.

La maison de mon père était en vue, à présent, avec ses murs immaculés. L'atelier se dressait sur la gauche, ses poignards croisés en guise d'enseigne.

Mais aucune lumière ne filtrait derrière les fenêtres, signe que la forge était à l'arrêt.

Je fronçai les sourcils, et serrai les rênes de notre mule. De bon matin, Baba était habituellement au travail...

Un gouffre d'effroi se creusa dans mon ventre.

— La porte est ouverte... souffla Noor en agrippant sa cape.

Elle avait raison. Je m'étais tellement concentrée sur la forge que je n'avais même pas remarqué.

Je m'élançai vers la maison, si vite que je survolai presque l'allée poussiéreuse. Je pénétrai en trombe dans le vestibule puis dans la pièce principale – pas une flamme, aucun signe de vie.

Où est-il ?

— Baba ! appelai-je, mon cœur battant à tout rompre, mes yeux fouillant le salon.

Le banc en bois de manguier était retourné, le tapis de broussailles en lambeaux. Une goutte de transpiration perla sur ma tempe, malgré la fraîcheur de l'aube.

Une fraîcheur caractéristique des lieux inhabités, désertés. Je me ruai vers la chambre de mon père.

Saccagée.

Le sommier fracassé, les oreillers déchiquetés, le matelas en palmes de dattier éventré. Les poignards qui ornaient la pièce avaient tous disparu, leurs contours grisés sur les murs comme seul indice de leur présence antérieure. Je m'avançai, vacillante, et posai la main sur l'ombre d'un couteau dont je me souvenais du pommeau orné d'une tête de chacal, comme pour me convaincre de la réalité de mes souvenirs – mon père avait bel et bien vécu ici.

Cette maison avait été pleine de vie et de chaleur.

J'appelai encore et encore – Baba mais aussi Jalebi, ma chatte –, ma voix résonnant aux quatre coins de la maison. En vain.

— Où es-tu… ? chuchotai-je enfin dans la chambre dévastée.

— Il a peut-être fui ?

La voix de Noor retentit derrière moi, hésitante, comme face à un animal sauvage. Elle brisa le silence et, malgré sa précaution, la colère s'éveilla aussitôt en moi.

— Pas comme ça, rétorquai-je, fourrageant fébrilement dans la chambre à la recherche d'une preuve, d'un indice.

Sans succès. À croire que les lieux étaient abandonnés depuis longtemps.

Je pivotai vers Noor.

— Il m'aurait laissé un message !

— Peut-être qu'il n'en a pas eu le temps ?

Il y avait un doute dans la voix de Noor. Le même doute qui s'agitait en moi, le même effroi qui menaçait de me terrasser.

— Tu penses que l'empereur l'a fait arrêter, lui aussi ?

— C'est possible, admit-elle, les mâchoires serrées. Mais cela n'explique ni la disparition de ses affaires, ni le saccage de sa maison. À moins que les lieux n'aient été pillés.

Pillés.

Je me précipitai dans ma chambre.

Je retrouvai les murs de brique blanche qui m'avaient vue grandir, le sommier solide et la grande fenêtre à travers laquelle brillait le soleil. Comme souvent, les rayons matinaux éclairaient les particules de poussière suspendues dans les airs. Mais cette pièce était, elle aussi, dévastée – mes kurtas gisaient au sol, et tous les autres vêtements avaient disparu. Les meubles étaient sens dessus dessous, comme si une foule de mains avides les avaient fouillés de fond en comble.

Devant ce spectacle, j'eus la sensation de vivre une nouvelle arrestation, d'être arrachée une fois de plus à tout ce que j'aimais, jetée dans une cellule vide. La terreur me fit chanceler.

D'un geste, je tirai le sommier pour l'éloigner du mur, et tentai de déloger une brique branlante près de la tête de lit. Elle résista. Une lueur de soulagement s'éveilla en moi. Je tirai plus fort, jusqu'à ce que la brique cède et me reste dans la main, révélant un compartiment sombre, une niche secrète connue de moi seule.

Une petite bourse indigo se trouvait à l'intérieur – intacte.

Je soupirai, et mes épaules se relâchèrent brièvement.

J'ouvris le gousset qui contenait mes rares biens de valeur – un peu d'argent, une mèche de cheveux de ma mère, un canif fabriqué par mon père et le pendentif en forme de poignard offert par Mazin. Je tins ce bijou à la lumière du matin et en contemplai la lame. Malgré sa taille miniature, c'était un vrai couteau, avec une pointe aiguisée. La garde était sculptée en forme de halmasti, une créature aux allures de loup issue des légendes du nord – une reproduction d'un coutelas fabriqué par Baba, mon modèle préféré. Je serrai le pendentif dans ma main, et la lame me piqua au creux de la paume. Le souvenir du jour où Mazin me l'avait offert était encore intact dans mon esprit.

Tu le porteras, n'est-ce pas ?

Tous les jours. Sans exception.

Pourtant, le matin de mon arrestation, j'avais oublié de le mettre en me levant. Voilà pourquoi je le retrouvais aujourd'hui. Cela n'avait pas empêché Maz de me poignarder dans le dos.

— Je ne sais pas ce que vous cherchez, mais cela ne sert à rien ! Ils ont déjà tout pris. Vous n'avez donc pas honte ?

La voix perçante, éraillée, m'arracha à mes souvenirs.

Je l'aurais reconnue parmi toutes.

Je fis volte-face.

— Nanu ?

Ma grand-mère se tenait dans l'embrasure de la porte, un vieux dupatta sur les épaules. Elle paraissait plus petite qu'avant, presque courbée, comme si son étole avait commencé à l'ensevelir. Cette transformation me bouleversa. Nanu ressemblait à ma mère – cheveux noirs et brillants, peau aussi dorée que le soleil. Elle était devenue une vieille dame en l'espace d'un an. Je ne l'aurais d'ailleurs sans doute pas reconnue si je n'avais entendu sa voix – une étincelle ardente surgie d'une forge rouillée. Sa chevelure, à présent, était striée de gris, et sa peau sillonnée de rides si profondes qu'on aurait dit des cicatrices.

Elle me dévisagea, ses yeux vert pâle scintillant dans la lueur de l'aube.

— Dania ?

C'était à peine un murmure, mais j'y décelai de la stupéfaction.

Je me précipitai vers elle, les paupières brûlantes de larmes, et l'entourai de mes bras en veillant à ne pas trop comprimer son corps frêle.

— Oui, Nanu, c'est moi, Dania. Je suis de retour...

Son étreinte me parut froide – d'ailleurs je ne me rappelais pas la dernière fois qu'elle m'avait embrassée. Ma grand-mère et moi n'avions jamais été proches. Baba avait toujours attribué ce désintérêt à la mort de ma mère. Après l'assassinat de sa fille, Nanu avait changé. Comme si le chagrin d'avoir perdu son unique enfant l'avait rendue insensible au reste du monde.

À moi, en particulier.

Dès lors, Nanu avait gardé ses distances avec nous. Nous la voyions seulement lors des vacances et des fêtes de village. Mais à présent qu'elle se tenait devant moi, j'aurais voulu réduire le gouffre qui nous séparait.

Son corps demeura immobile et rigide.

— Je te croyais morte, déclara-t-elle d'un ton hésitant, incrédule. Je pensais...

— Nanu... l'interrompis-je en lui serrant le bras. Où est Baba ? Que s'est-il passé ? implorai-je.

Sa bouche s'ouvrit et elle émit un son – mais aucun mot intelligible. Elle pâlit encore. Un malaise s'installa en moi, une brume qui, d'un coup, brouilla mes pensées.

Au lieu de répondre à ma question, Nanu regarda par-dessus mon épaule et se raidit encore.

— Qui es-tu ?

À mon tour, je jetai un coup d'œil à Noor qui patientait, un peu gênée, dans l'encadrement de la porte. Un voile d'inquiétude passa sur son visage.

— C'est mon amie, Nanu. Elle m'accompagne.

Ma grand-mère la scruta un instant, puis revint à moi, les lèvres pincées.

— Je n'arrive pas à croire que tu es ici, Dania. En chair et en os.

Je soupirai et attrapai ses mains.

— C'est pourtant vrai.

— Tu as été libérée ?

Elle fronça les sourcils et ses traits se creusèrent encore.

Je secouai la tête avec vigueur.

Son visage s'éclaira lentement et elle baissa la voix, osant à peine prononcer ces paroles :

— Tu t'es évadée ?

Évadée.

Je pensai aux gardes que j'avais tués pour échapper à la prison, aux tortures que j'avais subies aux mains de Thohfsa. À Noor, inconsciente, gisant dans une flaque de sang sur le sol de sa cellule crasseuse.

Évadée était un terme bien faible pour décrire ce que nous avions accompli. Nous nous étions forgé un chemin vers la liberté, malgré tout ce qu'on nous avait pris.

— Oui, je me suis évadée. Et je suis venue chercher Baba – et toi aussi, si tu veux. Je veux quitter le village et fuir quelque part où Vahid n'aura plus de pouvoir sur nous. Où nous pourrons vivre en paix. Peut-être auprès de ton peuple, dans les provinces du nord ?

Je doutais que Nanu veuille se joindre à nous. Tous mes souvenirs évoquaient la distance qu'elle s'était appliquée à maintenir avec moi depuis longtemps, l'ombre d'elle-même qu'elle était devenue après la mort de ma mère.

Sa bouche se courba.

— Dania, il faut que tu saches pour ton père.

Ces mots résonnèrent au fond de mon estomac, mais je refusai d'y prêter attention.

— Où est-il ?

Je sondai les environs comme pour le faire apparaître tout de suite, là, dans cette pièce. Une note de désespoir irriguait ma voix.

— Nous devons fuir, Nanu, et vite, pressai-je. Vahid est peut-être déjà à nos trousses.

J'évitai son regard. Ses yeux vides étaient éclairés d'une lueur que je ne voulais pas voir.

— Dania…

La voix calme de Noor me tira de mes pensées anxieuses. Elle posa une main sur mon épaule et je me figeai. Le sang martelait dans mes oreilles.

— Je crois que ta grand-mère essaie de te dire quelque chose.

Une douleur me saisit, une blessure béante et sombre qui aurait pu m'engloutir tout entière. Je devinai les mots de Nanu avant qu'elle les prononce, avant qu'elle porte son regard blême sur moi, avant que Noor me rattrape en pleine chute. Je savais ce qu'on voulait me dire, sans pouvoir l'entendre.

Car, alors, ce serait la fin. Il ne me resterait plus rien.

— Dania, ton père est mort.

Chapitre 12

— Dis-moi ce qui s'est passé.

Nanu nous conduisit chez elle, à quelques dizaines de mètres de là, et mit de l'eau à bouillir sur le feu pour nous servir chacune une tasse de tchaï.

— La maison a été pillée après le meurtre de ton père.

Après le meurtre de ton père.

Elle disait vrai, je le sentais comme on sent dans sa chair un orage qui approche. Mon père était mort.

Et je devais savoir pourquoi. Jusqu'à cet instant, Nanu avait éludé mes questions et, à la place, s'était affairée à préparer un lit au milieu du salon.

— Explique-moi ce qui s'est passé, répétai-je, ma voix rauque lui parvenant alors qu'elle attisait les braises du feu.

Elle me resservit du tchaï, et une graine de cardamome remonta à la surface du liquide laiteux. Je serrai la tasse entre mes deux mains, sans pouvoir me résoudre à la porter à mes lèvres, tant ma langue semblait engourdie.

— Bois ton thé, ordonna-t-elle.

Je déglutis péniblement, pour calmer mon impatience. Le regard glacial de ma grand-mère rencontra le mien et j'avalai d'un trait le reste de mon thé sans en savourer une goutte.

— Voilà.

Je reposai la tasse d'un geste sec.

— Maintenant, *dis-moi ce qui s'est passé.*

Noor plaça sa main sur mon épaule, et je la regardai avec gratitude. Fermant les paupières, je me forçai à prendre une grande inspiration pour calmer mes émotions survoltées. Nanu n'était pas responsable, je le savais bien, mais j'avais besoin de comprendre.

— Lorsqu'il a appris ton arrestation, ton père est entré dans une rage folle. Il a rassemblé ses épées les plus acérées en jurant qu'il allait te libérer. Personne ne pouvait le raisonner. Finalement, son ami Casildo a proposé de l'aider et tous deux sont partis à la nuit tombée.

Casildo.

Mon père lui rendait visite à chaque fois que nous allions voir l'empereur. Casildo lui achetait souvent des armes. C'était un ami fidèle, j'avais d'ailleurs envisagé de nous arrêter chez lui en venant ici. Mais lorsque j'appris qu'il avait voulu aider Baba à me secourir, l'émotion souleva ma poitrine.

Je n'avais pas pensé que mon père ait pu envisager de me sauver lui-même.

Ma main se tendit, malgré moi, pour attraper les doigts frêles de Nanu. Elle baissa les yeux et pinça les lèvres. Les contacts physiques étaient rares entre nous, pourtant, en l'espace de quelques heures, j'avais eu l'audace de la prendre dans mes bras et de lui serrer la main. Après la mort de ma mère, je n'avais pas pu compter sur Nanu pour accueillir mon chagrin. Mais, à présent, il ne restait plus qu'elle, la seule à avoir connu mon père et à savoir ce qu'il représentait pour moi.

— J'ignorais que Baba avait tenté de me libérer, soufflai-je, me rappelant les premiers jours d'emprisonnement, dans le donjon du palais, avant qu'on me transfère sur l'île.

Je pensais alors qu'on m'exécuterait, mais on m'avait condamnée à l'oubli dans un endroit sordide. Et pendant ce temps, mon père était mort en voulant me secourir.

— Baba est mort par ma faute ?

Je détournai les yeux, pour ne pas voir la confirmation dans son regard.

— Non, répondit-elle pourtant, sa voix tout juste perceptible par-dessus le tambourinement dans mes tympans. Il a été trahi par son ami. Casildo a proposé de l'accompagner à la prison du palais – sauf qu'il l'a conduit tout droit à la garde impériale. Ton père ne s'est pas laissé faire. Il a combattu. Jusqu'à être encerclé par les soldats. Quelle folie…

La voix de Nanu était calme mais ses paroles retentirent dans ma tête si fort qu'elles me brouillèrent la vue. Je visualisai la scène – les gestes de Baba lorsqu'il avait dû dégainer son talwar filigrané, la torsion de sa bouche lorsqu'en pivotant vers son ami, il avait compris sa trahison. Une expression sans doute proche de la mienne quand j'avais jeté à Mazin un dernier coup d'œil avant que les gardes m'entraînent vers le donjon. Le nœud au creux de l'estomac, la stupéfaction – tout cela, je devinais que nous l'avions vécu l'un comme l'autre.

De même que la sensation tenace d'être seul au monde.

— Où se trouve-t-il, à présent ?

Noor s'agenouilla sur la natte en feuilles de dattier.

Elle hocha la tête.

Oui.

Elle comprenait. Parce qu'elle aussi voulait punir l'auteur d'un crime similaire.

Nanu nous observait, la tête penchée, comme si elle discernait seulement maintenant notre lien.

— Casildo, précisai-je. Où est-il ?

Mes mots étaient à peine un grondement, mais l'ambiance se transforma lorsque je les prononçai. La colère et l'impatience se firent pesantes, et j'agrippai plus fort le poignard de mon père.

Nanu plissa les paupières.

— Casildo est à Basral, il y est toujours un commerçant respecté. À vrai dire, sa trahison a plutôt bien servi sa réputation aux yeux de l'empereur. Mais, avant de retourner en ville, il a pillé la forge de ton père. Il s'est emparé de tout ce qu'il pouvait.

Pourquoi ne l'en as-tu pas empêché ? aurais-je voulu hurler. Mais je connaissais la réponse. Nanu n'avait pas l'âme d'une combattante, et me sachant emprisonnée et mon père mort, qui restait-il à défendre ?

— Est-ce pour ses épées que Casildo a trahi Baba ?

Ma voix était montée dans les aigus sans que je puisse l'en empêcher. Ma grand-mère esquissa un sourire.

— Casildo a prétendu qu'il craignait l'empereur et qu'il avait estimé que dénoncer ton père était son devoir. Mais depuis, il expose ses armes dans son armurerie, alors…

— Baba est mort pour une collection d'épées… murmurai-je en secouant la tête.

— J'étais loin de me douter qu'il courait à sa perte, Dania.

Ses yeux se voilèrent.

— Je ne t'en veux pas, Nanu.

Je stabilisai ma voix, malgré la rage qui déferlait en moi et menaçait de déborder les barrages de ma conscience.

— J'en veux à ceux qui m'ont jetée en prison.

Le visage de Mazin surgit dans mon esprit. Suivi du sourire narquois de Darbaran, et je me retins de cracher par terre. Vahid avait tout orchestré.

Je pouvais désormais ajouter le nom de Casildo à cette liste de traîtres.

— Et j'en veux à celui qui a trompé mon père en feignant d'être son ami.

— Ne fais rien d'idiot, Dania, prévint ma grand-mère, sans grande vigueur toutefois.

Elle avait peut-être fini par se lasser des disputes qui l'opposaient à mon père, depuis des années, et son énergie s'était tarie. Sans doute savait-elle aussi qu'il était vain de tenter de me raisonner.

Un sourire austère se dessina sur mes lèvres.

— Quoi que je fasse, ce ne sera pas idiot.

Seul le désir de vengeance m'habitait désormais, et Noor en détenait la clé.

À sa mâchoire contractée, je sus que cette dernière s'attendait à ce qui allait suivre. Comme moi, elle voulait se venger des torts qu'elle avait subis.

— Nous resterons ici quelques jours, le temps de nous remettre en forme, déclarai-je. Puis Noor et moi reprendrons notre voyage.

Je ne dis rien à ma grand-mère de notre destination, ni du zoraat que nous irions chercher. Mieux valait lui cacher la vérité, j'étais trop bien placée pour savoir tout ce que la torture peut arracher comme information.

— Enfin, Dania, tu ne peux pas repartir…

Nanu s'avança vers moi, le regard plus intense que jamais. Je la dévisageai. Était-ce de l'inquiétude que je percevais dans sa voix, ou autre chose ? Ma grand-mère n'était pas du genre à montrer ses émotions.

— J'ai cru que tu étais morte, insista-t-elle, la voix implorante.

J'avais le cœur noué, mais ma décision était prise. À présent, dans mon sang coulait le même acier que celui dont étaient forgées les armes de mon père. Son assassinat avait assigné une nouvelle direction à ma vie.

Il n'était plus question de moi, ni de Nanu. Ni même de justice.

Une seule chose importait : me venger.

— Nous ne pouvons pas rester, répétai-je. Vahid ne tardera pas à apprendre mon évasion.

Elle hocha la tête, et je perçus sa déception. M'attarder au village n'était pas envisageable. De toute manière, la passivité m'aurait été insupportable. Je ne pouvais pas laisser impuni le meurtre de mon père, ni laisser ce traître de Casildo se promener en liberté, pas plus que ceux qui m'avaient envoyée en prison. J'étais dégagée de tout lien, et la part de moi la plus sombre se déployait à toute vitesse – elle éclaterait bientôt au grand jour.

Casildo. Darbaran.

Mazin.

Je jetai un coup d'œil à Noor. Un nom de ma liste coïncidait avec la sienne.

Vahid.

Je me repassai ces noms, encore et encore, jusqu'à ce qu'un plan se forme dans mon esprit, jusqu'à visualiser chaque pas qui me conduirait vers mon but.

Et, avant tout, ceux qui me mèneraient au trésor de Souma.

Ce soir-là, nous dégustâmes du mouton rôti que Nanu avait égorgé pour l'occasion. Je nettoyai le fond de mon bol avec un bout de galette, et savourai la cardamome noire et les piments, en me demandant comment j'avais pu vivre une année entière sans déguster le moindre plat digne de ce nom. Puis, attablée dans le salon de Nanu, je picorai les derniers cornichons restants, l'acidité du vinaigre m'aidant à maintenir mon esprit alerte.

Nanu avait invité quelques tantes du village pour l'aider à préparer le repas, et je feignis de ne pas voir les regards curieux que celles-ci nous jetaient. Nanu avait fait promettre à tout le monde de ne pas nous dénoncer, mais j'aurais préféré que personne ne soit témoin de notre liberté retrouvée… Aucun obstacle ne devait se dresser sur notre chemin.

La mort de mon père avait renforcé ma détermination.

Pourtant, je ne versai pas une larme. Je ne pleurai pas sa perte.

Toute ma peine s'était muée en rage. Le besoin de revanche était agrippé à ma gorge, ses griffes plantées dans ma peau. Je serrais si fort mon bol qu'il aurait pu voler en éclats.

Noor s'approcha de moi.

Elle s'assit sur un coussin, son assiette aussi vide que la mienne et murmura :

— Alors, tu acceptes de venir chercher avec moi le trésor de Souma ?

Je m'adossai au mur, et laissai échapper un long soupir.

— Oui.

Noor se resservit du riz et baissa encore la voix.

— Je pensais que ça ne t'intéressait pas…

— C'était avant que j'apprenne la mort de mon père. Maintenant, tout a changé. Le trésor nous donnera les moyens de nous venger.

Les griffes de la fureur étreignirent ma gorge plus fort encore, me coupant presque le souffle.

Noor posa son bol et se frotta la nuque.

— Dania, je sais que tu es en colère…

— C'est bien plus que de la colère, grondai-je.

— D'accord. Mais ne décide rien avant d'être certaine de savoir ce qui est arrivé à ton père. Réfléchis bien.

— C'est ce que tu t'es dit quand Vahid a tué Souma ? *Ton père ?* Je passe mon temps à réfléchir, Noor. Plus que de raison. Je pense à toutes les entailles, à tous les coups que je leur infligerai pour les punir de ce qu'ils ont fait à mon père. De ce qu'ils m'ont infligé à moi.

Les mâchoires serrées, l'humeur noire, je jetai un regard aux femmes du village qui riaient en discutant. L'une d'elles arrivait du poulailler, une autre massait la chevelure de ma grand-mère avec de l'huile de moutarde chauffée. Afra, la doyenne, répandait des effluves de piment brûlé à l'entrée de la maison pour repousser les mauvaises âmes qui, peut-être, nous avaient suivies depuis la prison. L'ambiance était à la fête – la fille du forgeron était de retour auprès de ses tantes qui l'attendaient.

Sauf que cette fille avait changé.

J'avais beau avoir grandi dans ce village, celui-ci n'était pas le lieu qui m'avait vue changer. C'est lorsque j'étais étendue sur le sol glacial de la prison, que l'acier avait infiltré mes veines.

— Tu dois être sûre de toi, insista Noor. Si on s'engage dans cette voie, il n'y a plus de retour en arrière.

Je croisai les bras.

— Et toi, tu es sûre de toi ? Tu pourrais continuer à mener ton existence en sachant que l'assassin de Souma est dans la nature ?

Pour toute réponse, Noor détourna le regard, les yeux brillants de douleur.

— C'est bien ce qui me semblait. Nous ne pouvons pas vivre tant qu'ils sont en vie.

Une fois de plus, le visage de Mazin me revint en mémoire – premier nuage avant l'orage.

Comme toujours, c'était à lui que je pensais en premier. Les autres ne méritaient pas moins ma colère, mais c'est la trahison de Maz qui infestait tout.

Sa déloyauté était le pire à supporter.

Sans Mazin, Baba serait vivant.

Je déglutis et fermai les yeux quelques secondes, avant de les poser à nouveau sur Noor.

— Pas tant que *Mazin* est en vie, corrigeai-je. Et je veillerai à ce qu'il éprouve toute la puissance de ma rage.

Noor m'observait de son regard insondable. La torche se reflétait dans ses yeux noirs.

— Si c'est vraiment ton souhait, je suis prête, déclara-t-elle. Moi, je ne veux qu'une chose : la mort de cet homme.

« Cet homme » n'était pas le mien. Mais nous combattions les deux faces d'une même pièce.

Noor leva le menton.

— Je veux venger Souma.

— Vahid paiera, tu peux me faire confiance. Tu es certaine de vouloir partager le zoraat avec moi ?

Elle acquiesça et je demandai aussitôt, de peur de ne pas oser plus tard :

— Pourquoi ?

Elle scruta les flammes dans l'âtre.

— Parce que tu es revenue me chercher alors que tu aurais pu m'abandonner aux mains de Thohfsa. Parce qu'une telle entreprise ne doit pas être menée seule. Parce qu'on forme une bonne équipe. Et parce que…

Elle hésita.

— … parce qu'on connaît toutes les deux la douleur de la perte et la torture de l'impuissance. Je veux réparer ces injustices avec toi.

J'exhalai un soupir, libérant un peu de ma colère. Noor avait raison, nous formions une bonne équipe – notre évasion le prouvait, comme notre périple jusqu'ici. Et nous avions un ennemi commun. Je rêvais de faire une entrée fracassante, à cheval dans la cité impériale, épée brandie, mais ce serait une erreur. Je devais faire preuve de plus d'intelligence, de subtilité, si je voulais parvenir à mes fins.

Il n'était pas seulement question de les punir, mais aussi de les faire payer.

— Ce ne sera pas facile, confiai-je en observant les tantes du village, consciente que, peut-être, je ne les reverrais plus jamais après notre départ.

— Je le sais depuis que je t'ai rencontrée.

Un sourire se dessina lentement sur son visage. Je tendis la main et serrai la sienne.

— Merci, mon amie.

— Tu me remercieras quand tu tiendras dans tes mains la magie du djinn, conclut-elle. Quand tu posséderas effectivement le pouvoir de tout faire, ou presque.

Je hochai la tête mais me cramponnai à la vieille table en bois. Au fond, je ne souhaitais qu'une chose : revoir mon père.

Mais aucune magie au monde ne m'offrirait cette chance.

Baba était mort, et seule l'extermination de nos ennemis pouvait apaiser ma peine. Ils paieraient le prix fort.

— Mieux vaut ne pas nous éterniser ici, déclara Noor tout bas, feignant un sourire pour ne pas attiser les soupçons d'une femme qui discutait près du feu avec Nanu.

Les tantes nous avaient à l'œil.

Je sursautai.

— Tu penses qu'elles pourraient nous dénoncer à l'empereur ?

Dans mon village, nous étions loyaux les uns envers les autres, et je n'imaginais pas que qui que ce soit nous trahisse.

Comme je n'aurais jamais cru Mazin capable de me trahir.

J'observai des femmes qui chantaient près de la cheminée.

— On partira au lever du soleil.

— Je vais emballer les restes du repas de ta grand-mère. Le voyage sera long, et j'ai eu mon lot de dattes.

Noor s'approcha du buffet, tandis que je picorais des graines de fenouil, les yeux sur le feu.

La mort de Baba avait libéré quelque chose en moi, une émotion sourde que j'avais contenue tant que demeurait en moi l'espoir de le revoir.

Mais je n'avais plus d'espoir.

Je serrai les poings, songeant à Casildo – son ami d'enfance, que je considérais comme un oncle. Sa traîtrise me glaçait le sang. Pourtant, j'y puisai une force nouvelle, comme si je pouvais, une bonne fois pour toutes, bannir mes émotions et me consacrer à mon unique objectif. En figeant tous mes affects, je deviendrais moi-même l'arme dont j'avais besoin pour venger mon père.

Et pour me venger, moi.

Chapitre 13

— Noor, réveille-toi…

Encore assoupie, elle se frotta les yeux, puis me regarda d'un air surpris.

— Il fait encore nuit, observa-t-elle. Le soleil n'a même pas commencé à se lever…

Elle se redressa sur un coude. Nos vêtements étaient dispersés dans la pièce en désordre après les festivités de la veille.

— Dania, tout va bien ? demanda-t-elle.

— J'ai entendu un bruit… un cri, peut-être, expliquai-je en me mordant la lèvre. On ferait mieux de partir tout de suite.

Noor se leva tant bien que mal.

— Je vais seller la mule…

— Fais vite, acquiesçai-je, le souffle court. Je rassemble nos affaires.

Je sentais flotter dans l'air quelque chose d'étrange, une tension qui ne me plaisait pas. Noor regarda par la fenêtre.

— Je ne vois rien, mais si les soldats de l'empereur ont été informés de notre évasion, ils sont peut-être en embuscade.

Je pliai nos habits et les rangeai dans mon sac.

— Il y a une journée de route entre le village et la cité. Assurons-nous d'être parties depuis longtemps quand ils arriveront.

— Et ta grand-mère ? Ne veux-tu pas lui dire au revoir ?

La porte de la chambre de Nanu se détachait dans la pénombre, avec sa peinture écaillée. Je me remémorai mes pensées de la veille.

Pour agir, je devais bannir toute émotion.

Il n'y avait plus de place en moi pour ma grand-mère, plus d'espace pour la tendresse.

Je figeai mon sang dans mes veines, et continuai de faire nos bagages.

— Pas le temps. Les adieux ne servent à rien.

Noor fronça les sourcils.

— Mais tu ne veux pas...

— Non. Peut-être plus tard. Quand toute cette histoire sera derrière nous.

Je n'avais aucune idée de ce qui resterait alors de moi, et ne voulais pas y penser. Peut-être reviendrais-je au village, auprès de Nanu, pour vivre une existence vide de tout. Peut-être.

Noor sembla vouloir ajouter quelque chose, mais elle se ravisa.

— Alors, en avant, dit-elle enfin.

Nous partîmes avant les premiers rayons du jour. Tandis que nous gravissions la montagne, je projetai mon regard en direction de la cité impériale. Un nuage de poussière gonflait dans la vallée.

— Des chevaux...

Noor jeta un œil par-dessus son épaule. Quelques points noirs à l'horizon confirmèrent l'approche de la cavalerie.

— Ils savent.

Mon cœur cognait dans ma poitrine, la colère se mêlant à l'impatience. Si j'avais croisé la route des soldats de Vahid à cet instant, j'aurais repeint le sol avec leur sang.

Je fermai brièvement les paupières, et respirai. Combattre de simples soldats n'avait aucune utilité. Nous devions fuir, impérativement, avant que les gardes ne trouvent des signes de notre passage.

— Ils vont nous traquer…

— Je ne m'inquiéterais pas trop pour ça, répliqua Noor.

D'un mouvement de tête, elle désigna la direction opposée, le désert où le ciel gris se confondait avec la terre.

— Un orage arrive.

— Voilà qui effacera nos traces. Mais dépêchons-nous tout de même.

Nous voyageâmes ainsi plusieurs jours, partageant la nourriture prise chez Nanu, et récoltant dans la forêt ce dont nous avions besoin pour compléter nos repas. Noor, experte en végétaux, savait distinguer les plantes comestibles de celles qui, provenant de la magie djinn, nous « *carboniseraient de l'intérieur* », selon son expression. Nous nous nourrîmes ainsi de prunes et de racines que nous fîmes bouillir dans du lait de chèvre pour en atténuer l'amertume, ainsi que de scorpions des montagnes, égarés dans la besace de Noor, que nous fîmes rôtir sur les braises. Et, chaque jour, chaque heure qui nous rapprochait du trésor de Souma, je me répétais les mêmes noms, comme un mantra.

Casildo.

Darbaran.

Vahid.

Mazin.

Je restais en mouvement, pour m'empêcher de tomber à genoux et de pleurer, face contre terre, dès que je pensais à mon père. Si je m'arrêtais, si je cessais d'ourdir mon plan, je devrais affronter la réalité de la vie sans lui.

Noor et moi voyagions en silence, et je compris qu'elle ne voulait pas m'importuner. Le soir, en marmonnant, elle étudiait notre trajectoire du lendemain par rapport aux étoiles, en s'assurant de nous faire emprunter les chemins les plus sinueux pour brouiller les pistes. Quant à moi, je passais mes soirées à aiguiser mon couteau.

Nous campions à la belle étoile, quelques heures seulement au cas où la garde impériale serait toujours à nos trousses.

De jour comme de nuit, le pendentif de Mazin reposait, glacial, contre ma poitrine et, chaque fois qu'il se glissait sous mon kurta, je prenais une courte inspiration.

C'était comme un rappel.

Enfin, nous atteignîmes le versant opposé de la montagne dont la traversée, jalonnée d'énormes rochers, me sembla d'abord impossible.

— On y est, annonça Noor en observant les pierres.

— Comment le sais-tu ?

— Souma m'a indiqué l'emplacement exact du trésor, et sa description correspond parfaitement à cet endroit. Il l'appelait « le cimetière de pierre. »

En effet, à perte de vue, des roches étaient empilées les unes sur les autres, avec des airs de pierres tombales.

— Comment peut-on trouver quoi que ce soit ici ?

— Souma m'a donné une carte.

Je lui jetai un coup d'œil effaré.

— Noor, tu as réussi à faire entrer une carte en prison ?

— Non...

Elle se tapota la tempe.

— Tout est ici. Souma m'avait demandé de la mémoriser.

Maintenant que nous avions atteint notre destination, ses yeux brillaient plus intensément encore, dans la clarté du matin.

— Tu as l'air heureuse d'être arrivée, constatai-je, alors qu'elle circulait parmi les rochers d'un pas léger.

— Je vais enfin voir le trésor que mon père a consacré sa vie à constituer.

Elle sourit et ajouta :

— Le trésor qu'il a caché au monde.

— Et la démonstration de sa confiance absolue en toi.

Noor croisa mon regard.

— Oui, ça aussi.

Le trésor pouvait se trouver n'importe où – et se repérer dans un désert de roches semblait totalement vain. Sans précisions supplémentaires, nous pourrions y passer le restant de nos jours.

— Quelles sont les indications que Souma t'a données ?

— Il faut repérer quatre rochers alignés, comme des pierres tombales. À leur pied se trouve une grotte, invisible à l'œil nu.

Elle se dirigea vers un dattier décharné et je lui emboîtai le pas, tant bien que mal. Je manquai plusieurs fois de trébucher, et mes pas se figèrent lorsqu'un serpent tout noir croisa mon chemin, avant de disparaître sous un buisson. Je poussai un cri étranglé, perdis l'équilibre et chutai sur le sol rocailleux.

— Pourquoi Souma a-t-il choisi un tel endroit pour cacher son trésor ? gémis-je en époussetant mes genoux.

Je m'adossai à un gros rocher pour examiner le kurta emprunté à ma grand-mère. Le tissu était déchiré.

— Pour qu'il soit bien caché, justement, répliqua Noor. Personne n'échoue ici par hasard – c'est même un lieu qu'on voudrait éviter. Regarde autour de toi, il n'y a rien ici !

Noor avait raison. Le jardin de pierre s'étendait jusqu'à l'horizon, comme un bataillon minéral et sinistre. Pour y dénicher quoi que ce soit, il fallait savoir exactement ce qu'on cherchait.

Je me levai et passai en revue les blocs, en quête d'un simulacre de tombe. Noor marchait en donnant de petits coups de pied dans les cailloux. Quelque chose au loin accrocha mon regard et je me figeai si brutalement qu'elle me percuta de plein fouet.

— Qu'est-ce... ?

À l'affleurement d'une colline se dressaient quatre sépultures de pierre, alignées d'une façon si naturelle qu'on ne pouvait les remarquer que depuis un point très précis. Je retins mon souffle et avançai, suivie de Noor, tout aussi silencieuse. Plus nous nous approchions, plus il devenait évident que ces rochers avaient été placés là de main d'homme – des monticules de blocs, surmontés d'un caillou noir.

— La cachette est près d'ici... murmura Noor.

Je sondai les alentours mais ne trouvai pas l'ombre d'une ouverture. Nous étions entourées de rochers de toutes tailles et de toutes formes, donnant sur une étendue déserte.

— Tu es certaine que Souma parlait de « grotte » ?

— Oui, répondit-elle d'un ton sec qui dévoilait sa propre déception.

Elle poussa un soupir excédé.

— Je ne peux pas croire que Souma ait menti. Il faut continuer à chercher.

J'auscultai les quatre empilements de pierre. C'est alors qu'une pensée me vint.

— Noor, Souma avait bien dit « pierres *tombales* » ?

— Oui, pourquoi ?

Une lueur s'éclaira en moi.

— Il devait parler d'une grotte souterraine.

Elle marqua un temps puis se jeta sur moi pour me prendre dans ses bras, secouée par un rire nerveux.

Je m'agenouillai, palpant frénétiquement le sol. Mes doigts accrochèrent un relief – un sillon parfaitement droit dans la roche.

Je me figeai.

— Ici !

Noor se précipita vers moi.

— Quoi ?

J'examinai la fissure, trop nette et trop géométrique pour être naturelle.

— Une entrée, je pense.

Noor et moi nous attelâmes à balayer la terre et les cailloux de nos mains encrassées.

Peu à peu, nous dégageâmes une surface plane de la taille d'un homme, agrémentée d'une poignée.

— C'est une trappe…

Noor y glissa la main et poussa. Sans succès.

— Essayons ensemble.

Nous agrippâmes en même temps la poignée, et accordâmes nos mouvements. D'un coup, le panneau rocheux s'ouvrit, libérant un nuage de poussière.

Je me reculai par réflexe, prise d'une quinte de toux.

— Dania, tout va bien ?

— Oui, laisse-moi seulement reprendre mon souffle.

Je pris une grande inspiration, et me frottai les yeux avant de faire face à l'entrée ainsi dégagée.

Celle-ci s'ouvrait sur une caverne souterraine, tel un gouffre prêt à nous engloutir.

— Ne me dis pas qu'on doit descendre là-dedans… marmonnai-je.

— Ne dis pas de bêtises, répliqua Noor. Je ne suis pas très athlétique. C'est *toi* qui dois y descendre.

Je la fusillai du regard puis, lentement, je m'approchai de l'ouverture.

— Souma n'a pas installé de pièges, assura Noor dans mon dos. Sinon, il me l'aurait dit.

— Alors, pourquoi tu n'y vas pas ?

— Parce que s'il y a quelque chose à combattre sous terre, tu t'en sortiras bien mieux que moi.

— Quelque chose à combattre ? questionnai-je, les sourcils levés. Quoi, par exemple ?

— Un invisible…

Pour la première fois, je pris conscience de la folie de notre entreprise. Nous cherchions un trésor djinn, la source d'un pouvoir si absolu que l'empereur lui-même avait conclu un marché avec une créature d'un autre monde pour pouvoir en faire usage.

Et nous voulions nous l'accaparer.

J'effleurai le canif de Baba.

— Quand toute cette histoire sera derrière nous, je t'apprendrai à te battre, promis-je, par-dessus mon épaule.

— Pour quoi faire, si je suis avec toi ?

Je retins un éclat de rire, et son trait d'humour dissipa brièvement la panique qui colonisait ma poitrine. Je glissai les jambes par l'ouverture et tentai d'évaluer la profondeur du gouffre. Sans succès. Sauter dans le vide était trop risqué.

— Tu as emporté une corde ? demandai-je.

— Non, mais ta grand-mère m'a donné un de ses dupattas – je pourrais l'enrouler autour de ta taille et t'aider à descendre.

— Pourquoi pas…

Elle sortit de son sac une étole pourpre, rebrodée de fleurs jaunes – un accessoire que ma grand-mère portait souvent. Je m'en ceinturai soigneusement et Noor agrippa l'extrémité.

— Interdiction de lâcher prise…

— Je ne promets rien, répliqua-t-elle.

Elle m'adressa un grand sourire tandis que je fronçais les sourcils.

Puis, je m'enfonçai dans le noir.

Chapitre 14

La lumière du jour, qui s'infiltrait par l'ouverture, offrait juste assez de clarté pour y voir. L'air, ici, était sec et frais. La grotte n'était pas très profonde en fin de compte, et j'aurais sans doute pu sauter, mais la descente en rappel eut le mérite de m'apporter un peu de réconfort.

Bientôt, mes pieds rencontrèrent un tapis de sable, et je parcourus du regard les parois de la caverne.

C'était une petite galerie, complètement déserte à l'exception de trois sacs volumineux posés dans un coin. Je soupirai, et une particule de poussière étincela au soleil.

Le trésor de Souma.

— Dania ?

— J'ai trouvé des sacs ! Je crois qu'ils contiennent des pièces…

Je m'approchai pour mieux voir. Deux d'entre eux étaient remplis de pépites d'or, d'émeraudes et de diamants gros comme des yeux.

Le troisième renfermait une substance que je n'avais jamais vue de ma vie.

Du zoraat.

Des graines de magie djinn.

Les pépins multicolores luisaient dans le filet de lumière, et je fus prise d'une envie subite d'y plonger les mains.

Mais, contrairement à Noor, je ne connaissais rien à la façon de fonctionner du zoraat. Toucher ces grains suffisait-il à s'imprégner de leur pouvoir ? Ou fallait-il les ingérer ?

Je posai la paume sur les billes luisantes, et leur texture me rappela le fond d'un bassin tapissé de cailloux.

Que pouvais-je en faire ?

Le visage de mon père m'apparut, son sourire légèrement tordu, ses yeux cernés après une nuit à la forge.

Ce pouvoir me permettra de te venger.

Sans plus hésiter, je plongeai le bras dans le sac et m'étonnai de la texture légèrement molle et gluante contre ma peau, semblable à des œufs de poisson.

Soudain, je me sentis traversée par une vague, une onde de calme, et une brise légère m'effleura la joue.

Je levai les yeux. Comment était-il possible que je sente souffler la brise dans ce souterrain ?

Vengeance.

Un murmure retentit et, avec un sursaut, je sortis aussitôt la main du sac. Du coin de l'œil, je perçus un mouvement au fond de la grotte. Le cœur battant, je dégainai mon poignard et fis volte-face.

Personne.

Je plissai les paupières, sondai la caverne vide puis en arpentai le sol sablonneux. La voix m'avait paru bien réelle – rauque, vénéneuse. Et j'étais presque certaine d'avoir aperçu un bout de cape dans le coin le plus sombre. Mais j'eus beau scruter l'obscurité attentivement, je ne décelai aucune présence.

Je retournai vers les sacs et me figeai soudain pour jeter un coup d'œil en arrière. Deux empreintes de pas parfaitement nettes, bien plus grandes que les miennes, étaient apparues dans le sable à l'endroit où je me trouvais l'instant d'avant, sous le puits de lumière.

Je frémis. Le courant d'air se rafraîchissait de seconde en seconde. Je n'avais pas de temps à consacrer à des fantômes imaginaires, aussi secouai-je la tête et attrapai-je l'extrémité du dupatta pour le nouer autour du premier sac. Pas de temps à perdre dans cette sinistre caverne.

— Noor ! J'ai attaché un des sacs au foulard… tu peux le soulever ?

— Oui, je vais l'accrocher à la mule !

Son visage apparut par l'ouverture, et la vision de son petit menton pointu me procura un intense soulagement.

Noor hissa le sac d'or. Puis, les deux autres sacs. Enfin, elle m'aida à sortir.

— Voilà qui confirme la confiance que Souma avait en toi.

— Oui… souffla-t-elle, les yeux pleins de tristesse.

Le regard tourné vers les montagnes, elle parut un instant perdue dans ses pensées, les lèvres si serrées qu'elles en étaient livides.

Je m'approchai du sac de zoraat, et contemplai les grains moirés à la lumière du jour.

— Comment ça fonctionne ?

— Le zoraat se consomme mais il faut savoir parfaitement le doser. Lorsque l'empereur a conclu son marché avec le djinn, la créature lui a donné la quantité parfaite de pouvoir qu'un humain peut supporter. J'ai passé ma vie à perfectionner mes mélanges pour me rapprocher de ce dosage. Quand on en absorbe des quantités inadéquates, les effets du zoraat peuvent être… désastreux.

Devant son air grave, je renonçai à lui demander des détails. Elle avait visiblement assisté à des scènes terrifiantes…

Surtout, je m'apprêtais moi-même à en consommer.

— Tu es sûre que tu n'en as jamais pris ?

Elle leva brusquement la tête.

— Non. Certainement pas. C'était strictement interdit.

— Alors comment testais-tu les recettes ?

Elle déglutit.

— En tant qu'apprentie, on m'a enseigné la préparation des différents mélanges destinés aux guérisseurs. Mais mes préparations étaient tellement efficaces que Souma m'a affectée aux usages plus… intensifs de la magie.

— C'est-à-dire ?

— Les sorts de torture. De possession. De transfiguration. Des pouvoirs proches de ceux des djinns eux-mêmes.

Je me penchai sur les graines, glissant de nouveau mes doigts dans la masse. Aussitôt, un courant électrique me traversa, un murmure s'éleva parmi les rochers. Je sursautai.

La voix s'intensifia, comme si la pierre elle-même s'adressait à moi, répétant toujours le même mot – incantation et avertissement à la fois :

Vengeance.

— Oui… répondis-je tout bas.

Une figure m'apparut, décharnée, les yeux noirs. Je reculai d'un bond, et un cri déchira ma gorge. Je connaissais ce visage, me l'étais remémoré chaque jour depuis un an.

Sauf qu'il n'était pas comme dans mon souvenir. Disparu le sourire chaleureux légèrement tordu d'autrefois, l'homme qui se tenait devant moi avait l'apparence d'une goule menaçante, venue pour m'enlever.

Mon père.

La main de Noor se glissa dans la mienne, me ramenant aussitôt sur terre.

— Dania !

Je clignai deux fois des yeux, puis la regardai, le cœur au bord de l'explosion. Impossible d'effacer le visage décharné de Baba, ses yeux hagards braqués sur moi, cette apparition venue me hanter.

— Que s'est-il passé ?

Noor m'observa.

— Ne t'approche plus de ces graines, déclara-t-elle. Pas avant que j'aie trouvé le bon mélange.

— Tu as dit qu'il fallait les ingérer pour qu'elles fassent effet ! répliquai-je, secouant la tête pour m'éclaircir les idées. Je les ai à peine effleurées…

— Qu'est-ce que tu as vu ? Tu avais l'air… ailleurs. C'est la première fois que je vois quelqu'un réagir au zoraat rien qu'en le touchant.

— J'ai vu…

J'humectai mes lèvres, tentant de comprendre ce qui m'était arrivé. Mais, malgré mes efforts, je ne trouvais pas comment décrire la vision du corps putréfié de mon père.

— Peu importe… conclus-je avec un frisson. Tu crois que ça se reproduira ?

— Je n'en ai aucune idée. J'ai surtout observé des guérisseurs consommer du zoraat pour ressouder des os et réparer la chair.

Elle me contempla un instant.

— Tu es toujours sûre de vouloir faire ça ? demanda-t-elle.

Je n'étais pas certaine de comprendre. Parlait-elle de mon besoin de vengeance ? De mon projet de consommer du zoraat pour m'imprégner de magie djinn ?

Une bonne fois pour toutes, je repoussai le visage fantomatique de mon père, et à la place convoquai l'image de ses mains rugueuses travaillant le métal, l'écho de son rire grave quand je lui racontais une anecdote, et le hoquet qui le prenait à chaque fois qu'il buvait une longue gorgée de tchaï. Une bouffée de rage gonfla en moi, chassant l'effroi.

Sans les traîtres qui me l'avaient pris, mon père serait toujours là.

— Oui. J'en suis sûre.

Noor hocha la tête.

— Alors, au travail.

Chapitre 15

Nous prîmes la direction de la cité impériale et fîmes plusieurs détours pour éviter de passer par mon village. Les quantités d'or dont nous étions à présent munies nous permirent, dans le premier hameau que nous traversâmes, d'échanger notre mule contre un cheval et de prendre une chambre dans une auberge.

C'était un grand bâtiment de brique blanche, avec des portes bleues et une écurie de bonne taille pour un si petit village. L'établissement n'était pas très fréquenté, ce qui nous rassura. Cette nuit, au moins, nous n'aurions pas à nous soucier du vol de nos affaires. Je demandai la plus grande chambre, pour que nous ayons toute la place nécessaire à nos préparatifs.

— Tu l'as déjà fait, n'est-ce pas ? m'enquis-je auprès de Noor. Transfigurer quelqu'un ?

L'intérieur de l'auberge aussi était peint en blanc et notre chambre disposait d'un grand miroir. J'y observai mon reflet, mémorisant les contours de ma silhouette, les traits obstinés de mon visage, mes grands yeux noirs.

Bientôt, je contemplerais un visage complètement différent.

— Je l'ai fait quelques fois, répondit Noor en piochant des graines dans le sac de zoraat. Mais tout dépend du mélange, et du but recherché. Tu as eu une drôle de réaction en touchant les graines, je vais commencer par une faible dose.

Noor sépara les graines par couleurs, formant de petits tas turquoise, rouge sang et jaune safran qu'elle fit glisser chacun dans un petit bol en granite chipé à la cuisine, puis les broya à l'aide d'un gros pilon. Lorsque les graines furent réduites en poudre, elle préleva une pincée de chaque couleur, et mélangea le tout dans une assiette en fer-blanc. Enfin, elle leva vers moi un regard anxieux.

Je la dévisageai en retour.

— Que dois-je faire, au juste ?

Elle expira et préleva une cuillérée du mélange brunâtre.

— Rien, pour le moment.

Je me mordis la lèvre.

— Si tu n'en as jamais ingéré, comment sais-tu que ce mélange est le bon ?

Elle hésita avant d'approcher la cuillère de ma bouche. Mes ongles se plantèrent dans mes paumes tandis que j'observais la poudre.

Même si Noor m'avait sauvé la vie, je trouvais encore difficile d'accorder ma confiance à qui que ce soit.

Je mordillai l'intérieur de ma joue, réprimant une envie soudaine de lui jeter le mélange à la figure et de quitter l'auberge en courant.

Mais je *devais* lui faire confiance – comme elle, en retour. Sans cela, nous ne vengerions jamais nos pères.

Ni eux – ni nous.

Je fis circuler l'air dans mes poumons, tâchant d'étouffer en moi la voix qui me suppliait de ne pas aller plus loin.

— À l'officine, Souma nous demandait de faire différents mélanges qu'il testait sur les guérisseurs et espions auxquels l'empereur avait accordé le droit de consommer du zoraat.

J'ai assisté à des scènes abominables... Des sujets à l'agonie, dont les organes viraient au noir, dont les yeux se liquéfiaient et la peau partait en lambeaux.

— Voilà qui est rassurant. Je me demande quelle couleur prendront mes organes...

Elle secoua la tête.

— Ce que je veux dire, c'est que l'idée d'infliger ce genre de souffrance m'a toujours terrorisée. Mais ça ne m'est jamais arrivé. Pour chaque mélange, je me suis sentie guidée, comme si on me soufflait les bonnes quantités. J'ai un lien très particulier avec le zoraat – un lien unique.

— « On » ?

Je repensai à la voix dans la grotte, ce murmure qui semblait s'élever de la Terre elle-même.

— Comme une sensation, plutôt. Une main qui dirigerait mes gestes.

— Personne n'est mort à la suite de tes mélanges ?

— Mieux que ça – j'ai réussi toutes mes préparations, sans exception. Certains herboristes mettent des années à maîtriser le zoraat là où, moi, j'ai appris d'instinct.

Elle haussa les épaules et conclut :

— Tout ça pour dire que je n'en suis pas à mon coup d'essai, alors si ta peau part en lambeaux, ce ne sera pas de ma faute.

Je haussai un sourcil, et observai à nouveau la cuillère.

Les mots jaillirent de mes lèvres, et je perçus leur poids avant même de les prononcer :

— Je te fais confiance.

Nous n'étions pas arrivées jusqu'ici pour que je baisse les bras au moment crucial.

La poudre de zoraat tapissa ma langue et gonfla dans ma bouche pour prendre une texture huileuse.

— Qu'est-ce… ?

Le mélange visqueux colla à mes dents, et en l'espace de quelques secondes, je fus incapable de parler. Je fus saisie d'un haut-le-cœur.

— Il faut un peu de temps pour s'y habituer… admit Noor.

— Vraiment ? rétorquai-je, retrouvant l'usage de ma voix.

Au même instant, une douleur intense me traversa. Je tombai à genoux, dans un craquement d'os. Je contractai les orteils, et me préparai à la suite.

— Tu n'avais pas précisé que ce serait douloureux…

— Cela ne dure pas longtemps. Ne panique pas.

Le calme de Noor imprégna l'air et, contre toute attente, agit sur les battements de mon cœur. Des sensations étranges infusaient mon corps – mes membres étaient lourds et légers en même temps. Mes jambes faiblirent et, bientôt, je n'eus plus la force de me tenir debout. L'huile magique se répandait partout en moi.

— Qu'est-ce que je suis censée faire, maintenant ? demandai-je, les mains à plat sur le plancher, m'empêchant de hurler de douleur.

Pas question d'attirer l'attention des autres clients ou des tenanciers de l'auberge.

— Visualise ce que tu désires, recommanda Noor, et je pris conscience qu'elle était à genoux près de moi. N'oublie pas, je me charge de composer le mélange, mais une fois que le zoraat est en toi, le monde t'appartient.

Le monde t'appartient.

La vengeance m'appartient.

Je serrai les poings sur le parquet et me redressai, les yeux sur le miroir. Mon regard, injecté de sang, était celui d'une bête sauvage et mon visage, couvert de poussière. Pourtant, dès que je me concentrai sur le pouvoir qui sinuait en moi, la réponse s'imposa à mon esprit :

— Je veux changer d'apparence.

Noor acquiesça.

— Pense à ton apparence actuelle. Fixe ton attention sur un trait particulier et la façon dont tu souhaiterais le transformer. La magie modèlera ton corps comme de l'argile.

Je fermai les paupières et suivis les consignes de Noor : je songeai à mon nez – je le visualisai plus long et un peu plus large. Puis, j'ouvris les yeux.

Et restai bouche bée.

Noor sourit.

— Tu es déjà différente.

Puis, elle reprit son sérieux.

— Continue de te transformer, mais attention, tu dois conserver intacte *une* partie de ton corps, un aspect de ton physique que tu ne pourras pas modifier, sinon tu risques de te perdre entièrement.

— Mes mains, répondis-je sans hésiter.

C'était là que se concentrait toute mon expertise. Mes paumes soupesaient naturellement le poids des armes, mes doigts empoignaient d'eux-mêmes mon poignard pour l'envoyer dans les airs, sans que j'aie à y réfléchir. S'il y avait une chose à conserver de moi-même, c'étaient mes mains.

— Alors, concentre-toi sur les autres parties de ton corps, m'encouragea Noor. Et façonne-les par petites touches – de menues altérations ici et là suffiront à te donner une apparence nouvelle.

Je fixai mon attention sur mes yeux, pour les rendre plus étroits, plus perçants. Je conservai la couleur de ma peau mais en réchauffai les reflets, et apportai à mes joues un éclat plus rosé. Quand j'allongeai mes pommettes, j'entendis craquer mes os. Tout mon corps hurlait de douleur tandis que mon visage prenait les traits d'une autre.

Jusqu'à ce que la fille dans le miroir n'ait plus rien à avoir avec celle qui avait affronté les gardiens de la prison et appris la mort de son père.

Cette personne-là paraissait douce ; elle était belle, apprêtée – elle n'avait connu aucune épreuve.

Noor siffla.

— Mazin ne te reconnaîtra jamais !

— Tant mieux, murmurai-je, songeant à tout ce que je pourrais lui infliger.

— Qui es-tu, à présent ?

Je traçai avec mon doigt les contours de mes lèvres, puis ceux de mes yeux.

— Sanaya, annonçai-je finalement. Sanaya, comtesse de Khara. Fille d'un riche chef des provinces du nord.

Par ma mère et ma grand-mère, qui en étaient originaires, je connaissais bien ces contrées lointaines. Mon mensonge contiendrait donc une part de vérité, une identité que je pouvais légitimement incarner. Mais je ne pouvais m'empêcher de scruter le nouveau visage qui m'observait à travers mes propres yeux.

— C'est incroyable…

— Oui, mais ça ne dure pas, il faudra faire preuve de prudence.

Je la regardai avec surprise.

— Comment ça ?

— La transformation est temporaire. Quand la magie se sera dissipée, tu retrouveras tes traits. Pour maintenir ta nouvelle apparence, tu devras continuer à prendre du zoraat. Sauf qu'une consommation prolongée peut être dangereuse. J'ai vu des gens… sombrer, à force d'en absorber.

— Au bout de combien de temps ?

Je l'écoutais à peine, fascinée par mon propre reflet.

— Je ne sais pas précisément, répondit Noor en secouant la tête. Trois semaines, peut-être… Un mois.

— Un mois, ce sera très bien.

Peu importait le temps imparti, il me faudrait l'utiliser à bon escient. Mais un nouveau visage n'était pas suffisant. Il me fallait plus.

Une armée.

Un amant.

— Peut-on utiliser les graines à d'autres fins ?

— Bien sûr. Les mélanges te conféreront différents pouvoirs.

— Parfait.

Je me détournai du miroir.

— Et toi, tu ne veux pas te grimer ?

Noor secoua la tête.

— Souma m'a fait promettre de ne jamais avaler de zoraat. Pas après les souffrances dont il a été témoin. Et puis, dans mon cas, il n'y a pas de risque. Personne ne connaît mon visage, je suis toujours restée dans l'ombre, à l'officine. Je n'ai pas besoin de zoraat, et cela en fera plus pour toi. Tant que ton but est toujours de punir l'empereur…

Elle m'observait attentivement, comme si elle-même ne savait plus tout à fait qui j'étais.

— Tu es toujours sûre de toi ?

De nouveau cette question mais, cette fois, le sujet était différent. Noor ne demandait pas si je voulais consommer du zoraat mais si je voulais poursuivre mon plan.

Parce qu'une fois engagées dans la voie que j'avais choisie, nous ne pourrions plus faire machine arrière.

Le calme se fit en moi. Les soldats de l'empereur avaient tué Baba. Son meilleur ami avait pillé sa forge. En un an, j'avais perdu tous ceux qui m'étaient chers, et été soumise à d'atroces souffrances. Alors que Mazin, lui, menait une vie insouciante. Je repensai à son visage, à son masque impénétrable tandis que les gardes m'arrêtaient.

— Oui, répondis-je d'une voix rauque. C'est la seule chose qui compte.

Chapitre 16

Grâce au second cheval que nous achetâmes dans le même village, et à une route directe traversant les montagnes, nous ne mîmes pas longtemps à rejoindre la cité impériale. Je n'avais plus besoin de dissimuler mon visage, et Noor couvrait le sien par précaution même si les risques qu'elle soit reconnue étaient faibles. À Basral, nous serions des étrangères, conformément à notre plan.

La cité était bâtie à même les dunes – telle une extension de la terre surgie du sol et non construite de main d'homme. Les bâtiments couleur de sable s'étendaient jusqu'à l'horizon.

Basral – ville maudite du pouvoir djinn. Le lieu où je serais vengée.

Je répétai les quatre noms qui m'accompagnaient à chaque instant :

Casildo. Darbaran. Vahid. Mazin.

Tous m'avaient trahie par cupidité ou par soif de pouvoir. Ils n'imaginaient pas le prix que je leur ferais payer. Alors que le zoraat courait dans mes veines, le même murmure revenait sans cesse à mes oreilles :

Vengeance.

Je goûtai ce mot, et me rappelai l'ombre aperçue dans la grotte, les empreintes dans le sable, mais aussi le visage spectral de Baba. Ces visions m'étaient venues alors que j'avais simplement effleuré le zoraat, me rappelant que je n'avais aucune idée de la puissance réelle de cette magie.

Peut-être notre réserve était-elle suffisante pour décimer la cité tout entière.

Pour embraser la terre sous les pieds de Mazin, pour l'obliger à me supplier de l'épargner.

Une pénombre se répandait en moi, plus sombre encore que ma rage, à mesure que la magie m'imprégnait. L'espace d'un instant, mon champ de vision s'obscurcit, et une chaleur intense brûla le creux de mes paumes.

— Par quoi doit-on commencer ?

La voix de Noor transperça le feu qui avait commencé à m'envahir.

Il fallait procéder par étapes.

Je pouvais les tuer tout de suite, mais là n'était pas notre plan. Nous voulions plus que la mort : un châtiment.

Afin de lui voler ses armes, Casildo avait exploité l'amour d'un père pour sa fille. Que ferait-il, lui, dans une situation similaire ? Serait-il prêt à se battre si un être cher lui était enlevé ?

Depuis toujours, je détestais Darbaran, le chef de la garde palatine, à cause de ses mains baladeuses et de ses regards concupiscents. L'argent et l'exploitation des plus faibles étaient ses principaux vices – ce que Noor et moi prévoyions d'utiliser à notre profit.

Vahid n'avait d'intérêt que pour une chose – le pouvoir. Si nous parvenions à ruiner son empire, nous pourrions l'anéantir. C'était le souhait de Noor.

Et Mazin.

Il m'avait trahie en profitant de mon amour, de ma confiance, et avait fait de moi un bouc émissaire.

J'en ferais tout autant.

Pour accomplir tout cela, j'avais prévu chaque étape de ma vengeance.

— D'abord, nous devons acquérir une réputation, déclarai-je.

En attirant l'attention de personnes bien placées, nous aurions accès à l'empereur mais aussi à Mazin.

— … On a assez d'or pour se faire remarquer, poursuivis-je. Utilisons-le à bon escient. Puis, il faudra trouver un moyen d'être reçues au palais.

Le palais où vivait Mazin.

Le visage de Noor s'éclaira d'un grand sourire.

— Voilà qui tombe bien, déclara-t-elle. Justement, je rêve de faire des emplettes.

Nous utilisâmes une partie des diamants du trésor pour acheter une luxueuse demeure à la lisière de la cité. Noor, herboriste dans l'âme, la choisit pour son jardin luxuriant. Quant à moi, j'en parcourus les couloirs pour évaluer la sécurité des lieux, étudier l'emplacement des portes et leur solidité. Il nous fallait un luxe ostentatoire pour attirer l'attention de Casildo, Darbaran et Vahid, mais lorsque Mazin aurait remarqué notre présence il nous faudrait pouvoir faire face à toute situation.

Notre maison acquise, nous entreprîmes d'acheter une quantité de soie, de vêtements et de bijoux digne des familles les plus riches du pays. Nous nous offrîmes des shalwar kameez de toutes les nuances, des lehengas et des tuniques rebrodées de perles et de sequins. Je veillai à choisir plusieurs pièces de style nordique – ornées de roses, de formes géométriques, et aux manches décorées de motifs à l'encre –, telles que celles que portaient ma mère et ma grand-mère quand j'étais enfant. Je voulais me faire passer pour une jeune comtesse des provinces du nord, aussi devais-je sélectionner mes tenues avec soin, elles seraient mon armure. Je songeai à mon père, sculptant des formes d'animaux sophistiqués sur la garde de ses épées avant de les sertir une à une de gemmes précieuses. Au fond, je marchais dans ses pas : je me parais de beauté pour dissimuler mon arme véritable – moi-même. Et, quand tous ces messieurs seraient à mes pieds, occupés à m'admirer, je leur trancherais les doigts d'un coup de lame.

— Comment comptes-tu nous faire inviter au palais ? Je veux dire, à part exhiber notre richesse jusqu'à ce que les courtisans soient obligés de nous remarquer ?

Noor, étendue sur des coussins, dégustait des tranches de mangue fraîche tandis que j'examinais les poignards que le forgeron de la cité venait de nous livrer. Leur fabrication laissait à désirer, mais je devais m'équiper.

Et puis, si nous menions à bien notre plan, j'aurais bientôt récupéré les épées de mon père.

— Ce sera pour plus tard, répondis-je. Occupons-nous déjà de Casildo.

Noor acquiesça.

Je fis tournoyer un couteau au creux de ma main – la seule partie de mon corps qui soit encore Dania.

— Le moment est venu d'éprouver ce déguisement.

Sous le soleil de midi, l'air du bazar était suffocant. La chaleur me collait à la peau comme un filet. J'avais revêtu mon plus beau shalwar kameez, dont le haut indigo piqué d'imposants motifs nordiques recouvrait un pantalon de même couleur. Mes longs cheveux – bouclés, désormais – étaient enroulés en tresse au sommet de ma tête et constellés de perles dorées. J'observais le monde à travers mes nouveaux yeux liserés de khôl noir. Noor et moi sillonnions le bazar, à la recherche du stand de Casildo.

Nous le trouvâmes en bordure du marché, débordant de lames importées des quatre coins de l'empire.

Je m'approchai d'un air faussement nonchalant, tâchant de dissimuler la rage bouillonnant au fond de moi. Mais le marchand derrière l'étal n'était pas Casildo. Il posa sur moi un regard appuyé, scrutant ma parure et les servantes qui m'accompagnaient – l'une d'elles n'était autre que Noor qui avait choisi de se faire passer pour ma femme de chambre.

— Bonjour, sahiba. Vous cherchez quelque chose pour votre mari ?

L'appât du gain étincela dans son regard, et il disposa aussitôt devant moi plusieurs des poignards parés de bijoux. Je les balayai du regard – pas un n'était l'ouvrage de mon père.

— Je n'ai pas d'époux, répondis-je, saisissant un couteau particulièrement criard. Je cherche une épée. Je suis… collectionneuse.

— Alors, vous êtes au bon endroit. Casildo possède les plus belles épées de Basral.

Je détournai les yeux avec dédain et empoignai un katar en argent avant de passer les doigts dans la poignée. Noor m'avait conseillé de prendre des airs de novice mais je m'y refusais. Je tenais à ce que cet homme voie que je savais manier les armes.

— Je cherche un spécimen bien précis, un modèle que j'ai vu une fois…

Je songeai aux couteaux de mon père, tous uniques, avec leurs gardes sculptées en têtes d'animaux et leurs lames gravées. Je tapotai mes lèvres de la pointe du katar.

— Une épée ornée d'une tête de halmasti, sertie d'or et d'émeraudes.

Le commerçant se frotta le menton, l'air gêné.

— Sahiba, j'ai déjà vu cette arme. Mais pas ici. Mon maître, Casildo, conserve chez lui une collection plus importante qu'il montre à certains amateurs. La plus belle collection que vous ayez jamais vue… Mais, sachez que ces armes sont chères.

— Pensez-vous que je manque de moyens ?

Un sourire courba ses lèvres, et il baissa les yeux avec respect.

— Non, sahiba, mais je n'aime pas prendre les clients en défaut. Je parlerai à mon maître de votre requête. Où puis-je vous trouver ?

— Je vis au sud de la cité. La villa Jasmine Koti, vous connaissez ?

— Bien sûr, une belle demeure, avec de magnifiques jardins.

Ses yeux étincelèrent lorsqu'il entrevit la commission que lui accorderait Casildo. Je ne le décevrais pas.

— Je vous ferai porter un message pour organiser un rendez-vous avec Casildo. Il vous montrera aussi le reste de sa collection.

— Je compte sur vous.

L'après-midi même, un messager se présenta à notre porte, l'air anxieux, pour confirmer que Casildo souhaitait nous rencontrer.

— Il n'a pas perdu de temps, constata Noor en prenant la missive des mains tremblantes du jeune homme.

Je pris place dans un grand divan mauve, face au soleil filtré par les voilages. Quiconque m'aurait vue m'aurait prise pour une gamine gâtée, nourrie de pistaches et abreuvée de tchaï à l'eau de rose…

… jusqu'à me voir lancer plusieurs poignards sur le mur à l'autre bout de la pièce.

— Casildo écrit qu'il peut te recevoir demain pour te montrer l'épée que tu cherches.

— Son employé a dû lui dire à quel point je parais riche, avec mes bijoux jusque dans mes cheveux…

Je ne pus m'empêcher de rire, puis m'interrompis avant de jeter le couteau suivant.

Je pressai la lame contre ma paume, laissant le fer picoter ma peau. J'allais bientôt revoir Casildo, celui qui avait orchestré la mort de mon père. La colère bourgeonna à nouveau dans ma poitrine, tandis que je déchiffrais la missive.

— Sans parler de tes mains parées de diamants, ajouta Noor en les désignant du menton. On ressemble à un coffre au trésor ambulant ! Heureusement que tu as embauché des gardiens sinon on serait en train d'être cambriolées en ce moment même.

— L'appât du gain et la lâcheté sont le langage de Casildo. Il a toujours envié mon père, son expertise, ses réalisations. Et il a attendu qu'il soit à genoux pour profiter de lui. Casildo veut savoir combien nous sommes prêtes à dépenser, et s'assurer d'en être le seul bénéficiaire.

Noor prit un abricot sec dans une assiette.

— En t'escroquant ? demanda-t-elle en mordant dans le fruit.

— S'il le peut. Mais il essaiera peut-être même de faire pire.

Je visai le mur, soulageant du même coup ma colère.

Je devais garder la tête froide pour aborder la suite.

Noor esquissa un rictus.

— Tu penses qu'il tentera quoi que ce soit avec l'armée de gardes qui est en faction devant chez nous ? Casildo a trahi ton père parce que c'était facile. Il ne fera rien qui mettrait sa vie en danger.

— Voilà pourquoi je lui ferai croire que s'en prendre à moi est facile. Jusqu'à ce que cela ne le soit pas. C'est à ce moment-là qu'on frappera.

— Tu es impitoyable.

— C'est maintenant que tu t'en rends compte ?

J'esquissai un sourire avant d'ajouter, plus sérieuse :

— Ne le serais-tu pas, à ma place ?

Je me levai et arrachai le dernier poignard planté dans le mur.

Noor s'approcha de la fenêtre pour contempler le palais.

— Il t'a pris ton père, je comprends ton besoin de revanche. Mais prends garde à ne pas devenir ce que tu méprises. Ce qu'on méprise toutes les deux.

— C'est-à-dire ?

— Cupide. Avide de pouvoir.

Je pesai ces mots. Le pouvoir qui pulsait dans mes veines était enivrant, c'est vrai. Mais je ne courais aucun risque d'y succomber – j'avais d'autres ambitions, beaucoup plus importantes.

— Je n'oublie pas la raison de notre venue à Basral, assurai-je.

Le rire de Noor résonna dans les couloirs de notre vaste demeure.

— Dania, s'il y a bien une chose qui ne te menace pas, c'est l'oubli !

Chapitre 17

Nous nous présentâmes chez Casildo vêtues de nos plus beaux atours. L'entrée de la demeure était surveillée par des gardes et éclairée de grosses torches. Nous y fûmes accueillies par l'employé du bazar, qui arborait un large sourire.

— Il se frotte les mains depuis hier… chuchota Noor.

— Soyons à la hauteur de ce qu'il a fait miroiter à son patron.

Je serrai mon dupatta. La borderie perlée tinta comme pour approuver notre plan.

— Bienvenue !

Casildo parut à son tour sur le seuil de la demeure, et je dus faire tous les efforts du monde pour ne pas arracher mon épingle à cheveux et la lui planter dans la gorge.

— Tarfaan m'a informé de votre requête et expliqué que vous veniez d'arriver à Basral. Je suis très heureux de vous accueillir.

Il avait la même apparence qu'autrefois, sauf que ses tempes, auparavant noires, grisonnaient à présent et que son sourire, autrefois chaleureux, me sembla perfide. Je m'efforçai de sourire en retour, et ma main effleura malgré moi le poignard attaché à ma cuisse. Je soufflai lentement pour me calmer.

Une mort rapide serait trop charitable.

Malgré la colère qui mijotait dans mes veines, un frisson me traversa quand ses yeux se posèrent sur mon visage.

Allait-il me reconnaître malgré le pouvoir de la magie djinn ? Lui, qui me connaissait depuis l'enfance ?

Cette rencontre me permettrait d'évaluer l'efficacité de ma métamorphose.

Il m'observa… et rien dans son expression ne changea.

Il affichait un large sourire, comme s'il se réjouissait de constater la valeur de mon kameez. Je me félicitai d'avoir choisi la tenue la plus chère de ma garde-robe pour cette visite.

Noor, elle, portait un kurta vert, ourlé d'or. Elle se faisait toujours passer pour ma femme de chambre, ce qui lui permettrait de se faufiler dans des endroits qui m'étaient inaccessibles, afin de réunir certaines informations. Un atout indispensable pour approcher Casildo.

Je voulais qu'il souffre et, pour cela, il me fallait découvrir ce à quoi il tenait le plus – ce qu'il ne supporterait pas de perdre. Du bout des doigts, je jouai avec l'encolure de mon kameez, et répondis à son sourire.

— Merci pour votre accueil, Sahib, articulai-je, mâchoires serrées. Je suis impatiente de découvrir votre collection. Votre employé en a vanté toutes les qualités.

— Les couteaux que vous avez vus au bazar ne sont rien comparés à ma collection privée…

Casildo nous fit signe d'entrer et nous conduisit dans une cour intérieure fleurie de lotus et de dahlias blancs qui répandaient un parfum entêtant.

La plupart des riches demeures disposaient de jardins intérieurs, qui permettaient d'échapper à la chaleur ambiante. Une large fontaine rehaussée d'une statue se dressait au centre de la cour. En m'approchant, je vis qu'elle représentait le combat mythique entre le guerrier Naveed et un azi mortel. Naveed massacrait son adversaire, en écrasant ses ailes de dragon sous ses bottes et en lui transperçant le cou avec son cimeterre. Une vision effroyable, qui imprégnait l'atmosphère.

Ici, on glorifiait la force et les armes.

Je scrutai le regard de l'azi, cet être légendaire qui, selon la légende, avait attaqué un village de notre région. Pour le combattre, Naveed lui avait offert, en guise de repas, une chèvre empoisonnée, avant de le terrasser dans son sommeil.

Un autre symbole fort de la maison : les traîtres gagnent à la fin.

Je sondai le reste du jardin et avisai des domestiques venus nous servir toutes sortes de collations dans des verres en cristal et des assiettes dorées.

— Vous attendez d'autres invités ? m'enquis-je en me tournant vers Casildo.

— Quelques amis, pour vous souhaiter la bienvenue. Votre arrivée est un grand événement, comtesse... surtout depuis que vous avez acheté la moitié du bazar. On parle de vous dans tout Basral. Je suis heureux que vous vous soyez arrêtée à mon stand.

— Moi aussi, Sahib. Ne serait-ce que pour le plaisir de pouvoir rencontrer un autre passionné d'épées.

— Appelez-moi Casildo, je vous en prie.

Je penchai la tête, et une étincelle brilla dans ses yeux.

— Merci pour ce si généreux accueil, ajoutai-je.

On nous présenta de grands plats d'agneau rôti aux cornichons épicés qui me firent aussitôt saliver. En prison, je m'étais juré de ne plus *jamais* refuser le moindre repas. Mais, alors que j'allais me servir, Noor toussota. Nos regards se croisèrent, et le sien m'appela à la retenue. Elle s'avança pour remplir mon assiette, jouant parfaitement son rôle de domestique.

— Dégustez tout ce que vous souhaitez ! s'exclama Casildo en désignant les plats. Après le repas, nous irons voir les armes qui vous intéressent tant.

— Je n'attends que ça…

Je pris une bouchée de viande grillée, et mastiquai lentement pour en savourer le goût exquis.

— D'où viennent vos épées ? demandai-je. Avez-vous un… fournisseur ?

Mon estomac se noua avant la fin de ma phrase. Qu'allait-il répondre ? Raconterait-il comment il avait trahi mon père pour s'emparer de ses biens ? Il me tardait de l'entendre s'expliquer, et souffler sur les braises de ma haine.

Oseras-tu parler de mon père, espèce de lâche ?

— *J'avais* un fournisseur, précisa-t-il. Mais, depuis quelque temps, j'achète mes armes au gré de mes voyages. Vous avez demandé à voir une épée en particulier – celle à la garde sculptée en forme de halmasti ?

Il esquissa une moue et commenta, l'air impressionné :

— Une merveille, connue d'un nombre réduit de privilégiés…

— Ma grand-mère me racontait des histoires au sujet de cette arme. Une fois, j'ai vu une épée similaire, et je regrette encore de ne pas l'avoir achetée…

— Vos parents ne vous l'ont pas offerte ?

— Ils avaient mieux à faire que d'acheter des lames pour une jeune fille…

Je m'esclaffai – un rire factice, qui laissa comme des cendres dans ma bouche.

— Vous êtes issue des provinces du nord, n'est-ce pas ? De la tribu d'un puissant chef de guerre, il me semble ?

Il recula dans son siège et ajouta :

— Que faites-vous si loin de chez vous, comtesse ?

— Mon père souhaite nouer des contacts à Basral. Il m'envoie en émissaire.

Je pris une bouchée de viande bouillie, dont l'arôme de gingembre et de cardamome verte me mit le feu à la bouche. Je m'appliquai à consommer le plat avec délicatesse, par petits morceaux, au lieu de l'engloutir tout d'un coup comme l'aurait fait Dania.

— Ces mets sont délicieux. Qui est votre cuisinier ?

Casildo rit.

— Ah, non, vous ne me le volerez pas ! Du moins, pas avant d'avoir vu mes épées. Suivez-moi, comtesse.

Il fit signe à un domestique de servir des tasses de tchaï fumant.

— Allons prendre le thé dans la galerie.

— La galerie ? demandai-je d'un ton plus brusque que prévu. Je ne suis pas venue pour admirer des sculptures et des tableaux.

Noor fronça les sourcils dès qu'il eut le dos tourné. Je tapai dans mes mains et, un sourire sage aux lèvres, reprit d'une voix doucereuse :

— Je préférerais voir tout de suite votre collection d'épées.

Il me jeta un regard condescendant, accompagné d'une tape sur l'épaule.

J'aurais voulu briser chacun de ses doigts.

— Je pense que vous apprécierez la galerie, insista-t-il.

Casildo nous fit parcourir les couloirs de sa luxueuse demeure. Lorsque je l'avais connu, cet homme n'était qu'un marchand modeste, qui vivait dans une maison de trois pièces au cœur de la ville. Il ne devait sa richesse qu'à une chose : le profit tiré de sa trahison envers mon père. Machinalement, je levai le menton, comme pour ne pas me noyer dans la culpabilité qui menaçait de m'asphyxier. Je n'avais pas pu protéger Baba. Il était seul lorsque son ami le plus proche s'était révélé être son pire ennemi.

Je passai la main sur une tapisserie au fond d'un couloir, représentant la bataille décisive entre l'ancien roi et l'empereur Vahid. Ce dernier y apparaissait fier, arrogant, brandissant une poignée de graines djinn. Le corps de l'ancien roi gisait non loin, sur une montagne de cadavres.

Je songeai aux quantités de zoraat que nous avions cachées chez nous, aux couleurs chatoyantes que Noor savait mêler avec précision. Si tout se passait comme prévu, l'emprise de Vahid sur l'empire céderait bientôt, précisément grâce au zoraat qu'il se donnait tant de mal à contrôler.

— Ah, la bataille de Chidkruh… soupirai-je. Une de mes préférées.

Casildo s'approcha de moi dans mon dos, si proche que je devais résister à l'envie de lui flanquer un coup de tête dans les dents. L'idée me fit sourire.

— C'est l'empereur lui-même qui m'en a fait cadeau.

— Vous devez être un homme de grande importance pour que l'empereur vous fasse un tel présent.

Il pouffa.

— Attention, comtesse, votre flatterie pourrait me toucher au cœur.

Un rictus de dégoût courba mes lèvres malgré moi. Croyait-il à un jeu de séduction ?

Noor toussota. Je croisai son regard, qui m'informa que mes vraies émotions étaient trop visibles sur mon visage.

Enfin, tout de même… Cet homme aurait pu être mon père !

Je feignis l'effarouchement, pour lui faire croire que son petit jeu pouvait le mener quelque part. Si cela permettait de gagner sa confiance, j'étais prête à battre des cils jusqu'à soulever une tempête.

Casildo parut ravi. Pour ma part, la révulsion comprimait ma poitrine.

— L'empereur n'a fait que me remercier pour un service rendu, expliqua-t-il enfin.

Je tendis l'oreille.

— Un service ?

Pourvu que ma curiosité paraisse sincère…

— Je l'ai informé d'un complot ourdi contre lui, et aidé à se débarrasser du traître en question. Mais tout cela est de l'histoire ancienne. Ces jours-ci, la situation est parfaitement apaisée.

J'émis un ricanement que je tâchai de faire passer pour un rire complice – en réalité, je préférais m'abstenir de toute parole, pour ne pas risquer de l'insulter. De nouveau, ma main glissa d'elle-même vers mon couteau, bien au chaud dans son fourreau, et qui n'attendait qu'à être dégainé. Je me retins de justesse de trancher la gorge de Casildo à cet instant, de m'offrir le plaisir de voir couler son sang sur le sol de marbre blanc.

La magie djinn faisait écho à ma rage, bouillonnant dans mes veines comme de l'huile sur du feu.

Les contours de mon champ de vision s'obscurcirent, et des picotements me parcoururent les doigts. Je baissai les yeux vers ma main droite, et aperçus une ligne noire qui sinuait du sommet de mon index au creux de ma paume. On aurait dit une veine sombre logée sous ma peau – seule manifestation visible de la magie qui circulait en moi. Je scrutai cette étrange volute avec stupéfaction, puis avec effroi.

Était-ce un effet secondaire du zoraat ? Je pressai ma main contre mon corps pour la cacher.

Puis, je me campai bien droite devant mon adversaire – dans une posture de combat.

Noor me donna un léger coup d'épaule, et secoua discrètement la tête. Elle devait sentir que je pouvais, à tout instant, renoncer à notre plan et assassiner Casildo au beau milieu de sa demeure. Je lui décochai un regard noir, mais obéis à son avertissement silencieux. J'éloignai mes doigts de mon poignard.

Noor avait raison. Je ne devais pas perdre mes moyens – pas maintenant, pas si tôt. Je serrai le poing, et me promis de l'interroger sur cette veine étrange qui venait d'apparaître.

Vengeance.

De nouveau, la voix résonna en moi. Était-ce la mienne ? Je n'étais sûre de rien.

Je poussai un soupir pour chasser la colère, autant que possible. Puis, avec une inspiration, je convoquai toute ma détermination.

Nous atteignîmes une vaste pièce, éclairée de plusieurs torches fixées aux murs de pierre et meublée d'une succession de vitrines incrustées d'or, dont le contenu scintillait à la lueur des flammes. Ce n'étaient pas des œuvres d'art qui étaient exposées, mais des armes.

Des épées. Des poignards. Des couteaux de toutes sortes.

Le paradis de n'importe quel collectionneur.

Je contemplai les pièces les unes après les autres, éblouie par leur splendeur et oubliant presque la raison de ma venue.

Je me postai devant un étalage de saifs à bords droits, munis de gardes sophistiquées. Puis, mon regard fut attiré par une série d'alléchants sabres à lame incurvée. Partout, des poignards sertis de pierres, de khopeshs sculptés, de talwars recourbés, de kirpans gainés d'or ; du sol au plafond, des armes de toutes tailles et de toutes formes – avec un point commun : elles étaient l'œuvre d'un seul et même forgeron.

Casildo avait consacré une galerie entière aux armes qu'il avait volées à mon père.

J'aurais voulu m'élancer vers elles, comme je me serais élancée vers Baba, souriant et toujours en vie. C'était l'œuvre de sa vie. Exposée chez l'homme qui l'avait fait assassiner.

Mon cœur cognait si fort que je plaquai ma main sur ma poitrine comme pour empêcher la rage et le chagrin de le faire éclater.

— Vous semblez surprise, déclara Casildo. Je pensais bien que ma collection vous plairait…

— Je suis… sans voix, parvins-je à articuler à grand-peine.

D'un geste, Casildo ordonna qu'on me resserve en tchaï, et un valet versa un filet de liquide fumant dans ma tasse en verre. Des pétales de rose séchés avaient beau flotter à la surface du thé, rien n'aurait pu me réconforter à cet instant, pas même l'odeur de cardamome et de pistaches broyées. Mes doigts agrippèrent la tasse, et je dus me retenir de la briser en mille morceaux. La ligne noire sur ma main s'était épaissie, et serpentait à présent jusqu'à mon poignet. Je portai la tasse à mes lèvres, rassurée de constater que le liquide ne tremblait pas, et parvins à avaler une gorgée bouillante.

La porte de la galerie s'ouvrit derrière nous en grinçant, mais je ne tournai pas la tête. Mon regard demeurait rivé sur les rangées d'épées rutilantes comme si, à force de les fixer, je pouvais faire apparaître mon père parmi elles.

Ces gardes ciselées me rappelaient les mains abîmées de Baba, son regard concentré, l'attention qu'il portait à chaque détail. Dans l'éclat des lames, je le voyais penché au-dessus de sa forge. Ces armes, c'était lui… et ce n'était pas lui.

Elles le représentaient, sauf qu'il n'était plus là, alors plus rien de cela n'avait d'importance. Une seule personne pouvait perpétuer son souvenir : moi. Et moi seule pouvais le venger.

— Ah, enfin, vous voilà !

Casildo accueillit le nouveau venu, dont j'entendis les pas. Je restai immobile. Tâchant de contenir ma fureur dans le silence.

— Je vous présente Sanaya Khara, comtesse de Khara. Elle vient de s'installer à Basral. Comtesse, permettez-moi de vous présenter le Faucon.

Un rire bref retentit dans la galerie, et cet écho me glaça comme si j'avais reçu un seau d'eau gelée sur la tête.

Je connaissais ce rire.

Autrefois, je me réjouissais de savoir le provoquer.

— Décidément, je n'arrive pas à me débarrasser de ce surnom… répliqua la voix rocailleuse.

C'était un timbre distingué, propre aux orateurs et aux politiciens, doucereux et assuré – séduisant aussi.

Je fermai les yeux.

Pas lui.

Je n'étais pas prête. Pas si tôt. J'aurais voulu avoir plus de temps pour me préparer, et m'armer d'un des talwars de mon père – impitoyables, imbrisables – avant de devoir l'affronter. Son écho remua tous mes souvenirs, et je craignis un instant que mes jambes ne cèdent sous mon poids. Tous mes sens étaient en alerte, comme si je percevais ses moindres gestes – et ses doigts sur ma peau. Son sourire lorsqu'il prononçait mon nom.

Son expression, au moment où il m'avait trahie.

C'était le plus douloureux. Et, alors que j'avais prévu de me présenter à lui telle une arme vivante – impitoyable et imbrisable moi aussi –, la situation s'inversait : c'était lui qui tranchait dans le vif de mes défenses, de ma confiance et de mon cœur.

— Ce surnom vous va plutôt bien, répliqua Casildo, sans se douter de la tempête qui se déchaînait en moi. Mais, si vous préférez... Comtesse, je vous présente Mazin Sial, lieutenant en chef de l'empereur. Le plus jeune à avoir jamais occupé cette fonction.

Je sentis – plus que je n'entendis – l'inspiration épouvantée de Noor quand elle comprit qui il était.

Quant à moi, je ravalai les émotions qui s'amoncelaient en moi, prêtes à exploser.

Je n'allais pas m'effondrer. Pas maintenant.

Pas avant de lui avoir réglé son sort.

Et pour rien au monde, je ne le laisserais être la cause de mon effondrement. Cette fois, c'est moi qui contemplerais son anéantissement.

Je me concentrai de toutes mes forces, me laissai traverser par un souffle lent et m'avançai au bord du précipice. Alors, avec un effort ultime, je façonnai mes traits de sorte qu'ils forment un masque lisse et plaisant.

Voilà ce que je voulais être à ses yeux. Une friandise douce et alléchante.

Alors, quand il croirait mordre dans du miel, c'est un flot de poison qui se répandrait sur sa langue.

Chapitre 18

Il n'avait pas changé, sauf peut-être ses cheveux un peu plus longs, mais il avait toujours le même grain de beauté sous l'œil, comme une étoile, la même carrure large dans son uniforme impérial – un sherwani noir paré d'or, et des bottes en cuir jusqu'aux genoux. Les mêmes sourcils un peu irréguliers que j'avais contemplés jusqu'à en mémoriser le tracé.

Toutefois, de larges cernes ombrageaient ses yeux. Son visage était plus anguleux qu'autrefois et sa posture paraissait plus raide. Dans ses yeux sombres, toujours empreints de nostalgie, se mêlait à présent une lueur nouvelle que j'aurais pu prendre pour de la tristesse.

S'il était triste, tant mieux.

Tant mieux si le regret le tenaillait à chaque instant de chaque journée depuis qu'il m'avait trahie. Mais je n'en croyais rien. Pas alors qu'il demeurait au service de l'empereur.

Sa peine ne pouvait être due à ce qu'il m'avait fait. C'était impossible. Pourtant, j'en étais certaine, Mazin souffrait. Malgré la force violente, autoritaire et ambivalente, qui l'habitait depuis toujours, je le connaissais trop bien pour ne pas percevoir sa tension intérieure.

Cette fois, je n'eus pas à me forcer pour sourire.

Tu n'as pas la moindre idée de ce qui va te tomber dessus.

— Heureux de faire votre connaissance, comtesse de Khara.

Mon sourire s'agrandit encore, et j'inclinai la tête. Au moins, cette scène avait-elle été répétée avec Noor. Je n'avais jamais eu l'âme d'une séductrice, mais je mettrais la même application à faire chavirer le cœur de Mazin que celle que j'avais mise à me former au maniement de l'épée.

Mon regard bifurqua vers la jeune fille qui l'accompagnait, et que je connaissais aussi. Ses cheveux noirs étaient tressés en une longue natte sur son épaule, et voilés d'un dupatta bleu marine, rehaussé par des boucles d'oreilles raffinées qui tintaient à chaque fois qu'elle remuait la tête.

Elle non plus n'avait pas changé – innocente, confiante… adorable. Et je ne ressentis pas une once de culpabilité à l'idée de manipuler sa naïveté pour arriver à mes fins.

— Qui êtes-vous ?

— Comtesse, je vous présente ma sœur, Anam.

Détester Anam était peine perdue, mais je m'y efforçai. Elle arborait en toutes circonstances un sourire radieux et contagieux. Prédisposée à croire tout et n'importe qui, elle représentait une proie idéale pour les escrocs et imposteurs qui rôdaient dans la cité.

Noor recula dans un coin de la pièce.

Nous avions convenu qu'elle devait nous laisser discuter, Casildo et moi, et, pendant ce temps, tenter d'obtenir des informations. Mais, à son expression soucieuse, je compris qu'elle ne voulait pas me laisser en présence de Mazin.

Certes, la situation avait pris un tour imprévisible mais pas nécessairement négatif – en me présentant à Mazin et Anam, Casildo avait donné un coup d'accélérateur à notre plan.

— Qu'est-ce qui vous amène dans notre cité, comtesse ? demanda Mazin, et un frisson me traversa en entendant sa voix – je ne pris pas le temps de songer au sens de cette réaction.

— Je vous en prie, appelez-moi Sanaya. Je suis en visite. Mon père envisage de me rejoindre bientôt, et m'a demandé de préparer sa venue.

Ma voix était un peu trop aiguë, et je me mordis la lèvre.

— Elle a acheté la maison de Jasmine Koti, déclara Casildo, d'un ton presque conspirateur.

Les sourcils de Mazin bondirent.

Je me tournai vers Anam et demandai, sans attendre :

— Il faudra que vous me fassiez visiter la cité. Je me suis rendue au marché mais, sans connaître les commerçants, je ne sais pas auxquels me fier…

Mazin pouffa, et cela me donna envie d'écraser son visage contre une des vitrines. À la place, je m'approchai de lui, décidée à ne laisser paraître que ce que je voulais – j'étais Sanaya Khara, fille d'un chef nordique, belle, douce et sans histoire. Je lui lançai un regard interrogateur.

Nos yeux se croisèrent et j'en eus le souffle coupé.

— Je crains qu'Anam ne vous soit pas d'une grande aide… déclara-t-il. Ma sœur se fait souvent escroquer lorsqu'elle dépense l'argent de l'empereur.

Anam lui jeta un coup d'œil honteux, puis elle me sourit.

— Je serais ravie de vous faire visiter la cité, Sanaya, ainsi que le bazar – quoi qu'en dise mon frère.

— Je ne crois pas un instant à ses paroles. Avec de si beaux yeux, je parie que vous marchandez avec succès.

À nouveau, je pivotai vers Mazin, m'efforçant de me rappeler qu'avec le corps et le visage de Sanaya, je ne le haïssais pas. Je voulais qu'il m'adore, qu'il me désire comme il avait prétendu me désirer autrefois. Alors, je lui arracherais le cœur.

— Et que venez-vous faire chez Casildo, Sanaya ?

Mon faux prénom roula sur sa langue et me toucha comme une caresse. Je sentis mon pouls accélérer.

C'était une chose que je n'avais pas oubliée – son charme. Toutes les filles gloussaient à l'évocation du nom de Mazin, et espéraient lui être présentées.

— Je m'intéresse aux lames en tous genres, expliquai-je. J'ai vu quelques-unes des armes de Casildo au bazar, et appris qu'il accepterait de vendre une pièce de sa collection privée.

Mazin inclina la tête.

— Vraiment ?

Casildo se mêla à la conversation, depuis le fond de la pièce.

— Notre chère invitée cherche une arme en particulier, qu'elle dit avoir aperçue une fois sur un marché. Une lame avec une garde sculptée en forme de tête de halmasti…

Mazin serra les lèvres. Je gardai les yeux rivés sur lui. Ce n'était pas la réaction à laquelle je m'étais attendue. Il n'était ni prétentieux ni arrogant. Un muscle tressailla sous sa mâchoire, qui me rappela les nombreuses séances d'entraînement que nous avions partagées.

Il contrôlait ses émotions.

Pourquoi ?

— Le Faucon garde le silence… commenta Casildo, amusé, en s'approchant.

Il avala une longue gorgée de tchaï, et tendit sa tasse. Le valet se précipita pour le servir. Mes lèvres se courbèrent. Autrefois, Casildo se présentait comme un homme du peuple, buvait le thé avec les villageois, devant la forge de mon père. À présent, il se délectait de tchaï aux pétales de rose brisés dans des tasses bordées d'or, qu'on remplissait à sa place.

— Mazin sait précisément quel couteau vous recherchez, comtesse. Hélas, je ne possède pas ce spécimen. Mais j'ai une pièce similaire…

Casildo désigna une vitrine.

Je m'obligeai à détacher les yeux du visage de Maz. Noor se tenait à côté des épées, et nos regards se croisèrent un instant.

Heureusement qu'elle était restée. Sa présence amicale, même silencieuse, dans un coin de la pièce, me donnait de l'assurance.

— Le couteau que vous recherchez est très rare.

La voix de Mazin gronda comme le tonnerre. Il s'était approché si près de moi que je sentais son odeur, et manquai de fermer les yeux pour me protéger d'un nouvel assaut de souvenirs.

L'ennui, lorsqu'on a aimé une personne qui nous a trahi, c'est que l'on conserve en mémoire quantité de moments heureux qu'il faut revisiter, à l'aune d'une réalité nouvelle. Ce garçon qui avait représenté la sécurité – lovée dans ses bras, respirant son odeur de pin, rien ne pouvait m'arriver – s'était révélé un danger absolu.

— Je ne connais qu'un seul forgeron qui ait créé une telle arme, expliqua Mazin, mais je doute que vous l'ayez croisé sur un marché. L'homme qui l'a fabriquée ne vendait ses pièces qu'à des particuliers.

— Vraiment ?

Je pivotai vers lui, nos visages à quelques centimètres l'un de l'autre. Je frémis, et l'acier froid contre ma cuisse me rappela que j'étais armée. Mais comme pour Casildo, je n'aspirais pas à une résolution rapide. Je voulais qu'il souffre, comme j'avais souffert. Que tous comprennent le mal qu'ils avaient fait, qu'ils regrettent leurs actes jusqu'à leur dernier souffle.

Je lui souris, tirant satisfaction de la façon dont son regard s'attardait sur mes lèvres, plutôt que de l'imaginer dans une mare de sang.

— Vraiment ? Vous devez me présenter à ce forgeron. J'aimerais le rencontrer et lui acheter des pièces moi-même.

Cela suffit à éteindre son sourire. Son regard fusa vers Casildo, ses traits traduisant une émotion vive et sa bouche formant une brève grimace avant de retrouver son flegme.

— Il nous a quittés, hélas, répondit Casildo.

— Il est mort, précisa Mazin.

Je fermai les poings.

— Quel dommage… Comment est-il mort ?

— C'était un traître.

La voix de Casildo résonna avant que Mazin puisse répondre.

— Lui et sa famille ont tenté de trahir l'empereur. Ils ont été arrêtés et exécutés.

Je serrai les mâchoires.

Pas tous.

— J'imagine que ses couteaux n'en ont que plus de valeur, répliquai-je, me forçant au calme.

Casildo me répondit d'un ton mielleux.

— C'est aussi mon avis.

Il pivota une fois de plus vers la vitrine et déclara :

— Je pense que vous trouverez ici une lame proche de celle que vous cherchez.

— Montrez-moi, je vous prie.

Dès le premier coup d'œil, j'avais repéré dans la collection de mon père le couteau qu'il voulait me proposer. C'était une lame prolongée d'une tête de loup des montagnes du nord – pas aussi imposante que celle du halmasti, mais d'après mon père, l'arme était tout aussi redoutable. De toute façon, si tout se déroulait comme prévu, l'intégralité de ces couteaux reviendrait bientôt en ma possession.

Pour l'instant, tout s'agençait parfaitement, y compris la présence inattendue de Mazin.

Je jetai un coup d'œil au poignard et feignis l'excitation.

— Oh, comme elle est proche de celle que j'ai vue autrefois ! Je veux absolument l'acheter...

Mazin s'approcha de moi, et je lui jetai un regard pardessus mon épaule. Il se tenait immobile et observait Casildo d'un regard étrangement voilé. Puis ses pupilles se posèrent sur moi.

L'espace d'un instant, j'oubliai ma mise en scène. La mascarade selon laquelle je l'observais à travers des yeux qu'il ne connaissait pas. Et, quand nos regards se rencontrèrent à nouveau, il dut s'en apercevoir car ses paupières s'arrondirent, et il inclina la tête comme s'il cherchait à déchiffrer une énigme.

Je me repris aussitôt – il fallait l'intriguer, pas éveiller ses doutes. Je voulais qu'il n'ait qu'une hâte : me revoir, pas faire appel à ses soldats.

À nouveau, je me tournai vers Casildo, et d'un geste signifiai que le prix de l'arme était pour moi sans importance. Ce qui était vrai – j'étais prête à payer n'importe quelle somme pour récupérer l'héritage de mon père.

— Ma servante vous apportera le paiement, déclarai-je.

Je désignai Noor du menton. Casildo retint un sourire avide qui dissimulait à peine sa jubilation. Je sentis monter en moi une vague de chaleur, de satisfaction – celle de voir les fragments de mon plan s'imbriquer, comme on forge une épée.

Nous nous séparâmes peu après. Je laissai Casildo à ses comptes, et partis, munie d'une boîte ouvragée contenant le poignard de mon père.

Mais la satisfaction que j'avais ressentie ne tarda pas à se dissiper. Elle laissa bientôt place à un sentiment d'amertume et de vide, dû à l'expression de Mazin au moment des adieux. Il s'était arrangé pour ne pas croiser mon regard, et ne m'avait pas non plus embrassé la main.

À la place, jusqu'à ce que je quitte la demeure de Casildo, il avait gardé les yeux rivés sur le précieux écrin dans mes mains.

Chapitre 19

Avant

LE FAUCON

Dès le début, Baba m'associa à Mazin pour les entraînements, bien que celui-ci ait été manifestement moins doué que moi à l'épée. Il s'entraînait déjà au palais avec les autres membres de la garde impériale, mais Vahid avait estimé qu'il avait besoin de cours renforcés.

— Ce gamin n'a aucun talent, avais-je grommelé en me dirigeant, sur les talons de mon père, vers le terrain d'entraînement situé derrière la forge.

« Terrain d'entraînement » n'était sans doute pas la bonne expression – le sol était si usé qu'on aurait plutôt dit une cour poussiéreuse entourée d'arbustes dégarnis.

Pourtant, c'était mon endroit préféré au monde.

— Gagner un combat n'est pas une question de talent, Dania. C'est une affaire de cœur. C'est pourquoi j'ai confiance en Mazin.

Je m'avançai sur le terrain, talwar en main, les yeux braqués sur Maz qui brandissait maladroitement un cimeterre trop long. Baba se retira pour nous laisser nous entraîner.

— Je suis bien gentille de combattre avec toi pour te permettre de progresser… lançai-je.

Avant même que Mazin ait le temps de répondre, je me jetai sur lui et le désarmai.

Je découvris alors sa plus grande qualité : la persévérance. Je répétai trois fois la même attaque. Puis, je plantai mon talwar dans le sol et m'appuyai dessus, en feignant un bâillement. Le dernier assaut avait été plus difficile que les autres, mais j'aurais préféré mourir que de le laisser transparaître.

Il avait progressé.

Évidemment, je m'abstins de lui faire part de ce constat.

Il ramassa son cimeterre dans la poussière, la mâchoire crispée. Je m'attendais à ce qu'il tente une quatrième offensive. Mais il baissa sa lame et m'observa.

— J'ai faim. Faisons une pause.

Je réprimai un ricanement.

— Dis plutôt que tu en as assez de perdre.

Il poussa un soupir excédé et, à son tour, planta son couteau dans le sol, imitant ma posture.

— On t'a déjà dit que c'était impossible de devenir ton ami ?

Un rire surpris monta en moi.

— Parce que c'est ce que tu essaies de faire ? Devenir mon ami ? J'ai tous les amis qu'il me faut, merci.

Il me lança un coup d'œil sceptique. Mon estomac se noua. Pour la première fois, je pris conscience qu'il était séduisant – malgré sa carrure encore adolescente et sa tignasse désordonnée. Il se frotta la nuque et je détaillai ses bras, avant de revenir à son visage.

Que m'arrivait-il ?

— Dania, tu n'as pas d'amis. Les seules personnes que tu fréquentes sont tes partenaires d'entraînement. Il faut que tu t'amuses un peu !

Je le dévisageai, effarée.

— Il *faut* que je m'entraîne, rétorquai-je, les bras croisés, priant pour ne pas avoir les joues aussi rouges que je le redoutais. Je ne veux pas risquer d'être aussi mauvaise que toi.

Il sourit, et mon besoin de le vaincre à tout prix s'apaisa. Je pouvais bien m'interrompre quelques minutes. Surtout, cela ne signifiait pas que nous devenions *amis*.

— D'accord, allons déjeuner.

J'arrachai mon talwar du sol et ajoutai :

— Mais ensuite, retour à l'entraînement. Mon père veut que je t'aide à progresser mais, si cela ne t'intéresse pas, je m'entraînerai seule.

À la cuisine, je pris quelques parathas frais préparés par une tante du village. Puis, Mazin et moi nous installâmes, dos à la barrière en bois du terrain d'entraînement, pour déguster notre repas dans un silence paisible. Je me rendis compte que j'étais affamée quand je commençai à engloutir les chaussons fourrés aux cornichons et au fromage.

— Je n'ai jamais rien mangé d'aussi bon ! s'exclama Mazin entre deux bouchées.

Je continuais de mâcher sans un mot. Le soleil de l'après-midi projetait ses rayons dans son dos et l'entourait d'un halo doré. Il tourna la tête pour observer les montagnes autour de mon village, et, dans ses yeux noirs, je vis de la détermination et quelque chose qui ressemblait à de l'envie. Instinctivement, je suivis son regard, je voulais savoir ce qu'il contemplait avec tant d'attention.

J'aurais voulu qu'il me contemple moi, de cette manière, mais je chassai cette pensée sur-le-champ. J'avalai ma salive et demandai :

— On ne te nourrit donc pas, au palais ?

Ma voix était plus rauque que prévu, et je m'empressai de fourrer un paratha dans ma bouche pour étouffer ma gêne. Si seulement j'avais pu m'empaler sur mon talwar à cet instant…

— Pas aussi bien que ça, admit-il. Les currys sont lourds, et les desserts trop sucrés. L'empereur n'aime que les plats sophistiqués. Mais ce genre de repas simple pris au soleil me rappelle ma jeunesse…

— Tu es encore jeune, rappelai-je en me léchant les doigts.

— Avant que je rejoigne l'empereur, je veux dire.

Dans son regard brillait toujours cette lueur de nostalgie qui me donnait envie d'en savoir plus – même si je m'en voulais d'être intéressée par l'histoire d'un fidèle de Vahid. Mazin n'était pas d'ascendance aristocratique à ma connaissance, et à ses paroles, je compris qu'il avait grandi dans un village comme le mien. Je me mordis la joue, mais cela ne m'empêcha pas de demander :

— Comment ça, *avant* ?

Il leva les yeux de son paratha, et attendit un instant avant de prendre une nouvelle bouchée. Le soleil ajoutait à son regard un éclat doré. Je fronçai les sourcils pour tenter de corriger mes pensées, et ses lèvres s'ourlèrent devant mon expression.

— Tu as envie d'en savoir plus sur moi, on dirait.

— Non, me défendis-je, mais tu n'arrêtes pas de me bassiner avec ça, alors autant avoir toute l'histoire.

Il prit une inspiration et se lança :

— Ma sœur et moi venons d'un village du sud, dans la première province conquise par Vahid à l'aide du zoraat.

Il parlait d'un ton léger mais ses poings étaient serrés à faire blanchir ses articulations.

Ce qui arrivait souvent, à vrai dire. Mazin était un garçon… contenu – il me rappelait une cruche d'argile, capable de supporter la chaleur du feu jusqu'à un certain point au-delà duquel elle risquait d'éclater. C'était aussi sa technique de combat, radicalement opposée à la mienne. Il jouait la défense, jusqu'au dernier moment, là où mes attaques étaient violentes, toujours à l'offensive.

— Je ne savais pas que tu avais une sœur, murmurai-je.

Nos regards se croisèrent.

— Anam était bébé à l'arrivée de l'empereur dans notre village. Ma mère avait attaché son berceau à la branche d'un arbre banian et m'avait chargé de la surveiller pendant qu'elle courait chercher mon père. Mes parents sont morts ce jour-là, tous deux tués par les soldats du roi.

Sa voix se grippa. Ma gorge aussi était devenue sèche, et le chausson dans ma main me parut, d'un coup, impossible à manger.

— Un faucon a fondu sur le berceau de ma sœur et a tenté de l'emporter. J'ai voulu le chasser en lui jetant des pierres et des bâtons. Mais l'oiseau était énorme, presque aussi gros que moi, et ses serres acérées. S'il avait réussi à arracher le berceau à la branche, je n'aurais pas pu sauver Anam. Vahid est arrivé à cet instant. Il a vu que j'essayais de protéger ma sœur, a paré son arc et frappé le rapace en plein cœur.

Maz posa un doigt sur l'encolure de sa chemise, où reposait une chaîne. Une serre noire y était suspendue.

— Tu as gardé un souvenir de ton prédateur…

— Pas moi, l'empereur. Il a coupé cette griffe et me l'a offerte. Puis, il a affirmé que j'avais combattu avec courage et qu'il avait besoin de quelqu'un comme moi à ses côtés – un jeune homme qui le défendrait contre ses adversaires.

C'est comme ça qu'il a décidé de nous prendre sous son aile. Il nous a sauvés.

Il parlait de l'empereur avec respect – déférence, presque. Je retins un ricanement.

— C'est Vahid qui a voulu cette guerre, rappelai-je avec véhémence. La guerre qui a tué tes parents.

Je croisai les bras et assénai :

— Il ne t'a pas sauvé.

— Sans lui, ma sœur et moi aurions été massacrés. Le plan du roi était de décimer les provinces du sud pour répliquer aux assauts de Vahid. L'empereur nous a secourus.

Je pinçai les lèvres et observai les collines qui ondulaient à l'horizon face aux montagnes. Le paysage était aride, dans cette direction, moucheté d'arbres et de broussailles. Un chacal doré traversa une clairière, son petit dans la gueule, et fila vers un noyer si penché qu'il semblait ne plus tenir que par une racine. Un oiseau tournoyait au-dessus d'eux, attendant son heure – une menace similaire à celle qui avait failli avoir raison de la sœur de Mazin.

Baba m'avait appris que les faucons étaient des oiseaux rusés et patients. Ils choisissaient le meilleur moment pour attaquer.

Mazin et moi gardâmes le silence un moment, puis il reprit :

— C'est difficile à comprendre, je sais. Quand mes parents ont été assassinés, la haine aurait pu me submerger. Mais l'empereur nous a recueillis et nous a offert tout ce dont nous avions besoin. Je n'éprouve pour lui que de la gratitude. Mes parents étaient morts. Je dois la vie à l'empereur – la vie et la loyauté.

Je tentai, pour le comprendre, d'adopter le point de vue d'un garçon qui n'avait cherché qu'à survivre et protéger sa petite sœur. Pour lutter contre le désespoir, Mazin et Anam avaient choisi de pardonner à cet homme la guerre qu'il avait déclarée et qui leur avait pris leurs parents.

Mazin planta son regard dans le mien. Lui aussi semblait avoir oublié l'existence de son paratha. Mais je ne sus comment réagir à sa demande silencieuse de compassion. Il aurait voulu que je comprenne que l'amour qu'il cherchait chez l'empereur n'était pas un poison.

— À quoi penses-tu ? demanda-t-il.

Je n'étais pas en mesure de lui donner la réponse qu'il attendait – et puis nous n'avions pas ce genre de relations. Sur le champ de bataille, la gentillesse ne conduit pas à la victoire.

Seulement à la mort.

— Je pense, répondis-je, en époussetant ma tunique, que ce jour-là, tu n'as pas protégé ta sœur de l'assaut d'un second rapace.

Chapitre 20

— Eh bien, voilà qui était inattendu !

Noor s'affala sur mon lit pendant que j'enlevais mes bijoux.

— En effet…

Je contrôlais chacun de mes gestes, comme si la concentration pouvait m'empêcher de m'effondrer.

Puis, je fermai les yeux et me laissai submerger par toutes les émotions que j'avais tenues à distance.

Le choc de revoir Maz.

Le conflit interne qui m'avait animée lorsque son regard avait croisé le mien.

Ma colère devant les épées de Baba exposées tels des trophées dans la galerie de Casildo.

— Je n'avais pas envisagé que Mazin serait là. J'aurais dû y penser.

— *On* aurait dû y penser, précisa Noor. Mais ça ne change rien à nos projets.

— Au contraire, cette rencontre va nous permettre de passer plus rapidement à la prochaine étape de notre plan.

Noor hocha la tête.

— J'apporterai l'argent au bazar demain, et lancerai la suite des hostilités.

Elle se leva pour quitter la pièce mais se figea, prise d'une hésitation.

— Qu'y a-t-il ?

Je posai cette question d'un ton las. Une lourde fatigue me gagnait, celle d'avoir arboré le visage et la personnalité d'une autre. Les effets du zoraat, eux aussi, m'éprouvaient, comme s'ils me grignotaient de l'intérieur.

Je me remémorai subitement la ligne noire qui était apparue sur ma main, rampant comme une araignée vers mon poignet. Je jetai un coup d'œil à ma paume, mais la marque avait disparu. À sa place, je n'aperçus que la peau dorée de Sanaya. Aucun vestige de cette ligne étrange – pas la moindre contusion.

— Tout va bien ? demanda Noor.

Je soupirai et relevai la tête. Elle étudia mon visage, l'air soucieux. De nouveau, j'observai ma main… Toujours rien. Avais-je rêvé ?

— Disons que… je me suis déjà sentie mieux.

— Je comprends. Quand Casildo a prononcé le nom de Mazin…

Elle termina sa phrase en frissonnant.

— … Enfin, tu as bien réagi malgré la surprise.

Je haussai les épaules, feignant une nonchalance que je ne ressentais pas.

— Je savais que ça finirait par arriver. Pas si tôt, mais peu importe.

— Tu es sûre de vouloir passer à l'étape suivante ? Sa sœur a l'air si gentille…

Je la toisai.

— Sûre et certaine. Je n'ai plus aucun scrupule en ce qui concerne Mazin. Ni lui ni ses proches.

Elle se mordit la lèvre.

— Même si cela a un impact sur elle aussi ?

— Mon père est mort par la faute de son frère, donc oui. Même si cela retentit sur elle.

Noor acquiesça.

Je jetai un œil par la vitre. La lune projetait une ombre sur le palais.

Noor s'avança et plaça les mains sur l'encadrement de la fenêtre avant de pivoter vers moi. Dans ses yeux bruns, brillait une lueur de chagrin.

Je savais que Souma habitait ses pensées, comme mon père habitait les miennes.

Je continuai de retirer mes bijoux, chaque atours en moins me soulageant d'un poids. Mes bracelets dorés, mon lourd collier agrémenté de rubis, le tikka filigrané qui maintenait mes cheveux, le nath doré sur ma narine – je les jetai tous avec fracas dans un bol posé sur la table.

Enfin, je me massai les poignets avec le sentiment de pouvoir, enfin, respirer.

J'étirai les bras, doigts croisés, paumes vers le ciel. Je ne m'étais pas entraînée depuis longtemps, et j'aurais voulu prendre le temps de reconstruire les muscles perdus en prison.

— Mais dis-moi…

Noor esquissa un sourire en coin et, cette fois, ce fut une étincelle qui éclaira son regard.

— … tu ne m'avais pas dit à quel point Mazin était beau.

Je restai sans voix. Puis, toujours en silence, je me baissai, retirai mon escarpin à pointe courbée… et le lui jetai à la tête !

Elle esquiva le projectile avec un éclat de rire.

— Ces pommettes ! Ces yeux noirs ! Je comprends que tu aies été charmée…

— La ferme… marmonnai-je en lui tournant le dos.

— Et quelle carrure !

Je commandai du thé alors que les gloussements de Noor résonnaient aux quatre coins de la pièce.

— Tu ne pourrais pas être sérieuse, pour une fois ?

— À quoi bon ? riposta-t-elle. Tu es bien assez sérieuse pour deux !

Elle tentait d'égayer l'ambiance, mais il y avait une part de vérité dans sa remarque. Malgré toute ma haine, j'avais ressenti de l'attirance pour Mazin – encore plus fortement qu'avant.

Mais je refusais de tomber dans mon propre piège. Vigoureusement, je passai mes mains sur mon visage, pour mieux m'en convaincre.

La porte s'ouvrit au même instant, et une servante entra avec le thé. Elle posa le plateau sur la table, s'inclina et disparut.

Je pris une longue gorgée de tchaï et la chaleur m'aida à me recentrer et à reprendre mes esprits.

— Je veux que tout Basral voie la lâcheté de Casildo, déclarai-je. Que ses amis et sa famille lui tournent le dos. Je veux le dépouiller de ce qu'il a de plus cher.

Ma main agrippa le bord de la table.

— Je ne pourrai pas garder longtemps ce visage. Si nous ne parvenons pas à nos fins, ce sera comme si nous n'avions jamais quitté la prison.

Noor m'observait avec la même application que la première fois qu'elle avait surgi dans ma cellule.

— Je t'avais bien dit que tu étais sérieuse pour deux.

Je poussai un soupir, puis me rassis sur le divan. Au même instant, une bourrasque traversa la pièce, faisant danser les rideaux.

Alors, il me sembla percevoir de nouveau le murmure de la grotte de Souma.

Vengeance.

— J'ai une mission pour toi, annonçai-je soudain, pour m'arracher à mes propres pensées et au souvenir du corps suppurant de Baba.

Noor s'avança vers moi, prit ma tasse de tchaï et but à grands traits.

— On a de l'or à ne plus savoir qu'en faire et tu ne peux pas te commander ton propre thé ?

— Je préfère le tien, c'est meilleur.

Je levai les yeux au ciel et repris :

— Je veux que tu suives Casildo. On doit connaître ses faits et gestes, et savoir à quoi il tient le plus.

— Et toi, pendant ce temps ?

Je lui repris ma tasse et m'enfonçai confortablement parmi les coussins.

— J'ai une course à faire.

Chapitre 21

Le bazar grouillait de monde. Sur mon passage, les marchands hurlaient pour attirer mon attention, et les passants me bousculaient. Je ne m'étais pas encore tout à fait habituée à ma nouvelle apparence, et manquais de sursauter à chaque fois que je passais devant un vieux miroir.

Les vendeurs de tissu étaient les plus insistants, ce qui n'était guère surprenant vu les pièces flamboyantes qui composaient ma tenue. J'interceptai de justesse la main d'un jeune voleur de rue tentant de défaire mon bracelet serti de pierres précieuses.

J'étais vêtue d'un kameez aux broderies fleuries, rehaussé de petites perles bleues aux manches, telles des centaines de grains de sable indigo. Mes cheveux – d'un beau brun acajou – étaient enroulés en chignon et parés d'un bandeau d'or mêlé de fils nacrés et liseré de perles qui étincelaient sur mon front. Quant à mon doux visage, mon regard tendre et mon corps grâcieux, ils contrastaient tout autant avec celle que j'étais vraiment que le faste de ma mise.

Sanaya était avenante et gracile – Dania, impitoyable et brutale.

Était-ce ce genre de femme qu'aimait Mazin, à présent ? Douce et prête à soutenir avec discrétion son ambition forcenée ?

Je m'empêchai de poursuivre cette pensée.

Le type de femme qui plaisait à Mazin n'avait aucune importance. Il devait choisir Sanaya. Pour me libérer de lui, il fallait que je l'aie terrassé pour de bon. Alors seulement, peut-être son souvenir cesserait de me hanter.

D'un pas rapide, je longeai des stands où s'amoncelaient des montagnes de safran, de menthe séchée et de poudre de mangue aux parfums entêtants. Je ne prêtai aucune attention aux stands de bijoux et ne jetai pas même un coup d'œil aux piles de tissus à motifs – coton, soie et organza. Je n'étais pas venue pour cela.

Dans le coin de mon champ de vision, quelque chose attira mon attention. Une présence qui se faufilait si vite dans la foule que je l'aperçus tout juste. Je me retins de sautiller d'allégresse.

Exactement ce que je cherchais.

Plus précisément, *il* était exactement ce que je cherchais.

C'était un jeune garçon crasseux, maculé de terre jusqu'aux coins de ses lèvres – à croire qu'il en avait mangé. Son visage et ses bras étaient si sales qu'il semblait s'être peint le corps – et je pris conscience que c'était sans doute le cas. Car, malgré son apparence générale d'orphelin famélique, en y regardant de plus près, ses membres m'apparurent vigoureux et agiles sous son kurta élimé. Pas de doute, ce gamin mangeait à sa faim. Comme moi, il jouait un rôle, et se faisait passer pour un jeune mendiant afin que personne ne s'aperçoive qu'il était, en réalité, très doué dans son commerce. La première fois que nous étions venues au marché, je l'avais laissé filer après l'avoir surpris en train de tenter de me voler mon porte-monnaie.

Mais aujourd'hui, j'avais une offre à lui faire.

Lui ne m'avait pas encore aperçue. Il slalomait à travers la foule avec une aisance forgée par l'habitude. En cette fin de journée, le bazar était animé, de nombreux badauds s'y arrêtant pour manger un morceau. Personne ne prêtait attention au jeune voleur de rue tout crasseux, qui délestait les clients, les uns après les autres, de leurs effets.

Je n'en croyais pas mes yeux. Bracelets, montres à gousset, bourses remplies de pierres – le gamin glissait tout ce qui lui passait sous la main dans une vieille sacoche qui pendouillait à sa ceinture. Quand il atteignit le coin de la rue, j'aperçus enfin celui à qui j'espérais qu'il me mènerait – un garçon plus âgé qui patientait à la lisière du marché.

Son commanditaire.

Si je voulais les rattraper, je n'avais pas une minute à perdre.

Tous deux se glissèrent dans un passage étroit, flanqué de bâtiments de brique jaunissante, et si peu accueillant que personne d'autre n'aurait songé à s'y engager. Je les talonnai sans hésiter, slalomant parmi la cohue et contournant à toute vitesse un stand décati de jalebi.

Je bifurquai dans la rue perpendiculaire, puis dans une autre voie, plongée dans la pénombre.

Mon poignard était dissimulé entre les plis de mon kameez, et je voulus le saisir. Mais avant que j'en aie le temps, le froid glacial d'une lame vint se plaquer sous mon menton.

— Tu crois qu'on ne t'a pas vue suivre Yashem ? Princesse, avec tes vêtements, tu passes autant inaperçue que l'étalon de l'empereur dans un troupeau de chameaux.

Le garçon parlait d'un ton amusé, et d'une voix plus mûre que l'âge que je lui aurais donné.

Mes lèvres se courbèrent malgré la surprise et le couteau que le voyou tenait contre ma gorge. Je tendis le cou pour éprouver le tranchant de sa lame : c'était un simple coutelas émoussé.

Parfait.

— Tu es doué. On ne me surprend pas facilement avec un poignard.

Il fit glisser la pointe de l'arme jusqu'à mon menton et je fus obligée de lever la tête.

— Oui, je suis doué.

Avant qu'il puisse faire un autre geste, je lui arrachai l'arme des mains puis la braquai sur lui et m'avançai. Le poignard était plus lourd que prévu – une arme de bonne facture, tout compte fait. Sans doute dérobée à un riche.

Le garçon leva les mains en l'air, la peur supplantant son air bravache. Mais ses yeux noirs s'arrondirent encore lorsque je fis pivoter le couteau pour lui tendre la garde.

— Reprends-le, je ne suis pas venue ici pour me battre. J'ai d'autres projets.

Un voile suspicieux passa sur son visage tandis que, d'une main, il reprenait son arme.

— Quels projets ?

— Une transaction.

Le garçon me toisa.

— Je ne suis pas un tueur à gages, princesse. Maintenant, file avant que je ne t'arrache tous tes bijoux.

— Je ne te demande pas de tuer qui que ce soit ! Avec un peu de chance, personne ne sera même blessé. Et si tu travailles bien, et que tu aimes l'argent facile, j'aurai d'autres missions pour toi.

— Que faut-il faire ?

Il avait un ton dur, mais la note d'avidité qui se mêlait à sa voix ne m'échappa pas. Je fis teinter une bourse remplie de pièces pour lui prouver mon sérieux.

Il l'attrapa sans attendre.

— Anam Sial, la pupille de l'empereur, viendra bientôt faire des achats au bazar, annonçai-je.

Je déglutis péniblement, ravalant l'étrange sentiment de culpabilité que je sentais gonfler en moi. Pourtant, tout était la faute de Maz ; il avait choisi son camp et, du même coup, scellé le destin de sa sœur. Il n'était plus temps d'avoir des scrupules.

— Je veux que tu enlèves cette jeune femme.

Le voyou laissa échapper un rire sonore, presque un aboiement. Puis, il me rendit la bourse pleine d'argent.

— Voilà qui confirme que tu as perdu la raison, princesse. Tu crois que je ne sais pas qui est son frère ? Mazin Sial fait la loi à Basral. Enlever sa sœur, c'est la mort assurée.

Je retins un rictus devant la peur du gamin. Mazin s'était forgé une solide réputation en mon absence… Une réputation que je me ferais un plaisir de réduire à néant.

Le garçon ouvrit la bouche pour répliquer, mais je détachai une deuxième bourse de ma ceinture, et il se ravisa.

— Tu n'auras pas à la séquestrer longtemps. Et Mazin ne saura jamais qui a enlevé sa sœur. Cela restera entre toi et moi. Je te le promets.

— Comment peux-tu promettre de cacher quoi que ce soit à l'homme le plus puissant de cette cité ? C'est impossible.

Son ton était ferme, mais son regard ne quittait pas le sac de pièces dans ma main.

— Parce que je réduirai Basral en cendres avant qu'il se doute de quoi que ce soit. Alors, veux-tu de cet argent, oui ou non ?

Je détaillai l'enfant qu'il avait appelé Yashem, et dont les yeux naviguaient entre lui et moi. Le moment était peut-être venu de changer de tactique…

— Tu t'appelles Yashem, c'est cela ? Vous travaillez ensemble, n'est-ce pas ? Et avec d'autres enfants ?

— Oui, princesse.

Malgré son filet de voix, le garçonnet haussa le menton et bomba le torse.

— Nous sommes très nombreux.

Il contempla la bourse, puis le garçon plus âgé. Enfin, ce dernier leva les yeux au ciel et hocha la tête. Le plus jeune saisit les deux sacs de pièces en souriant avant d'annoncer :

— Nous sommes intéressés par ta proposition, princesse.

Je croisai les bras et souris.

Quelques heures plus tard, j'étais de retour au bazar. On m'avait informée qu'Anam et ses gardes étaient, eux aussi, en chemin.

Je m'attablai en bordure du marché, et m'imprégnai de l'odeur des pakoras frais, des currys, et des piments. Après une année d'emprisonnement, mes sens devaient encore se réhabituer aux saveurs du vrai monde. Je ne m'étais jamais, auparavant, émerveillée de cette magie parfumée. Mais, à présent, je fermais les yeux pour mieux m'en imprégner.

Et tentai de me persuader que mon estomac serré était dû à la faim et à l'odeur de viande rôtie – non par ma conscience qui me hurlait de renoncer à ce plan dangereux.

J'observai mes mains – toujours familières, celles de Dania.

J'avais tout de suite su que mes mains étaient la partie de moi que je ne pouvais pas modifier. Elles m'avaient rendu ma liberté, et grâce à elles, je maniais l'épée comme personne. Je n'aurais jamais supporté de baisser les yeux et de ne plus y trouver mes cicatrices. Je me jurai que jamais, plus jamais, ces mains ne connaîtraient l'enfer de la prison et ne seraient empêchées de manier une épée. Elles étaient les agents de ma réussite à venir.

Une rumeur attira mon attention. Je levai la tête et aperçus Anam qui circulait dans une allée.

Elle arborait un shameez tout simple, bleu clair et piqué de petites fleurs. La cape noire que j'avais choisi de porter par-dessus mes habits était idéale pour me fondre dans la foule, mais en-dessous, ma veste tout en perles argentées n'avait pas la même subtilité que celle de la sœur de Mazin, – il s'agissait d'exposer ma fortune, pas mon bon goût, c'est pourquoi j'avais agrémenté la tenue de bracelets sertis de diamants qui remontaient jusqu'en haut de mes avant-bras. Ceux-ci attireraient, à coup sûr, le regard des marchands dont je croiserais le chemin. Je me rapprochai contre le tronc de l'arbre banian, à quelque distance d'Anam.

Elle était venue escortée de deux gardes que je reconnus aussitôt.

Durab et Tishk. Il m'était arrivé de m'entraîner avec eux lorsque je rendais visite à Maz. Des hommes plutôt intelligents, mais j'étais prête à parier que les jeunes voleurs l'étaient plus encore. J'essuyai la sueur sur mon front – le soleil rayonnait déjà si fort que j'étais en nage sous ma cape. Anam s'arrêta devant un stand de boucles d'oreilles.

Au même instant, un cri s'éleva près de moi et je réprimai un sourire.

Les gamins étaient passés à l'action.

L'étal où se tenait Anam prit feu aussitôt.

Il y eut un mouvement de foule. Des hurlements s'élevèrent de toutes parts et les badauds se dispersèrent pour échapper aux flammes. Dans la confusion, de petites mains crasseuses entraînèrent Anam à l'autre bout du marché. Je m'élançai, sans la quitter des yeux, jusqu'à ce qu'elle soit avalée par la foule. Durab et Tishk jouaient des coudes et crachaient leurs ordres, mais en vain. Anam avait disparu. Pour ma part, je traversais le marché au pas de course, slalomant entre des clients apeurés et des vendeurs furieux qui tentaient de sauver leurs produits.

Au détour d'une allée, je percutai Durab qui hurlait le nom d'Anam.

Vite, je me couvris le visage et me fondis dans la foule. Mais il ne me remarqua même pas. Quelques secondes plus tard, je m'engageai dans une ruelle et jetai un œil par-dessus mon épaule pour m'assurer que personne ne m'avait suivie. Puis, je m'enfonçai dans la pénombre.

— Tishk ! Au secours !

La voix d'Anam résonnait dans la rue étroite.

— Tu ne peux pas la faire taire ?

— Oummph.

Un cri de douleur retentit, suivi d'un murmure que je ne compris pas.

— Elle se débat comme un diable… insista la première voix.

— Heureusement qu'on l'a bien ligotée – aïe ! Elle m'a mordu !

— Laissez-moi partir ! Prenez mon sac, si vous voulez. Mais, si mon frère apprend que vous m'avez enlevée, il vous fera exécuter !

Je haussai un sourcil. Les mots d'Anam n'étaient pas teintés d'arrogance, mais d'une inquiétude sincère pour ses ravisseurs.

Mazin ferait-il réellement exécuter des enfants ? Le voleur avait bien eu l'air terrifié, mais je ne l'avais pas pris au sérieux. Avait-il changé à ce point ? Ou sa vraie personnalité se révélait-elle à présent : celle d'un tyran assoiffé de pouvoir, qui faisait régner la peur ?

Je croisai les bras et sentis mijoter en moi une curieuse impatience. Qu'il essaie un peu de se mesurer à moi…

Les voyous s'étaient réfugiés dans un petit bâtiment abandonné et décrépit au fond de la ruelle. Anam était ligotée à une chaise. Un fin rayon de lumière, filtrant par une tuile brisée, éclairait la scène. Je vacillai dans la pénombre. Anam avait les pieds et poings liés. Dans l'affrontement, elle avait tout de même infligé aux voyous quelques blessures qu'ils étaient à présent occupés à panser.

J'étais impressionnée. Maz avait dû être un bon professeur.

Grâce à moi.

— On ne te laissera pas partir sans rançon !

Un gamin plus vieux que les autres adressa un signe de tête à Yashem.

— Maz vous paiera, assura Anam avec anxiété. Puis, il vous arrachera les membres les uns après les autres. Et l'empereur fera exhiber vos têtes sur des piques aux portes de la cité !

Enfin, j'émergeai de la pénombre.

— Il vaudrait mieux la relâcher, ne croyez-vous pas ?

Les gamins se tournèrent vers moi. Yashem voulut prendre la parole, mais je secouai la tête. Le voyou plus âgé lui jeta un coup d'œil.

— Qui êtes-vous ? questionna-t-il, sans pouvoir dissimuler un large sourire qu'heureusement, Anam ne vit pas.

Je levai les yeux au ciel.

— Qui est-ce ? appela-t-elle, la voix apeurée.

Elle leva la tête pour essayer de me voir malgré le bandeau qui lui couvrait les yeux.

— Ne vous inquiétez pas, mademoiselle Sial, répondis-je. Je viens vous secourir.

Je pivotai vers les voleurs et ajoutai :

— Si vous la relâchez, je veillerai à ce que vous soyez récompensés.

Je jetai un regard noir à Yashem qui peinait à masquer son allégresse. L'autre garçon se couvrit la bouche.

Je commençais à regretter de ne pas avoir loué les services d'acteurs plus aguerris.

— Et si nous t'enlevions, toi aussi ?

Comme nous l'avions répété, le plus âgé se jeta sur moi, et je répliquai d'un coup factice, à peine esquissé, l'envoyant au sol. Il poussa un cri – très exagéré, on aurait dit un chat à l'agonie. Je soupirai d'agacement, et gesticulai pour leur faire signe de filer. Yashem, qui se tenait les bras ballants, hocha la tête et tous les gamins se sauvèrent, me laissant seule avec Anam.

Celle-ci avait entendu les bruits de la fausse bagarre, et les pas de ses ravisseurs qui prenaient la fuite. Exactement comme prévu.

— Quelqu'un est là ?

Ses paroles résonnèrent dans le bâtiment désert.

— Oh, Anam…

Ma voix dégoulinait d'inquiétude feinte. Vite, j'enlevai ma cape noire et m'avançai vers elle pour lui arracher son bandeau. J'affichai un air terrifié.

— Sanaya ?

Anam était complètement désorientée. Elle cligna plusieurs fois des paupières dans la pénombre, puis leva vers moi ses grands yeux noirs.

Les mêmes que son frère.

Je reculai, le cœur battant.

Qu'il soit maudit !

Je ne voulais plus de lui dans mes pensées. Surtout pas au moment où je commençais à prendre pitié pour sa sœur.

J'ordonnai à mon cœur de se durcir, je l'enveloppai mentalement d'une couche d'acier, imperméable à toute culpabilité et à toute tristesse. Ce regard similaire au sien devait me rappeler qui était ma vraie cible.

Je me penchai vers Anam.

— Tout va bien ? J'ai vu qu'on vous entraînait dans cette ruelle, l'incendie a causé un tel désordre ! J'ai tout de suite su que je devais agir. Surtout quand ils ont parlé de rançon…

Au moins, les improvisations de mes jeunes acteurs étaient faciles à exploiter…

Les traits d'Anam se détendirent.

— Sanaya, je ne sais pas comment vous remercier. Aidez-moi, je vous prie. Mazin sera furieux d'apprendre que j'ai été enlevée au cœur même de sa cité.

Sa cité.

Plus pour longtemps.

— Vous êtes hors de danger, c'est tout ce qui compte.

Je défis ses liens, et l'aidai à se lever.

— Venez, je vous ramène au bazar. Vos gardes doivent être morts d'inquiétude.

Nous quittâmes le bâtiment pour regagner les rues animées. Des relents de fumée et de tissu brûlé flottaient dans l'air, mais l'incendie était éteint et les marchands s'affairaient à leurs stands. Un cri retentit près de nous et les gardes accoururent.

— Anam ! Où étiez-vous ? Nous avons dû informer votre frère que vous aviez disparu !

Durab brandissait son épée comme s'il allait embrocher toutes les personnes présentes. La foule, visiblement anxieuse, s'éloigna.

Tant mieux. Rien ne valait deux gardes du corps en déroute pour aider mon piège à se refermer.

— J'ai été enlevée par des bandits, Durab. Ils m'ont entraînée dans une ruelle, ils parlaient de rançon.

Je contins un sourire. « Bandits » était un mot un peu fort, vu l'âge et la carrure des gamins, mais Anam n'en avait rien vu à travers son bandeau.

— Sanaya les a fait fuir ! ajouta-t-elle en tournant vers moi un regard plein de gratitude.

Durab et Tishk parurent enfin se rendre compte de ma présence. De nouveau, je fus prise d'un frisson – pouvaient-ils me reconnaître malgré la transfiguration ?

Le souvenir me revint d'une fois où j'avais croisé le fer avec Durab. Il avait fini par manger la poussière.

S'il découvrait ma vraie identité, il n'hésiterait pas à utiliser son cimeterre. Je jetai un coup d'œil à Tishk, penché sur les blessures d'Anam. Des deux gardes, c'était lui qui m'inquiétait le plus ; sur le terrain d'entraînement, il s'était toujours montré ingénieux, et il savait utiliser à son profit les forces de ses adversaires.

Il me détailla des pieds à la tête comme si j'étais un des fameux bandits qui avaient ravi sa protégée. Tishk s'était toujours méfié de tout et de tout le monde.

Je répondis à son air soupçonneux par un large sourire.

— Je n'ai rien fait d'exceptionnel. J'ai vu les deux brutes enlever Anam, et j'ai voulu l'aider.

Je la désignai d'un hochement de tête.

— Nous ne nous sommes rencontrées qu'une fois, mais je vous ai tout de suite reconnue. Je suis heureuse de vous avoir secourue.

Elle attrapa mes mains avec émotion, puis s'avança pour m'étreindre. Elle me serra si fort que j'en restai les bras ballants. Personne ne m'avait enlacée depuis bien longtemps, sauf ma grand-mère mais ce contact-là m'avait paru contraint et rigide. Des larmes inattendues me montèrent aux yeux. Que m'arrivait-il ?

Je compris soudain que la gentillesse et les égards étaient des qualités attrayantes… Sous les traits de Sanaya, je pouvais feindre d'agir par bonté de cœur.

Mais la vengeance est la seule chose qui importe.

Mazin, lui, n'avait fait preuve d'aucun égard lorsqu'il m'avait envoyée croupir dans la plus effroyable prison de l'empire. Et à présent, la gentillesse ne pouvait pas résoudre mes tourments.

Je me dégageai des bras d'Anam, un sourire amical aux lèvres.

— Je me suis sentie proche de vous dès notre rencontre.

Son regard s'illumina. Je connaissais Anam, je savais combien sa vie au palais était solitaire, et j'avais tout de suite songé à exploiter cette fragilité pour élaborer notre plan.

— Je ne pouvais tout de même pas les laisser vous emmener. Il fallait que je fasse quelque chose.

— Vous avez pris de gros risques pour moi. C'est admirable.

Elle leva les yeux vers ses gardes.

— N'est-ce pas, Tishk ?

Celui-ci ouvrit la bouche pour répondre, et ses épaules se relâchèrent un peu, pourtant la voix qui répondit n'était pas la sienne.

— En effet, c'est admirable.

Mes paupières se fermèrent toutes seules.

Ce timbre rauque avait le don de me mettre à genoux. Mais, cette fois, je m'étais préparée à l'entendre. J'avais prévu qu'il accourrait dès qu'il apprendrait la nouvelle.

Je me retournai, repoussant les perles de mon kameez, et levant le regard pour rencontrer le sien.

Maz était impeccable – tout en noir comme toujours, et l'or de son sherwani luisant dans la lumière de l'après-midi. Ses cheveux étaient coiffés en arrière, ses boucles ondulantes parfaitement ordonnées. Je me revis, un quart de seconde, passant les doigts dans cette douce chevelure lorsque nous étions dans mon lit, et que nous discutions de nos rêves partagés. Le muscle de sa mâchoire tressaillit mais, à part cela, il affichait une complète maîtrise, comme un chacal auscultant la vallée afin de repérer sa proie. Sauf que je n'étais pas sa proie.

Alors pourquoi me sentais-je traquée ?

— Je vous dois un immense merci, Sanaya, déclara Mazin en me contournant.

Il paraissait tendu.

Oh, tu me dois bien plus que cela.

Je le trouvais différent de la veille, chez Casildo. À la place de la lueur de chagrin que j'avais aperçue dans ses yeux, c'était la haine qui étincelait à présent, et son visage était obscurci par la rage. La dernière fois que je l'avais vu dans un tel état, c'était une nuit, dans ma chambre, où nous parlions de l'empereur.

— Durab, Tishk, réunissez la garde impériale, ordonna-t-il. Je veux qu'ils fouillent la cité de fond en comble. Les coupables ne peuvent pas être bien loin. Et il y a forcément, à Basral, quelqu'un qui sait quelque chose.

— Bien, répondit Durab en empoignant son cimeterre.

— Et n'oubliez pas, ajouta Maz avec calme, que ma sœur a été enlevée alors que vous étiez chargés de sa sécurité.

Ses lèvres formèrent un rictus.

— Ne me décevez pas une deuxième fois. Trouvez les responsables.

Sans dissimuler leur honte, Durab et Tishk levèrent le menton, hochèrent la tête et prirent congé, creusant de leurs pas des trous dans la terre rouge.

Anam, Mazin et moi demeurâmes immobiles.

— Merci d'avoir secouru ma sœur, souffla Mazin. Mes propres gardes ont failli là où vous avez réussi, Sanaya. La dette que nous avons envers vous est immense.

— Ce n'était rien.

J'étais interpellée par son sérieux. Comme si une ombre s'était abattue sur lui.

— À mes yeux, ce n'est pas rien.

Il inclina la tête, et un frisson me traversa devant son air sombre.

— Mon frère a raison, intervint Anam. Vous avez été formidable. Maz, si tu l'avais vue ! Enfin, moi-même, je ne l'ai pas vue à proprement parler…

Elle grimaça.

— … mais j'ai tout entendu. Elle a mis ces bandits en fuite !

— Avez-vous vu leurs visages ? me demanda Mazin.

Je me raidis sous son regard insistant.

— Je crains que non. Les lieux étaient à peine éclairés et toute mon attention était sur Anam.

— Vous n'avez même pas relevé leur âge ? Des cicatrices, ou des traits significatifs ? Leur taille ? Leurs vêtements ?

— Mazin ! Cesse de la presser alors qu'elle vient de me sauver ! La seule chose à faire est de lui adresser des remerciements en bonne et due forme, pas de la soumettre à un interrogatoire. Venez, Sanaya…

Elle passa son bras sous le mien, et me conduisit au tonga qui attendait à la lisière du bazar parmi d'autres calèches. Mazin nous emboîta le pas et, d'une voix sourde, il me glissa à l'oreille :

— Pardonnez-moi.

Je savourai le grondement de sa voix, et les vibrations qu'il suscitait en moi.

— Il n'y a rien à pardonner, répondis-je d'un ton faussement léger, presque mécanique.

— Je vous inviterai à déjeuner au palais, déclara-t-il.

Je me tournai vers lui, le souffle court. Ces paroles m'avaient paru autoritaires, précipitées, quasi improvisées. Mais son visage demeurait fermé, sa mine décidée.

— Anam a raison, poursuivit-il. Nous vous devons des remerciements. Laissez-nous vous honorer pour ce que vous avez fait.

Anam lâcha mon bras pour applaudir des deux mains.

— Oui ! Nous vous attendrons demain au palais.

— Ce sera une joie.

— Alors, l'affaire est réglée, conclut Mazin, posant la main au creux de mon dos.

Malgré les couches de tissu et les perles qui couvraient ma cambrure, je perçus la chaleur de sa paume comme si j'avais été nue. Je frémis.

S'il perçut mon mouvement, il n'en fit aucun cas. Il continua de m'observer, son regard toujours insondable.

Que t'est-il arrivé ? aurais-je voulu lui demander.

Où était passé le garçon que j'avais connu ?

Il n'a jamais existé.

Enfin, il retira sa main et aida Anam à monter en voiture.

— Pouvons-nous vous déposer quelque part ? demanda-t-il.

Je restai muette devant sa paume tendue, et me reculai d'un pas. J'avais certes besoin de passer du temps avec lui pour semer les graines de ma vengeance, mais il fallait que je reprenne mes esprits. Ce simple contact m'avait fait frémir, aussi je n'imaginais pas l'effet d'un voyage en calèche à ses côtés.

Sans compter que la garde impériale recherchait à présent mes voleurs des rues ; j'avais d'autres chats à fouetter.

— Mon chauffeur m'attend, répondis-je. Je voulais seulement m'assurer qu'Anam allait bien.

Il acquiesça puis se frotta le menton.

— À demain, alors.

— À demain.

Une fois qu'ils furent hors de vue, et le tonga un grain de poussière sur la route pavée, enfin je me laissai tomber sur le banc au pied de l'arbre banian, la tête entre les mains.

Tout s'était déroulé à merveille. J'étais invitée au palais, Anam était pleine de reconnaissance à mon égard… Mon plan se déroulait comme prévu.

Alors pourquoi avais-je, encore et toujours, ce sentiment d'être en prison, et de compter les jours avant ma libération ?

Chapitre 22

Avant

Son épée frappa la mienne avec un clinquement dont l'écho traversa le terrain d'entraînement.

— Tu t'améliores, constatai-je, les dents serrées, le repoussant avant de m'éloigner, d'une roulade, dans la poussière.

Maz se releva en même temps que moi, et nous brandîmes nos armes simultanément.

— Admets que je suis aussi doué que toi, maintenant !

Nous croisions le fer comme des danseurs, l'acier de nos lames aussi retentissant que notre fierté.

Ni l'un ni l'autre n'était disposé à céder.

Chacun de nos affrontements était imprégné de cette intensité fébrile, de la même excitation à chaque coup porté, puis par l'épuisement écrasant après l'assaut gagnant. Pas de doute, Mazin avait progressé. Mais pas au point d'admettre qu'il soit mon égal.

— Tu *voudrais* être aussi doué que moi.

— Je vois bien que tu mens, Dani.

— Ne m'appelle pas comme ça.

Il esquissa un sourire, trop heureux de m'avoir atteinte. Une onde de chaleur se répandit dans ma poitrine devant ce sourire. Je fis pivoter mon épée, la dégageai de sous la sienne, puis la retournai brusquement pour lui asséner un coup de garde sur la tête.

Il recula en trébuchant, et son sourire disparut.

— Hey, tu m'as fait mal !

— Appelle-moi encore une fois Dani, et c'est avec la lame que je frapperai.

— Que tu es susceptible...

De nouveau, il se mit en garde, et l'éclat du soleil se refléta dans le métal de son arme. Je levai la main pour me protéger de la lumière, et entendis l'écho de ses pas précipités. Je m'esclaffai.

— Avec un pas si lourd, tu ne peux pas te permettre une telle feinte ! Je t'entendrais à un kilomètre !

Mon épée voulut contrer la sienne, mais ne la rencontra jamais. J'abaissai ma main en visière, et trouvai Mazin immobile devant moi, les traits tendus, scrutant quelque chose au loin.

— Qu'est-ce... ?

Un cri résonna dans le village. Puis d'autres, des hurlements et des pleurs. Mon estomac se serra. Je sondai les maisons à flanc de montagne.

Alors, l'écho de bottes et de sabots nous parvint.

Maz s'avança vers moi.

Si je ne l'avais pas si bien connu, si je ne m'étais pas entraînée chaque jour à ses côtés au point d'être capable d'analyser ses moindres expressions, j'aurais dit qu'il était, comme toujours, placide et sans émotion.

Sauf que je connaissais Mazin.

Je vis le léger tressautement dans sa mâchoire. Les discrètes gouttes de sueur qui perlaient sur son front. Le voile sombre sur ses yeux noirs.

Maz avait peur.

— Qu'est-ce que c'est ? chuchotai-je.

D'une voix grave, le regard toujours rivé sur la montagne, il répondit :

— Des pillards.

J'agrippai la garde de mon talwar. Mon père était en ville, parti livrer de nouvelles épées à l'empereur. J'étais seule à la maison.

Je jetai un coup d'œil à Mazin.

Pas tout à fait seule.

— Si proche de la cité impériale ? Quelle impudence…

Je passai la langue sur mes lèvres desséchées par la chaleur. La peur se déployait en moi, mon pouls cognait sous ma peau. Mais j'étais entraînée. Je pouvais tout affronter.

À ceci près que je n'avais jamais combattu pour de vrai. Pas en dehors d'un terrain d'entraînement.

Je levai mon talwar. De nouveau, un cri retentit et mon cœur se déchira.

C'était mon village qui hurlait, on brutalisait les miens.

Nous n'étions que deux. Nous avions peur. Mais peut-être pouvions-nous sauver le village. Nous devions, au moins, essayer.

— Il faut faire quelque chose.

Maz se tourna vers moi. L'épouvante me tenaillait l'estomac, comme un cobra enserrant sa proie.

Tout dans son visage indiquait que nous allions mourir – à moins que je n'en décide autrement. Alors, je répliquai :

— De toute façon, je commençais à m'ennuyer, à force de te battre.

Il esquissa un rictus, et son air hagard se dissipa un peu. Il approuva d'un hochement de tête. Mon cœur battait la chamade, un battement aussi puissant que les percussions d'un tabla.

Nous nous dirigeâmes vers le village, le plus discrètement possible. Des nuages de fumée s'élevaient d'une des premières maisons, s'enroulant dans le ciel.

C'est alors que des pleurs d'enfant me parvinrent. Je voulus accélérer le pas mais Maz me retint.

— Attends.

— C'est un enfant qui crie ! répliquai-je sèchement, mais je me figeai quand deux colosses surgirent de la maisonnette.

L'un d'eux transportait un sac en toile de jute, rempli de biens volés ; l'autre tenait nonchalamment une épée ensanglantée.

— Ils ont massacré la famille…

Maz acquiesça.

— Je pense qu'ils sont plus que deux.

— Combien ?

Il inclina la tête, les yeux fixés non sur les pillards devant nous mais ailleurs, sur un souvenir qu'il aurait préféré oublier.

— Pas plus de dix, en général. Ils n'aiment pas se déplacer en nombre, pour ne pas se faire remarquer.

— Comment sais-tu tout ça ?

— Parce que mon village a subi le même sort. Beaucoup de mes voisins sont morts.

Je ne pus que me cramponner à mon arme et le dévisager, abasourdie.

— Je ne savais pas…

Il secoua la tête, comme pour chasser ce souvenir.

— C'était il y a des années.

De nouveau, les cris de l'enfant s'élevèrent de la maison en flammes.

— Mais cette fois, on peut les en empêcher.

— Écoute-moi, Dania, ces pillards sont des sauvages.

Maz m'attrapa l'épaule, et ses doigts s'enfoncèrent dans ma chair.

— Ils ne se soucient pas des gens qu'ils blessent ou qu'ils tuent. Ils ne pensent qu'à eux-mêmes. Si tu croises le fer avec eux et qu'ils sont plus forts que toi, ils ne te feront pas de cadeau.

— Alors, je ne les laisserai pas être les plus forts.

Je pivotai sur moi-même, épée en main. Je ne voulais pas vivre avec des remords. Jamais je ne supporterais l'idée d'être restée passive.

Je m'élançai. Les hurlements de l'enfant étaient de plus en plus puissants. Les deux pillards stagnaient sur le seuil de la maison. L'un d'eux se curait les dents.

Je passai à l'action avant de leur laisser le temps d'appeler du renfort.

J'attaquai le premier pillard au mollet.

Il poussa un cri, et lâcha son sac pour se cramponner à sa jambe. Le second se tourna vers moi pour riposter.

Il est jeune, fut ma première pensée.

À peine plus âgé que Maz et moi. Bien trop jeune pour piller des villages et décimer des familles… Il était coiffé d'un couvre-chef élimé et vêtu d'habits trop grands. Son épée était rouillée et mal entretenue, mais le sang séché qui en maculait la lame était bien plus effrayant que mon beau talwar immaculé.

Il sourit, comme si son acolyte ne s'égosillait pas au sol, les deux mains sur son muscle sectionné.

— Tu veux te battre, gamine ? On va bien s'amuser.

Il s'élança – mais j'étais prête. Je pris de l'élan en tournoyant et soulevai mon arme pour l'abattre sur son bras tendu.

Il laissa échapper un cri de douleur mêlé de surprise.

— Salope !

— Tu trouveras des insultes plus originales quand j'en aurai fini avec toi.

Je scrutai son bras ensanglanté.

— Sale petite villageoise, il ne te restera plus rien quand nous aurons fini ce que nous sommes venus faire.

L'autre pillard s'était relevé tant bien que mal, sa propre épée rougie tendue vers moi.

— Tu penses vraiment pouvoir nous affronter seule ?

— Elle n'est pas seule.

La voix grave de Mazin résonna dans mon dos et me fit l'effet d'une brise fraîche dans le désert. Nous n'avions jamais combattu ensemble. Seulement l'un contre l'autre.

— C'est si touchant…

Comme une valse que nous aurions répétée, Maz et moi avançâmes en même temps de part et d'autre des pillards.

Je me jetai sur le plus jeune avec agilité, et rencontrai aussitôt sa lame. Avec chaque coup, mon assurance grandit. Je me sentais aussi forte que sur le terrain d'entraînement, je dominais. Le jeune homme avait de l'expérience, mais j'étais mieux entraînée que lui. Je ne tardai pas à lui infliger un coup sur l'épaule, puis un autre dans les côtes. Il vociféra, et se mit à gesticuler – ma confiance crût encore. Plus jamais il ne pillerait un seul village.

Mais autour de nous, l'air se chargeait de pleurs en même temps que de fumée.

L'enfant était toujours dans la maison.

Mes jambes fléchirent l'espace d'un instant, et je manquai le coup suivant. L'épée de mon adversaire m'effleura, et je glapis lorsque le métal érafla ma main. Le sang jaillit.

— Dani ! hurla Maz, qui combattait le premier pillard.

J'étais déstabilisée. À nouveau, mon adversaire s'avança, tel un prédateur. Les cris résonnaient de plus en plus fort. Si je ne secourais pas cet enfant très vite, il mourrait.

Mais si je me détournais ne serait-ce qu'une seconde, je risquais la mort, moi aussi.

Je ravalai mon angoisse devant ce choix impossible, et un nœud se forma dans ma poitrine. Sur le terrain d'entraînement, je ne me préoccupais que de moi et de mon épée.

Voilà ce qu'avait voulu dire Baba lorsqu'il avait affirmé qu'un combat était bien plus que ça.

Il avait raison. Ce n'était pas une question de talent, mais d'instinct.

Une affaire de cœur.

Je me ruai sur le pillard, espérant le prendre par surprise. Nos lames se heurtèrent et je pris appui sur lui pour lui faire perdre l'équilibre. Il chuta dans la poussière et brandit son épée, mais j'abattis la mienne avec tant de force qu'elle lui vola des mains. Il me jeta un regard terrorisé.

— Tu n'es qu'une fille, cracha-t-il. Tu n'es pas capable de tuer.

Je jetai un œil à son arme tachée de sang, à la maison qu'il avait transformée en brasier.

— Être une fille ne m'empêchera pas d'anéantir un homme qui le mérite. Tu regretteras d'avoir choisi de piller ce village.

Il tenta d'esquiver, mais je n'eus qu'un geste à faire pour lui planter mon épée dans le ventre. Un violent haut-le-cœur me saisit quand je sentis ses entrailles céder sous ma lame.

Mais je n'avais pas le temps de m'appesantir sur le meurtre que je venais de commettre.

— Maz ! appelai-je en désignant la maison.

— Vas-y ! répondit-il. Je pars à la recherche des autres pillards.

Le sang de son adversaire, à terre, coulait à flots. Maz jeta un regard vers le village tandis que je pénétrais dans la maison en flammes.

Le toit menaçait de s'effondrer, et le feu gagnait les meubles et les murs. De grosses quintes de toux me secouèrent dès que je m'enfonçai dans la fumée. Je laissai les pleurs me guider vers le fond de la bâtisse.

Un enfant gisait au sol, agrippé à sa mère dont le sang était celui qui maculait l'épée du pillard.

— Amma !

Le petit leva vers moi un regard désespéré.

— Elle est morte, soufflai-je.

Je m'avançai pour prendre le garçon dans mes bras, mais il se cramponna de plus belle au corps inerte.

— Nous n'avons pas beaucoup de temps, marmonnai-je en le tirant plus fort.

— Pas sans mon Amma.

Cette fois, je ne répondis rien, je me contentai de l'arracher à sa mère pour le traîner, hurlant, loin de la maison en feu.

— Tu mourras, si tu restes avec elle. Elle est déjà partie.

Je savais combien ces paroles étaient dures. Cet enfant avait besoin d'un réconfort que je ne pouvais pas lui offrir. N'empêche que j'étais celle qui l'emmenait loin de la mort. Celle à qui il en voudrait de l'avoir arraché aux bras de sa mère. Mais grâce à qui il vivrait.

Le garçon se débattait de toutes ses forces. Soudain, il me frappa au tibia et je le lâchai malgré moi. Il s'élança à toutes jambes vers les montagnes. Je le suivis des yeux, démunie, alors que ses hurlements saturaient l'air de l'après-midi.

Ce désespoir, je l'avais connu.

Je m'élançai vers la place du village. Là, deux hommes tournaient autour de Maz, à genoux. Son cimeterre avait disparu. Ses bras et son visage étaient striés de sang, et le corps sans vie d'un pillard reposait à côté de lui. Il en avait éliminé un, avant que les autres ne prennent le dessus.

Mais pas pour longtemps.

Des armes s'amoncelaient près du puits, et un peu plus loin, les tantes du village se tenaient serrées les unes contre les autres. Ces femmes, je les avais connues toute ma vie – elles m'avaient nourrie, aimée, pincé les joues en disant à mon père combien je ressemblais à ma mère. Voyant leur détresse, je resserrai les doigts sur ma garde, la colère me brûlant la poitrine comme la fumée noire de la maison en flammes.

Je m'accroupis derrière le puits. Le temps était compté, Maz se trouvait désarmé face aux pillards. Mais pour que nous restions en vie tous les deux, je devais prendre le temps de réfléchir à un plan.

Mazin semblait si petit devant ces hommes qui le surplombaient.

Un des pillards leva son épée, prêt à lui trancher le cou.

Trop tard, je devais intervenir.

Je ramassai une pierre et la lançai sur le bourreau.

J'avais l'impression d'entendre la voix de Mazin : *C'est ça, ton plan ? Une pierre ?*

Le projectile toucha l'homme au visage, et il fit volte-face, les paupières plissées. D'un pas rapide, il s'avança vers le puits où j'étais dissimulée et s'arrêta devant le groupe de femmes. Il était si proche… pouvait-il entendre les battements assourdissants de mon cœur ?

— Qui a lancé cette pierre… ?

Sa voix était douce, et les tantes se recroquevillèrent sur elles-mêmes. Il les menaça de son arme les unes après les autres, puis s'arrêta devant Afra, la doyenne, virtuose du paratha et qui m'avait toujours réservé les étreintes les plus chaleureuses quand je revenais de Basral.

— Je vous tuerai chacune votre tour, jusqu'à ce que celle qui a jeté cette pierre se dénonce.

Afra leva le menton, et sa voix retentit, grave et sonore :

— Tu nous tueras de toute façon. Alors je me réjouis que l'une de nous ait au moins eu le temps de te blesser.

Le pillard rugit et fit pivoter sa lame. Afra se couvrit la tête des deux mains.

Mais mon poignard s'enfonça dans la cuisse de son assaillant avant qu'il ait le temps de frapper. Lorsqu'il s'effondra, je bondis de ma cachette et lui sautai dessus, agrippant une touffe de ses cheveux et tirant sa tête en arrière pour exposer sa gorge. J'y fis glisser le tranchant de ma lame et le laissai retomber sur le sol, le sang s'écoulant à flots, avant de me tourner vers les autres pillards.

Ils étaient six, à présent, et tous avaient vu la mort de leur compagnon. Le plus grand tenait le cou de Mazin en étau entre ses grosses mains.

— Tu ne réussiras jamais à nous affronter tous en même temps. On dirait bien que tu as agi sans réfléchir.

Il sourit, exhibant deux rangées de dents noires.

— J'ai bien réfléchi au contraire, et j'en suis venue à la conclusion que vous n'étiez pas bien doués, comme combattants.

— Tu te trompes, gamine.

— Vraiment ? Alors comment se fait-il que vous ayez parqué vos prisonnières à proximité d'une pile d'armes ?

Je désignai les tantes. Toutes, en entendant mes paroles, tournèrent les yeux vers le monceau de gourdins et d'épées juste à côté d'elles.

— Nous pouvons les combattre ! lançai-je à ces femmes qui m'avaient vue m'entraîner avec mon père depuis le plus jeune âge. Nous sommes bien plus nombreuses qu'eux.

À ce signal, les tantes se ruèrent sur la réserve d'armes et s'en emparèrent. En voyant que même la plus jeune, une fillette, empoignait un katar, je ne pus m'empêcher de sourire.

Toutes ces villageoises étaient les voisines et les amies d'un des plus grands forgerons de l'empire. Les armes, elles connaissaient.

Les pillards s'avancèrent vers nous, mais leur mine avait changé. Ils paraissaient anxieux, à présent.

Mes mains tremblaient et étaient si moites que je manquai de lâcher mon épée. Les villageoises, elles, n'eurent aucune hésitation – elles se ruèrent sur les hommes et leur assénèrent des coups de gourdin et d'épée, m'offrant les circonstances dont j'avais besoin pour secourir Mazin.

Je plantai d'un grand coup mon arme dans le bras du pillard qui s'apprêtait à l'égorger. Il poussa un hurlement et Maz en profita pour se relever d'un bond. Je lui lançai une épée.

— On doit les aider !

Il sourit, du sang sur les lèvres, le regard fixé sur moi.

— Je te suivrai quoi qu'il arrive, Dani.

Quelque chose dans ces paroles me coupa le souffle.

Il avait prononcé ces mots simplement, nonchalamment, pourtant ils me touchèrent droit au cœur. Je n'avais pas le temps de m'appesantir sur leur sens, pas alors que le vrai combat commençait seulement.

Je m'élançai, et Mazin m'emboîta le pas. Nous combattîmes côte à côte jusqu'à ce que nos mains saignent et que nos épaules hurlent. Alors seulement, dans le calme après l'orage, dans la peine qui suit la mort, dans notre triomphe de ce jour-là, je pris le temps de songer à cette émotion qui m'avait saisie lorsque Maz m'avait regardée comme si j'étais une déesse et lui, un fidèle.

Je te suivrai quoi qu'il arrive.

Chapitre 23

L'invitation de Mazin était tout ce que nous avions espéré et prévu. Elle nous offrait un accès au palais, et ainsi la possibilité de nous rapprocher de l'empereur.

Noor et moi parcourions les rues de la cité en calèche. Le palais était en vue.

Une brise légère s'infiltrait à travers les rideaux du tonga, et Noor poussa un soupir.

— Il fait plus chaud que dans les geôles de Thohfsa… Pourquoi est-on si couvertes ?

Je m'enfonçai dans mon siège.

— Parce que les riches portent toujours trop d'habits pour montrer qu'ils sont riches, expliquai-je, les yeux sur la demeure impériale.

Bientôt, je serais de retour dans ce lieu où l'on m'avait arrêtée. Dans les couloirs où l'on m'avait traînée, où mes hurlements avaient résonné sans que personne n'y prête attention. Où, en croisant son regard, j'avais compris qui était vraiment Mazin – un lâche prêt à tout pour obtenir ce qu'il voulait.

Le bâtiment se dressait devant nous, étincelant sur ses colonnes de marbre blanc, telle une montagne coiffée de neige au sommet de la ville. Il était si imposant qu'on le voyait à des kilomètres – rappel incontestable du pouvoir de Vahid. Et de celui de Mazin, son fidèle lieutenant.

Lorsque nous atteignîmes le sommet de la colline, je ressentis un étrange apaisement – comme si mon plan, d'un coup, se consolidait dans mon esprit. Je jetai un coup d'œil à Noor et la trouvai, elle aussi, les yeux fixés sur le palais. L'anxiété troublait son regard. Elle sentit que je l'observais et me retourna un sourire triste.

— Tu es inquiète ?

Je m'efforçai d'adopter un ton léger.

Noor était plus douée que moi pour parler de ses émotions, mais restait assez secrète concernant son passé, et ce qui s'était passé entre Souma et Vahid. Comme si le seul fait de l'évoquer la ramenait à la mort de son père.

— Inquiète, non… Pas pour notre plan. Plutôt sur ma capacité à me maîtriser lorsque je le verrai.

— Vahid ?

Elle hocha la tête.

— Penser que je pourrais me trouver nez à nez avec lui d'ici quelques minutes me donne envie de m'arracher les cheveux. Il faudra que je me retienne de verser une dose de poison dans son tchaï.

— Tu sais donc comment je me sens face à Mazin…

Elle s'enfonça dans la banquette et se couvrit le visage.

— Je ne sais pas comment tu as pu t'empêcher de lui planter ton poignard directement dans le cœur la première fois où tu l'as revu.

— Crois-moi, je ne pense qu'à ça.

— Mais tu es restée si calme… Moi, je n'arrête pas de trembler alors que je n'ai même pas encore *vu* Vahid !

— Je ne suis pas calme, assurai-je en la regardant droit dans les yeux. Je suis furieuse. Mais j'arrive à le cacher parce que je porte un visage qui n'est pas le mien, et parce que je sais que Mazin, quand je l'observe, n'a aucune idée de qui je suis. Et parce que, si je ne contrôle pas l'orage qui gronde en moi, tout aura été en vain. Mon père sera mort pour rien. Et je ne peux pas le laisser – les laisser – s'en tirer comme ça. Je ne suis pas calme, Noor. Je suis concentrée.

— En tout cas, tu joues bien ton rôle. Je ne suis pas certaine de pouvoir me maîtriser à ce point.

— Tu y arriveras. Face à Vahid, tu te rappelleras ce que nous sommes venues faire.

Elle me jeta un coup d'œil sceptique.

— Rien ne semble t'affecter. Tu ne transpires même pas ! Tu ne pleures et ne sues donc jamais ? Ton corps ne produit donc aucune sécrétion ?

Je détournai les yeux et admis :

— Il m'arrive de pleurer.

— Vraiment ? Tu n'as même pas versé une larme quand tu as appris la mort de ton père.

J'ouvris la bouche pour répondre mais les mots s'évaporèrent aussitôt. Le visage de Baba s'imprima dans mon esprit – un souvenir de lui s'esclaffant à la table du petit déjeuner, et trempant une épaisse tranche de pain dans son haleem, son plat préféré du matin. Je ne me rappelais pas notre conversation, seulement le grand rire guttural qui secouait son corps entier. Mon père était tout pour moi – il avait remplacé ma mère quand celle-ci avait été tuée, pourvoyait à nos besoins en vendant des épées à un empereur qu'il haïssait afin que nous ne manquions pas d'argent. Il était devenu mon maître d'armes lorsqu'il avait perçu mes prédispositions au combat. Mais, plus que tout, il était un ami, capable de rester à mes côtés en silence, de rire avec moi, de me dispenser des conseils, sans jamais me juger. Pleurer sa perte… cela ne serait jamais suffisant.

Un silence s'abattit sur la calèche.

— Dania, je suis déso…

— Ne t'excuse pas.

Je me redressai.

— C'est vrai. Je n'ai pas pleuré. Il y avait trop à penser à ce moment-là, trop de choses à faire. Ces larmes auraient été gâchées.

Je pris appui sur mes cuisses, agrippant si fort le tissu de mon pantalon que quelques perles s'en détachèrent.

— Je pleurerai mon père quand je l'aurai vengé. J'espère seulement que ce moment arrivera.

Noor acquiesça et, à nouveau, observa le palais.

— Il arrivera. Souma avait coutume de dire : « L'oiseau voit la graine mais pas le piège. » Nous nous assurerons que ces traîtres voient ce qu'ils veulent. Et qu'ils se trouvent pris au piège avant de se rendre compte de leur erreur.

— Et le plan ?

Noor m'adressa un sourire que je connaissais bien, et bomba la poitrine. Elle leva la main et énuméra sur ses doigts chaque étape à accomplir :

— Pendant que tu charmes Monsieur-tout-de-noir-vêtu jusqu'à lui faire perdre la tête, je glane toutes les informations possibles sur le palais, sur le chef de la garde palatine et sur l'emploi du temps de Vahid.

J'époussetai un grain de poussière sur mon kameez indigo. Les manches de ma veste, ornées de fleurs de lotus, mettaient en valeur ma peau brune comme l'écrin doré d'un rubis.

— Très joli… constata Noor en désignant ma tenue.

Je souris.

— La couleur préférée de Mazin.

Noor feignit la stupeur.

— Vraiment ? Ce n'est pas le noir ?

Je pouffai.

— Le noir est la couleur des lieutenants de l'empereur. Mais je le connais mieux que n'importe qui. Je connais ses teintes et ses aliments préférés, ce à quoi il pense quand il se réveille. Je le connais par cœur.

Je poussai un soupir, éprouvant ces mots, me rappelant le goût qu'ils avaient à l'époque où je pensais l'aimer.

Où je croyais qu'il m'aimait.

— Avant, oui. Mais il a peut-être changé.

Les traits de Noor se durcirent et elle ajouta :

— Il t'a trahie, Dania. C'est donc qu'il t'a surprise.

Je m'enfonçai dans mon siège et me mordillai la lèvre.

— Oui. Mais j'ai grandi à ses côtés. Combattu avec lui.

— Et cela ne l'a pas empêché de te livrer aux soldats.

Elle parlait d'un ton d'évidence et, bien que les faits évoqués soient justes, ils me brûlèrent comme du sel frotté sur une plaie béante.

Je serrai les dents.

— Tu as raison. Merci de me montrer ce que je ne vois pas.

— Surtout concernant Mazin.

Mes ongles s'enfoncèrent dans mes paumes.

— Je peine à garder du recul en ce qui le concerne, admis-je péniblement.

— On dirait un chat qu'on étrangle, quand tu dis ça.

— Reconnaître mes faiblesses n'a jamais été mon fort.

— Et Mazin en est-il une ?

— Faiblesse ?

Elle leva les yeux au ciel.

— Non, une mangue ! Oui, une faiblesse.

Je pondérai ses paroles. C'était absurde de vouloir nier la vérité. J'avais aimé Maz près de la moitié de ma vie. La haine que je lui vouais virait à l'obsession. Mais je ne pouvais me permettre de perdre de vue notre but, les objectifs que Noor et moi nous étions fixés.

— Oui.

Noor laissa échapper un soupir.

— Eh bien, au moins, tu es lucide. Rien n'est plus dangereux que le déni.

— Je ne risque pas de retomber amoureuse de lui, assurai-je sèchement. Mais je sais que je peux être quelque peu… aveuglée. Il est la traîtrise que je n'ai pas vue arriver. Après avoir été la constance dont j'avais besoin dans ma vie.

À nouveau, je me concentrai sur le palais désormais tout proche – là où nous attendaient tous nos ennemis.

— Et maintenant, c'est lui que je dois anéantir.

La calèche s'immobilisa brutalement, et Noor bascula en avant.

— Qu'est-ce… ?

Des coups retentirent contre le tonga, et ma main vola vers mon talwar.

— Baisse-toi ! ordonnai-je.

J'en fis autant, après avoir jeté un coup d'œil dans la rue. Une large foule était massée devant le palais, face à une rangée de soldats qui lui barrait le passage, épées en main.

Sur les pavés, j'aperçus une tomate écrasée.

— Mes excuses, comtesse, dit notre cocher, mais la rue est bloquée en raison d'une émeute.

Il fit claquer sa langue pour ordonner aux chevaux de reculer. La calèche opéra un demi-tour.

La foule grondait, des pierres et des ordures volaient vers les soldats.

— Que se passe-t-il ? souffla Noor.

— Des insurgés. Des gens qui se révoltent contre l'empereur.

Elle retint un ricanement.

— Vahid est donc déjà haï par les habitants de sa cité. Voilà qui peut nous être utile.

Un caillou heurta notre calèche, et des visages se tournèrent dans notre direction. J'entrevis l'instant où la rage collective allait se déplacer sur nous. Nous étions riches – cela se voyait à notre tonga doré et à nos beaux étalons noirs – et nous voulions accéder au palais. S'ils ne pouvaient atteindre Vahid, les émeutiers s'en prendraient à nous…

— Peut-être pas tant que ça, finalement… ajouta Noor tout bas, en observant la foule qui s'approchait du véhicule.

Les cris reprirent de plus belle, et les projectiles se mirent à pleuvoir.

Notre cocher lança des jurons en retour, et j'agrippai la garde de mon épée.

— Noor, y a-t-il quelque chose à faire ? demandai-je. En utilisant le zoraat ?

Elle secoua la tête.

— Non, la dose que tu as prise sert à te transfigurer. C'est sa seule fonction.

Elle fourragea dans une petite bourse à sa ceinture et ajouta, catastrophée :

— Et je n'en ai pas sur moi. Je craignais que l'empereur nous fasse fouiller.

Le cocher fit claquer les rênes pour nous éloigner de la cohue. Mais la cadence des étalons n'était pas assez rapide. La foule paraissait de plus en plus décidée à faire couler le sang – d'où qu'il vienne.

Tous les visages exprimaient le désespoir, la peur et la colère.

Les émotions mêmes qui bouillonnaient en moi.

Les insurgés encerclaient à présent le tonga et se mirent à le secouer. Le cocher brandit son sabre pour frapper à l'aveugle.

— Non ! criai-je.

Pour rien au monde je ne laisserais mourir des civils qui se soulevaient contre Vahid. Nous étions dans le même camp.

— Ne leur faites pas de mal !

À peine ces mots eurent-ils quitté ma bouche que des flammes embrasèrent les environs, entourant notre voiture et la foule, et créant un mouvement de panique.

Aussitôt, les chevaux détalèrent, et le tonga dévala la rue si vite que je fus propulsée en arrière dans mon siège. Derrière nous, les soldats de Vahid projetaient sur les émeutiers des jets puissants de feu djinn.

Une odeur de tissu et de chair grillés ne tarda pas à se répandre et, malgré moi, je serrai mon poignard pendentif contre mon cœur. Mes propres cris demeurèrent coincés dans ma gorge, étouffés par les hurlements de la foule à l'agonie.

— Arrêtez… soufflai-je, sans que personne ne m'entende.

Notre calèche s'échappa du chaos, laissant derrière elle un brasier de corps humains puis, à la faveur d'un chemin de traverse, notre cocher nous conduisit jusqu'au palais d'ivoire de l'empereur.

Nous nous arrêtâmes devant une rangée de gardes, au pied des marches du palais. Noor et moi demeurions muettes, toujours sous le choc de ce dont nous avions été témoins. À chaque fois que je fermais les yeux, je revoyais ces corps brûlés vifs. Massacrés parce qu'ils s'étaient soulevés contre un souverain qui contrôlait leur cité avec la magie djinn.

Lorsque je mis pied à terre, une étrange pression se fit en moi. Les gardes étaient vêtus du même sherwani noir et or que Mazin. Ils portaient le même cimeterre à la ceinture, dans son fourreau de cuir embossé d'une fleur de zoraat dont les pétales, semblables à ceux d'un lotus mais plus ronds, étaient reliés en leur centre par une épée. L'insigne de la garde impériale, dont Mazin était le chef.

Mon regard passa sur leurs visages, et je constatai que Mazin n'était pas venu nous accueillir.

On nous fit entrer dans le palais, son sol étincelant comme un lac immobile.

Rien n'avait changé. Sauf que tout avait changé.

La dernière fois que j'avais traversé ces couloirs, je venais de me faire arrêter. Mon monde s'effondrait.

Je me mordis la lèvre si fort qu'un goût métallique perla sur ma langue.

Tant mieux. La douleur physique me divertirait des mille et une émotions qui me tourmentaient tandis que je parcourais les galeries du palais.

La demeure de l'empereur n'avait rien perdu de son faste – des statues dorées, atrocement criardes, des colonnes serties de pierres et ouvragées de gravures plus fines que la dentelle de mon dupatta. Le bâtiment avait été construit pour le roi mais Vahid, lorsqu'il avait conquis le pouvoir, en avait encore accru la pompe. Ainsi, quiconque mettait les pieds ici prenait la pleine mesure de son pouvoir immense. Le palais était une arme en soi – le genre qui suscite la peur et l'admiration. Je jetai un coup d'œil à Noor, silencieuse sur mes pas, dont les yeux contemplaient les hauts plafonds et qui s'arrondirent encore devant la vaste cour intérieure qui s'ouvrait devant nous.

— Ce palais fait la taille d'une ville, chuchota-t-elle, alors que nous traversions le jardin dans l'éclat de l'après-midi.

Elle effleura un massif de roses et commenta :

— Je n'imaginais pas que Vahid vivait dans un tel luxe. La maison de Souma était belle, mais sans rapport avec celle-ci.

— Ne te laisse pas impressionner, murmurai-je en retour. C'est une mise en scène. Souma détenait le vrai pouvoir – celui dont toi et moi possédons une part à présent. Sans magie djinn, Vahid n'est rien. Nous venons d'en avoir la preuve… S'il n'est plus un fermier misérable des provinces du sud, c'est uniquement grâce au zoraat.

Anam nous reçut dans un petit salon que je connaissais bien.

Une pièce toute simple où elle prenait souvent le thé – « toute simple » si cela pouvait s'appliquer à un salon dont les plafonds étaient moulurés d'or et le carrelage frappé de motifs floraux de toutes les nuances d'orange, d'indigo et de fuchsia.

— Sanaya, j'ai entendu ce qui s'était passé. Tout va bien ?

Anam nous regarda l'une puis l'autre, avant de commenter :

— La population s'insurge de plus en plus violemment…

— Les soldats de l'empereur les ont… maîtrisés. À l'aide du zoraat.

J'avalai mes propres paroles comme si elles étaient empoisonnées, tout en affichant un air affable.

— Heureusement ! m'empressai-je d'ajouter alors que l'odeur de cheveux brûlés imprégnait encore mes vêtements. Mais quel magnifique boudoir ! poursuivis-je d'un ton faussement léger.

— Je suis heureuse qu'il te plaise. Ce n'est pas le mien, évidemment, mais j'aime y passer du temps. Je reçois rarement de la visite…

Elle eut un petit rire teinté de tristesse, comme si elle prenait seulement conscience de la réalité de son propos.

Je jetai des coups d'œil anxieux vers la porte et croisai les mains sur mes genoux pour m'empêcher de gesticuler. Mazin ne tarderait pas, sans doute.

Ne te laisse pas submerger par tes émotions, me rappelai-je pour la centième fois.

Je devais me concentrer sur Anam.

— Alors comme ça, tu es la pupille de l'empereur…

Ce n'était pas une question, mais c'est ainsi qu'elle prit mon affirmation.

— Oui, il nous a recueillis quand on était enfants. Mazin et moi n'avions nulle part où aller. Je dois tout à Vahid.

Sa voix était stable, régulière, malgré la gravité du sujet.

— Qu'est-il arrivé à tes parents ? demandai-je, et ma voix parut dure dans la chaleur de l'après-midi.

Noor haussa un sourcil. Je me repris aussitôt.

— Pardonne-moi si je suis indiscrète, mais c'est une situation tellement extraordinaire – être élevée par l'empereur…

Le regard d'Anam se troubla.

— Mes parents sont décédés peu après ma naissance. Je les ai à peine connus. La guerre faisait rage, et Vahid traversait notre village lorsqu'il a aperçu mon frère avec un bébé. Il a décidé de nous recueillir. Nous avons eu beaucoup de chance.

De la chance.

Maz avait donc caché à sa sœur comment leurs parents étaient morts. Comment ils étaient *vraiment* morts. Anam ne connaissait que la version servie par Vahid. J'étouffai mon indignation, et choisis de garder mes révélations pour plus tard.

— L'empereur est un homme généreux, acquiesçai-je avec un sourire qui dissimulait à peine mon dégoût.

Je luttais de plus en plus pour refouler ma rage envers tous ceux qui m'avaient fait du mal.

Anam laissa échapper un gloussement sonore, presque un aboiement, qui me fit sursauter.

— Oh, pardon ! Je ne pensais pas rire si fort. C'est seulement que tu es la première à le décrire comme *généreux.*

— Toi, comment le qualifierais-tu ?

Notre échange déviait de plus en plus vers l'interrogatoire, mais je voulais absolument savoir ce qu'Anam pensait vraiment de l'empereur. Jouait-elle la comédie ? Était-elle réellement heureuse dans cette prison dorée ?

— Vahid n'a pas d'enfants mais il s'est comporté comme un père envers Mazin et moi. Il nous a élevés dans ce palais, dans l'opulence. Il a offert à mon frère un poste prestigieux. Rien ne l'obligeait à agir ainsi.

Il a acheté votre loyauté.

Je me retins de prononcer ces mots tout haut. Anam ne disait pas tout. Juste derrière ses paroles, je percevais quelque chose de plus sombre et de plus authentique. Elle en savait davantage qu'elle ne voulait bien le dire.

— Mais d'autres le qualifieraient... d'impitoyable.

Noor étouffa une exclamation, et je me forçai à garder le sourire, et les yeux braqués sur Anam.

Oui, nous venons d'être les témoins directs de son impitoyabilité.

Anam s'attela au service du thé, et je fusillai Noor du regard. Elle haussa les épaules et se glissa dans l'encadrement de la porte. Peut-être ne supportait-elle plus d'entendre Anam encenser Vahid. Ou peut-être allait-elle s'atteler à sa mission.

Je poussai un soupir. Il était temps d'obtenir des indices sur Mazin, sur sa vraie personnalité – pourvu que sa propre sœur la connaisse elle-même.

— Ton frère paraissait très contrarié, hier, au bazar…

Elle baissa les yeux.

— Oui.

— Rien de plus compréhensible. Ta disparition l'avait beaucoup inquiété.

— Ou bien il était fâché de constater qu'il ne contrôle pas la cité autant qu'il voudrait le croire, répliqua-t-elle avec un léger sourire.

Je levai un sourcil.

— La contrôle-t-il tout court ? Je sais qu'il dirige la garde impériale, mais la paix est loin de régner à Basral…

— Maz imprime sa marque dans tous les recoins de la ville. De l'empire, même. Il y travaille dur – c'est un homme ambitieux.

Elle prononça ces mots avec une grande admiration. Je me demandai si elle pensait à moi, parfois. Et ce que son frère lui avait raconté à mon sujet.

Autrefois, je considérais Anam comme une alliée, comme une amie affable et modeste. Mais, à présent, je n'étais plus sûre de rien. Sans doute avait-elle appris ce qui m'était arrivé – forcément. Et pourtant, elle parlait de son frère avec fierté, malgré la trahison qu'il avait infligée à sa plus proche amie.

J'ourlai instinctivement les doigts autour d'un couteau de bronze posé sur la table, près d'un petit pot de miel.

À cet instant, des bruits de pas résonnèrent et je levai les yeux. Une haute silhouette parut à l'entrée de la terrasse. Je retins mon souffle, et lâchai le couteau avec fracas, malgré moi.

Tandis que Mazin s'avançait dans la lumière, le soleil rougeoyant se refléta dans sa chevelure de jais. Les filaments dorés de ses iris luirent quand il posa les yeux sur sa sœur, avant de dévier vers moi. Il esquissa un sourire en signe de salutation, et je ressentis son expression plus que je ne la vis. Je poussai un soupir, qu'Anam et Mazin entendirent à coup sûr.

J'aurais voulu me jeter de la terrasse, pour me délester de ce corps encore prisonnier des griffes de son tortionnaire. Mais je m'en empêchai. J'étais venue dans un seul but : me conduire en idiote énamourée qui ne comprenait rien à rien. Je ne devais pas me laisser déborder par moi-même.

— Mes excuses, articula-t-il, et sa voix emplit toute la pièce.

Je tirai sur le col de mon kameez.

— Un incident s'est produit à l'ouest de la ville, expliqua-t-il. Et j'ai trouvé la piste des voyous qui t'ont enlevée, Anam.

Je me raidis. Si Mazin avait tourné les yeux vers moi à cet instant, il aurait pu lire toute la vérité sur mon visage. Mais, par chance, il s'adressait à Anam, et cela me donna le temps de dissimuler mon désarroi. S'il avait vraiment découvert l'identité des voleurs de rue, je devais les en avertir... Mon cœur battait la chamade. C'est alors qu'un raisonnement anima mes pensées : ces voleurs étaient des enfants, certes, mais ils étaient rusés. Ils échapperaient à Mazin, au moins pour quelque temps.

— Sanaya aussi a eu des ennuis près du palais, acquiesça Anam. Les soldats ont dû s'en mêler.

Le regard de Mazin croisa le mien. Je me mordis le bord de la lèvre.

— C'était effrayant, déclarai-je. Vos gardes nous ont sauvé la vie. Les insurgés se sont rapidement dispersés après les projections de feu.

— Les soldats ont fait usage de zoraat ? questionna Mazin d'un ton tranchant.

— Oui, et quel spectacle… Nous nous sommes échappées à temps, heureusement.

Contrairement aux insurgés.

J'ouvris grand les yeux, feignant un air soucieux.

— J'espère que l'incident qui vous a retenu n'était pas trop grave, monsieur ?

— Appelez-moi Maz.

Sa voix douce me submergea. Je fus surprise de constater combien ses crochets se plantaient profondément en moi. Il avait presque le même regard qu'autrefois… mais pas tout à fait, comme mêlé d'autre chose – une attention méfiante, tel un léopard des neiges tapi dans l'ombre, attendant de bondir sur sa proie.

— Maz… répétai-je. J'espère qu'il n'y a pas eu de blessés.

— C'était un début d'émeute, que nous avons stoppé aussitôt. Rien de grave. Nous n'avons pas fait usage de zoraat, précisa-t-il, ayant parfaitement compris ce à quoi j'avais assisté.

Je croisai son regard, sombre, attentif.

— Une autre émeute ? m'étonnai-je.

Voilà qui intéresserait Noor… Si Basral connaissait des troubles répétés, nous saurions en tirer profit.

Mazin s'éclaircit la voix :

— L'empereur a augmenté les impôts il y a peu et cela a occasionné quelques… protestations. Mais nous avons repris le contrôle de la situation.

— J'espère que ce n'était pas comme la dernière fois, intervint Anam. Quel enfer…

— Que s'est-il passé ? questionnai-je, sans dissimuler ma curiosité.

Plus le feu contestataire était important, mieux nous nous en porterions. Je devais seulement savoir dans quelle direction orienter ces flammes.

— Une manifestation qui a débordé, expliqua simplement Mazin.

Il regarda ses mains et étira ses longs doigts.

— L'empereur a ordonné l'exécution des meneurs de ce soulèvement.

— Un vrai bain de sang ! s'exclama Anam avec un frisson. Heureusement que tu n'as pas été blessé, Maz.

J'inclinai la tête.

— Vous étiez présent ?

Il plongea son regard dans le mien.

— Oui.

L'un comme l'autre, nous connaissions les mots que je ne prononçai pas :

Et avez-vous causé ce bain de sang ?

Je compris enfin pourquoi ses yeux filetés d'or étaient les mêmes qu'avant, et différents en même temps. Mazin était devenu la brute qu'il avait voulu détruire. L'homme qui terrassait le soulèvement d'un peuple désespéré. Un monstre froid et incapable d'empathie.

— Merci de vous être jointe à nous, comtesse, reprit-il en s'asseyant près de moi.

Sa jambe manqua de m'effleurer.

Je souris, sans desserrer les dents. À présent, je devais séduire le monstre.

— Vous savez combien nous vous sommes redevables, poursuivit-il en faisant signe à une domestique de servir le thé.

Je concentrai mon attention sur le liquide rubis, parfumé à la rose et à la grenade, pour ne pas voir la dureté dans son regard.

— N'importe qui en aurait fait autant, assurai-je en avalant une gorgée.

Je reposai ma tasse, et laissai glisser ma main jusqu'à son poignet. Il baissa les yeux vers nos doigts tout proches, puis m'observa de nouveau.

— Et pourtant, vous avez été la seule à agir, déclara-t-il. Vous êtes trop humble, comtesse.

Un sourire courba ses lèvres, un des premiers qu'il ait esquissés depuis que je l'avais retrouvé. Mon pouls redoubla de cadence, et j'aurais aimé me convaincre que c'était l'effet de la colère, ou même de la peur… Mais je ne connaissais que trop bien ce sentiment – la même exaltation que lorsque j'empoignais la garde d'une nouvelle épée, ou que j'assénais le coup gagnant à un adversaire.

De l'excitation.

J'émis un rire léger, délicat, que Noor aurait trouvé admirable.

— On ne m'a jamais accusée d'humilité, Maz, aussi j'accepte ce compliment.

Je repris ma tasse, m'assurant d'effleurer de nouveau la peau de Mazin. Puis, je pris une longue gorgée de thé glacé – trop longue, sans doute – et reposai le verre doucement sur la table. Jouer la séduction n'était pas mon fort, mais je ne m'en sortais pas trop mal.

Des domestiques nous servirent du riz parfumé, de la mangue épicée et de l'agneau mijoté au piment vert. Je fixai toute mon attention sur mon assiette, goûtant à peine les mille saveurs des arômes malgré le délice des mets. J'avais pourtant rêvé d'un tel repas lorsque je gisais sur le sol de ma cellule.

— Il y a une chose que je voudrais savoir… reprit Mazin.

Sa tonalité était légère à présent, mais je savais que c'était un leurre. C'était tout l'avantage de l'avoir connu autrefois. Je sus immédiatement que quelque chose le préoccupait. Une douleur s'éveilla en moi, lorsque je me rappelai qu'un seul regard entre Mazin et moi, autrefois, pouvait avoir la profondeur d'une conversation.

— Ma sœur a dit qu'elle avait entendu des bruits de lutte, pendant qu'elle avait les yeux bandés, reprit-il en se reculant dans son siège. Comme si quelqu'un avait affronté ses ravisseurs. Les avez-vous combattus pour les mettre en fuite ?

Un sourire se dessina sur ses lèvres, et ses épaules tressaillirent comme s'il se détendait. Mais je n'étais pas dupe. Je souris en retour.

— Eh bien, oui, admis-je.

Ses sourcils bondirent. Il ne s'était pas attendu à cela. Tant mieux. Je voulais que Sanaya soit tout ce qu'il ne prévoyait pas.

— J'ai réussi à asséner quelques coups aux voyous, avant qu'ils détalent, précisai-je.

Je repris une gorgée de thé et l'arôme floral, légèrement acidulé, aiguisa mon esprit. Je ne précisai pas que les « voyous » n'étaient que des enfants et qu'ils étaient hilares pendant que nous mimions notre affrontement.

Mazin se pencha si près de moi que je perçus, sur ses vêtements, l'odeur fraîche de la forêt.

— Pardon, comtesse, je ne voulais pas vous offenser. Mais je ne vous imaginais pas capable de combattre des bandits.

Il me détailla d'un coup d'œil, comme pour démontrer son propos. Avec mes bijoux et mon shalwar kameez luxueux, d'un indigo si profond que le colorant lui-même semblait avoir coûté plus cher que la décoration du palais tout entier, je ressemblais à un bonbon, frivole et sucré. Pas à une guerrière.

— C'est ma mère qui m'a appris à me battre, expliquai-je. Pour que je sache me défendre.

Mazin m'observait toujours, d'un air à présent plus doux. Peut-être croyait-il à mon récit, à moins que celui-ci n'ait eu sur lui un autre effet : je l'intriguais.

— Une femme intelligente, à coup sûr, commenta-t-il.

— Certes, acquiesçai-je. Dans notre tribu, toutes les femmes apprennent le combat.

Je passai ma langue sur mes lèvres et ajoutai :

— C'est toujours utile. Une femme doit savoir réagir si on l'attaque.

Il posa le menton sur ses paumes, ses yeux noirs comme le ciel de montagne en pleine nuit.

— Comme tu m'as appris, Maz, intervint Anam d'un ton léger et affectueux, et je pris conscience qu'elle était toujours là.

Je la regardai.

— Anam s'est bien défendue, assurai-je d'un ton chaleureux. Quand je suis arrivée, elle avait blessé un de ses ravisseurs. S'ils ne l'avaient pas prise au dépourvu, elle les aurait vaincus, sans l'ombre d'un doute.

Mazin nous contempla l'une, puis l'autre.

— Hélas, c'est souvent ainsi qu'agissent les voyous. Ils prennent leurs victimes par surprise.

Il dévia les yeux vers moi et asséna :

— La meilleure des tactiques.

Il avait prononcé ces mots d'un ton placide, sans condescendance.

Je restai muette un instant, puis répondis :

— C'est pourquoi je suis moi-même arrivée sans prévenir.

Je m'éclaircis la voix et ajoutai :

— *J'étais* la surprise.

Je levai le menton et une vague d'exaltation ondula sous ma peau.

— L'empereur aurait voulu vous exprimer sa gratitude, déclara Mazin, retrouvant le ton froid qu'il avait employé au bazar. Mais il n'a pu se libérer.

L'empereur ne sait pas que je suis ici, ni même qui je suis.

— Il tient cependant à vous remercier en personne, insista-t-il en se frottant le menton.

Je fus prise d'une subite envie d'accompagner son geste, d'attraper son visage et de le serrer dans mes mains. Je serrai le poing pour réprimer cet élan.

— Il souhaite vous convier à un festin.

— Mais tu peux revenir nous voir quand tu veux, Sanaya ! assura aussitôt Anam. Avec tout ce que tu as fait pour moi… j'aimerais qu'on soit amies.

Je souris, presque sincère. Plus l'accès au palais nous serait facilité, mieux nous sèmerions les graines de notre vengeance. Sans compter qu'Anam était le talon d'Achille de Mazin.

— Bien sûr, nous sommes amies. Et j'aimerais aussi t'inviter chez moi.

Je levai les yeux vers Mazin et répondis :

— Je serais heureuse de participer au festin donné par l'empereur, d'autant plus que je suis encore nouvelle dans cette cité. C'est très aimable à Vahid.

Il acquiesça, et je vis luire la perplexité dans son œil, comme s'il ne m'avait pas encore cernée.

À la fin du repas, Anam me serra dans ses bras, et nous promîmes de nous revoir bientôt. Je pris congé et me dirigeai vers la sortie du palais, lorsque Mazin s'élança pour me rattraper.

— Vous n'avez pas besoin de me raccompagner, assurai-je avec un gloussement.

Je cherchai Noor du regard et continuai d'avancer. Mais Mazin demeura à mes côtés, comme s'il tenait à m'escorter.

— Je ne plaisante pas, déclara-t-il, si bas que je dus m'approcher pour entendre. Je vous suis redevable. Et je m'acquitte toujours de mes dettes.

Il prononça ces mots comme un serment et lorsque plus tard, je tentai de les effacer de mon esprit, ils restèrent incrustés en moi.

Il laissa échapper un long soupir pour me faire comprendre qu'il attendait mon approbation. Il avait besoin que je reconnaisse sa dette.

Je souris, et secouai la tête.

— Vous savez, récompenser ceux qui nous ont aidé n'est pas toujours nécessaire. Dans la vie, tout n'est pas transaction.

Il se figea, et cet arrêt brutal manqua de me faire trébucher.

— Pourtant, si. Tout a un coût, insista-t-il.

— Pour vous, peut-être, mais pas pour moi. Quand j'aide quelqu'un, c'est sans arrière-pensée.

Si Noor m'avait entendue, elle aurait éclaté de rire – pourtant, au fond de moi, j'étais sincère. Ce n'était pas Sanaya qui avait prononcé ces paroles mais Dania. Mon amour n'avait pas de prix, contrairement au sien.

— Vous ne savez pas d'où je viens, Sanaya. Là où j'ai grandi, on n'agit que par intérêt personnel.

— Ce doit être terrible, répliquai-je, la mine sombre. Comment être libre, si tout a un coût ?

— Je ne suis pas libre.

— Bien sûr que si.

Nous avions atteint une cour bordée d'orchidées et de jasmin au parfum presque entêtant. Instinctivement, je me penchai vers lui. Nous nous arrêtâmes devant un bassin, où flottaient de grands nénuphars.

D'un geste ample, je désignai la splendeur des lieux et, sans me forcer – pas après une année entière d'emprisonnement –, déclarai :

— Vous habitez un palais, pas une prison. Le monde est à vos pieds.

Je souris et ajoutai, d'un ton un peu moins rude :

— Cet emprisonnement que vous dites subir, c'est vous qui le choisissez.

Il haussa un sourcil.

— Vraiment ? Vous allez me donner des leçons de liberté ?

— Je viens des provinces du nord – nul ne saurait me mettre en cage.

— Voilà qui me plaît, commenta-t-il tout bas, pivotant pour contempler mon visage. Moi aussi, j'aimerais…

Il s'humecta les lèvres, et mes yeux suivirent le parcours de sa langue.

— *Ne pas être en cage.*

— Je pourrais vous apprendre.

Je baissai la voix, comme lui, malgré le martèlement de mon cœur dans ma poitrine.

Il m'observa, l'air las.

— Oui, peut-être.

Nous nous remîmes en chemin, et descendîmes ensemble les marches du palais où patientait la calèche.

Noor se trouvait là aussi, parfaitement impassible.

Lorsque je l'aperçus, je manquai de trébucher et Mazin se précipita pour me retenir. D'une main, il agrippa mon avant-bras, et passa l'autre bras autour de ma taille. Le contact de sa peau rayonna dans mon corps tout entier.

Il me dévisagea, les lèvres entrouvertes.

— Tout va bien ?

— J'espère.

Je serrai à nouveau les poings pour repousser les émotions qui montaient en moi, qui se révoltaient comme à chaque fois que nous étions proches, à chaque fois que nos regards se rencontraient. Et qui menaçaient de me consumer tout entière.

Cette sensation que Mazin était condamné à mort et que j'étais son dernier repas.

Sauf que ce n'est pas toi qu'il regarde. C'est Sanaya.

Cette pensée m'arracha à ma rêverie, et je me rapprochai de Maz juste assez pour distinguer les filaments dorés dans son regard. Il parut surpris de mon mouvement, mais ne recula pas, confirmant que je n'avais pas dépassé la limite – pas encore.

Alors, malgré la colère, malgré l'envie de le poignarder à mort, je sentis qu'il me *manquait*. Lui – toute sa personne. Nos échanges. Ce que nous partagions autrefois.

Ne tombe pas dans ton propre piège.

Je jetai un coup d'œil à Noor, qui patientait près du tonga, et m'éclaircis la voix.

— J'étais heureuse de vous revoir, articulai-je. Et soyez assuré que je n'attends rien de vous, sinon votre amitié. Il n'y a pas de dette entre nous.

Il inclina la tête et ma gorge se serra. La seule solution pour reprendre mon souffle aurait été de m'éloigner pour de bon.

— J'ai eu peu d'amis, Sanaya. Mais j'accepte votre amitié.

Il saisit mes mains et les porta à sa bouche. Ses lèvres étaient chaudes et sèches, et je mentirais si je disais qu'elles ne m'inspirèrent que de la répulsion.

Alors, au lieu de lutter, je m'abandonnai à ce mouvement, à ce crépitement sous ma peau que je n'avais plus connu depuis si longtemps.

Ressentait-il la même chose ? Son corps se souvenait-il du mien, comme chaque centimètre de ma peau traîtresse me rappelait le sien ?

Je levai vers lui un regard subjugué.

Il serra plus fort mes mains et ses pupilles se dilatèrent.

Alors je sus que Sanaya l'avait conquis.

D'un pas, je me reculai, malgré sa réticence à me lâcher, et je me dirigeai vers Noor – non sans apercevoir son poing qui se fermait.

Puis, je montai en voiture et abandonnai Mazin au pied des marches du palais.

Chapitre 24

Avant

Un grincement s'éleva de la fenêtre de ma chambre, puis un bruit sourd. Je me dressai dans mon lit, le cœur battant, les doigts déjà sous l'oreiller pour saisir le couteau que j'y glissais chaque soir.

Une silhouette se dessina contre le clair de lune et un cri se grippa dans ma gorge. Je brandis la lame, tenaillée par la peur.

Mais une intuition m'arrêta dans mon geste. Ces épaules à peine voûtées, ce profil aquilin, cette tignasse bouclée… je les connaissais, et ils n'étaient pas ceux d'un intrus.

— Maz ?

La peur me quitta. Je soupirai de soulagement – puis, la colère prit le dessus.

— Que fais-tu ici ? J'ai failli te poignarder ! Ne me surprends plus jamais en pleine nuit.

Il s'avança dans la pièce, et ses traits m'apparurent distinctement – ses cheveux en bataille, comme s'il avait traversé une tempête, les cernes noirs sous ses yeux, sa barbe de la veille. Je vis aussi qu'en lieu et place de son habituel uniforme or et noir, il portait un kurta brun clair, tout simple, un pantalon large et son cimeterre, attaché à la ceinture. Ses vêtements étaient maculés de boue.

— Belle allure… marmonnai-je avec un rictus.

Il laissa échapper un rire sec, qui m'indiqua qu'il n'était pas d'humeur à plaisanter, et que mon commentaire l'avait pris de court. Puis, il s'approcha du lit et le matelas s'affaissa sous son poids. Je me poussai pour lui faire de la place.

Les battements de mon cœur s'intensifièrent, sans que cela ait plus rien à voir avec la peur. C'était la première fois que Maz se trouvait dans ma chambre en pleine nuit, et mon esprit brassait mille pensées coupables.

Quelle serait la sensation de sa peau sous mes doigts ?

Allongé près de moi, sentirait-il toujours l'orage et la forêt ?

Mon prénom aurait-il le même écho, s'il le murmurait à mon oreille ?

Soupirerait-il si je glissais mes doigts dans ses cheveux ?

J'empoignai discrètement l'édredon et m'efforçai de chasser ces idées.

De près, il paraissait encore plus éprouvé – les yeux injectés de sang et un bleu au menton que je n'avais pas encore remarqué. Habituellement, Mazin avait une mise irréprochable – tenue immaculée, chevelure peignée, visage lisse.

Mais ce n'était pas tout. Par-delà son apparence, il semblait accablé d'un poids qui contaminait la pièce tout entière. Mes yeux se fixèrent sur son menton blessé… et la colère s'éveilla en moi.

— Que s'est-il passé ? Qui t'a fait cela ?

Ma voix trancha le silence, et sembla le réveiller.

— Comment sais-tu qu'il m'est arrivé quelque chose ?

Ses yeux noirs rencontrèrent les miens, et la lune éclaira les filaments dorés qui les parsemaient.

— Tu as une sale mine et tu te présentes dans ma chambre au beau milieu de la nuit, ce qui veut dire que tu as traversé la vallée dans le noir complet. Tu n'aurais jamais fait ça s'il n'était rien arrivé. De grave.

Un soupir lui échappa, mais ce n'était pas du soulagement. Il se préparait. Alors, il se tourna vers moi et, cette fois, la lune éclaira le blanc de ses yeux, assombrissant encore ses pupilles. L'espace d'un instant, il n'était plus mon Maz mais une personne ténébreuse et sauvage. Capable de commettre des choses innommables.

Mon Maz.

Cette pensée me surprit. Depuis quand le considérais-je comme *mon Maz* ?

— Dani…

Il exhala mon nom et me caressa le visage. Je retins ma respiration, déstabilisée par la sensation de sa paume rugueuse sur ma joue. Quelque chose se figea en moi, comme un oiseau luttant pour se libérer – un faucon tournoyant dans le ciel avant de fondre, sauvagement, sur sa proie.

— … Dis-moi quelque chose de vrai.

Sa voix était rauque, un raclement comme s'il avait avalé du sable.

— Pardon ?

Je secouai la tête.

— Dis-moi quelque chose de vrai, répéta-t-il. De réel.

Il me regardait d'un air sincère, presque désespéré, les lèvres serrées.

— J'ai besoin d'entendre quelque chose de vrai, tout de suite.

Il retira sa main, mais je gardai en moi la chaleur de sa peau.

— Maz, que se passe-t-il ?

Il colla son front contre le mien, et mon cœur s'emballa si fort que je m'étonnai qu'il ne le voie pas battre sous mon kurta de coton.

— Vahid a tué ma mère.

L'air siffla entre mes dents. Si mes doigts n'avaient pas été cramponnés à l'édredon, je lui aurais offert l'étreinte dont il semblait tant avoir besoin.

Mais nous n'en étions pas là. Je ne savais même pas comment il aurait accueilli un tel geste.

À cela près qu'il était dans ma chambre, sur mon lit. Et que son regard semblait m'appeler.

Tout se bousculait dans mon esprit, dans ma poitrine, dans mes poumons. Je savais ce que je voulais, mais ne pouvais l'admettre. Un refus aurait été trop dur à supporter.

— Maz, je suis désolée…

— Inutile de feindre la surprise, Dani, répondit-il d'un ton mi-amusé mi-amer. Tu as toujours haï l'empereur.

Je le regardai droit dans les yeux.

— Je ne suis pas étonnée qu'il ait quelque chose à voir avec la mort de ta mère. Vahid a brûlé des villages entiers pour conquérir le pouvoir… Et tu n'as pas vu tes parents mourir. Mais cet homme n'agit pas sans arrière-pensée et tu le sais.

— J'ai toujours cru qu'il avait été sincère. Il voulait que nous lui soyons loyaux, certes, mais je pensais qu'il nous accordait sa propre loyauté en échange. Une transaction que je croyais juste. Je ne savais pas qu'il m'escroquait depuis le début.

Je me mordis la lèvre, mon regard revenant à son menton.

— Comment l'as-tu appris ?

Que t'a-t-il fait ?

— Il me l'a dit, répondit-il de but en blanc. Quand je suis revenu des provinces du nord, sans avoir réussi à réprimer la rébellion. Ce salaud me l'a annoncé, sans détour. Pendant toutes ces années, il m'a menti. Il l'a tuée alors qu'elle courait vers nous. Et m'a dit que j'étais comme elle – un moins que rien.

Il se frotta le bas de la mâchoire, près du bleu, et je remarquai une croûte de sang au coin de ses lèvres.

— Il m'a frappé et m'a défié de le frapper en retour.

Il laissa échapper un rire dépourvu d'humour.

— Si je l'avais fait, il m'aurait anéanti. Combien de personnes l'ai-je vu brûler vives. Ce qu'il aime, c'est détenir le pouvoir et l'utiliser contre ceux qui n'en possèdent pas.

Je fermai les yeux, pour calmer ma rage. Prononcer des paroles consolantes, des mots pour apaiser la douleur, voilà des choses que je ne savais pas faire. Je ne trouvais jamais quoi dire pour apporter du réconfort. Je n'étais ni douce, ni gentille, ni chaleureuse.

Alors, je me contentai d'énoncer la seule idée qui tournait dans ma tête :

— Si l'empereur se tenait devant moi maintenant, je lui trancherais la gorge.

Ma voix résonna dans la pénombre de ma chambre.

— Étrangement, cela fait beaucoup de bien à entendre, répondit Mazin.

Il rit, passa la main dans ses cheveux et leva les yeux vers le plafond.

Je suivis le parcours de ses doigts et me mordis la lèvre.

— C'est parce que je suis plutôt douée dans le maniement des armes…

Mon ton était plus léger, à présent, en phase avec le sien.

— Comme si je ne le savais pas, ajouta-t-il.

Mais une ombre voilait encore son regard, que je voulais désespérément chasser.

Dis-moi quelque chose de vrai.

Je me penchai vers lui, la gorge serrée et, tout bas, murmurai :

— La première fois que je t'ai vu, j'ai eu envie de t'étrangler.

Maz me dévisagea un instant, puis pouffa de stupéfaction.

— Je sais que la sensibilité n'est pas ton fort, Dani, mais tu aurais pu choisir un autre moment pour me le dire.

Puis, il inclina la tête et ajouta :

— Mais laisse-moi t'assurer que ton sentiment était réciproque.

Je repris, ravalant mon émotion :

— Tu manies aussi bien l'épée que moi.

Les mots s'écoulaient de mes lèvres comme du tchaï brûlant, réchauffant l'hiver qui s'était installé quand Maz avait évoqué la mort de sa mère.

Son visage s'éclaira lentement.

— Dani…

Je poursuivis sans attendre, d'un débit aussi rapide que si j'avais couru, pour ne pas laisser Mazin interrompre le flot de mes paroles. S'il m'avait arrêtée, je n'aurais jamais pu dire ceci :

— Parfois, quand on s'affronte, je suis subjuguée par tes bras.

J'avais les joues brûlantes. Mais j'avais prononcé les mots qui m'importaient.

J'avais dit quelque chose de vrai.

Peut-être trop vrai.

Maz toussota, mais je choisis de continuer. Je devais le faire. Pas seulement pour lui, mais aussi pour moi. À quoi bon vivre si je n'étais pas honnête avec ceux qui m'étaient chers ?

Dis-moi quelque chose de vrai.

Je ne pouvais pas m'arrêter là.

— Les autres filles du village sont jalouses parce que je passe beaucoup de temps avec toi. Avant, je ne comprenais pas pourquoi.

Mes paroles s'adoucirent.

Je me tordis les mains, sans détacher mon regard de ses yeux noirs. Des palpitations légères, inhabituelles, s'éveillaient en moi. J'avais la sensation d'être au bord d'un précipice. Toute ma peur était contenue dans ces pupilles obscures qui me fixaient en retour, dans ces mots qui jaillissaient de mes lèvres si vite que je ne pouvais plus les retenir.

— Mais, au fil du temps, j'ai compris. Il y a plus de dignité dans un seul de tes cheveux que dans le corps de Vahid tout entier. Les gens veulent être proches de toi parce qu'ils *t'aiment*. Tu es courageux, fort, et *généreux*. Tu m'as demandé de te dire quelque chose de vrai, mais le seul mensonge que je pourrais formuler, c'est à quel point je tiens à toi. Parce que j'ai peur de te le dire.

Maz cessa de respirer. Il entrouvrit la bouche mais aucune parole n'en sortit. Il semblait aussi stupéfait que moi.

J'avais exprimé les idées qui comptaient, et je ne pouvais plus les reprendre. J'étais gênée d'avoir dévoilé mes sentiments, mais ce n'était rien par rapport à avant, lorsque je les dissimulais, lorsque je portais un masque d'acier dont je me rendais compte, une fois débarrassée, à quel point il me pesait.

— L'empereur t'a menti, et j'en suis désolée, déclarai-je d'une voix sincère. Mais tu as construit un avenir, pour toi et pour ta sœur, et cela, tu ne dois pas le regretter. Rien ne t'oblige à être fidèle à Vahid jusqu'à la fin de tes jours. Tu n'as pas à tenir cet engagement à jamais.

Maz tendit la main, et fit alors ce que je n'avais pas osé faire. Il plaqua sa paume sur ma joue et, de la pulpe de son pouce, dessina le contour de ma bouche. Je pris une inspiration sèche. Sa caresse était d'une infinie légèreté, pourtant j'avais la sensation qu'il peignait sur ma peau avec du feu.

Il s'avança, le visage à quelques centimètres du mien. Nous restâmes ainsi une seconde, immobiles, mais la pénombre me donna du courage. Je comblai l'espace entre nous, plaquant mes lèvres sur les siennes, avalant son souffle.

Quelque chose dans ma poitrine s'embrasa.

Je l'avais pris de court, mais il ne mit pas longtemps à reprendre ses esprits. Une seconde plus tard, il m'embrassait en retour, et nous nous étreignions avec une ferveur, une soif de découverte partagée. Ses mains glissèrent sur ma nuque, ses doigts dans mes cheveux, et il fit basculer ma tête en arrière. J'écartai les lèvres, et nos langues se mêlèrent, brûlantes, déchaînées.

J'étais étourdie – par lui, par tout. Je soupirai et ses dents s'attardèrent sur ma bouche. J'agrippai le col de sa tunique et l'attirai plus près, j'aurais voulu le dévorer.

C'était nouveau, et en même temps familier. Nous dérivions depuis longtemps vers ce moment – depuis si longtemps d'ailleurs, que nos gestes présents paraissaient naturels. Ses baisers, mes paumes sur son torse, ses mains dans mes cheveux.

Enfin, il recula, libéra un soupir. Je le regardai attentivement pour voir qui nous étions, à présent – s'il était toujours Maz, et moi Dani, comme avant.

Après un silence, il demanda :

— Alors, comme ça, je manie aussi bien l'épée que toi ?

Je lui donnai une bourrade, et il s'affaissa sur le lit, hilare.

— C'est tout ce que tu as à dire ? grondai-je, sans pouvoir dissimuler mon sourire.

Nous nous étions embrassés. Je sentais encore ses lèvres sur les miennes. Et nous riions, comme si rien n'avait changé.

Alors que tout avait changé.

— J'ai dit *presque* aussi bien.

Il secoua la tête.

— Non, tu as dit *aussi bien*.

Il m'adressa un sourire.

— Tu m'as demandé « quelque chose de vrai », et je t'ai offert plusieurs vérités, ajoutai-je en croisant les bras. En paroles… et en actes.

Il était toujours blessé. Je le voyais dans son regard. Mais les ombres de la douleur paraissaient moins tenaces, à présent. Et, si mon élan n'avait pas eu pour *but* de lui offrir du répit, j'étais heureuse que ç'ait été le cas.

— Et donc tu es subjuguée par mes bras ? Je devrais combattre plus souvent torse nu, alors. Je gagnerais peut-être davantage…

Je levai les yeux au ciel.

— Maz, je te rappelle que mon poignard est à portée de main, et que j'hésite rarement à faire usage d'une lame.

Il s'inclina vers moi, le visage de nouveau sérieux. J'inspirai sa présence, la fraîcheur de la forêt au petit matin, réconfortante comme un édredon dont on s'enveloppe en attendant que la tempête passe. Avec lui, je me sentais bien. Ce que nous partagions, ce que nous avions cultivé au fil de nos entraînements, cette rivalité féroce et, maintenant, ce baiser – tout cela prenait sens, désormais.

— Moi aussi, je tiens à toi, Dani.

Il prononça cette phrase d'un ton solennel, mêlé d'une douceur que je ne lui connaissais pas. Mon cœur était en flammes.

— Et sois certaine, ajouta-t-il, que je ne saurai jamais croiser le fer aussi habilement que toi.

J'esquissai un sourire, ténu, encore distraite par ses confidences, son baiser, et tout ce que cela voulait dire.

Il déglutit, et sa gorge ondula.

— Merci de m'avoir permis de ressentir autre chose qu'une colère dévorante. Tout à l'heure, je n'avais que deux solutions : assassiner l'empereur ou venir te voir.

Et c'est moi qu'il avait choisie.

Tout était dit.

Il m'avait choisie, au détriment de la vengeance, et ce malgré la tempête d'émotions qu'il avait dû ressentir quand il avait appris les circonstances de la mort de sa mère. L'homme qu'il avait cru être son sauveur avait, en réalité, commis le pire – et Mazin n'avait pas choisi la voie de la fureur, mais cherché celle du réconfort.

— C'est pour cela que tu as affronté la nuit et le froid ? demandai-je, détaillant ses vêtements tachés de boue, sa manche déchirée.

Il hocha la tête, puis me prit la main.

— Je savais qu'en venant ici, en te voyant, je m'empêcherais de faire une chose terrible. Que nous en discuterions, et qu'ainsi, j'éviterais de mettre Anam en danger. Si j'attaque Vahid, ce n'est pas moi qu'il détruira, mais elle. Et il le sait. Il sait qu'il me contrôle à travers ma sœur. C'est pourquoi je suis venu, Dani.

Un sourire triste ourla ses lèvres.

— Parce que je savais que tu me dirais de me calmer.

Je l'observai, l'incandescence au creux du ventre.

— Tu ne t'es pas dit que je pouvais t'encourager à lui arracher le cœur ?

Il rit, et cela m'apaisa un peu.

— Si, mais même dans ta colère, tu parviens à m'ancrer. Quand tu combats, tout est calculé, précis, solide. Rien n'est irréfléchi. Comme si tu pressentais mes moindres mouvements. Je veux être comme toi. Le jour où je m'en prendrai à Vahid, tout sera prévu.

Il tourna les yeux vers la fenêtre, et je suivis son regard. Les torches de la cité brillaient dans le lointain, on croyait presque apercevoir la silhouette des maisons et de l'imposant palais au sommet de la dune. Le lieu d'affirmation du pouvoir de l'empereur.

Je hochai la tête.

— Tu veux venger ta mère, articulai-je.

— Je veux qu'il soit puni.

Il détacha son regard de la fenêtre.

— Je veux m'assurer qu'elle n'est pas morte pour rien.

Il agrippa le bord du lit si fort que je vis trembler ses articulations. Si Vahid avait été présent à cet instant, Mazin n'aurait peut-être pas pu se contrôler.

Alors, je fis le serment de l'aider.

Un miaulement nous surprit tous les deux et Jalebi bondit sur mon édredon, pour frotter son pelage noir contre Mazin. Cela l'amusa, et il lui gratta les oreilles – les ronrons du chat s'intensifièrent au point de faire vibrer le sommier. Cette interruption, bienvenue, me permit de reprendre mes esprits après la tempête de la nuit.

— Espèce de petite traîtresse… plaisantai-je en regardant l'animal. Je parie qu'elle voudra dormir avec toi.

Mon visage s'embrasa dès que je prononçai ces mots, sans avoir évalué leur portée.

Voulais-je, moi aussi, dormir avec lui ?

Mais Maz ne réagit pas. À la place, il continua de caresser le ventre de Jalebi, et la repoussa doucement lorsqu'elle tenta de le griffer. Il sourit et ferma les yeux, comme pour chasser les idées noires. Pour la première fois, je remarquai ses traits fatigués, les cernes sous ses yeux, tels des cratères qui lui creusaient le visage.

— J'ai besoin de dormir un peu, admit-il. Toute cette rage m'a épuisé.

Il fit mine de se lever et ajouta :

— Je vais m'allonger sur le divan du salon.

— Tu peux dormir ici, proposai-je sans réfléchir – pourvu qu'il ne me voie pas rougir dans la pénombre.

Je l'avais dévoré de baisers, complimenté sur sa musculature, j'avais avoué que je tenais à lui. Alors, dans le fond, rien ne pouvait plus me gêner.

Il hésita, sonda rapidement la chambre, comme s'il cherchait où poser les yeux.

— Tu es sûre ?

— Évidemment. Tu te reposeras mieux ici qu'au salon. Mon père se lève à l'aube pour aller travailler.

Je me mordis la lèvre, sans trop savoir moi-même ce que je sous-entendais. Une seule chose était certaine : je ne voulais pas qu'il parte.

Nous avions partagé quelque chose de poignant, et jamais je ne trouverais le sommeil en le sachant dans la pièce voisine, les yeux – comme moi – rivés au plafond.

Il observa le lit, puis la porte.

— Ne te complique pas tant la vie ! m'exclamai-je dans un éclat de rire à peine plus sonore que le martèlement de mon pouls dans mes veines.

De nouveau, il me jeta un coup d'œil incandescent, qui attisa mes propres braises. Je me détournai pour échapper à l'intensité de ce regard, et me poussai contre le mur, lui ménageant une place dans mon lit.

Le matelas s'affaissa sous son poids, et je retins mon souffle si longtemps que mes poumons commencèrent à me brûler. Il se glissa sous l'édredon, et posa la tête sur l'oreiller.

J'étais figée, tétanisée par l'émotion.

Trop anxieuse pour respirer normalement, j'expirai par à-coups. Un rire étouffé fit danser mes cheveux lorsque Maz se colla contre mon dos.

Je frémis et tournai la tête.

— Quoi ?

— J'ai l'impression de partager le lit d'une planche.

La colère jaillit en moi.

— Pardon ? ripostai-je, les bras croisés. Je te signale que je n'ai encore jamais dormi avec un garçon.

Je me plaquai au mur.

— Là, tu as de la place ! Je ne bouge plus.

— Non, ne fais pas ça...

Il s'éclaircit la voix, et la chaleur de son corps m'indiqua qu'il se rapprochait. Tous mes sens étaient en éveil – de le sentir pressé contre mon dos, ses jambes collées aux miennes, son torse telle une paroi derrière moi, mes fesses au sommet de ses cuisses. Alors que le silence commençait à m'être insupportable, il passa le bras autour de ma taille et me serra encore plus fort. J'expirai longuement.

— Ça te convient ?

Sa voix était rauque, son ton hésitant. Et, incroyable mais vrai, cela m'attendrit.

Je souris dans le noir, le cœur plus léger, et posai ma main sur la sienne.

— Oui.

— Tu peux te détendre, maintenant, murmura-t-il dans mes cheveux. De toute façon, c'est moi qui devrais être aux aguets, puisque tu dors avec un poignard.

Mes muscles se relâchèrent peu à peu, malgré mon cœur toujours frémissant. Mais Mazin était près de moi, et cela paraissait naturel. Comme si nous avions dormi ainsi toute notre vie.

— Au moins, je suis parée si quelqu'un se présente dans ma chambre en pleine nuit avec un air de maraudeur du désert, rétorquai-je.

Je fermai les paupières pour sentir les vibrations de son rire grave.

— Maraudeur du désert ? Ça me plaît, c'est plutôt élégant.

J'allais pouffer, mais m'interrompis lorsque son pouce me caressa le bras. Mon estomac se noua. Mais son geste était lent, calme, et je me détendis. Il ne cherchait pas à initier autre chose. Le silence s'installa et le souffle de Mazin devint régulier. Sa main s'affaissa doucement sur ma taille. Malgré l'adrénaline, mes paupières étaient de plus en plus lourdes, mais je m'efforçai de rester éveillée, encore un peu, pour savourer ses bras, son étreinte pour la première fois.

J'étais persuadée qu'il dormait lorsque, dans la pénombre, sa voix murmura :

— Merci, Dani.

Chapitre 25

— Raconte-moi tout !

Je bondis sur Noor dès que la calèche s'ébranla, m'efforçant de chasser le souvenir des lèvres de Mazin sur ma main.

— Eh bien, pendant que tu faisais les yeux doux à Monsieur-tout-de-noir-vêtu, j'ai réuni de précieuses informations. La sécurité, ici, est très difficile à déjouer, mais j'ai réussi à me rendre en cuisine et à discuter avec des servantes.

Je me reculai dans mon siège pour parer aux cahots de la route, et un nuage de poussière fit tousser Noor et ruisseler ses yeux.

— Que t'ont-elles dit ? la pressai-je, sans même attendre qu'elle ait repris son souffle.

J'étais impatiente de revenir à notre plan. À la réalité. À la haine de Mazin. Je me reprochais qu'il ait encore une telle prise sur moi.

— Basral est infiltrée par des rebelles, déclara Noor en se frottant les paupières. Des opposants à l'empereur, qui le voient comme un tyran et un usurpateur. Ils ont causé des troubles ici et là, et Vahid a étouffé ces émeutes avec des mesures draconiennes.

— Ce qui explique la démonstration de force d'aujourd'hui… Anam a évoqué une révolte récente qui s'est terminée dans un bain de sang. Et Mazin était présent.

Noor acquiesça.

— Oui, il était présent. Les insurgés veulent renverser Vahid. Ils disent qu'il n'a pas sa place à la tête de l'empire, et qu'il ne détient le pouvoir que par la grâce d'un djinn.

La brise fit danser mes cheveux et quelques badauds intrigués se retournèrent sur notre passage. Mais les passants, pour la plupart, marchaient la tête baissée, l'air apeuré. Ce qui n'avait rien d'étonnant vu le joug qu'imposait l'empereur sur Basral, par ses méthodes sanglantes.

Vahid avait pourtant promis la liberté à ce peuple, et la prospérité.

— Vahid aime raconter comment il a reçu le zoraat, poursuivit Noor. Il prétend que le djinn l'a *consacré* souverain, alors que c'est son appétence pour la magie qui le pousse à tout contrôler.

J'étirai mes doigts, songeant à la dernière dose de zoraat que j'avais prise le matin même, et à la veine noire que j'avais vue s'enrouler autour de mon index, comme un serpent sous ma peau. Était-ce réel ? Si je n'y prenais pas garde, je risquais d'être tout aussi corrompue que Vahid. Je ne devais pas me laisser envahir par le pouvoir djinn.

— Mais toi et moi, on soutient la cause des rebelles, raisonna Noor avant de s'absorber dans le paysage.

Une rafale de vent effleura ses boucles courtes et, dans l'éclat de l'après-midi, son visage me parut plus jeune. Quelque chose en elle avait changé, sans que j'arrive à savoir quoi. Depuis que nous avions quitté le palais, je la trouvais plus concentrée. Arpenter la demeure de Vahid avait sans doute renforcé sa détermination à venger son père.

— Il faut saisir cette opportunité, affirma-t-elle.

— Nous allier à eux, tu veux dire ? Aux rebelles ?

Je croisai les bras. C'était une bonne idée… Puisque les graines de la contestation avaient déjà été semées, nous pouvions nous atteler à les arroser.

— Au moins les soutenir. Ils veulent la même chose que nous – la chute de l'empereur.

Elle hésita.

— Qu'y a-t-il ? demandai-je.

— Dani, le zoraat peut avoir aussi d'autres… utilisations. Que Vahid ne soupçonne pas.

Je fixai mon attention sur la rue bondée. Une mère tenait, à genoux, son enfant malade dans les bras. Elle pleurait, appelait à l'aide, mais les gens passaient devant elle sans la regarder. Je fis signe à notre cocher de s'arrêter et lui tendis un sac de pièces.

L'empereur avait les ressources et un pouvoir infini pour aider son peuple, mais il avait fait un autre choix. Sa chute serait le fruit de ses propres actes, pas des nôtres.

Le zoraat… Je n'avais pas répondu à Noor, parce que la force qui courait dans mes veines se révélait bien plus entêtante que prévu. Je n'avais pas besoin de plus de magie pour mener à bien ma vengeance.

Sauf si la vengeance n'était pas le seul enjeu. Peut-être s'agissait-il aussi d'offrir à Basral, et à l'empire, autre chose – un espoir. Un avenir. Dans ce cas, il nous faudrait en effet davantage de puissance.

— Explique-moi, Noor.

Elle détacha son regard de la femme en pleurs qui venait d'agripper la bourse et s'en allait en courant, avec son enfant.

— Quand je travaillais pour Souma, répondit-elle, certains mélanges étaient destinés aux cultures : ils favorisaient les récoltes, convoquaient la pluie, fertilisaient le sol en l'irriguant d'argile. L'empereur utilise ce pouvoir pour ses propres champs, afin de les rendre prospères, et ainsi contrôler le prix de la nourriture et d'autres ressources. Mais je pourrais faire l'inverse…

Je me mordillai la lèvre.

— Détruire les champs, tu veux dire ?

— Oui, les cultures, le bétail… Insuffler un fléau que Vahid ne verra pas venir.

— Les gens penseront qu'une malédiction frappe l'empereur, raisonnai-je tout haut. Et ils se soulèveront en masse.

Tout en jouant avec le cordon de ma manche, j'arguai :

— Sauf que la population mourra de faim…

— Pas si nous proposons nos propres produits. Nous pourrions acheter les terres qui bordent la cité.

— C'est une bonne idée, acquiesçai-je.

Elle sourit.

— Je ne sais pas me battre, mais je ne suis pas inutile pour autant.

— Je n'ai jamais dit que tu étais inutile… seulement *moins* utile, corrigeai-je, avant de reprendre mon sérieux. L'avantage de ton plan est qu'on peut s'en prendre à Vahid sans en avoir l'air.

— On peut l'affaiblir sans même s'approcher de lui, renchérit-elle.

Je passai ma langue sur mes lèvres, goûtant l'arôme de thé aux pétales de rose que nous avions bu au palais. Je secouai la tête, pour ne pas me laisser entraîner par mes pensées.

Certes, recourir davantage au zoraat présentait un risque… mais si ce recours permettait d'affaiblir l'empereur, cela en valait la peine.

Je fus parcourue d'un frisson d'excitation à l'idée de consommer plus de magie djinn. Le zoraat entretenait comme une démangeaison à l'arrière de mon crâne – un besoin. Pour me rassurer, je songeai qu'en absorber des doses plus fortes ne servirait qu'au déploiement de notre plan. Après quoi, je cesserais toute consommation.

Un écho perturba mes pensées – la même voix que dans la grotte de Souma.

Vengeance.

Ce mot dansait dans la brise.

Encore.

Cette fois, je l'accueillis avec un soupir.

Cette force connaissait mon désir, elle avait goûté l'attente sur ma langue. Elle était perturbante, me donnait le sentiment d'être sans cesse au bord d'un précipice.

La pulsion qui me poussait vers le zoraat était effrayante, comme cette voix, d'où qu'elle vienne. Mais, derrière la peur, il y avait autre chose, un penchant plus sombre, plus dangereux.

L'avidité.

J'étais animée par un besoin impérieux qui cognait dans mes veines, à chacune de mes respirations.

— Prépare le mélange, ordonnai-je à Noor en me tournant vers elle.

Son visage reflétait mes propres émotions : pas tout à fait de la joie, mais un sentiment proche de la satisfaction.

— Donne-moi de quoi anéantir cet empire.

— Qui cherchons-nous, au juste ? demandai-je.

— Attends…

— Elle ?

Je désignai une très belle femme, postée devant l'école – un bâtiment blanchi à la chaux, qui se distinguait des habitations cossues du nord de la cité. Ici, nous étions loin des bidonvilles où couvait la révolte contre Vahid, contre sa mainmise sur la magie qui faisait flamber les prix et plongeait la population dans la misère.

Dans ce quartier, un parfum de jasmin embaumait l'air, et les enfants comme les chiens errants étaient bien nourris.

La femme que je montrais à Noor était vêtue d'un simple kurta blanc et coiffée d'un dupatta émeraude. La cloche de l'école sonna, et les élèves surgirent par la grande porte, pour aller s'amuser dans les parcs voisins.

— Elle… souffla Noor, le regard fixé sur une fillette de six ans, en uniforme, qui tenait son sac devant elle comme un bouclier.

La femme au dupatta l'attrapa par la main et, ensemble, elles commencèrent à s'éloigner.

— Cette enfant, voilà ce à quoi Casildo tient le plus, dit Noor en croisant les bras.

— Casildo a donc une fille, soufflai-je.

— Une fille qu'il a eue avec sa maîtresse. Et qu'il cache. Et une autre chose que j'ai apprise en le suivant pendant quelques jours : il a de nombreux ennemis. Ton père n'est pas le seul qu'il a trahi. Il a dénoncé des gens qui avaient enfreint des règles qu'il ne cesse de transgresser lui-même.

— En d'autres mots, il cache sa fille au cas où certains s'en prendraient à elle pour le punir.

— Mais nous, on l'a trouvée.

Je scrutai la petite silhouette qui s'éloignait dans l'avenue sur ses jambes encore potelées.

— En effet.

Noor s'attela aux mélanges dont nous avions besoin pour détruire les cultures de l'empereur, broyant les graines multicolores avec une adresse qui révélait sa longue expérience. Elle s'était installée dans ma chambre, parce que celle-ci était interdite aux domestiques. Nous ne pouvions risquer d'être vues en pleine manipulation d'un produit dont l'usage était soumis à la stricte approbation de l'empereur. J'observais les grains, exaltée à la seule idée que, bientôt, la force du zoraat picoterait à nouveau le bout de mes doigts. Je tentai de me calmer.

À chaque fois que j'ingérais la magie, la même tension se faisait en moi, accompagnée du même puissant soulagement. À la fin de chaque journée, le besoin se faisait sentir sous mes dents.

Je savais ce qu'était cette sensation. Baba me l'avait décrite, une fois où nous étions venus à Basral et que j'avais vu des hommes s'enivrer de liqueur, et des enfants traîner leur mère chez des guérisseurs parce qu'elles s'étaient intoxiquées au point de ne plus se reconnaître elles-mêmes.

Si je ne prenais pas garde, le zoraat me consumerait moi aussi.

— Tu ne lui feras pas de mal, n'est-ce pas ?

La voix de Noor m'arracha à mes pensées. Elle n'avait pas levé le nez de son mortier, et continuait de broyer les graines, puis d'en diviser la poudre en petits tas.

Je fis tournoyer mon poignard sur la table, et observai les reflets de la lumière sur la lame. Je savais de qui elle parlait. Mon esprit bouillonnait depuis que j'avais aperçu la fille de Casildo – ses deux grandes fossettes, et sa confiance innocente.

— Nous lui infligerons ce qu'il m'a infligé, répondis-je.

Je saisis le couteau et, d'un geste ample, l'envoyai se planter dans le mur près de la porte.

— Mais ne t'inquiète pas, ajoutai-je, j'offrirai à Casildo la possibilité de choisir.

— Cela ne répond pas vraiment à ma question.

— S'il cache son enfant, c'est qu'il a peur de quelque chose.

Je me mordillai les ongles.

— Il doit craindre qu'on lui fasse ce qu'il a fait à mon père. Ce qu'il m'a fait à moi. Ceux qui sèment la terreur sont aussi souvent les plus effrayés. Et, rassure-toi, je n'ai pas prévu de faire du mal à l'enfant.

— Pour le moment, de toute façon, on ne peut rien lui faire, Casildo emploie plus de gardes que l'empereur lui-même.

— Sais-tu combien de fois j'ai essayé de m'évader de prison ? lui demandai-je, en repensant à toutes les voies que j'avais explorées, avant que Noor ne surgisse dans ma cellule.

Elle secoua la tête.

— Au moins dix. Et j'ai appris qu'aucun accès n'est impénétrable. Il faut seulement attendre la bonne occasion.

— Et dans le cas présent ? Quelle sera cette occasion ?

Je saisis mon poignard et visai, de nouveau, la porte.

— Nous allons la créer.

Je rendis visite à un vieil ami de mon père au sud de Basral, un forgeron qu'il passait souvent voir lorsqu'il livrait ses armes à l'empereur. Cet homme possédait une armurerie qu'il montrait rarement, remplie d'épées d'excellente facture. Ces armes n'étaient pas à vendre, et nous n'étions pas nombreux à connaître leur existence. Aussi, dès que j'évoquai le nom de mon père, l'homme m'ouvrit la porte de sa réserve et en sortit son plus beau cimeterre.

— On raconte que cette lame est celle qu'a utilisée Naveed pour tuer l'azi, souffla-t-il en me présentant l'acier tranchant.

— Merci, répondis-je tout bas.

— C'est moi qui te remercie. Le forgeron que tu évoques me l'a laissée en dépôt. Depuis, j'attends que quelqu'un vienne me la réclamer.

Il hésita avant de poursuivre :

— Je n'ai jamais cru ce qu'on a raconté à son sujet. Cet homme n'avait rien d'un traître. Il n'était mû que par l'amour de sa fille.

J'expirai longuement.

Il me confia le cimeterre avec un sourire doux.

Nous fîmes courir la rumeur que Sanaya avait trouvé l'épée mythique de Naveed. Je savais que cela piquerait la curiosité de Casildo, lui qui avait fait installer une statue du héros en plein cœur de sa demeure. Ma nouvelle arme dépassait en prestige toutes celles exposées dans sa galerie. Et, en effet, nous ne tardâmes pas à remarquer qu'un de ses soldats rôdait autour de chez nous.

Casildo ne m'achèterait pas le cimeterre. Je le savais. D'autant qu'il me pensait collectionneuse, et peu disposée à vendre mes biens. Surtout, cet homme n'avait pas dépensé un seul sou pour constituer sa propre collection, puisqu'il s'était contenté de voler les créations de mon père. Pourquoi s'y prendrait-il autrement, cette fois ?

— Congédie nos gardes pour la soirée, ordonnai-je à Noor. Et dis-leur qu'ils peuvent assister au festival.

Le calendrier était parfait car nous étions à la veille du Jour d'Ijal, une grande fête célébrant, chaque année, les récoltes de Basral.

— Surtout, assure-toi que Casildo en soit informé. « La comtesse de Khara est tellement généreuse qu'elle a accordé une soirée à tout son personnel. »

Le soir même, le cimeterre avait disparu.

Noor caressa l'écrin vide.

— Il est évident que Casildo l'a volé, commenta-t-elle.

— Cette ordure se croit au-dessus de tout soupçon, et il pense avoir les faveurs de l'empereur.

— Par chance, il y a quelqu'un qu'on peut exploiter dans cette affaire…

Le deuxième nom sur la liste.

— Darbaran… souffla Noor. Il a été nommé chef de la garde palatine.

— Les voleurs de rue connaissent toutes les rumeurs qui circulent dans cette ville. D'après Yashem, Darbaran doit de l'argent à Casildo.

— Il ne le porte donc sans doute pas dans son cœur… estima Noor en croisant les bras. Et veut probablement éponger sa dette.

Je pinçai les lèvres et hochai la tête.

— Contacte la garde palatine dans la soirée. Dis que je souhaite porter plainte contre Casildo pour vol. Alors, nous verrons bien où va sa loyauté – à sa famille ? Ou à lui-même ?

Chapitre 26

La lune, cette nuit, était voilée de gros nuages qui rôdaient dans le ciel en attendant de libérer leur mousson torrentielle.

Basral grouillait de soldats, et une vaste foule de curieux se formait depuis plusieurs minutes devant la maison de Casildo, pour voir ce qui provoquait un tel remue-ménage.

J'attendais Noor un peu plus loin, ainsi que Darbaran.

La dernière fois que nous nous étions vus, il me traînait par les cheveux, pour me jeter dans le donjon du palais.

Ma main se serra sur la garde de mon couteau lorsque parut son visage grêlé.

Il affichait le même sourire hautain que lors de mon arrestation.

Mais à présent, c'était à lui de souffrir.

Enfin, un soldat émergea de la demeure cossue aux côtés de Casildo qu'il escortait. Celui-ci avait l'air indigné.

— Comment osez-vous ? balbutiait-il. L'empereur vous fera décapiter quand il apprendra cela !

Il toisa Darbaran. Puis, son regard rencontra le mien.

Je remontai mon foulard pour me couvrir le visage. Casildo finirait par savoir que j'avais fomenté sa chute – forcément. Mais je voulais éviter que la rumeur ne se répande trop vite.

Darbaran brandit un sac et le jeta à mes pieds. Le cimeterre brillait par l'ouverture.

Je ne pris pas la peine de baisser mon foulard pour examiner la lame gisant au sol. Je l'avais aussitôt reconnue.

— Nous avons retrouvé cette arme chez Sahib Casildo. Or, la loi de Basral condamne le vol.

Casildo le scrutait de ses yeux exorbités.

— C'est absurde ! Je ne sais pas d'où sort cette épée !

— Quelle sentence la loi prévoit-elle pour punir les voleurs ? m'enquis-je d'une voix claire.

Malgré la pénombre, je vis Casildo rougir de colère. Des chuchotements s'élevèrent autour de nous.

— On les envoie en camp de travail, asséna Darbaran – non sans délice.

Il dissimulait à peine son plaisir, peut-être parce qu'il aimait user de son pouvoir, sans doute aussi parce que, du même coup, sa dette se trouvait soldée.

Casildo blêmit. Les camps institués par Vahid dans les provinces du nord étaient réputés terribles.

— Vous m'avez volé ce cimeterre, déclarai-je sans détour en m'avançant vers lui, le visage toujours voilé. Et, à Basral, nul n'est au-dessus des lois.

Je passai la langue sur mes lèvres. Le spectacle allait débuter.

— Toutefois, cette loi connaît une exception, ajoutai-je.

— Attendez ! cria-t-il aux soldats qui avaient commencé à s'avancer pour l'arrêter. Quelle exception ?

J'esquissai un sourire cruel.

— Vous pouvez choisir…

J'articulai ces mots lentement – avec délectation.

— … de faire condamner, à votre place, un membre de votre famille.

Casildo resta bouche bée.

— Mais je n'ai pas de famille.

— Allons… Ce n'est pas exact, répliquai-je d'un ton doucereux.

Je m'approchai d'un pas. Casildo plissa les yeux pour m'observer.

— Vous avez une fille, Sahib. Vous pouvez la désigner. La loi vous autorise à la faire condamner à votre place.

Ma voix était à peine plus qu'un murmure.

Casildo vacilla, la main sur la poitrine. J'aurais pu rire de l'ironie de la situation – à Basral, on envoyait chaque jour des enfants aux camps, les orphelins et voleurs de rue. Mais la fille d'un riche commerçant… ç'aurait été du jamais-vu. Un vrai scandale.

Lorsque j'avais été jetée en prison, personne ne s'était ému.

Sauf mon père.

Casildo pouvait à présent infliger à sa propre fille ce qu'il m'avait fait subir.

— C'est votre droit, insistai-je. Votre peine peut être exécutée par votre enfant si vous le souhaitez. À vous de choisir. Vous ou votre fille.

Dans son regard, je voyais son esprit en ébullition. Le seul fait qu'il ne se soit pas insurgé aussitôt contre ma suggestion m'emplit d'un sentiment de triomphe.

Alors, comme pour entériner ma victoire, Noor parut à cet instant avec la fille de Casildo – adorable enfant aux cheveux noirs, sans doute tirée de son lit, une poupée dans les bras. La femme que j'avais aperçue à la sortie de l'école était là aussi, en larmes, retenue, malgré ses gesticulations, par les soldats de Darbaran. Casildo était blême. Son regard se tourna vers moi.

— Dans ce cas… gronda-t-il enfin, sans un regard pour l'enfant. Prenez-la à ma place.

J'expirai lentement. Des murmures indignés s'élevèrent de la foule.

J'arrivais à peine à le croire. Mais c'était bien réel.

Il avait choisi de sacrifier sa propre fille.

La femme au dupatta émeraude laissa échapper un gémissement.

— Baba ? demanda la fillette, dans un filet de voix.

Noor me jeta un coup d'œil mais j'évitai son regard. À la place, je serrai les poings et forçai mon cœur à se muer en acier. En vue de la suite.

Je m'abstins aussi d'observer l'enfant, pour ne pas retrouver en elle mon propre traumatisme – ce sentiment de solitude si aigu qu'il aurait pu me terrasser. Si je m'identifiais à elle, je ne trouverais plus la force d'agir.

Cette petite venait de vivre la trahison d'un être aimé, de se voir sacrifier sur l'autel de l'avidité. Mieux valait qu'elle apprenne la réalité du monde dès à présent.

— Lâche un jour, lâche toujours… murmurai-je, plutôt pour moi-même, mais Casildo perçut mes paroles.

Il braqua les yeux sur moi, et ses paupières se plissèrent encore. Je souris de toutes mes dents.

— Qu'avez-vous dit ?

— Ainsi, vous choisissez d'envoyer votre propre fille au camp de travail ? De la faire condamner à votre place ?

Cette fois, mon timbre porta loin. La place était noire de monde.

— Serait-il préférable que cette enfant n'ait plus de père ? postillonna-t-il en réponse. Je la ferai libérer dès que je m'entretiendrai avec l'empereur.

— Quelle honte ! cria quelqu'un dans la foule.

Casildo sonda les environs, hagard, et sembla enfin prendre conscience de la multitude qui nous entourait – cette masse indignée qui se refermait à présent sur nous.

Des huées et des cris retentirent.

La foule se retournait contre Casildo.

— Je… vous avez mal compris ! se ravisa-t-il, la voix tremblante. Je ne voulais pas dire que…

— Vous vous faisiez passer pour un grand homme ? N'est-ce pas ? Mais voilà que vous volez et choisissez de faire payer votre propre enfant à votre place.

Je criai ces paroles, exacerbant la frénésie ambiante.

— Vous avez dit… vous avez dit… balbutia-t-il en tombant à genoux – de moins en moins puissant, de plus en plus apeuré.

Je me penchai vers lui, m'agenouillai à mon tour. Noor et les gardes retenaient la foule, si bien que seul Casildo entendit mes paroles :

— C'est ce que tu aimes infliger, n'est-ce pas ?

Il leva les pupilles vers moi, ahuri, mais ma question traversa sa peur.

— Comment ?

— Tu m'as bien entendue. Ce que tu subis là n'est que le reflet de ce que tu as infligé, autrefois. Je t'ai tout pris – ta réputation et ta famille. Comme tu as tout pris à mon père.

Casildo détaillait mon visage.

— Votre père ? Sanaya, je n'ai jamais rencontré votre père…

— Tu es trop intelligent pour être bête, Casildo. Mon père te faisait confiance. Et, au lieu de le soutenir dans un moment de détresse, tu l'as dénoncé et fait exécuter.

Son regard s'éclaira.

— Dania ? souffla-t-il.

Il secoua la tête et ajouta :

— Non, ce n'est pas toi. Tu ne lui ressembles pas.

Je souris mais gardai le silence. Un voile de terreur passa sur son visage.

— Je t'ai tout pris, comme tu m'as tout pris.

Je me relevai et sondai la foule, puis de nouveau pivotai vers lui.

— Au fait, la loi ne prévoit aucune exception. Toi seul iras au camp de travail. Mais au moins, à présent, tout le monde sait qui tu es vraiment.

Sur ces mots, j'annonçai d'une voix forte :

— C'est bien Casildo qui sera condamné, pas cette fillette !

Des applaudissements s'élevèrent et Casildo s'affaissa sur lui-même, en pleurs. Noor fit signe aux gardes de l'emmener. Quant à moi, j'attrapai le bras de Darbaran, d'une main légère, et il me retourna un sourire mielleux. Je frémis de me trouver si près de lui.

— Assurez-vous qu'il embarque dès ce soir, soufflai-je. Plus vite il partira, plus tôt vous serez riche.

Darbaran acquiesça vigoureusement, une étincelle dans l'œil.

C'est ainsi que sous mes yeux, et au cœur de la nuit, l'homme qui avait trahi mon père fut arrêté. En marge de la foule, son enfant, le visage enfoui dans la poitrine de sa mère, leva la tête et, l'espace d'un instant, nos regards se croisèrent – les siens d'un vert pâle éblouissant, les miens noirs de vengeance.

Reviendrait-elle s'en prendre à moi, un jour, quand elle aurait grandi ?

— Et maintenant ? demanda Noor en se rapprochant.

Je détachai mes yeux de ceux de la fillette.

— Assure-toi qu'elles héritent de tout, répondis-je en désignant la mère et l'enfant. L'intégralité de la fortune de Casildo leur revient. Cette petite ne doit manquer de rien.

Noor hocha la tête et fit mine de s'éloigner, mais je la retins d'un geste.

— Sauf les épées, ajoutai-je tout bas. Les épées sont à moi.

Chapitre 27

Le mélange de zoraat me brûlait la gorge comme de la bile – une sensation acide et amère, qui tapissa ma langue d'une pellicule infecte.

Je fus prise d'un haut-le-cœur. Noor m'observait, la mine sombre.

— Je ne pensais pas avoir besoin si tôt d'une nouvelle dose…

— Pour accomplir des tâches spécifiques, comme le font des guérisseurs, il suffit d'ingérer des doses ponctuelles. Mais la transfiguration requiert un important volume de magie.

Je m'affalai sur mon lit, et l'édredon brodé se froissa sous mon poids.

— Et pour empoisonner les cultures ?

— J'y travaille, répondit Noor. Le mélange sera bientôt prêt, et il ne devrait pas être aussi répugnant. Le sort de transfiguration doit permettre d'altérer tout ton corps, ta peau, tes cheveux, tes yeux, ta voix. Tout ce qui est *toi*. Pour bénéficier d'un tel pouvoir, il y a un prix à payer.

Je plaquai les deux mains sur le mur, secouée par le poison qui courait dans mes veines. Et une fois de plus, sous mes yeux stupéfaits, des veines noires serpentèrent de la pointe de mes doigts vers mes poignets.

Je me redressai brusquement et tendis les bras – en une fraction de seconde, ma peau avait retrouvé sa teinte brune et unie. Je clignai des paupières. Ces mains étaient toujours les miennes.

Le zoraat n'était pas un poison – personne, dans tout l'empire, ne le décrivait comme tel.

Magie.

C'était le terme dont on usait. Et manier la magie d'un djinn était un privilège. Ce n'était pourtant pas mon sentiment... À chaque bouchée de zoraat, mon corps se rebellait, en même temps qu'il en réclamait davantage. C'était comme vouloir ingérer du feu par temps de grand froid – besoin et danger en même temps. J'étais l'argile, et la magie les flammes ; consommer sa substance transformait mon corps en une chose nouvelle. Une chose inédite.

Je retins un cri et me tordis de douleur.

— C'est de plus en plus infâme... gémis-je.

Les mots sortaient péniblement, comme si on me les extirpait avec un crochet pointu.

— Tu en avais déjà dans ton organisme, ce devrait donc être un peu moins long, répondit Noor, pragmatique. Mais je n'avais jamais transfiguré personne aussi longtemps.

Étonnamment, sa franchise m'apaisa.

— J'ai l'impression de me consumer de l'intérieur.

J'expectorai une fois, puis deux. Un goût métallique se répandit dans ma bouche.

— C'est le signe que la magie fonctionne.

Je haussai un sourcil.

— Ou qu'elle me tue à petit feu...

Elle inclina la tête et admit :

— Possible.

Je pouffai, et frissonnai des pieds à la tête.

— Ne me fais pas rire…

Je gémis, les deux mains sur le ventre.

Noor murmura quelques mots et appliqua un objet froid sur mon front.

Alors, je m'effondrai sur le carrelage, et tout devint noir.

— Tu as dormi longtemps.

La voix de Noor déchira la brume de mon cerveau. Je toussai et, d'un bond, me redressai dans mon lit.

Mes narines étaient tachées de sang, et une douleur lancinante cognait dans ma tête, comme si on m'avait ouvert le crâne. Je tâtai mon visage – l'arête de mon nez, mes pommettes saillantes – et soupirai de soulagement de palper les traits de Sanaya.

Mes mains, elles, étaient toujours les miennes – meurtries. Je les auscultai mais n'y trouvai pas l'ombre d'une veine noire.

À mon chevet, Noor malaxait des graines de zoraat.

— J'ai dormi combien de temps ?

— Presque tout l'après-midi.

— Il faudra que j'endure ça à chaque prise ?

Cela me semblait impossible.

C'est alors que l'animal sauvage se réveilla en moi – la jubilation sinistre de sentir la magie mêlée à mon sang.

C'était cette exaltation qui m'effrayait le plus.

Noor grimaça.

— Cette dose était plus forte que la précédente. Elle devrait agir plus longtemps.

Elle étudia mon visage.

— Je pourrais atténuer un peu son effet, reprit-elle, mais le risque est que tu redeviennes toi-même d'un coup. Imagine un peu que ça arrive au palais…

Je me mordis la lèvre et frémis.

— Non, admis-je. Mieux vaut éviter.

J'imaginai la tête de Mazin si, sous ses yeux, je reprenais les traits de Dania.

Il me transpercerait de son épée, sans l'ombre d'un doute.

Ma main empoigna un couteau imaginaire. Qu'il essaie un peu…

Noor pouffa en voyant mon expression.

— Je préfère ne pas savoir à quoi tu penses.

— On va devoir accélérer notre plan, pour que je m'épargne un peu.

Et pour ne plus voir ces veines noires sur mes bras, ni entendre cette voix.

Noor se leva et revint avec une tasse de tchaï qu'elle posa sur ma table de nuit.

— J'ai dit aux domestiques que tu étais malade.

— Ce n'est pas faux.

— Dania, la quantité de zoraat que tu dois absorber est importante, et je vois le mal que ça te fait. Tu n'es pas obligée de t'infliger une telle épreuve. On peut chercher un autre moyen – ou renoncer tout à fait. On n'aurait qu'à vendre les graines, ou…

Ou ?

— … ou les détruire.

Elle quitta sa chaise pour faire les cent pas.

— J'y ai songé à l'époque où je travaillais pour Souma. J'ai envisagé de mettre le feu aux cultures de zoraat, et de rendre leur pouvoir aux djinns.

Un nœud se forma dans mon estomac. Toute cette force, réduite à néant…

Pour rien au monde ne souhaitais-je cela. La magie m'offrait l'opportunité inespérée de punir ceux qui m'avaient lésée. Jamais je ne la laisserais m'échapper. Et j'étais surprise de constater que Noor, elle, pouvait l'envisager.

— Vraiment ? Tu serais prête à laisser Vahid s'en tirer ?

Noor passa la main dans ses boucles courtes.

— Ce n'est pas mon souhait. Mais notre plan est en train de t'abîmer. Plus que je l'avais imaginé. À quoi bon se venger si on succombe en chemin ? Ton père n'aurait pas voulu que tu meures pour lui. Souma non plus.

J'avalai une gorgée de tchaï, et la chaleur du thé apaisa la douleur qui me déchirait la gorge.

— Souma est mort, répondis-je tout bas. Comme mon père. Et on sait pourquoi.

Cette fois, lorsque je posai les pieds par terre, je sentis mes jambes solides, capables de soutenir mon poids.

— Si on renonce, ils seront morts pour rien.

Noor s'enfonça dans le divan.

— Je pourrais les tuer, suggéra-t-elle à mi-voix. Tu n'aurais pas à subir tout ça.

Je retins un ricanement.

— Noor, tu ne voulais même pas voir mourir *Thohfsa*. Tu ne tueras jamais personne.

Je m'assis à côté d'elle.

— Pourquoi veux-tu que je renonce ?

Elle leva les yeux vers moi.

— Tu es mon amie, Dania. La première depuis la mort de Souma. Je n'ai que toi. Et, pourtant, je participe à ta destruction. Qu'est-ce que ça dit de moi ?

— Que tu comprends ce que c'est que de tout perdre.

J'avais prononcé ces mots d'un ton plus dur que prévu. Mais je ne parvenais plus à me contrôler – ou ne le voulais plus. Sous mes paupières, mes yeux brûlaient. Au fond de ma gorge, la rage s'agitait.

— Écrouée pour un crime que tu n'as jamais commis. Privée de celui qui t'aimait par-dessus tout. Tu *sais* ce que ça fait.

Noor essuya une larme.

— Et, une fois que tu te seras vengée, que te restera-t-il ? demanda-t-elle, la voix rauque. Que *nous* restera-t-il ?

Je détournai le regard.

— Nous serons libres.

Mes paroles sonnaient creux, plus éloquentes que sincères. En vérité, rien d'autre ne m'importait que la vengeance. J'étais prête à me détruire mille fois, si cela me permettait de punir ceux qui avaient trahi mon père.

— Libres ?

Elle rit jaune et se leva pour ouvrir la fenêtre. Le palais de Vahid s'y encadrait, comme une cible.

— Serons-nous libres ? Ou brisées ?

Je secouai la tête, tenaillée par la rage – presque submergée. Mes paroles s'écoulaient toutes seules, sans que je les contrôle, et dictées par une autre source que moi-même.

— Si tu ne veux pas poursuivre, va-t'en.

Je désignai la porte.

— Je cherche à t'épargner, Dania, riposta Noor, les mains sur les hanches. À nous épargner toutes les deux.

— Je ne souhaite pas qu'on m'épargne, rétorquai-je d'une voix qui n'était plus la mienne, et qui n'était pas non plus celle de Sanaya. Je ne veux qu'une seule chose. Et si tu ne partages pas le même besoin, c'est que tu ne tenais pas tant que ça à Souma.

Noor prit une courte inspiration, comme si elle avait reçu un couteau dans le cœur.

Je clignai des yeux et, aussitôt, ma rage s'apaisa, dominée par la honte.

— Comment oses-tu ? balbutia-t-elle.

Je tendis les mains.

— Pardonne-moi. Je sais parfaitement que tu tenais à Souma. Ce n'est pas ce que je voulais dire. Je… je… je ne sais pas ce qui m'a pris.

Je ne savais pas l'expliquer. J'avais perdu la maîtrise de mes perceptions, de mes sensations. Je ratissai mon crâne du bout de mes ongles. Je ne pouvais nier ce qui venait de se passer, et j'avais peur de devenir folle.

Noor plissa les paupières. Je ne l'avais jamais vue si blessée.

— Tu ne sais rien de ma relation avec Souma ! Tu as perdu ton père. Mais j'ai perdu le mien sans en avoir jamais vraiment eu. Souma m'a appris à voler de mes propres ailes, à développer des compétences singulières. Tu parles de vengeance, mais tu as été *aimée* toute ta vie. Ce n'est pas mon cas. J'ai été abandonnée. Négligée.

Elle croisa les bras et je vis qu'elle serrait les mains pour s'empêcher de trembler.

— Et tu as toujours ta grand-mère. Quelqu'un qui t'aime. Moi, je suis seule. Vahid a pris la seule personne qui se soit jamais souciée de moi. Et tu oses prétendre que je ne tenais pas à lui ? Que je ne veux pas le venger ?

Elle jeta un coup d'œil au palais par la fenêtre.

— Je m'inquiète pour toi, Dania, parce que je *sais* ce que c'est que de tout perdre. Si tu consacres tout à cette quête, il ne te restera peut-être plus rien à la fin.

— Alors, quelle est la solution ? Laisser tomber ?

Je levai les mains au ciel et hurlai :

— Je ne peux pas faire ça !

Mes paroles étaient mêlées de désespoir.

À l'idée de renoncer. De me priver de zoraat.

— Je ne les laisserai pas s'en tirer, Noor. Pas après ce qu'ils ont fait !

Je me frottai le crâne, encore endolorie de la dernière dose, et assommée par les paroles de mon amie.

— Et tu n'es pas seule, plaidai-je encore. Je suis là. N'abandonne pas maintenant. Alors que le but est si proche.

Les épaules de Noor se relâchèrent. Pour la première fois depuis longtemps, je la regardai vraiment. Ses yeux étaient cernés, et son visage pâle. Même si elle ne consommait pas de zoraat, cette affaire avait un fort retentissement sur elle aussi.

Elle s'assit sur le lit, abattue.

— Je ne veux pas abandonner, déclara-t-elle d'une voix plus mesurée. Je ne veux pas laisser Vahid s'en tirer. Mais je ne souhaite pas me perdre en chemin… Quoi qu'il en soit, je suis là pour t'assister, quel que soit ton besoin. Je te dois bien ça, toi qui m'as secourue des mains de Thohfsa.

— Tu ne me dois rien, assurai-je en secouant la tête. On s'est secourues mutuellement. On est ici parce qu'on veut la même chose.

Je l'observai, en espérant qu'elle m'ait pardonné mes paroles déplacées.

— Je veux t'aider à venger Souma, insistai-je. Autant que je veux venger mon père.

— Je ne renonce pas, Dania. Mais si j'ai l'impression que tu mets ta vie en danger, j'interviendrai.

J'acquiesçai.

— Je ne consommerai que les strictes doses nécessaires de zoraat, pas davantage. On ira au bout de notre démarche.

Pour mon père et pour le tien. Et ensuite, on partira loin d'ici. On quittera l'empire.

Noor soupira. Elle avait cessé de lutter.

— Ça n'ira peut-être pas jusque-là.

Je ris, soulagée de voir la tension dissipée, rassurée que mes propos odieux n'aient pas rompu notre lien. Je gardais pourtant en moi la même émotion que lorsque je les avais prononcés. Comme si une autre personne avait pris possession de moi.

— Alors, reprit Noor, m'arrachant à mes pensées. Qui est le prochain sur la liste ?

Chapitre 28

Seul à sa table, Darbaran sirotait un café dans un dallah doré qui devait valoir une année de son salaire à l'époque où il était soldat. Maintenant qu'il était riche, et qu'il dirigeait la garde de Basral, il vidait les coffres de la ville.

— Son point faible, au moins, on le connaît déjà… souffla Noor.

Elle était installée face à moi, dans la même buvette, et feignait d'être absorbée dans un livre pendant que je dégustais mon thé.

— Et ce n'est pas le café… renchéris-je tout bas.

Elle sourit, sans lever les yeux.

C'est l'avidité.

Mais ce n'était pas tout. Darbaran était un homme retors qui s'attaquait aux plus faibles, qui exploitait les femmes et les filles, et qui outrepassait sans arrêt ses fonctions pour exercer sa toute-puissance. Mon objectif était simple : qu'il se sente parfaitement démuni.

— On lui a déjà graissé la patte pour qu'il bannisse Casildo avant que l'empereur n'ait vent de l'affaire, commentai-je. Ce type est prêt à tout pour de l'argent… La cité est tellement corrompue qu'avec un peu d'or, on obtient ce qu'on veut.

Et moi qui pensais que Mazin était aux commandes… Le vrai chef de Basral, c'est Darbaran.

Noor inclina la tête et répondit dans un murmure :

— Si j'ai bien compris, Mazin cherche à lutter contre la corruption. Mais Darbaran mène la belle vie, depuis ton arrestation…

— En me faisant tomber pour meurtre, il a démontré sa loyauté à Maz.

Je repensai à la tête de fouine de Darbaran quand les gardes m'avaient embarquée, à son sourire hautain au moment d'empocher le flacon de poison qui reposait près du chef de guerre que j'avais prétendument assassiné.

— Sa fortune, c'est à moi qu'il la doit.

— Que tu sois celle qui l'en dépouille n'est donc qu'un juste retour des choses.

Noor mordit dans une brioche à l'eau de rose saupoudrée de pistaches.

Quant à moi, je savourai les dernières gouttes de mon tchaï à l'amande.

— Son avidité signera sa perte.

Je posai la tasse et fléchis les poignets.

— En scène, pour ce cher capitaine.

De toute ma vie, je n'avais jamais participé à un tel festin – encore moins en qualité d'hôtesse. Ce soir, j'allais ajouter ma propre brique à la sépulture de Darbaran.

— Sanaya, quelle somptueuse demeure !

J'ouvris les bras quand Anam franchit la porte d'entrée, talons cliquetant sur le marbre et kameez scintillant au clair de lune. Une boule se forma dans ma gorge lorsque j'aperçus l'uniforme noir rebrodé d'or de celui qui l'accompagnait.

— Quel plaisir de vous accueillir chez moi, Mazin.

— Je n'allais pas laisser ma sœur assister seule aux festivités.

Ses yeux balayèrent le hall puis se posèrent sur moi – sur mes cheveux acajou remontés en chignon gracieux, mon shalwar kameez bordeaux qui mettait en valeur mon teint, le khôl noir qui liserait mes paupières, les bracelets sertis de bijoux à mes poignets. Je n'avais rien négligé, ni dépense ni ornement. J'avais l'allure d'une mariée – pourvu que Mazin ait la même pensée en me voyant.

Qu'il m'imagine comme sa future femme. Comme une fille dont il pourrait tomber amoureux.

Il pencha la tête.

— Merci de nous avoir invités.

Son regard passa sur mes épaules, mes bras, mes hanches.

— Vous êtes éblouissante.

Il parlait d'un ton grave et confiant, dépourvu de la note d'autodérision que je lui connaissais autrefois. À croire qu'il passait son temps à complimenter les filles… Une fois de plus, je fus interpellée par sa transformation, son autorité nouvelle.

Je souris et baissai le regard, tâchant de minauder.

— Oh ! Tu possèdes des cygnes noirs, Sanaya ? interrompit Anam, l'index pointé vers l'imposante fontaine au centre de la cour intérieure.

— Oui, depuis une semaine. Va les voir, si tu veux. Je les adore, mais attention, ils te mordront les doigts si tu t'approches trop.

— Je vous emmène, mademoiselle, intervint Noor en esquissant une petite révérence.

Toutes deux s'éloignèrent, et je restai seule avec Mazin.

— Je ne veux pas vous empêcher d'accueillir vos autres invités, déclara-t-il, la voix suave, ses yeux rivés aux miens.

— Pas du tout ! assurai-je, feignant la décontraction alors que je parvenais à peine à respirer et que mon cœur tambourinait contre mes côtes. La maison regorge de distractions, chacun a de quoi se divertir. Je tenais à rencontrer d'autres membres de la cour impériale, voyez-vous, et le plus simple était d'organiser une réception.

Je conclus cette phrase d'un rire léger.

— Vous avez déjà fait forte impression à Basral, assura Mazin.

Nous arpentâmes ensemble la demeure, faisant halte ici et là pour admirer les cracheurs de feu ou les artistes de rue que Noor avait recrutés pour la soirée.

— J'ai reçu un accueil merveilleux à Basral, répliquai-je en désignant la foule autour de nous.

— Sans doute en feriez-vous autant dans vos provinces.

Je me figeai : ces paroles n'étaient pas une affirmation mais une question. Une fois de plus, j'eus le sentiment d'être soumise à un interrogatoire.

Il ne me faisait pas encore confiance.

Je décochai un rire sonore, et le masque de Mazin se fissura très légèrement, sans que je parvienne à deviner ses pensées. Sonder cet homme était aussi difficile que de chercher à retenir un filet d'eau entre deux doigts.

Enfin, il sourit et une fossette creusa sa joue – celle que j'aimais tant voir apparaître quand nous plaisantions, autrefois.

— Je ne vous ai jamais entendue rire comme cela, commenta-t-il, toujours grave. Qu'ai-je dit de si drôle ?

— Dans mes provinces, je vous accueillerais d'abord avec l'acier de ma lame, déclarai-je. Mais après avoir évalué votre aptitude à croiser le fer, je vous recevrais avec toutes les amabilités requises.

— Vous vous intéressez aux épées et vous avez mis en fuite les assaillants de ma sœur… rappela-t-il. Vous m'avez aussi dit que votre mère vous avait appris à combattre. Vous devez être une adversaire redoutable, sous vos airs paisibles.

Je sentis poindre en moi la colère. Même sous les traits de Sanaya, je demeurais prompte à l'emportement. Je tâchai pourtant de rester douce, affable – l'opposé de moi-même.

— Ne peut-on disposer de belles robes et aimer combattre ? demandai-je en haussant les sourcils.

Il resta bouche bée.

— Pas du tout, s'empressa-t-il de répliquer et, pour la première fois, son assurance vacilla. Cela me surprend, voilà tout.

— Et pourquoi ? questionnai-je, si sèchement que quelques invités se retournèrent.

Je leur répondis d'un sourire poli et repris mon échange, un ton plus bas.

— Pourquoi ? répéta-t-il.

— Oui, pourquoi cela vous surprend-il ? Vous avez enseigné le maniement de l'épée à votre sœur. Je suppose que vous avez déjà vu combattre d'autres femmes ? Nous ne différons pas des hommes. S'apprêter n'exclut pas de vouloir égorger ses ennemis.

Mon estomac se serra – mes propos étaient un peu trop proches de ce qu'aurait dit Dania. Je me rassurai en me rappelant que mon physique était considérablement altéré, de la couleur de mes yeux à l'arrondi de mon menton… Mazin ne pouvait deviner qui j'étais vraiment.

Il sourit, et reprit son air suave. Une pointe de déception surgit en moi. Je ne voulais pas de cette assurance affichée, ce regard ténébreux et ces sourires factices. Je voulais qu'il se sente mal à l'aise, et accéder à sa vraie personne.

— Oui, j'ai vu d'autres femmes combattre, répondit-il enfin. J'ai même croisé le fer pendant des années avec une des meilleures épéistes au monde. Pardonnez-moi, je ne voulais pas vous offenser. Je trouve seulement original votre intérêt pour cette discipline.

Je fus prise de court par cette évocation. J'observai, du coin de l'œil, son masque impénétrable et lisse.

— J'ai un peu d'expérience... déclarai-je avec modestie. Mais je n'ai rien d'une experte. Je préfère admirer les armes que les manier.

— Je ne vous crois pas. Il faudra que je vous affronte, un jour.

Je déglutis. Mes doigts brûlaient d'agripper mon poignard, attaché à ma cuisse, pour l'affronter, ici et maintenant. Mais il comprendrait aussitôt qui j'étais.

Et il n'en sortirait pas vivant. Or, pour lui infliger le châtiment qu'il méritait, j'avais besoin qu'il reste en vie.

Je pris appui sur la rampe surplombant le hall. Nous avions gagné le premier étage et, depuis ce perchoir, pouvions voir entrer les nouveaux invités. Je sondai la foule, en quête d'un visage en particulier.

— Je ne ferais pas long feu lors d'un duel, assurai-je.

— Avez-vous appris ce qui était arrivé aux épées de Casildo ? Toutes volées, aussitôt après son arrestation. Je me suis rendu chez lui, et il n'y en avait plus une seule.

Sa voix se fit plus rauque.

— J'avais essayé de lui en acheter certaines, précisa-t-il. J'aurais aimé les avoir.

Je plissai les paupières et me demandai s'il parlait des lames de mon père. Je dus me mordre la langue pour ne pas répliquer que, moi vivante, il ne mettrait jamais la main sur une seule d'entre elles.

— J'en ai eu le cœur brisé, assurai-je, feignant l'accablement. Toutes ces belles épées disparues…

Je ne précisai pas, bien sûr, que la collection se trouvait au complet dans la cave de la maison où nous nous trouvions à cet instant même.

— J'ai eu du mal à croire ce qu'on m'a raconté sur Casildo après son arrestation, poursuivis-je. Vol, extorsion, corruption… Sa place est bel et bien dans un camp de travail. J'ai toujours eu du mal à distinguer les gens respectables des mauvais.

Je me frottai la nuque, pour montrer combien j'étais désolée.

— Ne vous en voulez pas trop, marmonna Mazin en détournant les yeux. Casildo a dupé beaucoup de monde.

— C'était un homme estimé, insistai-je. C'est d'ailleurs chez lui que je vous ai rencontré. Je ne pensais pas qu'un proche de l'empereur puisse se révéler être un tel escroc.

— On n'est jamais trahi que par ceux en qui nous avions le plus confiance, murmura-t-il, toujours sans me regarder.

Je ne commentai pas ce propos, presque identique aux paroles de Noor lorsque nous étions en prison. Je me cramponnai à la rampe pour qu'il ne voie pas que je tremblais. Et pour m'empêcher de lui sauter à la gorge.

— Parce que vous avez été trahi ?

Je m'étais efforcée de baisser la voix et d'adopter un ton doux, mais ma question n'en parut pas moins aride – plutôt une accusation qu'une demande. Comme si je postulais qu'il n'avait jamais connu la trahison.

Cette fois, il releva les yeux vers moi et ouvrit la bouche pour répondre. Mais il fut interrompu par un raffut dans le hall.

Un rire gras s'éleva parmi les convives, rocailleux et mêlé de cruauté. Je n'eus même pas besoin de regarder pour savoir que mon invité tant attendu était arrivé.

Darbaran.

— Que fait-il ici ? questionna Mazin, les yeux rivés sur le capitaine, entouré des amis qui l'avaient accompagné.

Maz avait toujours détesté Darbaran, et pour cause. Ce dernier s'en prenait sans cesse aux femmes du palais. Mais Sanaya ne pouvait rien savoir de ces mauvaises manières. Je laisserais Mazin me sauver des griffes du capitaine, si cela s'avérait nécessaire.

— Darbaran m'a aidée récemment, répondis-je d'un ton innocent, et je lui sais gré de m'avoir affecté une garde plus nombreuse après le cambriolage de ma maison.

Je souris. Maz toisait toujours Darbaran, du venin dans les yeux.

— Vous ne l'aimez donc pas ?

Il revint à moi, et son air furieux s'apaisa.

— Darbaran travaillait au palais, autrefois. Il dirigeait la garde impériale. Disons que je… ne le porte pas dans mon cœur.

Il sonda mon visage, comme pour discerner s'il pouvait me faire confiance.

Pas du tout.

Pour toute réaction, j'ouvris grand les yeux, d'un air aussi naïf que possible.

Il se lécha les lèvres et mon regard, malgré moi, passa rapidement sur sa bouche.

— Tenez-vous à distance.

Je le fixai et répondis :

— Savez-vous quelque chose sur Darbaran ? Depuis Casildo, je ne sais plus à qui me fier…

— Pas à Darbaran, assura-t-il sans détour. Je ne puis vous en dire plus mais ne le chargez pas de votre sécurité.

Il semblait tellement inquiet que je manquai de rire. Darbaran ne me blesserait plus jamais, même si nous étions entourés de tous les gardes de la cité.

Je me penchai vers Mazin.

— Alors, à qui puis-je me fier ? Vous ?

J'exhalai ce dernier mot, et il resta suspendu un instant entre nous.

Avais-je été trop loin ?

Mazin se rapprocha d'un pas, et nous ne fûmes plus séparés que de quelques centimètres.

— Si vous le souhaitez.

Je retins mon souffle, le cœur battant comme en plein combat.

Il avait évoqué un duel à l'épée, et ce qui se jouait à présent n'avait rien de différent, sauf qu'en lieu et place de talwars, nous usions de paroles. C'était une bataille d'intimité, faite d'assauts discrets et de mises à l'épreuve. La moindre précipitation, le moindre faux pas, pouvait entraîner la défaite. Par chance, croiser le fer était ma spécialité.

— Et vous, que voulez-vous ? questionnai-je.

Il émit un rire grave.

— Je souhaite que vous soyez en sécurité, répondit-il à voix basse. Vous avez sauvé ma sœur, tout de même.

— Est-ce la seule raison ?

Je levai un sourcil.

Son regard s'obscurcit, et je me sentis appelée par la chaleur de son corps – tel un papillon attiré par une flamme. Il ouvrit les mains et je baissai les yeux vers ses longs doigts, ces paumes que je connaissais aussi bien que les miennes.

— Je me soucie de votre sûreté, Sanaya.

— C'est tout ? poussai-je encore.

— Voudriez-vous que ce ne soit pas tout ? tenta-t-il, un sourire au bord des lèvres, et toujours cette chaleur sombre dans les yeux.

Oh oui. C'est exactement ce que je veux.

Je m'efforçai d'ignorer ma langue pâteuse, les roulements de mon cœur. Je ne voulais pas le laisser prendre le contrôle – pas encore.

Je m'avançai vers une alcôve et il me talonna comme si je le tenais en laisse.

— Vous m'intriguez, Mazin.

Ma voix était si faible qu'il se pencha pour entendre. Je courbai à peine les lèvres et m'enfonçai un peu plus dans l'alcôve.

— Vous protégez votre sœur bec et ongles, votre loyauté envers l'empereur est inébranlable, vous vous souciez de ma sécurité…

Je levai un sourcil.

— … pourtant, vous demeurez taciturne – vous restez à distance. Je voudrais mieux savoir vous déchiffrer.

Je pressai les mains contre mes hanches. À cet instant, je regrettai mon manque d'expérience en matière de séduction.

Mais je n'avais connu que Mazin, et jamais appris à maîtriser mes émotions. Je devais feindre de découvrir une intimité que ma chair avait déjà connue et goûtée.

— Que voudriez-vous déchiffrer ?

Son torse touchait presque mon buste, à présent. Un rideau nous dissimulait partiellement, et je sentais sur mon visage le mouvement régulier de son souffle.

— Votre histoire, comme un roman. De la première page à la dernière. Tout apprendre de vous.

Il inclina la tête.

— À votre guise ? En ne me consultant qu'au gré de vos envies ?

Je retins un ricanement.

— Est-ce ainsi que vous lisez les romans, Mazin ? Cela me surprend à peine… Non, je vous lirais avec frénésie, à la lueur d'une bougie en pleine nuit, je vous dévorerais jusqu'à connaître par cœur toutes vos lignes avant de reprendre ma lecture depuis le début.

Ses yeux s'arrondirent, et les filaments dorés de ses iris s'animèrent comme des braises. Il se rapprocha encore, et mon dos rencontra le mur. Je souris pour le défier d'aller plus loin. Je voulais tout. Je voulais qu'en cet instant, il croie me posséder.

— Je vois…

Il se mordit la lèvre, promena les yeux sur mon visage.

— Et moi, veux-tu savoir comment je te déchiffrerais ?

Je frémis et croisai les bras comme pour protéger mon cœur. J'avais oublié la sensation de ce regard-là sur moi.

Il prit mon silence pour un consentement.

— Je te lirais comme une Écriture sainte, comme une prière. Et toute l'adoration que m'inspirerait ma lecture, je la déposerais à tes pieds.

Il parlait très bas, justement comme en prière – ou comme s'il murmurait une incantation djinn, un sortilège.

Je pris une inspiration. La tension ne cessait de monter entre nous. Je retrouvais des sensations si familières – ses bras autour de moi, ses lèvres au creux de mon cou, ses mains sur mes cuisses.

Je levai les yeux vers ses pupilles incandescentes.

— À mes pieds, seulement ?

Il fut si prompt que je ne le vis même pas bouger – plus rapide que tous les coups de lame que nous avions échangés.

Sa bouche embrassa la mienne, brûlante, impatiente, et son corps recouvrit le mien comme la mousson les arbres banians.

Et je retins un sanglot.

Tout était comme dans mon souvenir. Le souvenir de ce qui avait existé entre nous. Pour de vrai. J'aurais voulu pleurer la fille que j'étais autrefois, aveuglément amoureuse, imprudente, confiante à l'excès.

Je l'embrassai en retour.

Je l'embrassai malgré les flammes sur ma peau, malgré la tempête dans ma poitrine, malgré le divorce entre ma tête et mon cœur – mon corps soupirait mais ma tête savait qui il était.

J'agrippai son sherwani noir. Un vertige me saisit. Fallait-il le séduire ou le poignarder ?

Non. Pas encore. Pas avant de l'avoir calciné de l'intérieur, et qu'il ne reste de lui que ce désir. Pas avant qu'il me supplie de l'épargner, comme un homme devant un mirage dans le désert.

Pour le laisser, enfin, mourir de soif et de faim.

Chapitre 29

— Je ne voulais pas vous interrompre en pleins ébats, mais nous avons un problème.

Je fusillai Noor du regard en croisant les bras.

Son toussotement nous avait fait sursauter, Mazin et moi, et nous éloigner l'un de l'autre en un bond. Je marmonnai une excuse, et laissai Noor m'entraîner dans ma chambre, sans même regarder Mazin – pas après ce baiser où je m'étais presque perdue. J'effleurai mes lèvres comme pour continuer à le savourer.

Mais il suffit que Noor prenne la parole pour que je retrouve ma lucidité.

Il te prend pour quelqu'un d'autre.

Ce baiser, ce toucher, ce n'était pas pour moi. C'était pour Sanaya.

Cette pensée, au moins, m'offrit le recul dont j'avais besoin.

Tu veux le tuer, me rappelai-je.

Mon cœur aurait pu voler en éclats – ce qui était absurde puisqu'il me l'avait déjà arraché.

J'enfouis mon visage dans mes mains. Il était temps d'avancer, de poursuivre notre plan. Enfin les paroles de Noor s'infiltrèrent dans mon cerveau.

— Quel est le problème ? lui demandai-je.

— Darbaran est… rétif.

Je levai la tête. Darbaran était la dernière personne à qui j'avais envie de penser.

— Alors, trouve une solution, rétorquai-je avec exaspération.

— Comment ? J'ai proposé de l'or, des bijoux. Plus d'argent qu'il ne pourrait en rêver. Tout !

Je sondai la pièce, et mes yeux se posèrent sur le sol.

— Pas tout, répondis-je, me rappelant ce qui était caché sous les dalles.

Je m'enfonçai dans mon siège et ajoutai :

— Darbaran est mû par l'avidité, je suis certaine que c'est cette faiblesse que nous devons exploiter.

Noor désigna la porte.

— Je t'en prie.

Je me redressai, déterminée. Je mènerais au moins une chose à bien, ce soir. Et, si je ne parvenais pas à régler son sort à Mazin, je me jurais d'arriver à mes fins avec cette fouine de capitaine.

Darbaran porta à sa bouche la bouteille qu'il tenait dans sa main, et prit une longue goulée avant de s'esclaffer et de cracher dans la fontaine. Ses amis sautaient autour du bassin, pour faire peur aux cygnes.

J'aurais voulu les abandonner au bec tranchant de ces volatiles, et les regarder se faire arracher les yeux. À la place, j'affichai un sourire factice et m'avançai vers eux. Darbaran penserait que c'était son plan.

— Merci d'être venu à ma réception, lui dis-je.

Il était venu accompagné de trois hommes, deux vêtus de kurtas bordeaux – des membres de la garde de Basral – et le troisième paré du même kurta noir que lui. Tous trois me lorgnèrent. Je surmontai mon dégoût pour ajouter :

— Et d'avoir amené vos… charmants amis.

Il me détailla des pieds à la tête – comme chaque fois qu'une fille se présentait à lui. Plus d'une fois, je lui avais écrasé le pied lors de visites avec mon père.

— Tout le plaisir est pour moi, comtesse.

Son regard serpenta sur mon corps et je me retins de lui sauter à la gorge.

Il était plus âgé que moi de quelques années, et son visage rappelait celui d'une mangouste – petit nez trapu, regard de fouine, et l'air toujours sale, malgré sa fortune récente. Un éternel délinquant, paré de beaux vêtements.

— Dites-moi… reprit-il en s'approchant. D'où une femme des provinces du nord tire-t-elle tant de richesse ?

Il désigna mes bracelets et ses pupilles étincelèrent.

Je frémis en percevant son mépris pour les tribus nordiques. Je pensai à ma mère, si belle, qui, lorsqu'elle me tressait les cheveux au coin du feu, me racontait son enfance dans ses contrées.

— Eh bien… répondis-je, aussi nonchalamment que possible. Le nord regorge de ressources.

Je serrai les dents et ajoutai :

— Mais ce n'est pas comme cela que ma famille s'est enrichie.

Par-dessus mon épaule, je jetai un coup d'œil à ses amis et baissai la voix. Il inclina la tête pour écouter.

— Oh, je ne devrais pas vous dire d'où me vient ma fortune…

Je regardai à gauche et à droite.

— … car je ne voudrais pas que vous vous fassiez des idées. Vous comprenez… Tout n'est pas parfaitement… *légal.*

Ses yeux s'arrondirent avec intérêt.

— Enfin, vous pouvez me faire confiance. Je ne dirai jamais rien à personne.

Sa voix était mielleuse, mêlée d'une note d'excitation.

Je lui adressai un sourire assuré, et attrapai mon collier doré. Ses yeux suivirent mon geste, et je vis qu'il évaluait la valeur du bijou.

— J'ai toute confiance, assurai-je. Vous m'avez apporté une grande aide avec Casildo.

— Mon devoir est d'arrêter les voyous.

Sur ces mots, il cracha au sol et passa sa langue sur ses dents.

— Ma gratitude est *immense*, insistai-je en enjambant le crachat. Mais j'ai encore besoin de vous. Je voudrais déplacer un certain… *produit*, dans la plus grande discrétion. Une marchandise *illégale*.

Ses paupières se plissèrent.

— Vous pouvez compter sur moi, comtesse, répondit-il, plein d'attente.

Je me reculai et secouai la tête.

— Non, non. Je ne veux pas vous compromettre.

Je me mordis la lèvre et précisai :

— Même s'il s'agit d'une opération extrêmement lucrative, vous ne pouvez pas risquer votre poste.

— Le risque ne m'effraie pas tant qu'il est mesuré, répliqua-t-il avec une telle avidité qu'il crut bon de se reprendre. S'il convient de venir en aide à une nouvelle habitante de Basral, je veux dire.

Je souris de toutes mes dents.

Il inclina la tête, comme si nous étions des confidents. Des relents d'oignon et de sueur rance me parvinrent et je manquai de me couvrir le nez par réflexe.

— Comment puis-je vous être utile ?

— Je ne puis en parler ici.

Je balayai des yeux les environs. Le jardin était presque désert, la plupart des invités s'étant retirés dans la maison pour échapper à la chaleur.

Les amis de Darbaran, quant à eux, s'étaient dispersés lorsque les cygnes, lassés de leurs provocations, les avaient pris en chasse. Des domestiques s'affairaient, sans grand succès, à canaliser les oiseaux furieux.

— Je possède, en forte quantité, une certaine ressource…

Je laissai traîner ma voix.

— … une ressource à laquelle, habituellement, seul l'empereur a accès. Et je cherche un moyen de la vendre, vite. J'avais bien trouvé un acheteur mais il s'est retiré du jeu.

Je ponctuai cette dernière phrase d'un haussement d'épaules pour marquer ma déception.

Darbaran me dévisageait, les lèvres entrouvertes, et j'avais l'impression de voir s'animer les engrenages de son cerveau.

— Vous possédez du…

Il ne parvint pas à prononcer le mot.

— Oui, soufflai-je, une paume sur le cœur. Précisément.

Une lueur éclaira son regard.

— Combien ?

Sa question était un murmure, comme s'il hésitait à poursuivre l'échange.

Je pris une inspiration, surjouant la tension.

— Une quantité… considérable.

Je me tus un instant, puis ajoutai :

— Trop importante pour pouvoir m'en charger seule.

— Savez-vous ce que cela signifie ? demanda-t-il dans un souffle exalté. Votre marchandise doit avoir une valeur encore supérieure à ce que vous imaginez car l'empereur en contrôle très strictement la production.

La cupidité adoucissait sa voix comme un sirop à la rose. Les yeux dans le vague, je compris qu'il comptait déjà les sommes que lui rapporterait la vente du zoraat.

— Alors, vous m'aiderez ? demandai-je d'un ton plein d'espoir.

Il prit un air rusé, et un rictus ourla ses lèvres.

— Comtesse, ce serait un honneur.

Il posa la main sur son torse et ajouta :

— Mais je prendrais, ce faisant, un risque important. Le prix de ma discrétion sera élevé.

— Bien sûr. Je paierai, peu importe la somme.

Ces mots résonnèrent en lui et il poursuivit d'un ton onctueux :

— Je veux également un pourcentage sur le profit. Vous devez bien le comprendre…

J'ouvris grand les paupières.

— Bien sûr, capitaine. Je n'imaginais rien d'autre.

— Alors, nous sommes d'accord.

Darbaran tendit la main. J'eus un instant d'hésitation, répugnée à l'idée de le toucher.

Je repensai à mon arrestation. Lorsqu'il me traînait dans les couloirs du palais, cet homme avait passé ses mains partout sur mon corps dès que Maz avait eu le dos tourné. Je revis son expression quand il m'avait saisie, brutalement, bien plus que nécessaire, et quand il m'avait jetée dans le donjon du palais.

Je serrai brièvement sa main moite.

— Ma servante vous contactera pour prévoir les prochaines étapes, conclus-je, résistant au besoin d'essuyer ma paume sur ma robe. La première cargaison sera prête dans les meilleurs délais si vous trouvez un acquéreur.

— N'ayez crainte, je connais nombre de personnes qui seront intéressées, assura-t-il avec allégresse.

Je tournai les talons pour regagner les salons intérieurs, mais un mouvement près de l'arbre banian accrocha mon regard.

L'ombre disparut à l'instant où je me retournai, et j'eus tout juste le temps d'apercevoir l'éclat d'un sherwani noir et or.

Chapitre 30

Avant

— Je vous ai demandé de me laisser tranquille !

Les paroles d'Anam déchirèrent le silence du palais et je me figeai devant leur véhémence. Je ne savais pas à qui elle parlait, mais déjà je haïssais cette personne.

— Sinon, que feras-tu ? répliqua la voix, menaçante. Tu iras rapporter à ton frère ?

Depuis mon siège molletonné, cachée derrière la porte de la véranda, je tentai de reconnaître le timbre de l'homme qui venait de répondre – un ton nasal, presque comme un gémissement.

— Bien sûr que non, rétorqua Anam. Je sais me débrouiller seule.

Je souris de fierté en l'entendant s'affirmer. Mais je n'allais pas pour autant la laisser.

Je franchis la porte à l'instant où un jeune homme lui agrippait la taille. Il arborait le sherwani noir des gardes du palais, rehaussé d'un galon sur l'épaulette. Je fouillai ma mémoire pour me rappeler le sens de cette décoration mais la vague de rage qui montait en moi embrouillait mes pensées.

— As-tu perdu le canif que je t'ai offert, Anam ? lançai-je d'une voix forte, les doigts sur le talwar à ma hanche.

Tous deux sursautèrent et l'homme tourna vers moi sa face de mangouste.

Anam saisit l'occasion pour se dégager. Sur sa peau demeurait imprimée une marque rouge. Je plissai les paupières et m'avançai.

— Alors ?

J'inclinai la tête et Anam me regarda, comme si elle venait de se rappeler que j'avais posé une question.

— Je… non, je ne l'ai pas perdu.

— Alors, pourquoi les yeux de cet homme sont-ils encore dans leurs orbites ?

Je pivotai vers lui, tout sourire.

Anam s'esclaffa, mais son agresseur demeura interdit.

— Qui es-tu ? demanda-t-il, les lèvres retroussées, me détaillant de haut en bas et s'arrêtant sur mon kameez tout simple, puis sur mon couteau. Cette conversation ne te regarde pas. D'ailleurs, qui t'a autorisée à entrer munie d'une arme au palais ?

— Je suis la fille du forgeron de l'empereur, expliquai-je en croisant les bras. Et toi ?

— Je te présente Darbaran, le nouveau capitaine de la garde de Basral.

Anam s'approcha de moi. Je remarquai sa posture inquiète, ses épaules rentrées, la légère tension dans son kameez brodé.

Je toisai le jeune homme goguenard qui avait voulu s'imposer à elle.

— Cette fouine ?

— Dani ! s'exclama Anam en couvrant d'une main un éclat de rire.

Le capitaine devint écarlate.

— Encore une insulte et je te ferai arrêter, aboya-t-il, cherchant le pommeau de son épée.

— Je t'aurai tranché la main avant que tu aies le temps de dégainer.

Je lui tournai le dos.

Ne tourne jamais le dos à un adversaire. La voix de Baba résonna en moi mais je choisis de l'ignorer.

Je frémis au son du cimeterre glissant dans un fourreau. Si Darbaran attaquait, il le regretterait.

— Darbaran, je vous déconseille de… tenta Anam.

— Ne t'inquiète pas, intervins-je. Laissons-le essayer.

— Pour qui te prends-tu ? cracha le jeune capitaine.

Je jetai un coup d'œil par-dessus mon épaule.

— Je me prends pour qui je suis. Si tu ne le comprends pas, tu cours à ta perte.

Je brandis mon talwar et assénai :

— Je ne mettrai pas longtemps à te couper en morceaux.

— Essaye un peu pour voir. L'empereur ordonnera que tu sois décapitée.

Je haussai les épaules.

— J'offrirai ma tête avec joie, si c'est pour la bonne cause. Et j'ai justement l'impression que débarrasser cette Terre de ton existence profiterait à tout le monde…

— Darbaran, partez, intervint Anam avec gravité.

Puis elle posa une main sur mon bras et ajouta :

— Il n'en vaut pas la peine.

Les yeux perçants du capitaine glissèrent vers elle, puis revinrent à moi et, l'espace d'un instant, nous restâmes immobiles, épées en main.

— Je m'en vais, décida-t-il, rengainant enfin. Mais pas parce que je t'épargne. Seulement parce que j'ai mieux à faire. Je ne t'oublierai pas.

— Pour ma part, je t'aurai oublié avant que tu ne quittes cette pièce.

Je souris, savourant son air offusqué alors qu'il franchissait la porte.

— Tu n'aurais pas dû te moquer de lui... me gronda doucement Anam.

Les reflets roux de sa chevelure noire brillaient sous l'éclat du soleil – comme ceux de son frère. Parfois, au crépuscule, je me plaisais à détailler la gamme de nuances de ces mèches sombres.

— Darbaran a un certain statut.

— Pourquoi ? demandai-je. Il est trop jeune pour être capitaine de la garde. Qu'est-il arrivé à Hassan ?

— Renvoyé. Darbaran l'a remplacé. Il est le fils d'une amie de l'empereur. Vahid aime accorder des faveurs à ses sujets pour s'assurer de leur loyauté.

Les paroles d'Anam n'étaient plus qu'un murmure, et elle parut regretter les avoir prononcées.

Moi-même, j'étais surprise de sa témérité.

— Anam, c'est la première fois que je te vois si proche de la trahison.

Je prononçai ces mots avec un sourire – Anam savait ce que je pensais de l'empereur. Depuis que Maz s'était confié à moi, je ne nourrissais plus pour cet homme que de la haine.

Anam savait-elle que Vahid avait tué sa mère ? Je l'ignorais. Si ce n'était pas le cas, Maz le lui dirait en temps voulu.

Je retournai à mon siège sous la véranda. Anam prit place à côté de moi, et j'aperçus son bras contusionné. Demain, la trace laissée par Darbaran aurait viré au bleu. Peut-être devrait-elle s'en expliquer à son frère.

Elle nous servit du thé à l'hibiscus et avala une longue gorgée.

— Sérieusement, Anam, où est le canif que je t'ai offert ? Tu ne devrais pas t'encombrer de ce genre de goujat…

Son sourire, après la frayeur qu'elle avait connue, m'emplit de soulagement.

— Je ne le porte pas aujourd'hui, répondit-elle.

Du regard, elle désigna son fin chemisier piqué de minuscules miroirs en forme de fleurs, et son pantalon liseré de perles bleu marine. Puis elle précisa :

— Il n'allait pas avec ma tenue.

Je la dévisageai, ahurie.

— Un canif va avec *toutes* les tenues.

— Tu dis cela parce que tu choisis ta garde-robe *en fonction* de tes lames ! La plupart des gens font l'inverse, Dani.

— Ce ne sera jamais mon cas, assurai-je avec agacement.

Pourquoi me priver de ma tenue d'entraînement si on ne m'interdisait pas de la porter au palais ? D'autant que Maz et moi finissions toujours par échanger quelques coups d'épée sur le terrain impérial. Le talwar que j'avais choisi ce jour-là était un des plus beaux façonnés par Baba, avec une garde sertie d'émeraudes. Il s'accordait parfaitement avec l'ocre de mes vêtements.

Je fronçai les sourcils.

— Hum. C'est vrai que mon couteau et ma tenue sont bien assortis.

— Comme toujours ! s'exclama Anam en s'étendant sur le divan.

— Alors, à quoi ai-je assisté, au juste ?

J'adoptai un ton calme. Je ne forcerais pas Anam si elle n'était pas prête à me raconter ce qui s'était passé entre elle et Darbaran.

— Ce n'est rien… Il voulait que je le rejoigne demain, dans la galerie. Mais je lui ai dit que je déjeunais avec toi.

Je la fixai droit dans les yeux.

— Ce n'est pas la première fois qu'il veut te forcer la main, n'est-ce pas ?

J'inclinai la tête. Il y avait une familiarité entre eux.

— Oui. Et la prochaine fois, j'aurai mon canif, assura-t-elle avec un rictus. Ne t'inquiète pas.

— Faut-il que j'en parle à ton frère ?

Elle se redressa.

— Certainement pas. Il n'en serait que plus anxieux et, bientôt, je n'aurais plus le droit de quitter ma chambre.

— Apprends à te défendre et il comprendra que tu n'as plus besoin de sa protection. Maz n'est pas du genre à séquestrer les gens.

— Non, et il pense comme toi – que je devrais apprendre à combattre. Mais je ne suis pas comme vous. Les armes ne m'intéressent pas.

— Et rester en vie, cela t'intéresse ?

Je pris une gorgée de thé et Anam croqua dans un biscuit aux pistaches confites.

— Tant que vous êtes là, je n'ai pas à me faire de souci, répondit-elle entre deux bouchées.

— Si Darbaran recommence, préviens-moi. Ce type ne me plaît pas.

— Promis.

Elle projeta son regard vers le jardin, évitant le mien.

— Mais ne dis pas à mon frère ce à quoi tu as assisté.

— Me dire quoi ?

Maz fit son entrée, vêtu du même sherwani noir que Darbaran, quoique le sien soit mieux ajusté, plus élégant. À croire que ce garçon n'avait jamais porté le moindre vêtement froissé.

— Que ta sœur veut reprendre l'entraînement, prétendis-je sans ciller.

Je veillai à ne pas croiser le regard de Maz. Il aurait tout de suite su que je mentais.

— Anam ne m'écoute plus… soupira-t-il en lui jetant un coup d'œil sévère. Tu sais que nous ne bénéficierons peut-être pas toujours de la protection de l'empereur ?

Anam souffla à son tour.

— Tu t'inquiètes trop, répliqua-t-elle. Personne ne peut nous atteindre derrière ces murs.

— C'est sans doute ce que pensait le roi… intervins-je en sirotant mon thé.

— Certes, mais il ne disposait pas du pouvoir djinn.

Je levai ma tasse.

— C'est vrai.

Anam croisa les bras et toisa son frère.

— Qu'est-ce qui te soucie tant, d'ailleurs ?

— Nous ne pouvons supposer que tout cela nous est acquis, Anam, insista-t-il en désignant le palais d'un grand geste.

Je repensai à leur histoire, au petit village où ils avaient grandi, et à la modestie de leur famille. Mais Anam était encore bébé lorsque l'empereur les avait recueillis, et elle ne se souvenait de rien.

— Tu ne dois pas dépendre d'une protection extérieure, pressa-t-il, le regard si sombre qu'il paraissait hanté.

Je fléchis les poignets, prête à redégainer mon couteau. Rien que d'imaginer sa peine quand ses parents étaient morts, quand il avait compris qu'il devrait s'occuper seul de sa sœur, et qu'il n'avait pas d'autre choix que d'accepter la protection de Vahid, cela me donnait des envies de meurtre.

Maz était tout le temps tenaillé par l'idée qu'on pouvait, à nouveau, le priver de sa sécurité. Il vivait ainsi.

— Je partage l'avis de ton frère, Anam, tu dois apprendre à te défendre. Mais j'ai aussi un désaccord avec lui.

Maz inclina la tête vers moi.

— Et de quoi s'agit-il ?

Il avait un air agacé, mais au moins, son ton n'était plus amer.

Je levai mon verre et, adressant un clin d'œil à sa sœur, déclarai :

— Tu pourras toujours compter sur moi pour te protéger.

Chapitre 31

— Alors, s'est-il laissé duper ?

La voix de Noor se fraya un chemin jusqu'à moi, malgré la panique qui me tenaillait depuis que j'avais quitté Darbaran. Quelqu'un avait assisté à notre échange.

Mazin ? Qu'avait-il entendu, au juste ?

Nous saluâmes nos derniers invités sur le départ et je me tournai vers Noor.

— Je lui ai donné exactement ce qu'il voulait : l'occasion de devenir plus riche qu'il ne l'aurait jamais imaginé.

Noor se frotta la nuque.

— Alors, tu lui as dit la vérité… C'est risqué.

— Tout, dans cette affaire, est risqué. Nous le savons depuis le début.

Je m'affalai sur les coussins brodés du grand divan, et me massai les tempes. Notre plan suivait son cours mais, s'il s'avérait que Mazin avait entendu un seul mot de ce que j'avais dit à Darbaran, nous devrions changer de stratégie.

— Tu as quelque chose à me dire ? demanda Noor en prenant place près de moi et en m'adressant un regard appuyé.

— À propos de quoi ?

J'époussetai un grain de poussière invisible sur ma tunique, décidée à éviter le sujet aussi longtemps que possible.

Noor retint un ricanement.

— Bien tenté. Mais tu vas évidemment me donner tous les détails, sans attendre.

Je me couvris les yeux et gémis. Un coussin rebondit sur mon crâne.

— Aïe !

Je me redressai en sursaut.

— Arrête ton numéro. Tu l'as embrassé !

C'était une accusation. Qu'elle était parfaitement en droit de formuler…

Je l'avais embrassé, et cela faisait partie du plan. Mais Noor et moi savions aussi bien l'une que l'autre que le plan ne prévoyait pas *ce genre* de baiser. Ses doigts dans mes cheveux, mes mains dans son cou et nos corps scellés, presque en fusion.

Il te prend pour quelqu'un d'autre.

Et c'était là le pire. Je ne pouvais chasser les sentiments que j'éprouvais pour lui, et qui m'habitaient depuis des années. Évidemment, ceux-ci revenaient au premier plan lorsque nous étions ensemble. Mais j'étais surprise de ne pas réussir à canaliser ces émotions, à les contrôler. Pourtant, ce n'était pas Dania qu'il avait embrassée. C'était Sanaya, et c'était pour elle qu'il ressentait toutes ces choses.

J'avais perdu cela de vue.

— Ne le dis pas, soufflai-je. Cela rend les choses réelles.

Je grimaçai et plongeai le visage dans le coussin.

— C'est sûr que je ne pensais pas devoir vous arracher l'un à l'autre, admit Noor. Mais…

Elle marqua une pause, réfléchit et ajouta :

— … n'est-ce pas précisément ce que tu souhaitais ?

Je soupirai bruyamment.

— Je le pensais. Mais je n'imaginais pas que ce serait aussi difficile à vivre.

Instinctivement, mes poings se serrèrent. J'étais bien plus à l'aise avec un poignard qu'avec mes lèvres, mes cuisses et ma peau en guise d'armes.

Mille fois plus disposée à frapper mon adversaire en plein cœur, plutôt que de perdre le mien.

— Tu veux dire… que tu crains de ne pas pouvoir séduire ton ancien amoureux sans retomber sous son charme ? ironisa Noor en croisant les bras.

— Épargne-moi tes sarcasmes, s'il te plaît !

Je me mordis la lèvre.

— Ça me fait peur de penser qu'il désire une autre femme.

— Sanaya ?

— Oui.

Noor s'éclaircit la voix.

— Je peux te parler sérieusement ?

Je hochai la tête.

— Je pense que tu l'aimes toujours.

Elle avait prononcé ces mots en agitant l'index.

Je fixai son doigt tendu. Ces paroles me touchèrent. J'avais beau lutter de toutes mes forces, je sentais la vérité au plus profond de moi. Et pourtant, le déni continuait de m'étouffer.

— Tu l'as dit toi-même, il m'a trahie. Fait arrêter, torturer, jeter en prison.

Je me tus, amère, me prenant le front des deux mains.

— Comment pourrais-je encore aimer une telle personne ? À quel point faut-il être stupide ?

— Faire taire des sentiments n'est pas si facile, Dania.

— Envers lui, si ! m'emportai-je avec un bond.

Mon cœur grondait comme le tonnerre dans mes oreilles, et j'aurais voulu noyer dans la fontaine Noor et sa clairvoyance.

Elle s'avança vers moi et posa les mains sur mes épaules, comme pour m'ancrer dans le sol. Nous restâmes ainsi une minute, immobiles.

— Tu n'es pas un animal au cœur froid.

— Tu en es sûre ? m'esclaffai-je – un rire amer, le raclement d'une épée sur la pierre. Je suis en bonne voie pour le devenir.

J'avais prononcé ces mots tout bas. Un murmure leur répondit, comme un écho qui ne provenait pas de moi.

Oui.

— Tu as entendu ?

Je jetai un coup d'œil au couloir désert.

— Entendu quoi ?

Noor fronça les sourcils et suivit mon regard. Puis, elle revint à moi en secouant la tête.

— La sœur de Mazin est quelqu'un de bien. Es-tu toujours décidée à la sacrifier ?

J'arrachai mes yeux au corridor mais demeurai imprégnée d'un sentiment d'effroi, comme la première fois que j'avais entendu cette voix résonner dans la grotte de Souma. Pourquoi Noor ne l'entendait-elle pas ?

Je perdais peut-être la tête.

Noor me regardait avec curiosité, et je pris conscience qu'elle attendait une réponse.

— Maz n'a eu aucun égard pour ma famille.

— Anam est innocente.

— Je l'étais aussi, rétorquai-je, les joues en feu. Je ne devrais pas avoir à me justifier. Tu devrais me comprendre, mieux que n'importe qui.

Noor avala sa salive.

Je plissai les yeux.

— Dis-le, Noor. Je sais que tu en meurs d'envie.

— Tu ne parviendras pas à faire taire tes scrupules, Dania. Tu n'es pas comme ça. Tu ressortiras meurtrie de toute cette affaire.

— Crois-tu que je me soucie de ce qui m'arrivera après ?

Une ombre s'infiltrait et se déployait dans ma poitrine, comme si j'étais envahie par ma propre haine et que mon besoin de vengeance parlait à ma place.

— Je ne vis plus que pour la vengeance, désormais. Ma raison d'être est de réduire à néant ceux qui s'en sont pris à moi et à ma famille.

Un picotement surgit sous mes doigts, similaire à celui que j'avais éprouvé la première fois que j'avais soulevé une épée. Je compris alors ce qu'était ce sentiment – la soif de combat.

Voilà pourquoi mon sang semblait sur le point de prendre feu… Pourquoi j'avais envie de m'égosiller à en perdre la voix.

Noor pensait que je ne pouvais faire taire mes sentiments – soit. Pour autant, je pouvais les transformer. En faire quelque chose que je savais manier.

À cet instant, Noor eut un mouvement de recul.

— Dania, tes yeux… souffla-t-elle, l'air terrifiée.

— Quoi ?

Je tâtai mon visage, sans comprendre.

— Je… rien, balbutia-t-elle. Ce devait être la lumière. J'ai cru voir… peu importe. Tes paroles excèdent ta pensée. Quand nous aurons mené à bien notre plan, tu pourras construire une nouvelle vie.

D'un mouvement brutal, je lui tournai le dos.

— Une nouvelle vie ne vaudra rien s'ils sont encore vivants. Si on leur épargne la souffrance.

— Dania, tu as vu la tête de Mazin ? Cet homme n'a pas l'air d'avoir été épargné.

Cette remarque me prit de court.

— Comment ça ?

— Tu trouves qu'il a l'air d'aller bien ? questionna-t-elle. Je ne sais pas à quoi il ressemblait avant. Mais aujourd'hui ? Il a l'air hanté.

Je l'avais trouvé un peu changé, en effet, mais ne m'étais pas attardée sur cette impression. S'il était rongé, tant mieux – cela voulait au moins dire qu'il avait une conscience. Sans que cela l'exonère de ce qu'il avait fait.

— Il a tout le temps l'air sombre, précisa-t-elle en levant les bras au ciel. Il ne va jamais nulle part et ne fait rien. Il consacre toute sa vie à diriger Basral et à jouer les lieutenants de l'empereur, pour l'aider à gouverner d'une main de fer. Il n'a pas de rêve. Il se contente d'exécuter. Il paraît tellement concentré, tellement indisponible à la vie qu'à mon avis, Mazin a sombré après ton arrestation. Je pense qu'il vit dans le regret.

— J'espère bien qu'il regrette ! Et il regrettera encore davantage lorsque je lui confisquerai la dernière once de bonheur qui lui reste.

Noor m'adressa un regard appuyé.

— Alors, tu es sûre de toi ?

— En doutes-tu ?

Elle humecta ses lèvres.

— Je ne sais pas. Il y avait quelque chose… dans ton comportement, ce soir, avec Mazin.

Elle détourna le regard pour le braquer sur le palais, à travers la fenêtre.

— J'ai cru que tu avais changé d'avis.

Ces mots s'écrasèrent sur moi comme des pierres.

Noor me jeta un coup d'œil, ses iris sombres.

— Je m'inquiète pour toi, conclut-elle.

Je tentai de contenir ma colère. Parce que Noor n'en était pas l'objet. C'était à moi que j'en voulais.

Elle avait raison.

Je n'avais pas changé d'avis, mais ma détermination faiblissait. Lorsque Mazin m'avait touchée, tous mes sentiments étaient revenus au galop, surpassant ma haine. En une seconde, je lui avais pardonné.

Je serrai les poings, si fort que je m'écorchai la peau.

Il ne sera jamais pardonné.

Je croisai les bras.

— Tu n'as aucune inquiétude à avoir.

Noor acquiesça, mais son expression demeura sombre.

— Tout est la faute de Mazin, insistai-je. Pas la mienne. Le sort de sa sœur est entre ses mains. Qui sont déjà maculées de sang.

Noor hocha la tête.

— Et Darbaran ?

Je retins un ricanement. Je n'avais pas pensé à lui une seule fois depuis le début de cet échange.

— Il se sera tellement compromis qu'il ne comprendra pas ce qui lui arrive avant de se trouver au fond d'un cachot.

— L'endroit qui lui siéra le mieux, approuva-t-elle.

— Qui sait, il finira peut-être dans mon ancienne cellule ?

Noor eut un rictus.

— Avec un peu de chance, oui.

Elle s'avança vers la fenêtre et posa les mains sur le rebord.

— Je vais coincer Darbaran. Mais, entre-temps, nous avons des sujets plus urgents à traiter.

Elle me jeta un coup d'œil.

— Il y a une personne, dans cette histoire, dont on ne s'occupe pas assez à mon goût.

J'inclinai la tête et répondis :

— Vahid.

Je n'avais pas oublié que Noor, elle aussi, recherchait la vengeance.

— Ça ne va pas durer, promis-je aussitôt. On va réduire en cendres son précieux empire.

Noor acquiesça.

— J'ai fini de préparer le zoraat pour détruire les champs. Même avec ses propres réserves, Vahid aura du mal à contrer ce fléau. On peut passer à l'action.

Le changement de sujet était abrupt, mais c'était tant mieux. La nuit était avancée, et déjà la lueur de l'aube glissait sur les toits.

— Et les terres que nous devions acheter ?

— À notre disposition aussi.

— Je ne veux pas faire souffrir les gens de Basral. Ils doivent voir clairement que le fléau ne frappe que les cultures de Vahid, et en déduire que c'est lui qui est maudit. Nos champs devront être assez fertiles pour nourrir toute la cité.

— Et, en attendant, qu'allons-nous faire ?

Je pris une inspiration et, passant en revue la prochaine étape du plan, répondis :

— J'ai rendez-vous avec des voleurs.

Chapitre 32

— Combien peux-tu en mettre à ma disposition ? demandai-je en faisant craquer mes articulations.

Sentir mes mains avait quelque chose de réconfortant, alors que, les deux pieds dans un caniveau grouillant de rats et masquée d'un visage qui n'était pas le mien, je demandais à un gamin de mobiliser d'autres voleurs de rue, comme lui, pour faire mon sale boulot.

— Autant que nécessaire.

Yashem se curait les dents, l'air de ne prêter aucune attention à ce que je racontais. Je savais pourtant qu'il absorbait chacune de mes paroles. Ses yeux paraissaient clairs dans la pénombre, et son visage étonnamment propre comparé aux fois où je l'avais vu les joues incrustées de crasse et la figure marquée de bleus. Aujourd'hui, il avait l'apparence d'un petit garçon propret, sans rapport avec l'orphelin qu'il était véritablement.

Je sondai la ruelle, pour m'assurer que nous étions seuls. Si Mazin avait entendu mon échange avec Darbaran, il devait surveiller mes moindres faits et gestes. Mais je n'avais pas eu d'autre choix que de livrer moi-même ce message à Yashem.

— J'ai des compagnons partout, et disponibles à toutes les heures du jour et de la nuit. Surtout, on sait tout faire : trouver des informations, exercer des pressions – *tout*.

Une étincelle brilla dans ses yeux, comme s'il se doutait que ma demande était illicite. Ce qu'il ne savait pas, c'était jusqu'où j'étais prête à aller pour parvenir à mes fins.

— Et le Faucon ? demandai-je, laissant couler sur ma langue le surnom de Mazin. Tu le crains toujours ?

Il inclina la tête, pensif.

— Je mentirais si je disais le contraire. Il paie aussi généreusement qu'il punit – il y a donc toujours des personnes pour travailler avec lui. Mais vous avez une chose que lui n'a pas.

— Plus d'argent ?

Le sourire du garçon étincela dans la nuit.

— Si c'était une question d'argent, vous vous seriez fait prendre il y a longtemps. Le Faucon paierait une somme considérable pour savoir qui a enlevé sa sœur.

Je ricanai.

— Si tu me dénonçais, tu serais entraîné dans ma chute.

Quelque chose, toutefois, dans son propos avait éveillé ma curiosité.

— Qu'ai-je que Mazin n'a pas ?

— Vous ne coopérez pas avec l'empereur. Vahid a affamé la ville et beaucoup aimeraient le voir mordre la poussière.

— Eh bien, c'est un domaine dans lequel je peux être utile, assurai-je, la voix traînante.

Me venger de Casildo avait été presque trop facile – comme un simple entraînement avant de passer aux choses sérieuses. Mais, à présent, je m'attaquais à l'empire. Et, si j'échouais, toutes ces personnes en paieraient les conséquences – Noor, les gamins des rues, les habitants de Basral prêts à se révolter sans savoir qu'ils étaient des pions dans mon dessein vengeur.

— J'ai besoin que la cité tout entière coopère.

Mes mots résonnèrent dans le silence de la nuit.

Les yeux de Yashem s'arrondirent et sa surprise me ravit.

— On dirait que ça t'intéresse.

Je m'adossai au mur, goûtant la peur dans son regard.

— Je peux compter sur toi ?

J'employai volontairement un ton incertain, pour insinuer que j'en doutais, que sa seule arrogance ne suffisait pas. Je voulais qu'il s'implique pleinement dans toutes les étapes du plan à venir.

Yashem ouvrit la bouche pour répondre, puis la referma, les paupières plissées.

— Quel est le but de la mission ?

Je déglutis, la gorge de plus en plus serrée.

— Est-ce que ça t'importe vraiment ? Je veux seulement savoir si je peux compter sur toi. Si tu peux contrôler la cité.

— Si *vous* pouvez contrôler la cité, plutôt, non ? Si *vous* pouvez manipuler la population avec des promesses, et une pièce dans la poche de chacun.

— Exact.

Je serrai les dents.

Il joua quelques secondes avec la manche de son kurta. Je patientai, sans le quitter des yeux.

— Ça va vous coûter cher.

— J'ai les moyens, assurai-je, regrettant aussitôt mon empressement.

Il haussa les sourcils.

— Vous avez les moyens de soudoyer la cité tout entière ? s'étonna-t-il avec un toussotement. De corrompre chaque voleur de rue ? D'organiser une révolte ?

Je croisai les bras, sans songer au fait que toute notre fortune aurait peut-être disparu d'ici la fin de cette semaine.

— Précisément.

Il se mordit la lèvre, puis secoua la tête.

— Des mots ne suffiront pas à motiver mes troupes. Il faut quelque chose de concret.

— J'ai ce qu'il faut. Pour le moment, je veux seulement que vous répandiez la rumeur selon laquelle Vahid est maudit, que vous infiltriez l'esprit des gens.

— Ce sera fait, si l'argent suit.

J'acquiesçai, et répondis avec le plus grand calme.

— Dans ce cas, tu n'as plus qu'à attendre mon signal.

Noor se tenait au bord d'un champ prospère, dans la lueur de l'aube. Ses boucles courtes contrastaient avec les cultures dorées derrière elle.

— De combien de temps disposons-nous ?

— Les cultures municipales ne sont pas très surveillées. Les gardes sont affectés pour la plupart aux champs de zoraat. Ici, les patrouilles sont seulement dissuasives, et elles ne sont pas très fréquentes. Nous avons un peu de temps devant nous.

— Alors, au travail.

Noor sortit un flacon de sa poche. Contrairement au mélange rougeâtre que je consommais habituellement, celui-ci était d'un vert profond. Mon estomac tressaillit dans l'attente d'une nouvelle dose, et je dus respirer plus fort pour lutter contre le besoin impérieux d'arracher la fiole des mains de Noor.

— N'aie pas peur, ce mélange-ci est moins fort que ce dont tu as l'habitude, déclara mon amie, interprétant mal mon expression.

Ce n'était pas la douleur qui m'inquiétait, mais mon incapacité à résister à l'appel du produit.

— Quoi qu'il en soit, il faudra que je l'absorbe, répliquai-je en me mordant la lèvre. Mais il n'y en a pas beaucoup, cette fois…

— C'est une formule plus sommaire que la transfiguration. On n'en a besoin que pour une mission ponctuelle, pas pour transformer un corps humain plusieurs heures. Tu ne devrais rien sentir.

J'ouvris le flacon et avalai le liquide en une gorgée. Celui-ci me brûla la gorge, comme d'habitude. Mais Noor avait raison, je ne retrouvai rien de la douleur stridente de la dernière fois. À peine ressentis-je un frisson d'énergie, confirmant que la magie djinn courait bien en moi. Je scrutai le champ devant moi.

Tout en gesticulant vers les cultures, Noor commença à expliquer :

— Du temps de Souma, pour travailler avec la magie, nous avions…

— Je sais quoi faire, coupai-je.

C'était vrai. Toutes les réponses tourbillonnaient en moi, murmurant à mon oreille, m'indiquant les gestes à accomplir malgré mon inexpérience.

Les rayons de l'aube surgirent par-dessus l'horizon, et Noor se tut.

Pour transformer mon visage, j'avais dû me concentrer sur la force djinn, lui ordonner de façonner mes os, ma peau et mon cartilage. Comme me l'avait appris Noor.

Mais la terre était une matière différente. Une force profonde, plus ancienne et plus forte que moi.

Je plongeai les deux mains dans le sol et y insufflai la magie qui pulsait en moi, comme pour allumer un feu souterrain. J'avais les paumes chaudes et, sous ma peau, je sentis une traction. Il y eut un grondement dans la terre, et le système de racines fraîches, saines et vigoureuses du champ – rendues prospères par le pouvoir djinn – se mit à remuer. Les plants me répondaient comme pour confirmer que ma force s'insinuait en eux.

Trop tard, ils comprirent que je n'étais pas venue les nourrir.

Aussitôt, le sous-sol se révolta et les racines entreprirent de lutter contre mon énergie. En vain. Leurs pointes se flétrissaient, se recroquevillaient sur elles-mêmes.

— Je vois déjà la différence… souffla Noor.

Je levai les yeux et constatai à mon tour que les cultures avaient blêmi, rongées par le fléau que je leur inoculais.

Mon ventre se noua devant ce champ qui, bientôt, serait réduit à néant.

Ce sentiment de culpabilité continua de se déployer en moi, à mesure que les sillons se fanaient, d'abord les premiers champs, puis ceux qui les jouxtaient. Les plantes se vidaient de leur souffle de vie comme des humains, de leur sang.

Noor ne put retenir un cri.

Je suivis son regard, observant la progression du fléau invisible. À croire que nous avions empoisonné la terre entière.

Une goutte de transpiration perla sur ma tempe, et je fermai fort les poings pour ne pas trembler.

C'était mon œuvre. Je privais une ville entière de sa source alimentaire, dans le but d'ourdir une révolte contre l'empereur.

Un goût de cendre se répandit dans ma bouche.

— Ils tiendront Vahid pour responsable, articulai-je. Il le faut.

— Qu'est-ce que vous fabriquez ?

Une voix rauque nous fit sursauter.

Un garde s'avança vers nous, vêtu d'un uniforme propre bien qu'usé, et le front soucieux.

Noor n'hésita pas un instant.

— Sahib, nous nous promenions, et nous nous sommes égarées, voilà tout.

Je pivotai à mon tour, la main sur mon épée.

Le soldat fronça les sourcils, ses yeux passant de nos capes noires à nos visages impassibles. J'imaginais sans peine ses pensées – nous étions trop bien vêtues pour des voleuses, et trop polies pour des vandales.

Il se gratta le crâne.

— Je vais faire un rapport…

La garde de mon épée le frappa si fort à la tempe qu'il s'effondra comme une pierre.

— Bravo de ne pas l'avoir tué, estima Noor, les mains sur ses hanches.

Nous considérâmes le garde inerte.

— À quoi bon me souiller les mains, si je peux le faire passer pour un ivrogne ?

Je fouillai la sacoche attachée à sa ceinture, et en sortis une flasque de bière. Je versai le liquide sur son corps avant de jeter le flacon par terre.

— Allons répandre la rumeur, à présent. Le peuple de Basral doit savoir que les cultures de l'empereur sont anéanties.

Noor me jeta un regard inquiet.

Ce n'était pas le visage d'une jeune femme sur le point d'obtenir vengeance, plutôt celui de quelqu'un qui a tout perdu, et qui s'accroche au peu qui lui reste. Peut-être était-ce aussi mon cas…

Que ressentirions-nous, quand toute cette affaire serait close ?

Serions-nous heureuses ? Satisfaites ?

De telles émotions me paraissaient impossibles, hors de portée, alors que, pour le moment, à la place de mon cœur n'existait qu'un trou béant.

Pourtant, je restais animée par une détermination intacte, par la conviction profonde que ces traîtres ne pouvaient pas s'en tirer – pas après les crimes qu'ils avaient commis.

— Noor, c'est cet empire tout entier que nous allons réduire à néant.

Chapitre 33

Darbaran se tenait dans le noir, au bord du large fleuve de Basral.

Pas le moindre garde ne l'accompagnait. Il était seul.

Cela n'aurait pas du me surprendre, et pourtant… Il avait foncé dans le panneau les yeux fermés. Il aurait pu choisir de me dénoncer – Noor et moi avions, d'ailleurs, prévu cette hypothèse – mais je me doutais que l'appât d'un tel gain serait plus fort que tout.

— Je vois que vous êtes un homme de parole, capitaine.

Je laissai ma voix se répandre dans la nuit.

— Évidemment. Avez-vous apporté la marchandise ?

Il m'adressa un sourire visqueux.

Noor jeta à ses pieds la besace de zoraat. Par l'ouverture, les petites graines luisaient comme des pierres multicolores. Darbaran se baissa et ramassa le sac, les mains tremblantes.

Puis, il poussa un rire bref.

— Très bien, marmonna-t-il, surtout pour lui-même.

Il leva les yeux vers nous.

— Je vous en donnerai une belle somme. Vous verrez.

Son regard brillait autant que les graines.

— Je ne sais pas ce que nous aurions fait sans vous, capitaine… Si j'obtiens davantage de marchandise, pourrez-vous aussi la revendre ?

Il tenta de dissimuler sa surprise – sans succès. Une note d'allégresse rebondit dans ma poitrine.

— Bien sûr, répondit-il un peu vite. Mais comment pourriez-vous vous en procurer davantage ?

Il serra la besace contre lui.

J'émis un gloussement.

— Je ne puis vous révéler tous mes secrets, capitaine.

Il parut légèrement agacé.

Tu ne tarderas pas à comprendre quelle était ma source.

— À qui les vendrez-vous ? interrogea Noor d'un ton doux mais ferme.

— Je connais des notables qui paieraient généreusement pour un produit de cette qualité.

Il tapota le sac et ajouta :

— Mais ne vous souciez pas de cela. Ils trouveront preneur en un clin d'œil.

Son rire cruel résonna dans l'air nocturne.

— J'ai déjà une foule d'acheteurs, assura-t-il.

Je n'en doute pas.

— Vous êtes mon sauveur, capitaine !

Je baissai les yeux, feignant un air docile, pour lui faire croire qu'il maîtrisait pleinement la situation. Bientôt, c'est lui qui croupirait en prison.

Il chargea le zoraat dans la sacoche de son cheval et reprit la route au galop. Une vague de soulagement me submergea dès qu'il eut disparu dans la ruelle pavée.

Le moment était venu. Darbaran allait endurer ce qu'il m'avait infligé.

Vengeance.

Je m'avançai d'un pas, plissai les paupières. Encore cette voix, ce murmure, le même que dans la tombe de Souma, que chez nous il y a peu… Cet écho qui semblait vivre dans les recoins de mon cerveau et s'animer dans le silence, qui vibrait à la pointe de mes doigts lorsque je buvais mon thé matinal ou que je prenais ma dose quotidienne de zoraat. Mes poings se serrèrent malgré moi, la noirceur habituelle se signalant à nouveau sous ma peau.

— Tu as entendu… ? soufflai-je, sondant les alentours, puis pivotant vers Noor. La voix ?

Elle vint se poster près de moi.

— Je n'ai rien entendu. Tu veux que j'aille voir ?

Je secouai la tête.

— Non, non. C'était une hallucination, je crois.

Noor étudia mon visage.

— Ton regard paraît… différent. Je devrais peut-être adapter tes dosages.

D'un geste, elle agrippa mon menton et inclina ma tête vers sa torche.

Je me dégageai brusquement.

— Je vais bien ! Tout ce qui m'importe, c'est de rester concentrée sur le plan.

Noor semblait sur le point de répliquer mais elle se ravisa.

— Tu sais ce que tu dois faire ? demandai-je, m'efforçant de changer de sujet sans pourtant parvenir à détacher mes pupilles de la rue où avait retenti la voix.

— Les opérations sont déjà lancées. Mais je reconnais qu'il a été plus facile à manipuler que Casildo.

— Je te l'avais dit.

Je poussai un soupir, comme pour repousser la voix entêtante, et imaginai le capitaine dans ma cellule de prison.

Assise sur le divan, je touillais mon tchaï en attendant le retour de Noor.

Je me retournai dès que la porte s'ouvrit.

— C'est fait ?

Je retins un souffle.

— Oui, acquiesça-t-elle. Ils ont arrêté Darbaran ce matin, ainsi qu'un guérisseur à qui il avait vendu le zoraat il y a quelques jours.

Je fermai les yeux et soupirai lentement. Un nom de moins sur ma liste.

Plus que deux.

Plus que deux et j'en aurais fini. Mes épaules se raidirent comme si, bien qu'allégées d'un fardeau, elles gardaient en elles le souvenir de la douleur.

D'ici peu, je pourrais ouvrir les vannes de mon cœur et pleurer Baba. Pleurer la vie que j'aurais dû avoir.

J'observai Noor.

— Tu sais ce qu'ils feront de lui ?

Elle haussa les épaules.

— Ils l'enverront à la même prison que nous, sans doute…

Brusquement, elle tourna la tête vers la porte menant au jardin.

— Tu as entendu ?

Je me levai, la main sur mon poignard.

Un heurt retentit, suivi d'un cri étouffé. Je sortis mon katar de son fourreau, le cœur battant.

— Combien de gardes avons-nous postés dehors, pour surveiller la maison ? soufflai-je à Noor.

Elle m'adressa un regard effrayé.

— Au moins quatre.

— Ce n'est pas assez… marmonnai-je.

Le zoraat, au moins, était en sécurité. Personne ne pouvait s'introduire chez nous et mettre la main dessus. D'autant qu'il fallait d'abord défaire les gardes en faction. Puis, m'affronter moi.

Je courus vers la porte ouverte, me glissai aussi discrètement que possible dans la cour, mes pieds nus silencieux sur le sol.

Mais il fut plus rapide.

Une lame effleura mon cou, remarquablement assurée.

Je tournai la tête au moment où Darbaran laissait échapper un souffle rance, son visage retors éclairé par les torches.

Noor poussa un cri, mais je levai une main. Je tenais toujours mon poignard dans l'autre, et je n'avais aucune idée des talents de Darbaran au combat. Une chose était certaine, toutefois : il m'avait prise au dépourvu, preuve qu'il était aussi rapide que moi, et je ne pouvais risquer d'user de mon arme alors qu'il pressait la sienne contre mon pouls.

— Salope…

Son haleine fétide flotta dans l'air – relent putride d'égout et de sueur, mêlé d'une note métallique.

Je m'efforçai de raisonner malgré la panique. Mes yeux sondèrent son corps dans la semi-obscurité.

Là.

Une tache sombre se répandait sur son abdomen, comme de la peinture. Le capitaine était blessé, et la plaie était profonde.

Je souris.

— Darbaran, articulai-je d'une voix de miel. Je ne vous attendais pas si tôt. Avez-vous déjà vendu la marchandise ?

— La marchandise que tu as *volée*, tu veux dire ! grogna-t-il, le corps vibrant de colère. Avant de me la confier et de me dénoncer aussitôt aux soldats de l'empereur.

Il expectora une toux grasse.

— Heureusement, je sais m'adresser aux bonnes personnes et les soudoyer.

— Apparemment pas, protestai-je en inclinant la tête. Ou vous ne seriez pas si grièvement blessé.

Je jetai un regard à son estomac.

Il rit, et j'aperçus ses dents tachées de sang. Puis, il reprit un air sérieux.

— Pourquoi ? questionna-t-il dans un grondement, en s'avançant dans la lumière, sa lame de plus en plus pressante contre mon cou.

Noor surgit derrière lui, sans bruit, mais je secouai discrètement la tête. Darbaran pouvait me trancher la gorge, et s'attaquer à elle ensuite. Jamais elle ne saurait se défendre. Nous devions agir de concert.

— De quoi parlez-vous ? demandai-je, un sourcil levé.

Il s'approcha encore, et le tranchant de son cimeterre entailla légèrement ma peau. Je soufflai de douleur, et une fine goutte de sang ruissela en direction de ma poitrine.

— Tu le sais très bien.

Sa voix était plus tendue, et je perçus son désespoir. Darbaran était acculé – une mangouste prise au piège d'un chacal.

— Pourquoi avoir monté ce coup contre moi ? cracha-t-il.

Ses yeux perçants étaient hagards, à présent, et injectés de sang. Il se pencha encore.

— Que t'ai-je fait ? Explique-toi avant que je fasse couler ton sang sur ce sol raffiné.

Sa lame était tachée de rouge, ce que confirmait la brûlure dans mon cou. Du coin de l'œil, je distinguai, dans la cour, le corps d'un garde. Mort. Celui qui avait crié tout à l'heure.

Une vie de plus avait été sacrifiée sur l'autel de ma vengeance.

Par ma faute.

Une fois de plus, la noirceur se souleva en moi. Telle une vague, elle m'envahit, obscurcissant mon champ de vision, si bien que j'eus bientôt la sensation d'être possédée par une bête féroce.

Et cette bête n'était ni un faucon ni un chacal, mais un halmasti – le loup géant qui chassait à flanc de montagne. Cette rage me donna de l'assurance et, subitement, je décidai de révéler mon identité à Darbaran, de lui montrer qui se cachait sous ce joli masque verni. La vraie moi, celle qu'il avait condamnée à une vie derrière les barreaux, à la torture, à la mort.

Je cherchai en moi le fil de magie djinn qui m'avait transfigurée. Je l'empoignai et tirai dessus.

Aussitôt, mon nez, mes yeux, mes pommettes reprirent la forme de Dania. J'effaçai tous les caractères de Sanaya pour laisser apparaître mon vrai visage.

Ma peau.

Dania, orpheline du forgeron assassiné.

Dania, abandonnée par son meilleur ami.

Dania, face à l'un de ses traîtres.

— Veux-tu vraiment le savoir ?

J'avais prononcé cette question avec ma voix réelle, grave et assurée.

Darbaran recula, épouvanté, les yeux ronds et les lèvres entrouvertes. Il trébucha et, sous le choc, serra contre lui son cimeterre.

— *C'est toi.*

— C'est moi.

Je continuai d'avancer, et il tomba à la renverse, tentant aussitôt de reculer à même le sol jusqu'à se trouver étendu sur le dos, les yeux braqués sur mon visage.

— Laisse-moi t'expliquer pourquoi je m'en suis prise à toi, proposai-je d'une voix aussi douce que le souffle d'une lame dans l'air nocturne. Parce que tu avais le choix et que tu as choisi de me trahir, de me piéger, de me faire condamner. Et donc, à mon tour, je fais un choix.

J'illustrai mon propos en brandissant la lame scintillante de mon poignard à la lueur des torches du jardin où gisaient les autres gardes. Cette fois, la colère en moi explosa. La colère, mais aussi autre chose. Une émotion sauvage, primaire.

La force de savoir cette fureur légitime.

Mon histoire était celle de toutes les femmes et les filles lésées par des hommes qui ne subissaient jamais les conséquences de leurs actes.

Jusqu'à ce jour.

— Je choisis la vengeance. Je choisis la mort. Et, sois-en assuré, c'est toi aussi qui as fait ce choix.

Darbaran se releva, l'épée brandie, mais j'esquivai ses coups sans peine. Il vacillait davantage de seconde en seconde, une jambe sillonnée par d'épaisses coulées de sang.

Darbaran pivota et, une fois de plus, s'élança vers moi.

— Je savais bien qu'il fallait t'exécuter sur-le-champ, mais cet idiot tenait absolument à ce que tu restes en vie.

Je pris une inspiration, et m'interdis de m'arrêter sur cette remarque.

Darbaran me sauta dessus, de plus en plus imprévisible sous l'effet de la rage. Son cimeterre me frôla et je le plaquai au sol du plat de mon poignard. Mais j'étais trop loin pour asséner un coup fatal.

J'avais besoin d'une épée.

Je manœuvrai pour me rapprocher de la pièce voisine, où était suspendu mon talwar. En une fraction de seconde, je pivotai et me ruai dans le couloir mais Darbaran me barra le chemin en levant haut son arme.

Puis, il se figea, et chancela si fort, qu'une bourrasque aurait pu le projeter au sol.

Alors, il vociféra et voulut bondir. Au lieu de quoi, il tomba en avant, face la première, sur le sol de pierre. Je restai interdite.

Noor se tenait derrière lui, un grand plat à dahl dans les mains.

Le capitaine se releva, tant bien que mal, et tourna sur lui-même en gémissant, l'épée tendue vers elle. Mes tympans rugirent et je n'entendis plus rien, sinon l'écho de cris lointains.

Je compris alors que ces cris s'élevaient de moi-même.

C'était trop tard.

Noor allait mourir.

— Non !

Darbaran courut vers elle, cimeterre dressé, et je vis la panique se peindre sur le visage de mon amie, paralysée.

Je me précipitai à mon tour, et poussai Noor à l'instant où Darbaran abattait son arme. Une douleur aigüe hurla dans mon corps quand la lame tranchante de notre adversaire s'enfonça, à la place, dans mon abdomen.

Je baissai les yeux vers le cimeterre à garde en or filigrané planté dans mon estomac. Je levai la tête vers Darbaran et son sourire triomphant.

La douleur m'étrangla – pas seulement celle provoquée par la lame incurvée, mais aussi celle de l'injustice et de l'impossible vengeance. La peine gonfla dans ma poitrine, et devint insupportable.

Non. Je serrai les dents et fixai le visage arrogant du capitaine, sa face immonde.

Non, il en fallait plus pour me vaincre.

Mes doigts agrippèrent le katar de mon père, le serpent sculpté s'imprimant dans ma paume meurtrie. Le visage de Darbaran était si proche que je distinguais les vaisseaux jaunes de ses yeux, les pores noirs de son nez. Son air victorieux, soudain, se mua en sidération lorsque d'un coup sec, je lui tranchai la gorge.

Il ouvrit la bouche, tenta de remuer les lèvres.

Une fois. Deux fois. Des mots sans vibration.

Je pris la parole à sa place :

— Voilà la fin à laquelle tu t'es destiné, soufflai-je quand son corps inanimé s'effondra sur le sol.

Je m'agenouillai près de lui puis m'affalai à mon tour, les deux mains sur l'épée enfoncée dans mon ventre – la lame qui m'avait tuée.

La fin à laquelle, peut-être, moi aussi, je m'étais destinée.

Chapitre 34

— Tu n'as pas le droit de mourir.

La voix désespérée de Noor déchira le silence et la pénombre.

— Tu ne peux pas m'abandonner au milieu de ce chaos... Je ne réussirai pas à me creuser seule un chemin vers la sortie ! souffla-t-elle, et je perçus clairement la peur dans sa voix.

— Toi, tu n'es pas morte... Pas encore.

Sans doute avais-je prononcé ces paroles tout haut, pourtant je ne perçus qu'un grondement rauque.

De nouveau, la voix de Noor résonna mais la douleur semblait m'avoir rendue sourde.

— Je viens de préparer le mélange guérisseur le plus performant que je connaisse. Si ça ne marche pas, c'est que tu t'entêtes à refuser mon aide. Une sacrée marque d'arrogance.

Soudain, j'aperçus à nouveau nettement le visage de Noor, ses traits, son regard anxieux. Je clignai plusieurs fois des paupières.

Alors, elle poussa un cri et agrippa son visage.

— Ça marche !

Je toussai et me redressai. Noor m'assista dans mon mouvement, la paume sur mon ventre comme si elle palpait quelque chose. Avec retard, je m'aperçus qu'il ne s'y trouvait plus rien.

Le cimeterre de Darbaran avait disparu.

Comment ?

Une onde de chaleur se répandit dans mon ventre – la sensation d'un sort djinn qu'on m'administrait, plutôt qu'une magie que j'aurais absorbée, moi.

Je fixai les yeux sur mon amie.

— Tu as consommé du zoraat ? Mais… et ta promesse ?

Elle pinça les lèvres et je sentis ses mains trembler sur mon ventre.

— Je n'allais quand même pas te laisser mourir, répondit-elle, un sanglot dans la voix.

Je la dévisageai, le cœur subitement allégé.

— Tu aurais pu.

Elle secoua la tête.

— Eh bien, j'ai fait un autre choix. Et tu ferais mieux de m'en être reconnaissante.

Je tâtai mon abdomen, cette zone qui, quelques secondes plus tôt, n'était qu'un trou béant. À présent, ma peau était intacte, sans la moindre cicatrice.

— Tout a disparu… constatai-je, émerveillée.

J'avais vu la magie djinn modifier mes traits, la couleur de ma peau, mais cet exploit-là était encore plus sidérant.

— Je n'ai même plus mal, ajoutai-je.

— Tu auras toujours des crampes une fois par mois. Mais, au moins, tu ne mourras pas d'une épée plantée dans l'estomac.

— Tu veux dire que toute la magie djinn du monde ne me débarrassera pas des crampes ?

Je me relevai sur les coudes, avec la sensation d'avoir vieilli de cent ans.

— Je t'ai crue morte, souffla-t-elle en s'asseyant sur ses talons.

— Moi aussi. Et j'ai cru que tu allais mourir également. Tu n'aurais pas dû t'en mêler, Noor. Je maîtrisais la situation.

Elle leva les yeux au ciel.

— Mais bien sûr ! Deux secondes de plus, et Darbaran nous poignardait l'une après l'autre. Au moins, il n'en a fauché qu'une seule.

Je jetai un œil au corps du capitaine dans la cour.

— Combien de temps suis-je restée inconsciente ?

— Pas longtemps. Deux minutes, peut-être. J'ai aussi été voir les gardes. Il en a tué deux. Les deux autres sont inconscients.

Je soupirai à l'idée des morts qui pesaient, de plus en plus nombreuses, sur ma conscience.

— Comment se fait-il que Darbaran ait pu entrer ?

— Nous renforcerons la sécurité, promit Noor.

Puis, elle réfléchit et ajouta :

— Et nous jetterons son corps dans un des champs qui entourent la cité.

Je retins un ricanement.

— C'est tout ce qu'il mérite.

Je me levai, soutenue par Noor tant mes jambes étaient faibles.

— Tu lui as montré ton visage… déclara-t-elle avec calme.

Je palpai mes pommettes, ma peau et ces cheveux que je n'avais plus touchés depuis des semaines. Comme il était bon de retrouver mon propre corps.

— Je voulais qu'il sache à qui il avait affaire.

Noor avait l'air de vouloir dire quelque chose sans oser le faire.

Je plissai les paupières et demandai :

— Qu'y a-t-il ?

— Tu as entendu ce qu'il a dit ? Que quelqu'un, « un idiot », s'était opposé à ce que tu sois exécutée ? Penses-tu qu'il parlait de Mazin ?

— Peut-être, répondis-je, résignée. Sans doute une manière pour lui de s'assurer que je souffrirais le plus possible.

Je levai les yeux vers le ciel étoilé. Celui-ci m'en rappela d'autres, d'autres nuits, et celui avec qui je les contemplais. Peut-être Mazin n'avait-il pu se résoudre à me faire assassiner après ce que nous avions partagé… Peut-être voulait-il me savoir en prison, mais pas morte.

Je secouai la tête. Ces pensées n'amèneraient rien de bon. Mon père, lui, était bel et bien mort. Et Mazin n'avait pas dit un mot pour me défendre lors de mon arrestation.

Il ne m'avait pas fait tuer mais c'était tout comme.

Noor prit une inspiration :

— Ou bien… ou bien, il *voulait* que tu aies la vie sauve.

Je pivotai vers la fenêtre pour observer le palais doré. Un tiraillement en moi se faisait jour – mon besoin de vengeance, toujours incandescent, prêt à tout pour mettre Basral à feu et à sang ; et cette autre partie de moi, qui s'était sentie libre et vivante lors du baiser échangé avec Mazin.

Quelle moitié allait l'emporter ?

Plus encore : quelle moitié souhaitais-je voir l'emporter ?

Chapitre 35

La fête que nous avions organisée chez nous était dérisoire comparée à celle que donnait aujourd'hui l'empereur. Le palais fourmillait de contorsionnistes, de tigres tenus en laisses d'or, et de saltimbanques en tous genres qui, grâce à quelques doses de zoraat, offraient des performances éblouissantes.

Avec le pouvoir djinn, tout était possible.

— Je viens de voir une femme se transformer en cobra, puis manger un homme qu'elle avait changé en chat blanc… marmonnai-je. Y a-t-il des gens à qui ce genre de numéro plaît vraiment ?

Noor répondit avec un frisson :

— L'empereur et ses amis, il faut croire…

Je jetai autour de moi un regard répugné.

Noor en fit autant, mais son expression était sombre, intense, comme si elle pouvait faire apparaître l'empereur par la seule force de sa volonté.

— Vahid ne se montrera pas tout de suite, estima-t-elle. Il a le goût de la mise en scène.

Les rares fois où j'avais vu l'empereur, j'accompagnais mon père, venu lui présenter des épées. Je ne comprenais pas pourquoi il tenait tant à collectionner les armes alors qu'il détenait le pouvoir djinn. D'après Baba, il aimait leur sensation dans ses mains, l'idée d'empoigner des objets façonnés de main d'homme, et pas uniquement par la magie.

— Je n'avais jamais vu autant de consommateurs de zoraat réunis au même endroit, commenta Noor en sondant la foule. L'empereur en contrôle l'usage mais il aime aussi en faire étalage. Son but est de montrer à tout le monde que *lui seul* y a accès.

Elle passa les doigts dans ses cheveux et ajouta :

— C'est pour ça qu'il a tué mon père.

Je posai la main sur son avant-bras.

— Garde ton sang-froid. Il ne peut pas te reconnaître, et ne pourra donc te faire aucun mal.

À cet instant, un saltimbanque avala une dose de zoraat jaune éclatant et, sous nos yeux horrifiés, se coupa en deux avant de refusionner.

— Oh que si… souffla mon amie. Il peut me faire du mal.

Son ton était amer devant cette scène surréaliste, et son front couvert de sueur. Elle paraissait terrorisée.

J'attrapai son poignet et l'attirai à l'écart.

— Ne fais pas attention à tout ça.

Je fouillai les environs du regard pour m'assurer de l'absence de Mazin.

— Autant me demander de ne pas faire attention au soleil par une chaude journée d'été… souffla-t-elle. On est cernées !

Je soupirai à mon tour. Elle avait raison. Mais je devais veiller à ce qu'elle garde l'esprit clair.

— Avec ce spectacle, Vahid exhibe son pouvoir. Il affirme sa puissance. Mais on possède une chose qu'il n'a pas.

— C'est-à-dire ?

J'effleurai le poignard à ma taille, rangé dans un fourreau sophistiqué, comme s'il servait plutôt d'ornement que d'arme

– un accessoire somptueux mais qui ne serait pas dangereux. Ce pour quoi je voulais passer moi-même.

— Moi.

Noor ricana.

— Va te promener, suggérai-je. Tends l'oreille et dis-moi si tu entends parler de révolte, ou de cultures décimées. On doit prévoir les prochaines étapes.

Noor acquiesça et se coula dans la foule, la peur laissant place, dans ses traits, à la détermination.

Lorsqu'elle fut hors de vue, je baissai les yeux vers mes mains et sursautai. Des lignes noires s'enroulaient depuis mes paumes jusqu'à l'intérieur de mes poignets. Et cette fois, je savais qu'elles n'étaient pas le fruit de mon imagination. Elles étaient bien visibles, imprimées sur ma peau comme des taches d'encre. Je palpai mes joues, pour m'assurer d'être toujours Sanaya et vérifier que la magie djinn ne s'était pas dissipée.

Que m'arrivait-il ?

Je cherchai Noor dans la foule mais elle avait déjà disparu.

Si mon amie n'avait plus peur, j'étais tenaillée par la terreur. Et si celle-ci éclatait, ce serait notre perte à toutes les deux.

Je me faufilai parmi les invités et gagnai le premier étage où l'ambiance était plus calme. Je voulais avoir les idées claires avant l'arrivée de l'empereur. Une paire de gants noirs reposait sur la rampe, oubliés par un saltimbanque – je les enfilai sans hésiter pour dissimuler les marques, puis me dirigeai vers une alcôve voilée d'un rideau de brocart pour réfléchir.

Mais une main m'agrippa.

Je fis volte-face, brandissant mon poignard plus vite que l'éclair. Je me figeai en plein souffle.

— Moi qui pensais que les couteaux n'étaient pour toi que des choses à collectionner... Je vois que tu sais aussi les manier.

Mon estomac se noua quand mon regard rencontra celui de Mazin. Nous nous observâmes un moment, la tension palpable entre nous, mon poignard toujours plaqué contre sa gorge. Jusqu'à ce que se courbe un coin de sa bouche. Mes épaules se relâchèrent, et je rengainai mon poignard.

— Je sais uniquement me défendre, expliquai-je, un sourire forcé dans la voix.

— Penses-tu avoir besoin de te défendre au cours d'un festin donné par l'empereur ?

Il détourna lentement le regard et désigna les gardes postés au pied de chaque colonne du palais. Heureusement, aucun ne m'avait vu menacer le lieutenant de Vahid, mais je compris que cela ne préoccupait pas particulièrement Mazin.

— La quantité de zoraat a beau être considérable entre ces murs, pour rien au monde l'empereur ne risquerait de voir dérobée une seule de ses graines.

— Qu'il protège sa magie ne signifie pas qu'il protège ses invités, ripostai-je, prenant trop tard conscience de la déloyauté de mon propos.

Mazin n'y réagit pas, toutefois. À la place, il détailla ma silhouette avant de revenir à mon visage.

— C'est vrai, admit-il enfin.

Je levai le menton de surprise mais Mazin ne laissa rien paraître de plus. Il s'adossa à la rambarde, observant la foule sous nos pieds.

Je me mordis la lèvre.

— Je ne pensais pas que tu partagerais mon avis.

Il tourna la tête.

— Comment pourrait-il en être autrement ?

Il esquissa un sourire mais son regard demeura sombre.

— Je vois la valeur qu'accorde l'empereur à sa magie. Son obsession pour la culture du zoraat, expliqua-t-il, avant d'ajouter avec une légère grimace : Et depuis un an, cela ne fait qu'empirer.

Son honnêteté me donna la chair de poule.

— Empirer ? soufflai-je, assez bas pour ne pas le couper dans son élan.

— Il est devenu l'esclave de cette magie, continua Mazin, amer.

Il semblait vouloir en dire plus, mais réprima cet élan. Puis son expression s'adoucit.

— Mais ce n'est pas de lui que j'ai envie de discuter avec toi ce soir, Sanaya.

Moi, si.

Je voulais, au contraire, que cette conversation se poursuive. Plus je réussirais à faire parler Mazin, plus il serait susceptible de me révéler les secrets de Vahid.

— C'est l'empereur qui nous a conviés ce soir, n'est-ce pas ? Quoi de plus naturel que de parler de lui ?

— Oui, mais l'insulter dans sa propre demeure ?

Je levai un sourcil.

— Est-ce vraiment sa demeure ?

Mazin prit une inspiration sèche, et ma poitrine se serra. J'avais été trop loin, j'en étais sûre. C'était tout juste si je n'avais pas traité Vahid d'imposteur.

— C'est sa demeure, si tu tiens à ta tête.

— Je ne me soucie pas assez souvent de garder ma tête… ironisai-je.

— Elle est pourtant si jolie.

Je lui jetai un regard en biais, et mon cœur s'emballa. Une fois de plus, je dus me raisonner : ce n'était pas de moi qu'il parlait, mais d'une autre fille.

— Tu cherches à me séduire en parlant de décapitation ?

Son regard s'éclaira.

— Il n'y a que toi pour y voir une stratégie de séduction.

— Et pourtant, depuis notre baiser, je ne pense qu'à ça.

Nous ne nous étions pas revus depuis cette étreinte, et je prenais un risque en y faisant allusion. Je fléchis les doigts pour m'empêcher de les porter à mes lèvres en souvenir des siennes. Des siennes sur les miennes.

Celles de Sanaya.

Il se redressa, un peu gêné.

Avais-je été trop loin ?

— J'y pense aussi, admit-il presque à contrecœur.

Je souris intérieurement. Je voulais sentir battre son cœur dans ma main – empoigner ses émotions, sa confiance, son amour, et les écraser sous le talon de ma botte.

— Alors pourquoi est-on là à parler de décapitation quand on pourrait faire ce qu'on désire tous les deux ? articulai-je.

Il resta bouche bée, puis éclata de rire. Un rire guttural qui s'élevait du fond de sa poitrine.

Je fermai les yeux et, l'espace d'une seconde, fus transportée en pensée sur le terrain d'entraînement où son rire, si souvent, résonnait à travers les montagnes et réchauffait mes entrailles, comme le feu.

— Tu ne cesses de m'étonner, Sanaya.

— Avec moi, on ne s'ennuie jamais.

— Non, jamais.

Il s'esclaffa de plus belle, puis m'observa.

— Je veux te montrer quelque chose. Suis-moi.

Il tendit la main, et je baissai le regard vers ces doigts calleux que je connaissais aussi bien que les miens – ces longues phalanges faites pour tenir une lame, et pour courir dans mes cheveux.

Je les attrapai de ma paume gantée, et il la serra fort, comme si nous étions déjà des amants. Comme s'il m'emmenait dans une alcôve. Comme si je n'allais pas le trahir comme il m'avait trahie.

Chapitre 36

Avant

— Dani, je peux te montrer quelque chose ?

Je levai les yeux vers Mazin et sa mine sincère, puis avisai sa main tendue.

— C'est une technique pour prendre ta revanche après la défaite cuisante que je t'ai infligée sur le terrain d'entraînement ?

Il rit, d'une voix plus rauque que d'habitude.

— Je prends mes défaites avec philosophie.

— Tant mieux parce qu'elles sont nombreuses.

Un sourire désolé courba mes lèvres.

— Combien de temps ton père passera-t-il avec l'empereur ?

— Des heures. Vahid s'attarde sur les moindres détails des épées qu'on lui présente. Je ne sais pas pourquoi… ce n'est pas comme s'il croisait souvent le fer.

— Sans doute s'arme-t-il pour le cas où, un jour, il n'aurait plus accès au pouvoir djinn.

— Il ferait mieux de prendre des cours, plutôt que d'accumuler des épées sophistiquées, rétorquai-je.

Je levai les yeux vers Mazin et demandai :

— Alors, que voulais-tu me montrer ?

Il se frotta la nuque, l'air soudain gêné.

— C'est dans ma chambre.

Je clignai des yeux.

— Un prétexte pour m'attirer dans ta chambre ?

— Quoi ? Non !

Tout son visage s'empourpra, et même son cou. Je ris mais mon humeur, elle, se modifia. Depuis peu, mes taquineries innocentes soulevaient des vagues de chaleur sous ma peau. J'effleurai l'encolure de mon kurta, pour chasser cette sensation étrange issue d'une vérité que j'avais peine à admettre.

Nous nous étions embrassés.

Nous nous étions endormis dans les bras l'un de l'autre, son souffle au creux de mon cou. Parfois, je me demandais si je n'avais pas rêvé. Mais, sous son regard sombre, et chaque fois que ses doigts frôlaient les miens, tout redevenait réel.

— Alors ? m'entendis-je demander.

— C'est plus simple de te montrer.

J'étais souvent venue au palais pour m'entraîner avec lui, mais jamais encore il ne m'avait emmenée dans sa chambre. J'avais fréquenté la salle à manger et le boudoir où nous nous prélassions avec sa sœur, mais jamais la pièce à coucher.

Avant notre baiser, le suivre dans un lieu aussi intime aurait été étrange. Mais, à présent que nous gravissions les marches en pierre, je ressentais la chaleur de son corps qui me précédait dans le couloir, et ma poitrine était parcourue d'un courant d'exaltation.

Il ouvrit une porte menant à une salle plus vaste que je ne l'avais imaginé, distribuant une chambre luxueuse et une terrasse ouverte sur la ville.

Je poussai un long sifflement. Ma petite chambre de villageoise ne rivalisait pas avec un tel endroit.

— L'empereur tient à nous offrir le confort absolu, expliqua-t-il. La chambre d'Anam est au bout du couloir.

Je m'avançai vers la terrasse et contemplai Basral, en contrebas. La cité ressemblait à un cyclone de terre, épaisse et dense au centre, clairsemée sur les bords.

— Au moins, tu as une jolie vue... constatai-je, impassible.

Mazin laissa échapper un rire en s'asseyant sur son lit.

— Tu détestes Basral, commenta-t-il en ouvrant un tiroir de sa table de chevet.

— C'est vrai, répondis-je.

Puis, après une hésitation, j'ajoutai :

— Comme toi.

Il releva brusquement la tête, l'air méfiant.

— Je n'ai jamais dit ça.

Je haussai les épaules.

— Je le sens. Ici, tu parais entravé, comme si tu portais un gilet trop serré qui t'empêche de respirer. Je l'ai perçu dès le jour où je t'ai rencontré. Chez moi, tu es plus détendu. Comme si tu te libérais de ton manche à balai en arrivant, et le remettais en présence de l'empereur.

Il inclina la tête.

— Je ne sais pas comment je dois le prendre...

Je retins un ricanement.

— Moi non plus.

Je m'avançai vers le divan et m'affaissai sur les coussins moelleux.

— Tout est plus simple, au village, déclara-t-il d'une voix si douce que je m'abstins de lui envoyer une réplique cinglante – une façon de me protéger quand mes émotions menaçaient d'affleurer. Chez toi, je n'ai pas cette impression que tout le monde m'observe sans arrêt, et qu'on m'attend au tournant. Surtout, personne ne paraît se soucier de mon passé ou de savoir si je viens d'une bonne famille ou non.

Il soupira et marcha vers la terrasse. Je l'observai, suivant des yeux la ligne de ses épaules, qui se relâchaient ostensiblement lorsqu'il parlait de mon village, comme s'il se délestait d'un fardeau.

— Chez toi, quand on s'entraîne, quand je suis avec toi… on évalue uniquement mes compétences.

— Évidemment, répondis-je sans détour. C'est la seule chose qui compte.

Il me jeta un coup d'œil. Ses cheveux noirs se découpaient sur le ciel ambré, et il avait le regard triste.

— Maz, qu'y a-t-il ?

— Ça t'est égal de savoir d'où je viens. Tu ne me demandes pas de changer qui je suis. Avec toi, je peux être moi-même.

Dans mon cœur, une digue céda quand ces paroles retentirent.

— Et pourquoi ça te rend si triste ?

Il eut un rire bref.

— Parce que ton village est le lieu où je me sens le plus libre. Le reste du temps, je suis ici, enfermé dans cette cage.

D'un grand geste, il désigna sa chambre fastueuse.

— Une cage dorée, pointai-je.

— Certes.

J'attrapai une poignée de pistaches dans un bol, et fourrai le tout dans ma bouche, sans savoir quoi répondre. Qu'était devenue notre amitié, maintenant que nous avions échangé un baiser, des confidences et des étreintes dans la pénombre ? Si lui se sentait libre avec moi, qu'éprouvais-je pour ma part ?

La même chose qu'avec les autres adversaires que je rencontrais sur le terrain d'entraînement ?

Non.

Aucunement. Lorsque Mazin et moi dansions l'un face à l'autre sur le sol sablonneux, nos épées brandies, nous étions des éclairs dans l'éclat du soleil. Et lorsque nos lames se rencontraient, c'était un soupir dans le vaste désert.

Il était mon alter ego.

Je manquai d'avaler de travers devant cette prise de conscience, et empoignai un coussin pour étouffer ma quinte de toux. Maz accourut, alarmé, pour me taper dans le dos.

— Dani, tout va bien ?

— Oui, m'étranglai-je en le repoussant.

Il me proposa une tasse de thé d'hibiscus froid, et je la bus avidement.

Tu n'es pas lâche, Dania.

Pourtant, je l'étais à cet instant. Il m'avait offert une parole authentique, et en réponse, j'avais gobé des pistaches.

Je levai la tête, le souffle coupé par sa soudaine proximité. Il se pencha vers moi. Ma gorge se noua mais je ne détournai pas le regard.

Tu n'as jamais été lâche.

— Je ressens la même chose que toi, murmurai-je, la voix serrée.

— Toi aussi, tu vis dans une cage dorée ?

Puis, il éclata de rire et je compris.

Il m'offrait une issue.

Depuis cette fameuse nuit qui semblait n'avoir été qu'un rêve, nous n'avions pas parlé de nos sentiments l'un pour l'autre. Pourtant, alors que nous nous connaissions depuis des années, à chaque fois que Mazin partait, il me manquait. Et dès que j'entendais les sabots de son étalon sur les pavés du village, mon cœur sautillait.

Je ne le laisserais pas seul avec sa confession.

— Moi aussi, je me sens libre quand je suis avec toi, murmurai-je.

Il prit une inspiration et son souffle retentit dans le silence.

Alors, je choisis de faire taire la petite voix en moi, ce fragment de peur qui me retenait, qui m'empêchait d'agir – je me penchai vers lui et posai mes lèvres sur les siennes.

Il y eut un battement de cœur avant que nos bouches se rencontrent et, dans cet intervalle, toutes mes craintes flambèrent. Et s'il avait regretté notre premier baiser ? Et si, venu l'éclat du jour, il n'avait plus eu envie de moi ?

Il m'embrassa en retour.

Un aigle prit son envol dans ma poitrine, dont le pouvoir des ailes aurait pu soulever mon corps pour de vrai.

Mazin saisit mon visage, la surface drue de ses paumes sur ma peau, et l'attira vers lui pour le dévorer. Quelques secondes plus tard, nous nous consumions à deux.

Je m'allongeai sur le divan et il accompagna mon mouvement, prenant appui sur les coudes.

Je défis les boutons dorés de son sherwani et en dégageai ses épaules. Puis il fit tomber sa tunique.

Je l'avais vu plusieurs fois torse nu, après les entraînements, lorsqu'il se rafraîchissait à l'eau du bassin près du terrain. J'avais toujours pris soin de détourner les yeux pour qu'il ne me voie pas en train de le scruter, pour ne pas révéler mon émotion. Mais, à présent, je pouvais le contempler.

— Tu me fais peur, souffla-t-il, un rire dans la voix. Tu as le même regard que quand tu t'apprêtes à asséner un coup de lame.

— Tu sais bien que je ne fais jamais les choses à moitié.

— Oui. Mais c'est déconcertant de voir ton attention, si intense, portée sur *moi*.

— Ça t'ennuie ? demandai-je, hésitante.

— Jamais.

Ce mot, prononcé avec fougue, presque avec véhémence, me surprit.

— Je…

Il y avait une chose que je voulais lui dire, sans savoir comment. J'humectai mes lèvres et tentai :

— Il m'arrive d'avoir des douleurs, articulai-je. Tous les mois.

Il y eut un silence puis, visiblement déconcerté, il demanda :

— C'est le cas en ce moment ?

— Non…

Je secouai la tête et repris :

— Pardon, je ne m'explique pas bien. Tante Afra me fournit du thé pakaal pour soulager ces douleurs. Je le bois régulièrement.

J'avalai ma salive.

— Cette boisson sert aussi à… prévenir les grossesses.

— Ah.

Il rougit un peu en saisissant mon allusion.

— Maintenant, donne-moi un instant, le temps que j'aille me défenestrer, ironisai-je, percluse d'embarras.

Il éclata de rire et me plaqua au divan quand je fis mine de me lever.

— Inutile.

Je voulus le repousser d'un geste, mais ma main demeura sur son torse. Nos regards se posèrent en même temps sur mes doigts contre sa peau. Lentement, j'effleurai les cicatrices qui maculaient son corps, reliquats pour la plupart de nos séances d'entraînement.

— Je t'ai… marqué, constatai-je, sans masquer mon émerveillement.

Je balayai son torse jusqu'au nombril. Il respira fort par le nez, et je serrai le poing.

Un sourire se dessina lentement sur ses lèvres, volontaire, décidé, et je me sentis au bord de la combustion.

— Je peux te dire lesquelles sont mes préférées ?

Il attrapa ma main, sans attendre ma réponse – j'aurais, de toute façon, été incapable d'émettre le moindre son. J'étais face à une tempête, consciente du danger, mais mue par le besoin d'éprouver la pluie sur mon visage. Maz déplaça mes doigts au-dessus de sa hanche, là où un relief ornait sa peau.

— Celle-ci, murmura-t-il. Tu t'en souviens ?

Je m'efforçai de sourire mais, sous l'intensité de son regard, mon humeur était tout sauf légère.

Comment aurais-je pu l'oublier ?

— Bien sûr. Je m'initiais au maniement du cimeterre.

— J'avais imaginé que je serais meilleur que toi, puisque j'utilisais cette arme depuis un certain temps. Mais tu as brandi ta lame au dernier moment, et m'as effleuré les côtes.

— J'ai eu très peur ! m'écriai-je. Tes hurlements ont hanté mes cauchemars pendant des semaines. Comment peux-tu aimer cette marque ? La terre a viré rouge sang, j'ai cru que je t'avais tué.

Je perçus son sourire comme si ses lèvres étaient pressées sur ma peau.

— Je l'aime à cause de ce qui s'est ensuivi. Tu as suturé la plaie en t'adressant mille reproches, et tu y as appliqué un baume avec une délicatesse dont je te pensais incapable.

Je lui administrai une bourrade, et il se pencha un peu plus vers moi – sa bouche n'était plus qu'à quelques centimètres de la mienne.

— C'était la première fois que tu me touchais en dehors du terrain d'entraînement, et j'ai compris que je t'aurais pour toujours gravée dans la peau. Tu as laissé une empreinte sur mon corps, mais pas seulement. Depuis ce jour, je n'ai plus cessé de penser à toi, à la sensation de tes mains sur moi. À ta mine désolée pendant que tu appliquais l'onguent, à ton regard concentré pendant la suture.

— En résumé, tu as aimé que je te poignarde.

Mon rire manquait de souffle, et mon trait d'humour ne porta pas loin.

— Il fallait bien que je trouve un garçon aussi assoiffé de sang que moi… ajoutai-je.

Il posa ma main sur sa joue et je sentis, sous sa barbe de trois jours, une longue cicatrice un peu renflée.

— Celle-ci ? poursuivit-il, aussi essoufflé que moi.

Je déglutis lentement.

— La première fois que tu m'as vaincue, répondis-je. Ta préférée, à coup sûr…

Il laissa échapper un rire sec qui fit trembler tout son corps, me rendant hautement consciente du fait qu'il était torse nu, et juste au-dessus de moi.

— Oui mais, une fois de plus, à cause de ce qui s'est passé ensuite. Tu t'en souviens ?

Je repensai à cette journée, qui remontait à l'année précédente. Vahid venait de commander à mon père le renouvellement intégral des armes de la garde impériale, et Baba se rendait plus fréquemment que d'habitude au palais. J'en profitais pour rejoindre Maz au terrain d'entraînement – une belle surface d'herbe verdoyante, sans comparaison avec la terre grise de mon village, où l'on combattait avec des couteaux tellement étincelants et polis qu'ils ne m'inspiraient qu'une envie : les souiller de sang. Ce jour-là, nous avions combattu, et Maz avait employé une de mes techniques, consistant à glisser son épée sous la mienne et à la soulever d'un coup brusque pour m'obliger à lâcher prise. Mais, avant qu'il frappe, j'avais réussi à lui infliger une petite entaille – juste de quoi atténuer la saveur de sa victoire.

Puis, un goût sucré de glace saupoudrée d'amandes – un mets que nous dégustions rarement au village – me revint en bouche, quand je me remémorai l'après-midi après le combat. Surtout, je me revis riant à gorge déployée, et jetant ma glace à la figure de Mazin parce qu'il se vantait, pour la millième fois, de m'avoir vaincue.

— Je me souviens qu'ensuite, on a dégusté des kulfis dans l'herbe, répondis-je. Tu m'as parlé de ta mère…

Je souris en repensant à Anam qui s'agitait dans tous les sens, heureuse que nous lui prêtions un peu d'attention.

— … puis on a joué au lattu avec ta sœur jusqu'à ce que sa toupie se casse.

Il hocha la tête.

— Ensuite, ton père nous a rejoints, et on a dîné au palais.

J'acquiesçai en songeant au petit salon où l'on nous avait installés – pas une grande salle de réception, mais un coin douillet réservé à l'usage des domestiques. C'était là, m'avait confié Maz, qu'Anam et lui dînaient seuls chaque soir.

— Le meilleur ragoût d'agneau que j'aie dégusté de ma vie… me rappelai-je.

— C'était une journée parfaite.

J'acquiesçai et posai ma main sur la sienne.

— Et cette cicatrice ? murmura-t-il.

Mon cœur tambourinait si fort que je n'entendais presque plus rien. Cette marque-là, en forme d'araignée, semblait gravée au creux de sa paume.

— Notre premier combat.

Je soufflai longuement pour apaiser mon pouls révolté.

— Parfois, quand tu me manques, je frotte cette zone…

Je fermai les yeux.

Puis, à mon tour, j'attrapai sa main et la posai sur mes articulations.

— Ici, c'est le souvenir du talwar que mon père t'a offert, avant que tu accompagnes l'empereur pour mener la campagne du nord.

Il sourit.

— Tu étais très fâchée que j'aie réussi à t'atteindre.

— J'ai même juré que ça ne se reproduirait jamais, acquiesçai-je en haussant un sourcil.

Il saisit mon visage.

— Et maintenant ?

— Maintenant, je ne demande que ça.

Sa respiration se fit plus rapide, presque hoquetante, et je sentis qu'elle se réverbérait en moi. Il agrippa mes lèvres avec les siennes, et m'aida à enlever mon kurta, puis nous nous dévêtîmes en même temps, afin que ne restent entre nous que notre peau et les marques de notre passé – ces blessures que nous avions pansées ensemble. Nous étions deux êtres solitaires réfugiés l'un auprès de l'autre. Voilà ce qu'étaient nos souvenirs communs. Le témoignage de notre intrication. Chacun était une partie de l'autre et, avec lui, je me sentais à ma place.

J'effleurai son dos alors qu'il se pressait contre moi, caressai les autres cicatrices qui zébraient son corps, vestiges d'une vie plus ancienne dont je savais qu'il aurait voulu chasser le souvenir.

— Aimerais-tu que je marque à nouveau ta peau ? demandai-je, les jambes sur ses hanches, mes lèvres contre sa bouche. Pour signifier que tu es à moi ?

Il rit.

— C'est déjà fait.

Je me cabrai, et telles des poussières d'étoile dans le ciel nocturne, nous traçâmes ensemble un chemin vers l'essence de nous-mêmes.

— En fait, tout ça n'était qu'un prétexte ? demandai-je, au bord du fou rire.

Mazin prit appui sur ses avant-bras, les cheveux en bataille et la mine perplexe.

Je lui souris.

— Tu m'as fait monter dans ta chambre pour me montrer quelque chose…

Son visage s'éclaira. Il sauta du lit, sans dissimuler sa nudité, et s'élança vers une grande armoire en bois au fond de la chambre.

— Tu pourrais au moins mettre une tunique… gémis-je en rougissant.

Je me levai à mon tour et m'enveloppai de mon kurta.

— Ça m'aurait ralenti, argua-t-il par-dessus son épaule, tout en fourrageant dans le placard.

Une poignée de secondes plus tard, il se retourna, triomphant, et je dus détourner à nouveau les yeux.

— Habille-toi, enfin ! criai-je.

Il s'esclaffa.

— Tu es vraiment si sensible ? Tu as vu mon corps des milliers de fois, Dani !

— Pas comme ça… grommelai-je. Et pas juste après avoir… Bref, *pas comme ça* !

— Je vais m'habiller. Mais d'abord… tiens.

Je saisis le paquet qu'il me tendait sans le regarder. Il rit de plus belle et enfila la longue tunique ivoire qu'il avait envoyée sur le sol un peu plus tôt.

— Arrête tes simagrées et ouvre-la. La preuve que je ne t'ai pas entraînée dans ma chambre pour abuser de toi !

Je haussai un sourcil.

— C'est plutôt moi qui ai abusé de toi, fis-je remarquer.

Il se pencha pour m'embrasser.

— Aucun doute là-dessus. Allez, ouvre.

Je défis le papier cadeau, révélant un petit écrin de bois embossé de fleurs sauvages. J'en soulevai le couvercle. À l'intérieur reposait un petit poignard doré – un pendentif en fait, mais doté d'une véritable lame, à peine plus longue que mon auriculaire. L'arme miniature était décorée d'une tête de halmasti, dont le bord était incurvé, comme celle façonnée par mon père.

— Comment as-tu… ?

— Ce bijou vient de chez un artisan des provinces du nord qui fait des pendentifs extraordinaires. Il fabrique des ornements pour l'empereur, et je ne serais pas surpris d'apprendre que Vahid lui fournit du zoraat. Cet homme transforme n'importe quel métal, or ou acier, en chefs-d'œuvre. Je lui ai demandé s'il pouvait créer un tel pendentif et il l'a fait.

— C'est magnifique, déclarai-je, la gorge nouée par l'émotion.

— J'ai enfin trouvé un bijou que tu accepteras de porter…

Il m'adressa un sourire en coin.

— … Et, bien sûr, c'est un vrai poignard.

Il reprit son sérieux.

— Tu le porteras, n'est-ce pas ?

Je palpai la cicatrice à la base de mes doigts et plantai mon regard dans ses yeux sombres.

— Tous les jours, sans exception.

Chapitre 37

Mazin me mena à sa chambre. J'aurais dû être satisfaite par la tournure que prenaient les événements, pourtant je ne ressentais qu'une chose : l'épouvante qui grandissait en moi, à chacun de mes pas. Je voulais qu'il souffre, bien sûr, mais étais-je vraiment prête à ce qui m'attendait ?

Pas encore.

Nous pénétrâmes dans cette chambre que je connaissais bien – ce dont Mazin n'avait aucune idée. Les lampes, déjà allumées, animaient l'obscurité ambiante de leur lueur dorée. Malgré moi, le souvenir de ma dernière venue me revint en mémoire et je mesurai combien tout avait changé. À cette époque, nous échangions nos moindres secrets, tous nos regrets, sans crainte du jugement de l'autre.

À cette époque, je l'aimais.

Plus rien n'était pareil, à présent.

Lui aussi s'était transformé, même si, de nous deux, c'était moi qui m'étais parée d'un nouveau visage. Je lui jetai un coup d'œil furtif, et remarquai les cernes noirs sous ses yeux. À croire qu'il n'avait pas dormi depuis un an. Son visage était amaigri – ce qui, paradoxalement, le rendait encore plus séduisant – et je songeai qu'un peu de sa jeunesse l'avait abandonné pour laisser place à la froideur. Le masque d'un assassin.

Comme moi.

Par sa faute.

— Tu voulais me montrer quelque chose ? demandai-je, feignant la naïveté.

Le souffle court, je pressai mes mains contre mes cuisses pour m'empêcher de trembler.

Tout allait trop vite. J'avais besoin de reprendre mes esprits et le contrôle de moi-même avant de m'engager dans une voie risquée.

— Oui, répondit-il sans détour.

Il s'avança vers son bureau, une table en bois d'acajou qui remplaçait le placard d'autrefois. En sondant la pièce du regard, je remarquai que d'autres choses avaient changé – les lieux étaient plus sombres, comme si la noirceur de son regard avait contaminé les tissus et les parois, créant un décor d'ombres. La vie et la couleur s'étaient évaporées. Un tableau représentant une branche de jasmin, réalisé par Anam, avait aussi disparu, laissant pour unique témoignage de sa présence un léger contour sur le mur. Mazin se retourna vers moi mais au même instant, un mouvement, au fond de la pièce, attira mon attention.

Une petite silhouette noire se détacha de la pénombre. Je bondis, plissant les paupières pour ajuster ma vue à l'obscurité. Mazin avait-il, lui aussi, consommé du zoraat ? Donné vie aux ombres ? Je retins un cri et il posa une main sur mon épaule pour m'empêcher de perdre l'équilibre.

— Qu'est-ce… ?

La créature bondit et, mêlée à mon épouvante, une sensation familière s'éveilla en moi.

Une chatte atterrit dans mes bras – une chatte qui, jadis, était la mienne.

Ma gorge se dénoua et je serrai la petite boule de poils contre ma poitrine, les yeux brûlants.

Pas question de pleurer. Pas maintenant. Je me mordis la lèvre assez fort pour dissiper mes larmes.

Je cherchais désespérément quelque chose à dire.

— Je ne pensais pas trouver un chat dans ta chambre...

— D'habitude, Jalebi ne s'approche pas des inconnus. Pardon de t'avoir effrayée.

Il prononça ces derniers mots avec un sourire en coin, trouvant sans doute amusant que l'adorable félin lové dans mes bras ait pu me faire peur.

Il s'avança pour me prendre l'animal, mais je reculai, serrant Jalebi plus fort contre moi.

— Ce n'est rien. J'ai été surprise, voilà tout.

Je caressai doucement la tête de ma petite chatte.

— Elle est très mignonne.

J'enfouis mon visage dans son cou duveteux et fermai les yeux lorsqu'elle se mit à ronronner. J'avais oublié combien elle m'avait manqué, et tout ce que j'aurais donné pour retrouver certains repères de ma vie d'avant.

Maz inclina la tête.

— Ne dis pas ça devant Anam. Jalebi est sauvage, d'ordinaire. Elle attaque tous ceux qui osent l'approcher.

Je frémis.

— Alors que fait-elle ici ?

Il réfléchit, goguenard.

— Elle appartenait à une ancienne... connaissance. Je tenais à lui offrir un toit.

Je m'assombris à l'intérieur.

Elle en aurait un si tu ne m'avais pas envoyée en prison, espèce d'égoïste.

— Comme c'est attentionné, répondis-je entre mes dents serrées.

Je ne devais pas paraître moins sauvage que Jalebi…

Mazin se frotta la nuque, et revint à ce qui nous avait amenés ici.

— Voici ce que je voulais te montrer.

Je posai la chatte sur le lit et m'emparai de la boîte qu'il tenait à bout de bras. Jalebi protesta d'un miaulement, mais mon attention était rivée à l'écrin de bois délicatement ouvragé – semblable à celui qu'il m'avait offert autrefois, sauf que celui-ci était plus gros.

— Un cadeau ? demandai-je d'un ton prudent.

Je repensai au pendentif, ce trésor que j'avais pensé chérir toute ma vie et qui était devenu le symbole de sa traîtrise, une morsure glaciale contre ma poitrine.

— En quelque sorte, répondit-il. Je l'ai trouvé la semaine dernière, dans les provinces du nord.

Il parlait d'une voix douce, comme s'il osait à peine prononcer ces mots.

Une onde de chaleur monta subitement en moi, depuis mon ventre, et je me crus sur le point d'exploser.

J'aurais voulu arracher mon propre cœur et le jeter sur le tapis.

Mazin ne parlait pas à Dania mais à Sanaya. Il n'avait pas pensé à moi en achetant ce cadeau, mais à la créature que j'avais inventée. Et pourtant, je rougissais sous son regard, et mon pouls s'emportait. Je finissais par croire que jamais mon cœur ne s'accorderait avec mon esprit, que pour toujours je serais dominée par mes émotions. J'aurais tout fait pour y couper court, y compris arrêter le flux de sang qui coulait dans mes artères, irriguant la source de ma faiblesse.

Les doigts tremblants, j'ouvris la boîte.

Un poignard scintillait à l'intérieur, rehaussé d'une tête de cobra en os de chameau sculpté, et dont la lame incurvée se parait d'un fourreau d'argent filigrané.

Une arme, donc. Mazin avait offert une arme à une fille qui ne portait que des bijoux, comme il avait offert un bijou à celle qui ne s'intéressait qu'aux lames. Au moins, il était constant dans son esprit de contradiction.

— Je ne sais pas quoi dire… bredouillai-je, la voix étranglée. C'est splendide.

Splendide était bien en deçà de la réalité. L'os de chameau était tellement poli qu'il scintillait, le cobra si finement ciselé que je sentais chaque écaille sous mes doigts.

— Je savais qu'il te plairait.

Il me scrutait de son regard noir. Je fermai l'écrin, et le bruit sourd du bois résonna dans la pièce. Je déglutis péniblement. Pourquoi ressentais-je un tel malaise ? Ce ne pouvait être la culpabilité – cet homme m'avait fait souffrir plus que quiconque. Il méritait le châtiment que je voulais lui infliger.

— Je l'adore, assurai-je, histoire de combler le silence.

Mais c'était un mensonge, et cela s'entendit dans ma voix. Car, en réalité, je haïssais ce poignard. Je le détestais parce qu'il rendait Mazin *humain*, faisait de lui une personne *attentionnée*, quelqu'un qui achetait un cadeau pour la femme qui occupait ses pensées. Je ne savais pas si ce geste me donnait envie de le remercier par un long baiser, ou de retourner la lame ciselée pour la planter dans sa poitrine.

Mazin s'approcha, telle une ombre apportant un peu de répit par une chaude journée d'été. Je posai la boîte et serrai mes poings gantés, luttant contre mes tourments. Je fermai les yeux, une seconde, pour que le tumulte cesse, et pour savourer le silence.

C'est alors que la voix, à nouveau, retentit.

Vengeance.

Les veines noires s'embrasèrent au creux de mes mains. Cette fois, ce n'était pas un murmure, et à présent, l'écho me parut familier. Peut-être, après tout, venait-il de moi, puisque j'étais la seule à l'entendre.

Je soupirai, pour me remémorer mon objectif malgré les attentions de Mazin – celles-là mêmes qui m'avaient fait tomber amoureuse de lui.

Je rouvris lentement les paupières et il reprit sa place dans mon champ de vision.

Je devais faire confiance à mon instinct, à ces intuitions profondes qui m'avaient permis de remporter tant de batailles, tant de combats.

Je m'inclinai vers lui et savourai cet instant. Le bonheur d'être dans sa chambre, avec lui, et *moi.*

Puis, il leva les mains vers mon visage.

Lorsqu'il m'embrassa, ses lèvres étaient une question à laquelle j'avais déjà répondu. J'étouffai mon excitation et me concentrai sur *lui.* Sur le léger râle au fond de sa gorge quand il me serrait dans ses bras. Je l'embrassai en retour de toutes mes forces et, soudain, ce ne fut plus assez. Nous volions, tournoyions, gravissions ensemble une montagne de colère et de passion, et l'attente était si forte que j'en eus presque le souffle coupé.

Alors, je fus prise d'un haut-le-cœur, saisie par cette conscience infernale qui revenait en force pour me détruire, cette pensée lancinante :

Il te prend pour une autre.

Il te prend pour une autre.

Mes entrailles se révoltèrent et un goût de bile remonta dans ma gorge. Je convoquai tout ce que j'avais en moi pour repousser Mazin, et manquai de le projeter contre le mur.

Nos souffles haletants emplirent la pièce. Les yeux hagards, les lèvres encore rougies par notre baiser, il me jeta un regard d'incompréhension.

— Je ne peux pas, arguai-je, désespérée.

Je ne pouvais continuer, quand bien même cela servait ma vengeance. Mon corps se rebellait contre mes actes – contre ce que j'étais en train de devenir.

— Je ne peux pas, répétai-je, les lèvres à vif et sans un mot d'explication.

Je quittai la chambre au pas de course, laissant sur le lit le poignard qu'il m'avait offert, dans l'espoir d'échapper au destin que je m'étais moi-même forgé.

Chapitre 38

Je remontai à toute vitesse les couloirs du palais, m'efforçant de contenir mes émotions, jusqu'à trouver une pièce vide où me réfugier, loin des saltimbanques et de la foule. Je m'enfermai dans la pénombre, le dos contre la porte, mon souffle saccadé couvrant presque la rumeur ambiante.

Puis, je m'effondrai.

Je m'autorisai à pleurer.

À pleurer mon père.

Mon amour pour Mazin.

Et aussi, mon emprisonnement car, j'avais beau m'être évadée des geôles de Thohfsa, je n'étais toujours pas libre.

Secouée par les sanglots, je tombai au sol, le visage à même le carrelage. Je me serrai dans mes propres bras et, pour la première fois, regrettai l'époque où faire des choix était facile, où chaque pas n'était ni une trahison envers moi-même, ni envers ma famille.

Lorsque enfin mes larmes se tarirent, je me frottai les paupières et me redressai lentement.

C'était fini. Je m'étais accordé quelques minutes d'émotion mais, à présent, je devais revêtir mon armure et retourner sur le terrain de bataille. Les doigts dans mes cheveux, je massai mon crâne endolori et regrettai que Tante Afra ne soit pas là pour m'administrer sa fameuse moutarde chauffée aux vertus apaisantes.

Je ne resterais pas tapie dans cette pièce. Je ne capitulerais pas. Pas maintenant. Peu à peu, je retrouvai ma détermination à mener à bien mon plan.

Je me levai et fis les cent pas dans l'obscurité, laissant s'évaporer l'émotion pour la remplacer par une lame d'acier. Puis, je rouvris la porte et me glissai dans la cohue – cette foule hilare et ébahie par le pouvoir de la magie, inconsciente toutefois que le vrai pouvoir djinn – pas seulement celui qui permettait aux saltimbanques de faire des numéros – jouait à plein ce soir.

Cette force qui pouvait transformer un humain en arme vivante. Qui retissait la peau et refaçonnait les os.

Grâce à laquelle on pouvait bâtir un empire.

Je cherchai Noor du regard, mais ses cheveux courts n'étaient nulle part en vue.

Quelques minutes s'écoulèrent, et la foule se tut, hormis quelques murmures, puis les saltimbanques prirent congé.

L'empereur allait faire son entrée.

Je n'avais gardé que de rares souvenirs de Vahid, remontant à l'époque où j'accompagnais mon père au palais. Lui, en revanche, m'avait remarquée bien plus que je ne le pensais, puisqu'il avait choisi de faire de moi un pion dans sa manœuvre politique. Ou peut-être l'idée lui avait-elle été soufflée par Mazin.

À l'étage, la foule se fendit et l'empereur parut, d'un pas assuré, comme s'il n'avait connu que cela.

Sauf que ce n'était pas le cas. Vahid, à ses débuts, n'était qu'un modeste fermier – tout avait changé le jour où il avait marchandé avec un djinn.

Sa tenue, d'un luxe incontestable, se composait d'un sherwani doré rehaussé de boutons en diamants. À ses pieds étincelaient des chaussures parées d'émeraudes et serties d'argent, et sur sa tête une couronne sertie de rubis et coulée du matériau le plus précieux : la magie djinn elle-même.

Par-delà le faste de sa mise, Vahid avait l'apparence d'un homme ordinaire – cheveux grisonnants, teint jaunâtre et visage flasque, d'une stature plutôt petite. Néanmoins, ses yeux brillaient d'un éclat cruel – le regard noir d'un usurpateur.

Je m'étais toujours méfiée de ce regard.

Celui d'un homme dévoré par la soif de pouvoir.

Il traversa la salle de réception et échangea quelques mots avec les flagorneurs qui lui baisaient sans cesse les pieds depuis qu'il avait conquis le trône. Puis, il s'approcha de moi et, par réflexe, j'agrippai mon poignard dans la poche de mon kameez.

Tout pouvait s'arrêter maintenant. Je n'avais qu'à lui transpercer le cœur, et faire couler le zoraat qui circulait dans ses veines.

Ce pouvait être la fin.

Je pensais que Vahid passerait sans me regarder mais il s'arrêta et ses pupilles s'attardèrent sur mon visage. Puis, elles se fixèrent sur quelqu'un d'autre, derrière moi.

Mazin.

J'aurais voulu éviter de le voir après ma fuite, et ce qui s'était presque passé entre nous. Mais je n'avais pas le choix. Je pris une inspiration pour me donner du courage, bombai la poitrine, et tournai la tête.

Pour tomber nez à nez avec Thohfsa.

Chapitre 39

— Je ne pensais pas vous voir ici.

La voix de l'empereur résonna mais j'entendis à peine ses paroles, et encore moins la réponse de Thohfsa. Elle se tenait là, devant moi, la femme que j'avais poignardée avec sa propre épée rouillée. Celle qui nous avait torturées et terrorisées, Noor et moi.

Noor.

Un éclair de panique me traversa. Je portais un masque, mais Noor évoluait à visage découvert.

Un visage que Thohfsa saurait parfaitement reconnaître.

Je réprimai un frisson et maintins une expression neutre malgré l'effroi que suscitait cette présence si proche de moi.

Thohfsa ne me prêtait aucune attention. Elle n'avait d'yeux que pour l'empereur qu'elle dévisageait, comme une hyène face à un boucher muni d'un seau de chair fraîche. Le regard d'une dévote.

Vahid lui avait offert un peu de pouvoir et elle, qui n'en avait jamais eu, s'en était enivrée.

Discrètement, je détaillai son corps pour essayer de comprendre cette invraisemblance. Comment pouvait-elle se tenir devant moi alors que je l'avais assassinée ? Ses cheveux noirs étaient, comme toujours, plaqués en arrière sur sa tête mais, à la place de son air hautain habituel, elle affichait un sourire béat.

Ce n'est pas humainement possible.

Je me creusais la tête pour me remémorer le jour de notre évasion. Thohfsa avait fait venir une guérisseuse à la prison pour soigner Noor... Si mon coup à l'abdomen ne l'avait pas tuée, peut-être avait-elle eu le temps de recevoir des soins magiques avant qu'il ne soit trop tard.

Je serrai les poings en me rappelant ma dernière séance de torture et les marques qu'avait laissées sur ma peau le cuir de sa ceinture.

J'allais devoir la tuer – une deuxième fois.

— Pourquoi m'observez-vous ainsi ?

Sa voix nasillarde m'arracha à mes pensées. Elle me regardait, à présent.

— Je pensais vous avoir déjà croisée, répondis-je avec calme, me rappelant qu'elle ne pouvait pas me reconnaître. Mais je dois me tromper.

Elle pencha la tête, une lueur perfide dans l'œil.

— Vraiment ?

J'eus un moment de panique. Savait-elle ?

À cet instant, l'empereur s'éclaircit la voix et déclara :

— Thohfsa, j'ai des nouvelles à vous communiquer concernant la... situation dont nous avons discuté.

Il plissa les paupières et ajouta en me toisant :

— Mais pas ici.

Thohfsa hocha la tête et l'empereur m'observa à nouveau – cet homme qui avait orchestré la chute de ma famille, qui tuait et détruisait sans scrupule dès lors que cela servait sa soif de pouvoir.

— Qui êtes-vous ? demanda-t-il.

J'ouvris la bouche, mais Thohfsa répondit avant moi :

— Je vous présente Sanaya, qui nous arrive des provinces du nord.

Je me figeai.

— Sanaya espère s'attirer vos faveurs, poursuivit-elle. J'ai entendu dire qu'elle avait secouru votre fille adoptive des mains d'une bande de voyous…

Elle émit un petit rire aigu, qui me cingla comme un fouet. Comment savait-elle tout cela ? Avait-elle interrogé des personnes du palais ? Je fermai les poings pour m'empêcher de trembler.

— Je vois, répondit l'empereur avec nonchalance. Mazin a parlé de vous.

Il m'adressa un signe du menton et, les yeux dans le vague, ajouta :

— Je vous remercie d'être venue en aide à un membre de mon foyer.

Un membre de mon foyer.

Pas « mon enfant ». Ni « ma fille ». Si Anam mourait, c'était à se demander s'il le remarquerait. Cet homme ne se souciait que de lui-même.

Il n'avait rien à faire de moi. Ni de mon père. Ni même de ceux qu'il avait élevés comme ses enfants.

Vengeance.

La voix s'infiltra en moi, résonnant fort à mes oreilles. Je pouvais le punir. Tout de suite. Saisir mon poignard et, d'un geste sec, le lui planter dans le cou avant qu'il ait le temps de convoquer son pouvoir djinn.

— Je vous en prie, Votre Excellence, m'entendis-je répondre, la tête baissée et les mâchoires contractées.

Le moment n'était pas le bon. Avant de tuer Vahid, je devais m'occuper de Mazin et comprendre ce qu'était devenue Noor.

Mais ma confiance était ébranlée. Jamais je n'aurais imaginé me trouver en présence de Thohfsa et de Vahid en même temps. Mon plan avait été de parler à l'empereur, de me rapprocher de lui – mais pas comme cela. Si je le tuais ici et maintenant, je donnais tout le pouvoir à Thohfsa, pour une raison que je ne m'expliquais pas tout à fait. L'empereur, lui, ne remarqua rien de mes tourments et se dirigea vers d'autres courtisans et chefs de guerre venus présenter leurs hommages.

Je sondai la foule.

— C'est ta petite acolyte que tu cherches ? questionna Thohfsa de sa voix nasillarde.

Mon cœur cessa de battre.

Ta petite acolyte.

Elle savait.

Elle connaissait mon identité, ma *vraie* identité. Mon corps se raidit, en alerte, mes muscles réagissant instinctivement au danger et à la possibilité d'un affrontement.

Derrière nos regards mutuels remplis de haine, au milieu des festivités, nous ne faisions plus semblant. Nous étions déjà en train de combattre.

Je posai la main sur mon couteau, dissimulé sous mon kameez. Thohfsa nous avait martyrisées en prison, elle avait employé son pouvoir pour me briser. À présent, nous étions à égalité.

— Si nous n'étions pas dans une salle bondée, je me ferais un plaisir de vous assassiner, articulai-je. Une seconde fois.

Ma voix était calme, grave, presque un murmure. Mais, au tressaillement de ses lèvres et de ses narines, je sus que Thohfsa m'avait entendue.

— Tu ne nies donc pas… susurra-t-elle.

— À quoi bon ? Vous savez déjà, visiblement.

— Nous verrons bien quels secrets tu livreras lorsque l'empereur t'interrogera.

Contre toute attente, ses paroles paraissaient sans véhémence, dépourvues de conviction.

Elle bluffe.

— Vous lui auriez déjà dit. Vous en aviez le temps.

Mes yeux passèrent sur son visage obstiné et une pensée me vint :

— Vous voulez quelque chose de moi.

À cet instant, je compris pourquoi Noor n'était nulle part en vue.

Je m'approchai de Thohfsa, assez pour qu'elle comprenne l'importance de chacun de mes mots :

— Si vous ne libérez pas Noor, vous regretterez de ne pas être morte la première fois que je vous ai tuée, grondai-je en dégainant mon couteau, sans me soucier d'être vue de la foule.

Dans la prison qu'elle dirigeait, Thohfsa était une femme redoutable. Mais, en dehors de ses geôles, j'étais plus forte qu'elle et elle le savait. Je vis ses yeux s'arrondir, mais elle ne fléchit pas.

— Elle aussi aurait dû dissimuler son visage, murmura-t-elle. Imagine un peu ma surprise quand j'ai vu cette vermine se promener dans le palais de l'empereur… Mais alors, j'ai su que vous l'aviez trouvé – le trésor de Souma.

Sa voix s'étrangla, pourtant elle continua, son assurance grandissant à mesure que la mienne faiblissait.

— Et tu vas me le donner. Jusqu'à la dernière graine, asséna-t-elle avec un sourire de requin qui aurait bu sa première gorgée de sang. Si tu n'obéis pas, ton amie mourra puis je te dénoncerai à Vahid et il se chargera de toi.

J'expirai, tentant de contrôler mon état de panique. Comment était-il possible que Thohfsa ait à nouveau du pouvoir sur moi ?

— Rien ne vous empêche de me dénoncer dès à présent, rétorquai-je, feignant la maîtrise.

Pour rien au monde je ne devais la laisser entrevoir l'étendue de son emprise. Ni de mon attachement à Noor.

— Sauf que vous voulez le trésor pour vous seule, n'est-ce pas ?

J'inclinai la tête, sans la quitter des yeux.

— Vahid ne partage pas. Il prendrait tout et ne me laisserait qu'une pitance, concéda-t-elle avec un crachat. Mais ne te fais aucune illusion : je te livrerai à lui, ainsi que ta petite copine, si vous ne me donnez pas le zoraat.

Je ne pus retenir un grognement. Mon plan commençait à dérailler.

— Je vous le donnerai, acquiesçai-je, et une lueur de pure allégresse étincela dans son regard. Dites-moi seulement où est Noor.

— Je ne suis pas stupide. Tu la retrouveras une fois que j'aurai le trésor entre mes mains.

Je secouai la tête, brûlant de faire usage de mon poignard. Mais je ne pouvais pas la tuer maintenant, sans quoi je risquais de ne jamais retrouver Noor.

— Vous n'aurez rien tant que je ne serai pas certaine qu'elle est saine et sauve.

— Rejoins-moi demain, au crépuscule, à la lisière du bazar, près de l'arbre banian. Je viendrai avec Noor et toi, avec mon trésor.

Je hochai une fois la tête, et Thohfsa tourna les talons. Alors qu'elle disparaissait dans la foule, je tentai de me protéger des pensées terribles qui m'assaillaient : j'avais déçu la confiance de Noor, et si je ne trouvais pas une solution pour nous sortir toutes les deux de l'impasse dans laquelle je nous avais menées, elle risquait de mourir.

Chapitre 40

Je rentrai à Basral et sortis les armes de mon père. Je disposais de toutes les catégories de lames imaginables, d'une multitude de poignards et même d'une arbalète. J'avais assez d'or et de zoraat pour rallier à ma cause autant de mercenaires que nécessaire pour vaincre Thohfsa. Mais tout cela ne servirait à rien si Noor était déjà morte, et si Thohfsa s'était empressée de tout rapporter à l'empereur.

Thohfsa était une femme cupide et, comme Casildo et Darbaran, je pouvais utiliser cette faille contre elle. Mais garder la magie djinn me serait impossible si cela devait entraîner la mort de Noor. Je ne pouvais pas prendre ce risque.

Je soupirai, les mâchoires serrées, m'efforçant d'imaginer un plan qui nous épargnerait, Noor et moi, tout en garantissant la chute de Thohfsa, Vahid et Mazin. Dans mes veines, mon besoin de vengeance était toujours incandescent.

Mais peu m'importait la vengeance si je pouvais m'assurer que Noor reste en vie.

Nous avions vécu ensemble tant d'épreuves. Je devais tout faire pour la sauver.

Je m'allongeai sur le sol de ma chambre, la joue contre le marbre froid.

Si je renonçais à la vengeance, qui devenais-je ?

Une fille qui abandonnait son père ? Qui s'effaçait devant des traîtres qui avaient trompé et tué ? Si je livrais le zoraat pour sauver Noor, je renonçais à venger Baba. Mais, si je persévérais dans mon plan de vengeance, je perdais ma seule et unique amie.

Le vide à l'intérieur de moi était abyssal, une plaie béante qui, sans doute, ne guérirait jamais.

Si j'abandonnais Noor, en quoi étais-je différente de Mazin ? De Casildo ? De Darbaran ?

Je me noyais dans une colère froide, me consumais comme la flamme d'une torche. Une douleur que je percevais jusque sous mes dents.

Je retirai lentement mes gants et scrutai les veines noires qui sillonnaient mes mains. Celles-ci s'étaient étendues. Elles serpentaient à présent du creux de mes paumes au bout de mes doigts et jusqu'à mes poignets. On aurait dit un étrange tatouage – comme si j'avais plongé les mains dans de la peinture noire et laissé les gouttes dégouliner le long de mes bras. D'où provenaient ces marques ? D'une consommation excessive de zoraat ? La magie m'infectait-elle comme du poison ?

Noor n'était plus là pour me répondre.

Pourtant, plus les secondes passaient, plus je sentais monter en moi la colère et le besoin de faire couler le sang.

Je fermai les yeux et sentis courir dans mes veines une énergie familière – or, celle-ci, pour une fois, n'avait rien à voir avec la magie djinn, c'était ma propre force, celle qui m'avait conduite jusqu'ici, qui m'avait poussée à faire demi-tour pour sauver Noor, qui nous avait permis de nous échapper de cette prison.

J'enlevai mon épais shalwar kameez et, à la place, revêtis une tunique noire toute simple avec un pantalon de même couleur, et attachai mes cheveux. Si j'avais la moindre chance de secourir Noor, je ferais tout pour y arriver.

C'était dans mes cordes. Je pouvais l'emporter.

Même sans magie.

Toutefois, j'étais décidée à sauver mon amie *et* à garder notre pouvoir.

Je me préparai à partir. Mais, en passant devant le grand miroir de ma chambre, je me figeai.

Quelque chose m'interpella. Mon reflet. Je palpai mon visage, mes joues, mon nez.

J'étais moi-même. Dania.

Je sursautai en prenant conscience que j'aurais dû, ce soir, reprendre une dose de zoraat. Le sort avait déjà commencé à se dissiper – plus vite que les fois précédentes.

Je me jetai sur les dalles sous lesquelles était caché le sac de graines, et le hissai par l'ouverture.

Les pépins multicolores scintillèrent au clair de lune – tous de textures et de tailles différentes. Et je n'y connaissais rien.

Noor ne m'avait jamais montré comment préparer la fameuse mixture. Un mélange fait par mes soins pouvait tout aussi bien marcher… que me carboniser de l'intérieur.

Je m'accroupis, les poings sur le sol.

Puis, je poussai un hurlement rauque dans la nuit.

Ce n'était pas la fin. J'affronterais Thohfsa et ses gardes, armée seulement de mon épée.

De mon épée et de mon vrai visage.

Mais si j'échouais ?

Je sortis du sac un petit flacon, qui semblait contenir une dose unique de zoraat, de la même couleur que celles que m'administrait Noor : une poudre brune, broyée finement comme du sable. Si je l'avalais tout entière, à coup sûr elle me transfigurerait et me donnerait assez de force pour libérer Noor…

Sauf si elle me tuait.

Les mains tremblantes, je portai le flacon à mes lèvres. En avais-je vraiment besoin ?

À l'instant où j'allais avaler les dernières gorgées de zoraat, un bruit étouffé retentit dans la cour – comme la chute d'un corps, suivie d'un fracas de verre.

Je me levai d'un bond. Noor avait multiplié par trois le nombre de gardes autour de notre demeure depuis l'effraction de Darbaran. Il était impossible d'entrer chez nous.

Était-ce Thohfsa, qui regrettait son marché et préférait venir me cueillir directement chez moi en me prenant par surprise ?

Peut-être avait-elle déjà révélé ma véritable identité à l'empereur, et Vahid avait fait encercler la maison de soldats…

J'attrapai le talwar sur mon lit et descendis l'escalier d'un pas rapide. Partout dans les couloirs et dans les pièces, le silence régnait. Je m'arrêtai dans l'embrasure d'une porte : une servante était postée à la fenêtre, des morceaux de verre à ses pieds.

— Vira ?

La jeune femme demeura immobile. Je devais faire quelque chose, comprendre ce qu'il se passait, obéir à mon esprit en ébullition. Je m'avançai vers la servante, l'épée levée, et observai son visage.

Tétanisé.

Vira arborait un masque d'épouvante. Ses yeux, hagards, étaient rivés sur le jardin comme une statue macabre, au beau milieu de mon salon.

J'agitai la main devant sa figure, mais elle ne cligna même pas des yeux.

Mes doigts se serrèrent sur mon arme. Ma respiration lourde résonnait dans toute la maison. Je sortis dans le jardin. Un garde se tenait paralysé lui aussi, les pupilles braquées sur moi.

Un frisson d'effroi remonta le long de mon dos, et je sentis la présence avant de l'apercevoir.

Un souffle me caressa la nuque.

Je fis volte-face, lame levée. Mais celle-ci resta figée dans ma main. Je m'efforçai de l'abattre – en vain. Mes bras, à leur tour, étaient statufiés.

Une silhouette vêtue d'une longue cape se tenait face à moi. Des yeux sombres luisaient sous le capuchon noir et m'observaient avec avidité.

— Qui êtes-vous ? soufflai-je, craignant un instant que mes mots soient aussi engourdis que ma main.

— Tu sais qui je suis.

Il avait raison. Je fermai les paupières, luttant pour ne pas le nommer.

Car le nommer aurait attesté que j'avais perdu tout contrôle. Que je n'étais plus seulement aux prises avec mon propre monde, mais avec un autre aussi.

Un monde invisible.

Il y eut un silence si long qu'il me sembla durer une éternité. Puis, j'articulai le mot que j'avais si peur de prononcer :

— Djinn.

Chapitre 41

Le djinn sourit, exhibant ses dents blanches et scintillantes comme de petits diamants dans un visage sans âge.

Il paraissait aussi humain que moi, mais plus vieux – ou plus jeune, peut-être. Il me dévisageait comme s'il me connaissait, ce que je trouvai encore plus troublant.

J'aurais préféré ne pas être connue d'un djinn.

— Tu n'es pas comme la dernière humaine à qui j'ai eu affaire. Son désir de vengeance était si sombre, qu'il ne pouvait être contenu. En revanche, Vahid avait le même appétit que toi.

Sa voix me transperça, glaciale et impersonnelle. Puis, le sort céda et mes membres figés se relâchèrent. Mon épée tomba sur le sol avec fracas. Je voulus parler, mais les mots restèrent collés dans ma gorge comme du ghee froid. Je redoublai d'efforts pour surmonter ma peur. Noor était toujours prisonnière, et son temps était compté.

— Êtes-vous le djinn qui a donné son pouvoir à Vahid ?

Il sourit de nouveau, comme s'il se réjouissait de ma question – non, comme s'il s'en enorgueillissait.

— Vahid était un simple fermier, révolté par les injustices qui frappaient le royaume.

Il s'interrompit pour glousser mais son visage remua à peine.

— Il parlait sans cesse des enfants de son village en proie à la famine, et jurait que le roi paierait pour ces crimes. La *haine* était née en lui, conclut le djinn d'un ton ravi. Je l'ai averti qu'user de mon pouvoir avait un coût. Je l'ai prévenu, vois-tu, mais il n'a pas écouté.

Je pris une inspiration. Un des mots qu'il avait employés m'avait brûlée comme de l'acide.

— Un *coût* ?

Ma voix était un murmure, et je ne savais pas ce qui me faisait le plus peur : ma question ou sa réponse.

Le djinn se pencha vers moi, le regard ardent.

— Tu dois bien la sentir… cette noirceur qui te ronge de plus en plus ? Certains mettent des années à l'éprouver. Mais lorsqu'on en absorbe autant que toi, on le sent tout de suite.

Mon cerveau était en effervescence. Cette voix que je ne cessais d'entendre, ces accès de colère qui me donnaient le sentiment de devenir folle, ces moments où ma rage noircissait mon champ de vision… tout cela était l'œuvre du djinn. Il avait presque pris le dessus lorsque j'étais avec Mazin, me poussant à la vengeance immédiate, mais ma propre voix, tout juste perceptible, s'était interposée. Je serrai la garde de mon épée, les doigts tremblants, consciente qu'une lame était inutile face à cette créature surnaturelle.

— Que faites-vous ici ? lui demandai-je.

Je regrettai le chevrotement de ma voix, le vacillement de mes jambes, alors que j'aurais voulu m'éloigner de lui, entraînée par ma propre peau qui ne supportait pas cette proximité.

Il sourit de plus belle et me pressa de son regard insistant.

— Je viens te proposer le même marché qu'à Vahid – t'offrir un peu de mon pouvoir. Un peu de magie djinn pour aller au bout de ta vengeance.

J'inspirai si fort que l'air resta coincé dans ma poitrine, et je me crus sur le point d'éclater.

Un goût amer tapissait le fond de ma gorge, et je fis tournoyer ce mot dans ma tête.

Marché.

Ce n'était pas un cadeau. Il y aurait un prix à payer. Comme toujours.

— J'ai déjà accès à votre pouvoir, djinn. Je n'ai pas besoin de conclure un marché.

— Tu n'as accès à rien comparé à ce que je peux t'offrir. Si tu veux sauver ton amie, je peux te donner ce dont tu as besoin.

Je soupirai, consciente qu'il disait vrai. Je n'avais aucune chance de sauver Noor en l'état actuel de mes moyens. Et le djinn pouvait me donner de quoi anéantir Thohfsa, Vahid…

Mais si le coût était trop élevé ?

— Et qu'attendez-vous en contrepartie ? questionnai-je, reculant d'un pas. Quel est le prix d'un tel pouvoir ?

Son regard s'enflamma comme si j'avais attisé un feu au fond de lui.

— L'usage de ton corps.

Je bondis en arrière, trébuchant malgré moi. J'ouvris la bouche pour répliquer, mais aucun mot n'en sortit. La peur grondait dans mon ventre, glaçait ma peau et la sueur sur mon front.

Et pourtant… *pourtant.*

— Je veux prendre possession de toi, habiter ta peau et vivre pleinement dans ton monde.

— Vous êtes déjà dans mon monde, arguai-je, désignant la cour et la nuit étoilée. Et vous y exercez votre pouvoir. Mes servantes et mes gardes sont paralysés en ce moment même. Vous avez contré mon épée sans la toucher. Que pourriez-vous souhaiter de plus ?

— De simples tours de passe-passe, susurra-t-il en s'approchant. Je suis limité par mon état de djinn. Si je vivais dans ton corps, je pourrais user de ma magie à travers toi, exactement comme le précieux zoraat que tu aimes tant consommer. Je peux te donner un pouvoir que tu n'imagines même pas. Je peux *tout* te donner. Ce dont tu as toujours rêvé, y compris ce qu'il y a de moins avouable…

— Qu'imaginez-vous ? Je ne suis pas Vahid. Je ne cours pas après le pouvoir, moi.

— Vraiment ? N'aspires-tu pas à anéantir tes ennemis ? Tu t'es entraînée au maniement des armes jusqu'à en avoir les mains couvertes de sang. Tu t'es barricadée derrière une muraille pour être intouchable. Mais je le reconnais, tu ne désires pas seulement le pouvoir. Tu prétends à une chose plus intéressante. Tu veux te faire le bras armé du châtiment. Et je le comprends parfaitement. Je peux t'offrir assez de pouvoir pour détruire cet empire. C'est ton souhait, n'est-ce pas ?

Je contractai les mâchoires. Je voulais me venger, bien sûr, mais pas devenir Vahid. Sauf que Noor était toujours l'otage de Thohfsa… . J'aurais pu envisager la mort si mon existence seule avait été en jeu – mais Noor, elle, méritait la vie. La liberté.

Un bruit attira mon attention, des pas légers au fond du jardin. Un de mes gardes s'avançait vers moi comme s'il n'avait jamais été statufié. Lorsqu'il fut assez proche, je m'aperçus que je ne l'avais jamais vu, et même qu'il n'était pas un garde.

Mon sang se glaça.

C'était une vision invraisemblable.

— Je pensais ne jamais te revoir, Dani.

Cette voix douce, grave et régulière, était celle qui, autrefois, m'offrait le réconfort et les conseils dont j'avais besoin.

— Baba ?

Son nom jaillit de mes lèvres comme si on me l'avait arraché, comme si je le prononçais dans une langue étrangère.

Je jetai un coup d'œil au djinn, qui observait la scène de ses yeux incandescents.

— Qu'avez-vous fait ? soufflai-je.

— Un autre tour de passe-passe, répondit-il en haussant les épaules – une mimique aussi peu naturelle que sa présence. Mais efficace, n'est-ce pas ? Les humains sont tellement soumis à leur passé… Il dicte tous leurs actes.

J'expirai par les narines, la main agrippée si fort à mon épée que je craignis de la briser.

L'illusion s'approcha de moi et je sentis sa présence factice – mon père, son parfum de feu et de fumée douce, de fer-chaud et d'acier fondu. D'un coup, je fus submergée par les souvenirs – je me revoyais assise au fond de l'atelier, le matin, alors que mon père attisait le brasier, le soir tandis qu'il sculptait des os de chameau, autour d'une assiette de dal kachoris chauds, et la fierté que je ressentais à chaque fois que je le faisais rire.

Le même homme se tenait devant moi à présent, sa barbe grise reflétant la lueur de la torche, les rides profondes de son visage mat semblables aux constellations d'étoiles.

Sauf que mon père était mort.

Je fermai les paupières pour effacer cette vision.

— Arrêtez… me forçai-je à articuler. Je ne veux plus le voir.

— C'est faux, répondit le djinn tout bas, soudain si proche que j'aurais pu le toucher. Tu veux tellement le voir que tu serais prête à te couper la langue. Je sens ton ardeur. Ta douleur. J'en suis presque enivré…

Son souffle froid caressa ma nuque.

— … Voilà la raison de ma présence.

Il agita la main au-dessus de ma tête.

— Je suis venu pour toi. Parce que ton besoin de vengeance est absolu. Pour le châtiment que tu veux infliger à ceux qui t'ont trahie.

— Cette vision n'est pas mon père.

— Que ferais-tu si tu disposais d'un pouvoir sans limite ? Si tu pouvais infliger tout ce que tu souhaites à ceux qui t'ont arraché ta vie ? Comment les ferais-tu payer ?

Je contemplai les rides au coin des yeux de mon père, creusées à force de rire. Alors, sa bouche se courba et il m'adressa le même sourire qu'autrefois, lorsqu'il m'ébouriffait les cheveux ou me conseillait sur le maniement de mon épée.

— Que cherches-tu ? articula-t-il, la tête penchée.

Je soupirai, cherchai l'impossible en lui, le surnaturel. Mais il paraissait aussi réel que l'épée dans ma main.

— Je voudrais trouver la réponse, Baba…

Il tendit la main vers moi. Mes poumons se glacèrent.

— Ne fais pas cela, soufflai-je, la voix brisée.

Il se figea, l'air surpris.

À la mort de ma mère, c'était lui qui avait ramassé les morceaux épars de ma vie. Ma grand-mère, terrassée par le chagrin, était restée inconsolable, si bien que je l'avais perdue elle aussi. Baba avait été la seule constante de mon existence, celui qui m'aimait envers et contre tout.

Sa mort avait lacéré mon cœur et la noirceur s'y était infiltrée, mêlée d'une rage que je n'aurais jamais imaginée. Car il n'était plus là pour me consoler, alors que j'avais tant besoin de lui.

S'il posait la main sur mon épaule, je m'écroulerais à coup sûr.

Or, je ne pouvais pas m'écrouler.

Pas alors qu'une autre vie était en jeu. Jamais je ne me pardonnerais la mort de ma seule et unique amie.

J'aurais mille fois donné au djinn l'usage de mon corps si j'avais eu l'assurance que cela me ramènerait mon père. Mais ce n'était pas le marché qui m'était proposé.

Personne ne savait faire revivre les morts, pas même les djinns.

Mais si je pouvais épargner une autre vie ? Celle de Noor. Qu'étais-je prête à céder pour cela ?

Je levai les yeux vers le djinn, arrachant tant bien que mal mon regard à celui de mon père.

— J'accepte le prix à payer, déclarai-je, ma voix se répandant dans le jardin comme une onde sur l'eau.

Je m'empressai de poursuivre pour ne pas perdre la maîtrise de moi-même, pour empêcher mes jambes de céder et de me projeter au sol.

— Mais je veux davantage, en échange.

Le poing sur mon épée, je me remémorai toutes les vies que Vahid avait anéanties, la famine, les insurgés brûlés en pleine rue. Les parents de Mazin assassinés dans leur village. Cet homme avait méthodiquement détruit tout ce qui se présentait sur son chemin vers le pouvoir absolu. À présent, j'étais décidée à tous les venger.

— Je veux le pouvoir de libérer Noor et de réduire l'empire à néant. Je veux tuer l'empereur. Et…

Je m'interrompis, me rappelant ces yeux noirs que je m'étais juré d'oublier, cette présence aimante qui avait révélé sa traîtrise.

— … et je veux que Mazin en soit témoin. De tout. Je veux qu'il me voie reprendre tout ce qu'il m'a pris, et qu'il meure à son tour. Voilà notre marché, djinn.

Je lâchai mon épée et tendis les deux mains, exhibant les cicatrices, les éraflures, et les nervures qui faisaient de moi qui j'étais. Et par-dessus, les veines noires qui serpentaient à présent sur mes bras, comme une huile toxique ondulant sous ma peau.

Ces mains étaient les miennes. Chaque cicatrice, chaque trace.

Et je m'apprêtais à les offrir à un djinn.

Mon estomac n'était plus qu'un trou béant qui me rongeait de l'intérieur. Tout en moi se révoltait contre ma décision. Contre ce choix qui pouvait m'offrir ce que je désirais mais qui me dépouillerait de tout le reste.

Je jetai un coup d'œil à mon père et, à la place de son sourire chaleureux, je reconnus celui du djinn, ses dents étincelantes – des lames au clair de lune.

— *Marché conclu.*

Chapitre 42

Thohfsa parut dans le bazar, sa silhouette éclairée par la lune, tel un phare dans la nuit.

Et sans Noor.

Si Thohfsa l'avait amenée, j'aurais pu combattre à l'épée. Mais, dans ces circonstances, je ne pouvais prendre aucun risque. Si la directrice ne revenait pas, les hommes qui la surveillaient exécuteraient mon amie à coup sûr.

— Où est-elle ?

Ma voix transperça la pénombre, telle une lame.

— Où est Noor ?

Thohfsa leva la tête, et sa bouche forma le sourire perfide que je lui connaissais si bien.

— En sécurité.

Son regard détailla mon visage – réel.

— J'avais oublié combien tu étais laide, susurra-t-elle.

Je levai les yeux au ciel et poursuivis :

— Prouve-moi que Noor est vivante.

Thohfsa ricana.

— Bien sûr qu'elle est en vie. Morte, cette sale vermine me serait inutile.

Puis, elle siffla et brandit sa torche.

Aussitôt, une flamme éclaira la fenêtre d'un bâtiment et Noor apparut dans l'encadrement, une lame plaquée dans le cou.

Je soupirai de soulagement. Je pouvais avancer.

— Libérez-la, ordonnai-je, brandissant mon épée.

Thohfsa leva la main.

— Un geste et mes gardes lui trancheront la gorge. Et tu n'auras pas le temps de la sauver, même avec toute la magie du monde.

Toute la magie du monde n'est rien par rapport à ce que je possède maintenant.

Je hochai la tête et ouvris une sacoche à ma taille. J'en sortis un sachet de zoraat et jetai un dernier coup d'œil à l'ingrédient de mes premières vengeances.

Mais je n'en avais plus besoin.

Je levai le regard vers Noor à la fenêtre, ma seule amie. Si je ne la sauvais pas, tout cela n'aurait servi à rien. Je serrai le sac dans mes mains, ignorant le cri de protestation de Noor, et le jetai aux pieds de Thohfsa.

— Voilà !

Elle le ramassa avec un sourire avide.

— Tout y est ?

— Jusqu'au dernier pépin.

— Comment puis-je m'assurer que tu ne mens pas ?

Je montrai mon visage découvert.

— Me promènerais-je ainsi si je mentais ?

Elle acquiesça et émit un nouveau sifflement. Cette fois, un bruit de bottes emplit la cour.

De centaines de bottes.

Je me figeai et fixai Thohfsa, m'imprégnant de son air dédaigneux.

— Croyais-tu vraiment que je ne te dénoncerais pas ? demanda-t-elle en fourrant le zoraat dans son sac. Que je te laisserais repartir libre ?

Noor cria par la fenêtre, et je braquai les yeux sur elle. Elle n'était pas morte, pas encore.

Les soldats de Thohfsa m'entourèrent et je leur accordai à peine un regard, malgré leurs épées brandies.

— Thohfsa, pensiez-vous vraiment que je vous ferais confiance ?

Elle plissa les paupières mais je ne lui laissai pas le temps de faire un geste avant de convoquer la force qui mijotait dans mes veines.

Le pouvoir que j'avais troqué contre ma propre vie.

Je sentis en moi une légère traction, puis quelque chose s'enclencha et m'inonda tout entière – un millier d'aiguilles brûlantes qui m'écorchaient la peau à mesure que le feu djinn se répandait dans mon corps.

Alors, les gardes firent pivoter leur lame en direction de Thohfsa.

Je les tenais tous entre mes mains. Leur vie, leur sang.

« De simples tours de passe-passe », avait dit le djinn, pourtant je déplaçais ces hommes aux masques impassibles comme de simples pions d'argile, les forçais à exécuter mes ordres. Je les contrôlais tout entiers.

— Qu'est-ce… ?

Thohfsa fourragea maladroitement dans sa sacoche, comme si le zoraat pouvait l'aider dans une situation pareille. Mais cette femme n'avait jamais su user de son pouvoir, même quand elle en avait.

— Vous avez échangé Noor contre des graines… Mauvaise affaire, assénai-je.

D'un geste, j'ordonnai aux soldats de s'avancer vers elle, alors qu'elle fourrait une poignée de graines dans sa bouche.

Les hommes continuaient de marcher.

— La subtilité du zoraat, c'est qu'il faut savoir l'utiliser, soufflai-je.

Une seconde plus tard, Thohfsa fut prise de haut-le-cœur, et ses jambes se dérobèrent sous son corps. En sueur, les yeux exorbités, elle se mit à se gratter la gorge frénétiquement.

Les soldats s'écartèrent et je m'avançai à mon tour pour m'accroupir devant mon ancienne tortionnaire.

— Cette fois, vous allez *mourir*.

— Dania… fit une voix familière dans mon dos.

Noor se tenait au bord de la place, les yeux ronds devant la foule de soldats désormais à ma main.

Je me levai alors qu'elle soufflait :

— Dania, qu'as-tu fait ?

Chapitre 43

— L'empereur sait que nous sommes ici. Thohfsa n'a pas pu mobiliser seule tous ces soldats.

Noor s'agenouilla à côté de Thohfsa qui avait cessé de gesticuler et de gémir. Elle reposait, à présent, inerte sur les pavés.

Morte. Pour de bon, cette fois-ci.

Noor leva vers moi un regard sombre.

— Qu'as-tu fait, Dania ? répéta-t-elle, si bas que je dus tendre l'oreille.

Elle observa les gardes, l'air peiné.

Et pourtant, la réalité était pire que tout ce qu'elle pouvait imaginer.

Le reproche dans sa voix me fit frémir, alors je rétorquai :

— J'ai fait ce qu'il fallait pour te sauver.

— Foutaises ! riposta-t-elle sans détour.

Je restai interdite.

— Tu l'as fait pour *toi.*

Ses yeux brillaient de douleur, comme si je l'avais détruite au lieu de la secourir.

— Et alors ? m'emportai-je à mon tour, jetant les bras en l'air. Tu peux aller où tu veux, à présent. Tu es libre !

La noirceur me rongeait de plus en plus, et le bouillonnement de rage s'intensifia. Noor n'était même pas reconnaissante de ce que j'avais fait pour elle ! Et cela provoquait en moi une colère inapaisable, un raz-de-marée émotionnel qui menaçait de me submerger.

— Aller où je veux ? répéta-t-elle, incrédule. Penses-tu que je t'aide depuis tout ce temps parce que je n'ai rien de mieux à faire ?

— Tu m'aides parce que tu te sens redevable depuis que je t'ai secourue de la prison. Eh bien, ce n'est plus nécessaire. Tu ne me dois plus rien. Je te libère de toute dette envers moi.

— Tu as cru que j'agissais par *devoir* ?

Son regard était en feu, et elle tremblait de tout son corps.

— Pourquoi cries-tu ? demandai-je, ahurie. Je viens de te sauver la vie !

Elle plissa les paupières.

— Et je t'en suis reconnaissante. Mais je ne t'ai pas suivie par obligation.

La gorge sèche, je crachai :

— Pourquoi, alors ?

Elle resta bouche bée avant de s'exclamer :

— Par *amitié*, Dania !

Une onde de chaleur gonfla dans ma poitrine, luttant contre la noirceur. Aussitôt, je détournai les yeux et pensai au sourire de Baba, à ses mains couvertes de suie. Au fantôme créé par le djinn qui s'était présenté à moi.

— As-tu oublié que tu voulais te venger de Vahid ? repris-je, la voix brisée.

J'avais besoin, coûte que coûte, de m'accrocher à quelque chose.

— Aucune vengeance ne vaut cela !

— Ne vaut quoi ? Que je paie de ma vie ? Ça a toujours été mon plan, Noor ! Je sais depuis le début dans quoi je me suis engagée.

Noor eut un rire ahuri.

— La vengeance ne vaut pas ce que tu t'es infligé… Le contrôle que tu exerces sur ces soldats ne peut pas provenir du zoraat. Je le sais mieux que quiconque ! Quel que ce soit le prix que tu as accepté de payer pour pouvoir maîtriser des corps humains, ça n'en valait pas la peine.

Elle croisa les bras et questionna :

— Tu as reçu la visite d'un djinn, n'est-ce pas ?

Je soupirai.

— Oui. Celui qui a accordé son pouvoir à Vahid.

Noor gémit puis pinça les lèvres.

— Et qu'a-t-il demandé en échange de son pouvoir ?

— Rien que je n'aie été disposée à lui donner, répliquai-je, masquant à peine mon amertume.

Puis, je soupirai lentement. Noor ne méritait pas ma colère.

— Noor, raisonnai-je, les mains tendues. En te capturant, Thohfsa a achevé de tout me prendre. J'ai donné le peu qu'il me restait pour te sauver et la punir, une bonne fois pour toutes. Je tiendrai le marché que j'ai conclu avec le djinn.

— À quel prix ? Tu es consumée par ton besoin de vengeance, mais elle ne te procurera pas le soulagement que tu souhaites. La vengeance ne ramènera pas ton père. Et quoi que tu aies consenti, ce n'est pas ce qu'il aurait souhaité pour toi.

Je lâchai un rire aigre.

— Tu ne sais rien de ce qu'il aurait souhaité. Je lui dois cette vengeance, assénai-je, les poings serrés et renonçant à garder mon calme. Tu te trompes si tu penses que je ne ferai pas tout ce qu'il faut pour les anéantir. Ne fais pas cette erreur !

Noor haussa les sourcils et émit un sifflement.

— Tu me menaces, maintenant ? Regarde un peu ce que t'a fait ce pouvoir. Une personne qui t'aime ne peut souhaiter que tu t'infliges un tel châtiment.

— Peut-être, mais c'est moi qui choisis !

— Je te repose la question : *à quel prix ?*

Je contractai les mâchoires et la dévisageai.

Elle soupira et passa les mains dans ses cheveux.

— Discuter avec toi ne sert à rien, et le temps est compté. Je vais me rendre chez ta grand-mère et m'assurer qu'elle n'est pas en danger. Mais si tu refuses de me dire quel marché tu as conclu, n'oublie pas ceci…

Elle s'avança d'un pas pour attraper mes poignets. Son geste me surprit et, sous l'effet de l'énergie qui pulsait sous ma peau, je manquai de me débattre.

— … quoi qu'ils en disent, les djinns n'ont pas le pouvoir de prendre possession de ton corps ni de ton âme sans ton accord. C'est Souma qui me l'a dit et je pense qu'il en avait connu un, autrefois. Rien ne t'oblige à tout sacrifier pour te venger.

Une lueur d'espoir brilla dans son regard, comme si cette confidence allait me sauver. Elle ne comprenait pas que j'avais déjà choisi.

— Je vais finir ce que j'ai commencé, affirmai-je. Quelles qu'en soient les conséquences.

Je croisai les bras pour masquer mes tremblements.

Pour toute réponse, Noor se hissa sur le cheval que j'avais amené. En selle, elle me jeta un long regard.

— Tu m'as assez sermonnée, Noor, avertis-je.

— Ce n'est pas ce que j'allais faire. Je veux seulement te donner un dernier conseil, et un avertissement. Dès qu'ils se rendront compte qu'il est arrivé quelque chose à Thohfsa, les gardes de l'empereur accourront. Alors prends-les de court et rends-toi tout de suite auprès de Vahid. Mais Dania…

Elle secoua la tête avec tristesse.

— … ne change plus d'apparence. Laisse-les voir qui tu es vraiment. Que Mazin entende de ta bouche ce que tu veux lui dire.

Son cheval était déjà en marche lorsque je l'interpellai une dernière fois. Nos regards se rencontrèrent – mes pupilles sombres et ses yeux clairs –, et je repensai à ce jour où elle avait jailli du sol de ma cellule, où elle m'avait redonné l'espoir et permis de croire que je pouvais être davantage que ce à quoi m'avaient réduite mes ennemis.

— Merci.

Elle hocha la tête, les lèvres serrées, avant de disparaître.

Je me retrouvai seule.

Pour la première fois depuis longtemps.

Alors, je mis le cap sur le palais, et sur l'avenir que j'allais arracher de mes deux mains maculées de sang.

Chapitre 44

Le bruit de mes bottes résonnait dans les ruelles pavées qui me conduisaient à l'immense palais de grès dressé au cœur de la cité. Les accès étaient barrés depuis la dernière émeute, et encore jonchés de corps calcinés. La mort encerclait le palais – la réplique de Vahid à la révolte de son peuple.

Son œuvre et la mienne.

Car j'avais attisé personnellement les flammes qui avaient brûlé ces corps en incitant les habitants de Basral à se soulever contre le despote. À présent, j'étais responsable de leur mort.

La cité s'éveillait tout juste, et les quelques passants que je croisais m'observaient avec des regards anxieux. Je savais ce qu'ils voyaient : une fille au regard sanguinaire, parcourant les rues les cheveux en bataille, bottes noires aux pieds et une épée dans le dos. Je les toisai en retour jusqu'à ce qu'ils détournent les yeux, qu'ils ne supportent plus cette vision enragée.

Plus je m'approchais du palais, plus je sentais la force du djinn affluer dans mes veines. Le temps que j'atteigne les marches de marbre, une armée de soldats s'y était massée.

Mais Vahid pensait avoir affaire à un groupe de rebelles, à des habitants qu'il pouvait terrasser à coups de flammes magiques.

Il n'imaginait pas devoir affronter une adversaire plus puissante que lui.

Les soldats avaient consommé du zoraat, je m'en rendis compte tout de suite à leurs sourires narquois, aux tressaillements de leurs épées. Mes propres mains se tendirent vers le talwar harnaché dans mon dos. Mais je n'avais pas besoin de mon arme, pas alors que le pouvoir d'un djinn circulait dans mon corps.

Je plongeai les doigts dans la terre – comme quand j'avais détruit les champs de zoraat. Et cette fois, au lieu de chercher des racines, c'est la terre elle-même que je palpais.

Puis, d'un coup, je la fis trembler.

Il y eut d'abord un craquement, et une colonne du palais s'écroula sous les yeux hagards et les hurlements des soldats. Puis, le sol se mit à onduler, comme parcouru de vagues qui se répandirent aussitôt dans la cité, fracassant tout sur leur passage. Dix soldats au moins se ruèrent sur moi, leurs armes transformées en lames de feu à la faveur de la magie.

Je les balayai de la même façon, au moyen des rayons incandescents surgis du creux de mes paumes. Tous furent instantanément projetés au sol et carbonisés, comme les insurgés qu'ils avaient brûlés vifs aux abords du palais.

L'exaltation flambait en moi.

Cela en valait le prix.

Pouvoir détruire Vahid en usant des mêmes moyens que lui – jamais je ne le regretterais.

Des nuages noirs se rassemblaient dans le ciel – la puissance de l'orage venue sublimer ma violence.

Je détachai mon épée et gravis les marches du palais, tremblantes sous mes pas. Les gardes s'écartèrent sur mon passage en hurlant, et à chacun, j'assénai un coup de flammes blanches. Je pénétrai dans l'édifice et, au son de mes talons martelant le marbre immaculé, me précipitai vers la salle du trône, plus décidée que jamais.

Je traversai la cour intérieure plongée dans la pénombre, sous les cieux tempétueux, et bordée de plantes délicates.

Parmi celles-ci, j'aperçus une rangée de zoraat. Décidément, l'empereur ne perdait pas une occasion d'exhiber la source de son pouvoir. J'incendiai les végétaux maudits, et leur fumée vint noircir encore le ciel.

Des pas retentirent derrière moi. Je tournoyai, prête à décimer d'autres soldats – peut-être Vahid lui-même.

Mais je n'avais pas pensé me retrouver face à *lui*…

Chapitre 45

Avant

Je clignai des yeux, incapable, sur le coup, de faire converger dans mon esprit le corps inerte à mes pieds et le chef de guerre plein de vie que j'avais défié le matin même. Ses mains gantées de noir agrippaient encore l'épée qu'il tenait pointée vers moi quelques heures plus tôt. Sa bouche, béante et dégoulinante de poison djinn, était figée dans un cri silencieux.

Du poison djinn.

Il avait été assassiné. Qui avait commis ce crime ?

Une fiole brisée reposait près du cadavre, sans livrer toutefois le moindre indice.

Certes, j'avais eu envie d'anéantir cet homme que je soupçonnais d'avoir tué ma mère et, sans réfléchir, proféré une menace bien sentie. Mais j'aurais voulu lui infliger la mort à la pointe de mon épée – pas en lui servant une fiole de poison.

Un son résonna derrière les portes du palais.

Je regardai autour de moi mais ne vis personne d'autre que le chef de guerre mort sur le sol. Maz m'avait demandé de venir à sa rencontre ici même, pourtant il n'était nulle part en vue.

Un deuxième écho retentit, semblable au grondement du tonnerre.

Je devais avertir quelqu'un de l'assassinat du chef de guerre. Je devais trouver Maz.

Alors, comme s'il avait entendu mes pensées, la porte s'ouvrit et il parut dans l'embrasure, la mine aussi sombre que son sherwani. Je soupirai de soulagement, et quelque chose se relâcha en moi. Maz saurait quoi faire.

Mais il était talonné par une vingtaine de gardes.

— Maz… lançai-je.

L'empereur serait furieux. Un opposant assassiné au cœur même de son palais ? Il peinait déjà bien assez à réprimer les émeutes qui agitaient les provinces du nord – le pire serait que les rebelles apprennent qu'un des leurs avait été exterminé dans sa propre demeure.

— J'allais t'avertir, lançai-je à Mazin en désignant le cadavre à mes pieds. Je l'ai trouvé ici. Il est mort.

— Dani ?

Le visage de Maz était impassible.

— Que fais-tu ici ?

— Sur les lieux d'un crime ! s'écria Darbaran, surgissant derrière lui et se précipitant vers moi, cimeterre levé.

Par réflexe, j'attrapai mon épée et reculai.

— Vous avez vu ? renchérit-il. Cette fille veut m'attaquer ! Le chef de la garde palatine !

Je fus prise d'une furieuse envie de mettre un grand coup de pied dans son petit visage de mangouste froissé de colère.

— Oh, toi, la ferme ! répliquai-je en levant les yeux au ciel. Je n'ai rien à voir là-dedans, c'est évident !

Je me tournai vers Mazin, un sourire en coin, mais me figeai en découvrant son visage de marbre.

Quelque chose résonna alors au fond de mon cerveau, et j'eus la sensation de sortir de moi-même, comme si j'assistais à la scène de loin.

— Maz ?

Je grimaçai au son de ma propre voix – mon ton presque suppliant.

— Cette fille est plantée à côté d'un cadavre ! tempêta Darbaran. Elle a tué un chef de guerre au cœur même du palais. Il faut avertir l'empereur sur-le-champ !

— Cette accusation me paraît bien facile, rétorquai-je. Quand on sait que cet homme est un des principaux opposants à Vahid !

Mais, à peine eus-je prononcé ces mots que je les regrettai.

Jusqu'à ce jour, je n'avais jamais eu de mal à exprimer haut et fort mes pensées, jamais craint les conséquences de mes propos. Mais, à cet instant, je compris que j'aurais mieux fait de me taire.

Une moiteur se forma sur mon front et au creux de mes mains. Je serrai plus fort mon épée pour contenir mes tremblements, et pour pouvoir opposer une résistance solide à ceux qui tenteraient de m'embrocher.

Lentement, je me résolus à combattre et soulevai ma lame.

Mazin, lui, demeurait immobile.

— Maz, articulai-je le plus calmement possible, alors que chaque fibre de mon corps avait envie de hurler. Fais quelque chose…

Il pouvait donner des ordres à ces soldats. Les empêcher de m'arrêter.

Le son de ma voix sembla l'arracher à son état de transe, et il approcha la main de son épée.

Je secouai la tête, sans comprendre. Pourquoi faisait-il mine de s'armer ?

Pourquoi ne leur ordonnait-il pas de baisser la garde ?

Son visage était toujours de marbre. Un seul indice prouvait qu'il écoutait : le tressaillement de sa mâchoire.

L'épouvante monta en moi.

Il ne pouvait pas.

Maz ne pouvait pas leur ordonner de me laisser tranquille. Pas alors qu'un chef de guerre gisait à mes pieds.

Il s'avança vers moi, l'épée levée, et je compris.

Puisqu'il ne pouvait pas m'exonérer, il allait combattre à mes côtés. C'est ainsi que nous nous en sortirions.

Puis, nous découvririons la véritable identité de l'assassin.

Je ne pouvais affronter ces hommes seule. Mais, avec Maz, tout était possible. Je voyais bien en quoi la mort du chef de guerre arrangeait l'empereur, mais je refusais catégoriquement de jouer les boucs émissaires.

Heureusement, Maz était dans mon camp.

Je lui adressai un sourire reconnaissant, auquel il ne répondit pas. À la place, il me dévisagea d'un œil froid, et demeura près des gardes.

— Dani… murmura-t-il, la voix douce et grave.

— Qu'attendez-vous ? vociféra Darbaran, effaré. Si vous ne l'arrêtez pas, je m'en chargerai !

Il me scruta des pieds à la tête, les paupières plissées, avant d'ajouter :

— Et si elle résiste, j'emploierai la force.

— Essaie un peu de me toucher, et je trancherai tes sales mains.

— D'ici peu, tu en seras privée aussi, gamine, rétorqua-t-il.

— Mazin ! criai-je, dans l'espoir de le faire enfin réagir.

Qu'attendait-il pour sortir de son inertie, pour m'attraper par la main et m'entraîner avec lui ? Pour que nous nous échappions ensemble ?

Nous irions chercher sa sœur, puis rallierons mon village pour enjoindre à mon père et Nanu de faire leurs bagages.

Puis, tous ensemble, nous fuirions.

Je croisai le regard noir de Mazin. J'y reconnus la même pénombre que la fameuse nuit où il était venu dans ma chambre, où il m'avait confié que Vahid avait tué sa mère.

Si nous prenons la fuite, nous serons des fugitifs jusqu'à la fin de nos jours.

Alors, tout devint clair.

Il n'avait jamais envisagé de venir avec moi.

Nous n'allions pas nous battre côte à côte.

J'étais seule.

Mon estomac se noua, comme ma gorge. Je remuai les lèvres, mais pas un son n'en sortit. Je posai les doigts sur ma bouche, comme pour m'aider à articuler. Mais la seule chose qui me vint à l'esprit fut le dernier baiser de Mazin, le matin même. Son contact chaud et son sourire contre ma peau.

À l'opposé du regard froid qu'il m'adressait à présent, empli d'une détermination que je ne lui connaissais pas. J'empoignai mon talwar comme une débutante, sondai la cour avec désespoir. J'étais trop loin des fenêtres pour pouvoir m'y jeter, et les gardes barraient la seule autre issue.

Je n'allais pas m'en sortir. Pas contre vingt gardes. Et surtout, pas sans Mazin.

— Dani…

Sa voix était suave, comme s'il amadouait un étalon sauvage avant de lui jeter une corde autour du cou.

Je ne le laisserais pas faire.

— Comment oses-tu ? grondai-je, la lame pointée vers lui. S'il refusait de m'aider, j'affronterais ces hommes seule.

Son visage se ferma et ses yeux se posèrent sur mon arme. Puis, il pivota vers les gardes.

— Arrêtez-la.

Mon sang se glaça. Je ne respirais plus.

Il avait choisi. Choisi Vahid.

L'homme qui l'avait élevé, et qui avait tué sa mère.

C'est alors seulement que je compris pourquoi le chef de guerre gisait à mes pieds. Ce n'était pas une coïncidence. Cela faisait partie d'un plan.

— Tu m'as piégée, soufflai-je à Mazin.

Si je ne l'avais pas aussi bien connu, je n'aurais pas remarqué la tension de ses traits. Ce signe confirma mes soupçons, après quoi son visage ne trahit plus la moindre émotion.

— Dani, ne nous complique pas davantage la tâche… Rengaine ton épée et tu ne seras pas blessée.

— *Rengaine ton épée ?*

J'éclatai d'un rire mêlé de panique.

Ma voix ricocha contre les plafonds du palais, comme autant de craquements d'os.

— Décidément, tu ne me connais pas.

Je pivotai vers les gardes et les défiai :

— Allez-y, essayez un peu de m'arrêter.

— Dani ! répéta Mazin d'un ton plus sec, plus impérieux. Arrête.

— Ne me dis plus jamais quoi faire.

Je soulevai mon épée, prête au combat.

— Tu ne représentes plus rien pour moi.

— Dani, arrête. Tu vas mourir.

Sa voix était ferme, mais je connaissais son jeu, à présent.

— Je mourrai de toute façon si tu me livres à l'empereur…

Je fis un pas en avant.

— … autant finir l'épée à la main !

Je bondis sur les gardes à ma droite afin de me frayer un chemin vers la sortie. Mais dès mon premier geste, Mazin virevolta à son tour et dégaina sa lame.

Le souffle coincé dans ma gorge, je le toisai.

— Tu veux vraiment te mesurer à moi, Mazin ? Tu perdras, tu le sais.

Mais, avant qu'il ait le temps de répondre, Darbaran bondit. Je tournoyai pour lui faire face et, du coin de l'œil, vis Maz s'avancer vers moi.

Je ne pouvais pas les affronter en même temps.

Je pris une inspiration et rassemblai toute ma concentration. Était-ce ainsi que j'allais finir ? Poignardée dans le dos par mon amant ?

Le tranchant de son épée se réfléchit dans une fenêtre et je pivotai de nouveau.

Coûte que coûte, je l'obligerais à me regarder dans les yeux lorsqu'il m'assénerait le coup fatal.

Je vis alors, contre toute attente, qu'il tenait son arme à l'envers, la garde levée au-dessus de ma tête. Je fronçai les sourcils, reculai d'un pas, la confusion se mêlant en moi à la rage. Je compris alors ce qu'il allait faire.

Non.

J'ouvris la bouche pour crier, mais le mot s'agrippa à ma gorge. Je levai mon propre talwar – trop tard.

Il abattit son épée sur mon crâne.

Mes jambes cédèrent et je heurtai le sol de pierre, avalée par un trou noir.

Chapitre 46

— Laisse-moi passer.

— Dani…

J'arborais mon vrai visage. Il savait qui j'étais. Et mon nom sur ses lèvres raviva, d'un coup, tous les souvenirs que j'aurais voulu enfouis à jamais. La légère inflexion de sa voix, sur la deuxième syllabe, me rappela la caresse de ses doigts sur mon épaule lorsqu'il murmurait à mon oreille.

— Tu n'as plus le droit de m'appeler comme ça.

— Comment devrais-je t'appeler, alors ? Sanaya ?

Je levai la tête d'un coup. Il savait que nous n'étions qu'une seule et même personne.

Il s'avança vers moi d'un pas décidé, comme s'il n'imaginait pas que je puisse le blesser, comme si je ne brandissais pas l'épée de mon père défunt dans le seul et unique but de lui trancher la gorge.

Je soulevai haut ma lame. Il continua d'approcher, lentement mais sûrement, sans donner aucun signe de vouloir contre-attaquer.

— Thohfsa t'a dit qui j'étais ?

— Tu crois que je n'avais pas compris ?

Sa voix calme, posée, me parvint clairement de l'autre côté de la cour. Il inclina la tête, détaillant les traits de mon visage – mon vrai visage – et, étrangement, je fus prise d'un sentiment de soudaine vulnérabilité.

La colère grimpait dans ma poitrine – la rage contre moi-même de constater qu'il avait encore tant de pouvoir sur moi.

Je reculai d'un pas.

— C'est impossible… soufflai-je.

— Tes mains étaient les mêmes, articula-t-il. Les tiennes.

Il leva le poing droit et désigna ses propres articulations.

— Je connais toutes tes cicatrices. Surtout celles que je t'ai infligées. J'ai reconnu cette plaie sur tes doigts la première fois que tu es venue au palais.

Mon cœur cessa de battre. Je me remémorai son contact, ce jour-là, quand il m'avait tenu la main. La lenteur avec laquelle il s'était baissé pour m'embrasser. La manière dont ses lèvres avaient effleuré ma cicatrice.

— Tu n'as rien dit ? demandai-je, la peau soudain glacée. Tu savais que c'était moi ? Y compris quand on…

Je repensai à notre étreinte lorsque j'étais montée dans sa chambre, et à ce que nous avions presque fait. À toutes les fois où j'avais entrepris de le séduire et où je pensais maîtriser la situation. Depuis le début, c'était lui qui me manipulait.

Une irritation nouvelle afflua en moi, comme la blessure cinglante de la honte devant le constat qu'une fois de plus, il avait été plus intelligent, alors même que j'étais sur mes gardes.

— Je voulais voir où te mènerait ton plan. Et puis… je me sentais coupable. De ce que je t'avais infligé.

Il détourna les yeux, les mâchoires serrées.

— J'aurais tout arrêté avant qu'on… Mais finalement, c'est toi qui t'es sauvée.

Il s'approcha d'un pas et poursuivit :

— Je ne savais pas que tu t'étais évadée, Dani. Thohfsa ne l'a dit à personne. Tu t'es échappée d'une des plus terribles prisons de l'empire… et tu es immédiatement revenue ici. Pourquoi ?

— Tu le sais très bien, grondai-je alors que nous nous tournions autour. Tu m'as trahie. Tu as trahi mon père. Et, à présent, il est mort.

Je m'avançai, la voix tremblante de colère.

— Tu m'as volé ma vie !

— Je n'ai cessé de me démener pour toi, affirma-t-il, l'air soucieux mais sévère.

Je pinçai les lèvres.

— Je ne te crois pas.

— Tu ne t'es jamais demandé pourquoi tu n'avais pas été exécutée ? Si j'avais été informé à temps, la vie de ton père aussi aurait été épargnée. J'ai réussi à te faire transporter clandestinement jusqu'à la prison pour que tu aies la vie sauve.

— Tu m'as condamnée à la torture ! m'égosillai-je, folle de rage.

À cet instant, les mots murmurés – cette voix que je savais à présent reconnaître, celle du djinn – retentirent :

Vengeance. Vengeance. Vengeance.

Maz parut stupéfait. Je continuai d'avancer vers lui, l'épée levée.

— Tu m'as condamnée à la souffrance et au chagrin.

À chacun de mes mots, ses yeux devenaient plus sombres.

— Tu m'as trahie ! Toi, l'homme que j'aimais… Pourquoi m'aurais-tu sauvé la vie alors que tu m'avais détruite ?

Ces dernières paroles étaient un murmure chargé de douleur.

Mazin serra les poings, et ses articulations pâlirent.

— Parce que c'est tout ce que je pouvais faire pour t'épargner. Sans ça, ils t'auraient tuée.

— Tu mens ! Tu voulais que je souffre !

— Tu te trompes…

Je secouai la tête, désespérée.

— Alors pourquoi, Mazin ?

Je ne supportais pas d'entendre ma voix vaciller et se briser. De percevoir combien le transpercer de mon épée sans une arrière-pensée m'était, en réalité, impossible. J'avais besoin de *savoir*. De connaître sa réponse, quelle qu'elle soit.

— Pourquoi ? répétai-je dans un souffle.

Sa mâchoire tressaillit et il détourna les yeux, comme si mon regard était devenu trop pesant.

— Vahid a tué ma mère, répondit-il tout bas. Et le pire, c'est qu'il en riait. Il était hors de question que je le laisse s'en tirer. Mais je n'avais pas pensé que les choses prendraient une telle tournure. Pour éviter une nouvelle révolte dans les provinces du nord, on a raconté que tu avais tué le chef de guerre.

— Tu reconnais donc que c'était un coup monté ?

Il secoua la tête.

— Non. Je pensais collaborer avec ce chef de guerre et renverser l'empereur. Mais il est mort avant qu'on ait pu agir.

— Menteur ! crachai-je. C'est toi qui l'as tué ! Toi qui l'as empoisonné et laissé pour mort, afin que je le découvre là où tu m'avais donné rendez-vous et qu'on m'accuse.

— Pourquoi aurais-je fait une chose pareille ?

— Parce que cet assassinat risquait de déclencher une vraie révolte, une guerre civile. Tu t'es servi de moi comme d'un pion pour parvenir à tes fins.

— Dani, je t'aurais fait évader de prison, je te le jure. Mais d'abord…

— D'abord tu devais t'assurer de la mort de mon père ? C'est ça ? Même si ton histoire est vraie, même si ce n'était pas un coup monté, tu m'as tout de même laissé accuser d'un crime que je n'avais pas commis. Tu me devais davantage, Mazin.

— Tu as raison, admit-il tout bas.

Je reculai.

— Pardon ?

— Je te devais davantage que ça. Mais je n'aurais jamais pu m'enfuir du palais avec toi. Je devais penser à Anam. Qu'aurait fait Vahid si j'étais parti ? Je devais la protéger…

Anam.

Une acidité se répandit sur ma langue. Je voulais le forcer à prononcer les mots précis. Qu'il admette avoir pensé à tout le monde, sauf à moi.

Le tonnerre gronda et je levai les yeux. Les nuages épais noircissaient nos silhouettes à présent, et fondaient nos ombres l'une dans l'autre.

La pluie se mit à tomber dru, le sol martelé de grosses gouttes assourdissantes.

— Dani, le choix que j'ai fait…

Il secoua la tête.

— … était une erreur. J'ai choisi la vengeance. Je l'ai choisie au mépris de tout le reste. Y compris toi.

Cet écho de mes propres paroles écorcha ma peau. Je le balayai, comme l'averse tambourinant sur mes épaules.

— Dis-moi ce que tu veux, Dani. Je te prouverai ma sincérité.

— Ce que je veux ?

Je positionnai mon épée ruisselante devant mon visage.

— Je veux récupérer mon chat.

Sur ces mots, je me jetai sur lui, la lame tendue vers son cœur. Malgré mes mains moites, ma vision trouble, tout ce qui avait à voir avec Mazin était parfaitement clair. Je n'allais pas le laisser me dépouiller une fois de plus de ce à quoi je tenais.

Enfin, il dégaina son arme, dans une posture strictement défensive. Il repoussa ma lame, mais je connaissais cet homme – son corps, ses muscles, sa résistance à l'effort, ses habitudes et ses manies.

Je savais comment le battre.

Je multipliai les assauts. Encore et encore. Mon épée dessina une arche au-dessus de nos têtes et rencontra la sienne, sous la pluie étincelante.

— Je ne veux pas te combattre ! cria-t-il.

— Tu n'as pas le choix.

Il se protégeait de mes assauts, mais n'attaquait pas. Le même masque soucieux voilait son visage, mais la tension de sa mâchoire était bien visible, ainsi que les plis sur son front.

Il retenait ses coups alors que j'aurais voulu qu'il les lâche. Qu'il brûle autant que moi de haine, qu'il se batte comme s'il tenait à moi, un tant soit peu.

— Tu avais déjà formé ton plan quand tu m'as amenée dans ta chambre ?

Ses yeux brillèrent alors que je m'évertuais à le déstabiliser.

— … Quand tu m'as parlé de ta mère ? Savais-tu déjà que tu me sacrifierais à Vahid, comme lui l'a sacrifiée ?

Il s'appuya plus fort sur mon épée pour me faire reculer mais sa lame trembla, et la mienne glissa le long de son bras, lui éraflant la peau. Il grimaça mais parvint à esquiver l'attaque suivante en tournoyant sur lui-même.

— Quand je t'ai ouvert mon cœur… tu savais déjà que tu allais le briser, n'est-ce pas ?

Avec un bond, je m'accroupis en balayant l'air de mon épée. Ma lame l'atteignit à l'abdomen et il trébucha en arrière. Il chuta avec un grognement, sous la pluie torrentielle.

Presque aussitôt, il se redressa sur les coudes et, d'un mouvement agile, se releva avant que je puisse me jeter sur lui.

Alors, il engagea le combat.

Une bouffée de satisfaction monta en moi lorsque son épée heurta la mienne, et je vis la colère saigner dans son regard.

— Non ! répondit-il – un cri amplifié par l'averse. Rien de tout cela n'était prévu. Pas un instant je n'ai souhaité ce qui est arrivé.

Sa voix était rauque ; sa façade de marbre, enfin, se craquelait.

— Je voulais faire souffrir Vahid, pas toi. Tu as été entraînée dans cette affaire malgré moi.

— Et mon père ?

Je pirouettai, et lui assénai un coup de garde dans la mâchoire. Sa tête se renversa en arrière et il chancela. Je m'élançai, la lame tendue.

Mais il pivota au dernier moment, et je ne parvins qu'à l'effleurer – une ligne de rage à l'endroit du cœur.

Si tant était que Mazin avait un cœur.

— Quelle autre conséquence aurait pu avoir mon arrestation ? Évidemment que mon père voudrait me libérer !

Un voile de douleur passa sur son visage, et une pointe de tendresse jaillit en moi.

— Je pensais avoir plus de temps…

— Pardon ? Tu voudrais que je m'apitoie sur ton sort ? Toi qui vis dans un palais doré, qui exécutes les ordres de l'homme qui as assassiné ta mère pour protéger une sœur qui serait sans doute mieux ailleurs ? Que connais-tu de la trahison ? Que sais-tu de ce que j'ai traversé ?

Mazin chassa mon épée, un geste d'une force qui dépassait la mienne. Jamais je ne le vaincrais avec ma puissance physique ; en revanche, j'étais plus rapide, plus maligne – depuis toujours, mon point fort était de savoir exploiter les faiblesses de mes adversaires. Maz taillada l'air devant moi pour m'obliger à reculer. Mais avec un pas de danse, je brandis mon arme.

— Tu crois que je ne comprends pas ?

Sa voix était rauque, son visage proche du mien tandis que nos épées se pressaient l'une contre l'autre – une bataille silencieuse.

— Tu penses que je n'ai pas pleuré la mort de ton père, moi aussi ? Je l'aimais comme si c'était le mien.

— Ta loyauté a dit tout l'inverse.

— Je pensais pouvoir anéantir Vahid ! hurla Mazin, et il refoula une fois de plus mon épée. Je pensais pouvoir affaiblir l'influence de l'empereur dans les provinces du nord mais la mort du chef de guerre a tout compromis. Et puis tu étais là, pile au mauvais endroit au mauvais moment. Je ne pouvais pas prendre le risque qu'on m'associe à une tentative de déstabilisation de l'empire en laissant ma sœur à la merci de la fureur de Vahid. Et compromettre mes chances de détruire son empire.

Son regard était fiévreux, ses lèvres sèches.

Je lui adressai un sourire sombre.

— Enfin, nous y voilà. La vérité. Tu ne voulais pas protéger ta sœur, tu ne cherchais pas la vengeance. Tu voulais le pouvoir. Tout ça, tu ne l'as fait que dans ton propre intérêt.

— Bien sûr que si, je voulais me venger, rétorqua-t-il, les mots résonnant dans mes os comme si je les avais prononcés moi-même.

— Je voulais venger ma mère. Et regarde un peu ce que ça m'a valu ! Dis-moi, Dani, que te coûte ta vengeance ?

Il jeta son épée sur le marbre blanc et défit les boucles dorées de son sherwani, trempé par la pluie. D'un geste brusque, il enleva le vêtement. En dessous, son kurta blanc collait à son corps comme une seconde peau, laissant voir si nettement ses cicatrices que j'en percevais presque les reliefs sous mes doigts.

— *Que te coûte ta vengeance ?*

Il tomba à genoux, les yeux braqués sur moi comme devant un bourreau.

— Si je ne suis plus que l'ombre de moi-même, c'est à cause de ce que je t'ai infligé. De ce que j'ai infligé à ton père. Et pourtant, Vahid détient toujours le pouvoir. Il continue de régner sur l'empire, malgré ses méfaits.

Il posa la main sur son cœur. La pluie n'était, à présent, plus qu'une bruine légère.

— Quand on t'a emmenée, j'ai cru qu'on me dévorait le cœur, tu comprends ? Penser que tu étais emprisonnée, que je ne pouvais rien faire, c'était trop dur…

J'ordonnais à mes doigts de remuer, à mes mains de cingler, à ma lame de lui transpercer la poitrine comme il l'avait fait en m'envoyant en prison. Mais en vain. Une force en moi m'en empêchait. Mazin se tenait à mes pieds, sincère, et seuls demeuraient entre nous la vérité, ce combat et cette souffrance partagée.

Il prétendait ne pas m'avoir trahie, mais sacrifiée pour se venger. Était-ce plus acceptable ?

Je brandis mon épée avec un cri qui me déchira la trachée, la rage, la douleur et l'angoisse déferlant dans mon corps comme un fleuve déchaîné.

Il demeura immobile, les yeux rivés sur moi, comme s'il approuvait ce que je m'apprêtais à faire.

Mes bras se figèrent au-dessus de ma tête.

Que te coûte ta vengeance ?

Noor avait prononcé des paroles similaires, mais je ne les avais pas écoutées. La magie djinn brûlait toujours dans mon sang, comme un orage de feu, et je savais désormais que je n'avais pas besoin de poignarder Mazin pour le tuer. Je pouvais l'assassiner d'un claquement de doigts. Cette idée sombre s'engouffra en moi et prit le contrôle de mon arme comme si j'étais au bord d'un gouffre, prête à sauter dans le vide. J'avais atteint un point de non-retour, un point d'aveuglement exacerbé par la furie de la magie djinn, une soif de sang absolue.

— Dani, je t'aime.

Je fermai les paupières, regrettant instantanément qu'il ait prononcé ces mots. Ces paroles qui me ramenèrent aussitôt à moi-même, à qui j'étais profondément, avant les drames, avant la mort de mon père, avant d'être privée de tout ce que je connaissais et qui comptait pour moi.

Mais tout ce que j'avais fait, alors ? Tout ce que j'étais devenue pour le vaincre, enfin ?

Ma lame trembla.

— Dani… souffla-t-il, si bas que je l'entendis à peine par-dessus la pluie. Je suis désolé…

Je baissai les bras.

Mon épée heurta le sol avec fracas. Puis je tombai à genoux, à terre.

— Dania.

Sa voix transperça ma poitrine car, malgré tous mes efforts, malgré la lutte forcenée que j'avais menée pour me venger, pour me libérer, la moitié de mon cœur lui appartenait toujours. Il l'avait brisé et pourtant, il lui appartenait, sans que je puisse rien y faire.

Mazin s'avança vers moi.

Et je saisis ses mains tendues.

Chapitre 47

Ses paumes étaient chaudes, dans la bruine, et son contact réconfortant, malgré la tempête d'émotions qui se déchaînait en moi. Ses doigts se mêlèrent aux miens et je fermai les yeux.

— Comment se fait-il que je n'arrive pas à te tuer ?

Dans ma voix résonnait le désespoir, débarrassé de toute la brutalité qui m'avait animée jusqu'alors. Le pouvoir djinn courait toujours dans mes veines mais son écho et sa force semblaient étouffés.

— Pour la même raison que celle qui m'empêche de dormir depuis un an. Parce que, quand je rêve, c'est toujours de toi. Quand je combats, c'est ta voix que j'entends. On est imbriqués, Dani. Je ne te demande pas de me pardonner ce que j'ai fait. J'aurais dû me battre pour toi. Tu aurais dû être plus importante que mon désir de vengeance.

Il déglutit et ferma les yeux.

— Je pensais pouvoir t'aider ensuite. Et en même temps priver Vahid de son pouvoir. Le confronter, à son tour, à l'impuissance. Mais je n'aurais jamais dû te sacrifier pour ça.

Il était si proche de moi… Je pouvais presque goûter la pluie sur ses lèvres. Et pourtant, je demeurais tiraillée.

Qui étais-je si je renonçais à la vengeance ?

Je dus prononcer ces mots tout haut parce qu'un feu s'alluma dans ses yeux et il m'observa comme si, pour la première fois depuis plus d'un an, il me voyait vraiment.

— Tu es Dania.

— Mais ce n'est pas vrai. Je ne sais plus qui je suis. Je ne suis peut-être même plus humaine.

Je pliai les doigts, tentant de canaliser la pulsation sous ma peau.

Le souvenir me revint de ce que j'avais infligé aux soldats qui s'étaient dressés sur ma route. Aux gardiens de prison. Et brusquement, je me sentis… épuisée.

Le visage de Noor m'apparut, suppliant. Puis, celui d'Anam, qui n'avait toujours aucune idée de ma véritable identité, mais qui m'avait fait confiance sous des traits étrangers. Et je songeai à Nanu, qui m'attendait au village. Si je m'arrêtais maintenant, peut-être ne détruirais-je pas ceux qui me restaient.

Une chaleur soudaine gonfla dans mes veines, comme si la magie reconnaissait mon dilemme. Si je renonçais au pouvoir, le djinn voudrait-il toujours investir mon corps ?

Je m'étais condamnée en acceptant ce marché. Je savais que le laisser prendre possession de moi signifiait ma perte. Mais la sensation qui brûlait en moi était semblable à celle du zoraat, amplifié mille fois. Et la fureur noire coulait aussi de plus en plus fort, rôdait sous la surface, menaçant de déborder.

Depuis quand laissais-je autrui me contrôler ?

Je me tournai vers Mazin.

— Où est Anam ?

— Elle est en sécurité, je l'ai fait exfiltrer car les révoltes deviennent trop violentes à Basral. Et je ne savais pas quel était ton plan pour te venger…

— Je n'aurais jamais fait de mal à Anam, assurai-je, consciente que ces paroles ne valaient que dans la mesure où j'avais la maîtrise de moi-même – mais, avec la magie djinn, comment être certaine ?

Rien qu'à cet instant, étais-je encore Dania ?

— Je craignais que tu n'anéantisses tout sur ton passage. Pour me faire souffrir.

Il acheva sa phrase dans un rire haletant, un demi-sourire aux lèvres, comme s'il ne croyait pas tout à fait à cette trêve entre nous.

Je n'y croyais pas non plus.

— C'est presque ce qui s'est passé… soupirai-je.

Je ne savais pas encore si je le pardonnais, mais je n'avais plus envie de le tuer, ce qui n'était pas rien.

— Vahid s'attend à ce que je m'en prenne à lui, articulai-je, éprouvant ces paroles sur ma langue. Et moi…

Je m'étranglai en pleine phrase, et croisai le regard de Mazin. Sans doute laissai-je apparaître mon effroi, car ses yeux s'arrondirent.

— J'ai conclu un marché avec le djinn, confessai-je enfin.

Il prit une inspiration sèche, et je vis l'effarement imprégner sa peau. Je poursuivis sans attendre, au risque sinon de ne jamais prononcer ces mots indispensables :

— J'ai accepté d'utiliser son pouvoir pour vous anéantir, Vahid et toi. Et il s'attend à ce que je m'acquitte de ma part du marché.

Je ne pus me résoudre à révéler ce à quoi j'avais consenti. J'expirai lentement. À la place, je ramassai mon talwar et me levai, tendant l'autre main à Maz. Il haussa les sourcils si haut qu'ils disparurent sous ses cheveux. Je baissai la tête pour dissimuler mon sourire mais manquai de perdre l'équilibre lorsque sa paume calleuse empoigna la mienne.

Je l'aidai à se redresser et, l'espace d'un instant, nous nous observâmes sans bouger.

— Alors, que vas-tu faire ? demanda-t-il tout bas, ses yeux passant brièvement sur mes lèvres.

Je déglutis puis, m'emparant de cette relation familière et, en même temps, nouvelle, lui adressai un sourire désolé.

— Je n'ai jamais été du genre à faire ce que les hommes attendaient de moi.

Chapitre 48

Nous fuîmes le palais, et la cité disparut dans un nuage de poussière. Chaque goutte de sang en moi, imbibée de magie djinn, se révoltait contre mon choix – je renonçais à l'empereur et à ma vengeance.

Pourtant, mon cœur était libre.

Nous chevauchâmes l'étalon de Mazin à travers la vallée, en direction de mon village, et je m'efforçai de ne pas trop goûter la joie intense de sentir, à nouveau, ses bras autour de moi.

Mon besoin de vengeance ne m'avait pas tout à fait abandonnée, et en moi tournoyait la culpabilité à l'idée que la mort de mon père ne serait pas punie. Mais Noor avait raison. Baba n'aurait pas voulu que je renonce à tout pour lui.

Malheureusement, peut-être était-ce déjà trop tard.

Les serpents noirs remontaient de l'intérieur de mes mains, à présent, et tout le long de mes avant-bras. Le djinn m'avait marquée dans ma chair, ce lieu d'où je ne pouvais m'évader.

J'avais conclu un marché, et j'allais me dérober à mon engagement.

Lorsque le djinn viendrait réclamer son dû, il faudrait que je sois prête.

Un orage noir roulait dans le ciel, d'un aspect tout sauf naturel. Le tonnerre se mit à rugir et les nuages se déchirèrent pour déverser leur fureur.

— Nous ne pouvons pas continuer, cria Maz à mon oreille, par-dessus le fracas des sabots et de la pluie battante. Rakhna ne supportera pas ce tumulte beaucoup plus longtemps, sans parler des éclairs…

Nous quittâmes la route et prîmes la direction d'un grand verger d'abricotiers entouré de maisons et d'une auberge aux murs blancs.

Lorsque nous l'atteignîmes, nous étions trempés jusqu'aux os.

Des torrents de pluie s'abattaient sur le petit village, pourtant protégé par la vallée. Les bourrasques chahutaient les arbres si fort que des dizaines de fruits, pas encore mûrs, gisaient au sol. Un troupeau de chèvres avait trouvé refuge dans un abri voisin et, tout autour de nous, les villageois rejoignaient leur demeure au pas de course. Personne ne songerait à voyager par un temps pareil, pas même l'empereur.

Une dame âgée nous accueillit à la porte de l'auberge avec deux tasses de tchaï. Je savourai le thé en attendant Mazin, parti installer Rakhna dans une écurie pour la nuit.

— Les djinns sont en colère… résonna une voix dans le vestibule de l'auberge.

Je fis volte-face.

— Pardon ?

La tenancière désigna le ciel noir.

— Seuls les djinns peuvent engendrer un tel orage. Je me demande ce qui a provoqué leur courroux…

Comme pour appuyer son propos, le tonnerre crépita au-dessus de nous. La vieille dame au visage tanné, vêtue d'un dupatta rouge fleuri aux bords effilochés, posa sur moi un regard doux. J'avais souvent fait halte dans ce village avec mon père, mais nous n'étions jamais descendus dans cette auberge.

— Peut-être ont-ils été offensés… avançai-je, dissimulant mes mains dans les plis de mon kurta mouillé.

Peut-être quelqu'un les a-t-il privés de leur dû.

L'orage qui se déchaînait était une manifestation de rage et d'amertume.

Il frappa si fort le petit village, que bientôt les rues furent transformées en rivières. Le bâtiment était protégé contre les inondations – une averse torrentielle pouvait dévaster une habitation si modeste. Mais combien de temps ?

— Voulez-vous une chambre ?

— Pardon ?

Je relevai la tête et rencontrai le regard de l'aubergiste.

— Vous et votre compagnon. Il n'en reste qu'une seule disponible. Vous feriez mieux de la prendre car, d'ici peu, nous allons être assaillis de voyageurs piégés par l'orage…

Je réfléchis. Nous avions pensé patienter aux abords de l'auberge le temps que la tempête passe, mais l'idée de pouvoir me sécher et me changer n'était pas pour me déplaire.

— Oui, nous allons prendre la chambre, répondis-je, m'empêchant de songer aux enjeux d'une telle décision.

— Entendu. Je vais demander à Attaf de vous monter un plateau de mouton nihari. C'est délicieux et revigorant.

— Pourrais-je vous demander un kurta de rechange ? Et de quoi me sécher ?

— Attaf vous apportera des affaires pour tous les deux.

Elle se pencha vers moi et ajouta, tout bas :

— Et je vous enverrai aussi du thé pakaal. En cas de besoin…

Je rougis à l'évocation de l'infusion destinée à prévenir les grossesses, mais n'eus pas le temps de répliquer avant qu'elle ait détourné le regard.

Maz nous rejoignit à cet instant dans le vestibule, les épaulettes ruisselantes. Il avait revêtu son sherwani au moment de fuir le palais, et les yeux acajou de la tenancière s'arrondirent quand il s'encadra dans la porte.

— Sahib…

Elle inclina la tête et poursuivit :

— Pardonnez-moi, je ne savais pas que nous accueillions le lieutenant de l'empereur. J'aurais demandé à un palefrenier de s'occuper de votre cheval.

— Ce n'est rien, assura Mazin.

Une fois de plus, je remarquai combien il avait mûri en mon absence. Je n'étais partie qu'un an, mais sa présence semblait plus imposante à présent. Ou peut-être ne m'en rendais-je pas compte avant…

— Je nous ai loué une chambre, annonçai-je sans détour.

Il resta interdit.

— Pour qu'on puisse se réchauffer, précisai-je en rougissant. Et enlever nos vêtements.

Cette fois, il écarquilla les yeux.

— … Pour en mettre d'autres qui soient secs !

Mon visage était en feu et ma gêne si intense que j'aurais voulu me précipiter dans la tempête pour m'y noyer à jamais.

— D'accord, répondit-il en s'éclaircissant la voix.

La tenancière de l'auberge étouffa un rire, ce qui ne fit qu'augmenter mon embarras. Je me jurai de ne rien dire de la tisane contraceptive qu'elle m'avait proposée.

— Votre chambre est à l'étage, Sahib.

Elle tendit la clé à Mazin et ajouta :

— Votre repas et vos vêtements ne tarderont pas.

Elle nous salua d'un hochement de tête, et fila en cuisine.

Nous gravîmes l'escalier, tandis que d'autres voyageurs observaient la tempête depuis la salle à manger, abasourdis.

Des nuages noirs tourbillonnaient violemment au-dessus de Basral. Nous étions hors de danger pour le moment, mais combien de temps avions-nous avant que l'empereur retrouve notre trace ? Avant que le djinn retrouve la mienne ?

Je pénétrai dans la chambre d'un pas lent et mon ventre se noua lorsque Mazin ferma la porte. Je m'approchai du feu crépitant dans la cheminée et frottai mes bras engourdis par le froid. Puis, je pivotai sur moi-même et, devant le grand lit trônant au milieu de la chambre, me figeai.

Un silence s'installa – tendu, hésitant.

Maz et moi sursautâmes quand trois coups retentirent à la porte. Un serviteur – sans doute le dénommé Attaf – entra, chargé d'un plateau et de linge propre.

— Ce sont des vêtements, expliqua-t-il. Mais ils sont secs.

Il déposa le plateau sur une petite table près du foyer, et les habits au bout du lit.

— Et voici le meilleur nihari que vous dégusterez en dehors de Basral. Je vous garantis qu'après ce repas, vous n'aurez plus froid.

Nous le remerciâmes et Attaf prit congé.

Puis, Maz se tourna vers moi.

— Tu peux prendre la chambre, Dani. Je serai très bien en bas. Je pourrai observer l'orage et décider quand on pourra repartir.

— On a déjà partagé une chambre, rappelai-je, après un toussotement. Et même plus que ça.

Je haussai un sourcil. À quoi bon tourner autour du pot ?

— Tu es trempé jusqu'aux os, repris-je. Change-toi, au moins, et mange un morceau. La tempête va certainement durer toute la nuit. Tu ne vas quand même pas rester en bas jusqu'au matin ?

Il laissa échapper un soupir.

— Qu'y a-t-il ? demandai-je. Tu as peur que je te tue dans ton sommeil ?

Un sourire courba le coin de ses lèvres.

— Ça a pu me traverser l'esprit…

— Si tu as peur, tu seras mieux à la salle à manger !

Une fossette creusa sa joue et je retins mon souffle.

— Je n'ai jamais dit que j'avais peur de toi, Dani. Qui te dit que je n'ai pas *envie* que tu me tues ?

— C'est une technique de séduction ? De me demander de t'assassiner ?

Son sourire s'évanouit et il s'avança vers la cheminée. Son sherwani était déjà presque sec, dans la chaleur ambiante. Mon propre kurta de coton demeurait humide mais je n'avais plus froid, du moins pas autant que tout à l'heure.

— Quand tu as été arrêtée… dit-il soudainement, dos à moi, j'ai convaincu Vahid de t'envoyer en prison au lieu de t'exécuter. Je pensais que c'était l'endroit le plus sûr, en attendant que je trouve une issue pour te sauver. Tu aurais voulu que je combatte à tes côtés, je le sais – mais je ne pouvais pas laisser Anam. J'ai juré à ma mère de m'occuper d'elle. Je le lui ai promis.

Sa voix se brisa et il passa une main dans ses cheveux.

— Je comprends, répondis-je en m'approchant. Mieux que tu ne le penses.

Je songeai à Noor, que je n'avais pas connue longtemps mais avec qui j'avais noué un lien si fort que j'avais risqué ma vie pour elle. Anam et Maz étaient indissociablement liés, eux aussi. J'avais beau le savoir, et même le comprendre, cette réalité me blessait terriblement.

— Mais j'aurais quand même voulu que tu te battes avec moi. Que tu te battes *pour* moi. J'ai été anéantie quand j'ai compris que ce ne serait pas le cas. Pourquoi ne m'avais-tu rien dit de ton plan de t'en prendre à Vahid ?

Il pivota, la mine sombre.

— Vahid utilise le zoraat pour torturer ses adversaires et obtenir d'eux des informations, Dani. Je l'ai vu faire, de mes propres yeux. Je ne pouvais te faire courir un tel risque. Je pensais qu'en mobilisant les provinces du nord contre lui, nous provoquerions le changement que j'espérais. Que nous le renverserions. Mais quand le chef de guerre a été assassiné, quand tu as été arrêtée, et ton père tué – tous mes plans sont tombés à l'eau. Après quoi, je n'ai plus eu qu'une obsession : survivre, protéger Anam, et te faire évader de prison. Mais Thohfsa a fait échouer chacune de mes tentatives. J'ai tout essayé pour la soudoyer. J'avais même préparé un plan pour te faire évader, jusqu'à ce que…

Je n'osai intervenir, ni poser la moindre question. J'avais à la fois la sensation qu'il versait du sel sur une plaie à vif, et un besoin furieux d'entendre ce qu'il avait à dire. Je voulais savoir et ne *pas* savoir. Je voulais oublier pour de bon la vengeance et la colère, sauf qu'elles grondaient encore en moi, imprimées jusque sur mes mains.

Mais il fallait que je sache.

Pour moi, pour nous. Il fallait que je puisse refermer une bonne fois pour toutes le gouffre qu'il avait creusé dans mon cœur.

Savoir si nous étions encore l'un à l'autre.

— *Dani, je t'aime.*

— … jusqu'à ce que ? pressai-je, reprenant ses dernières paroles.

— … jusqu'à ce que tu reviennes sous les traits d'une autre, articula-t-il, et réclames de voir les couteaux de ton père. J'ai tout de suite su que c'était toi. À ta façon de parler, à tes gestes, même à ta manie de te mordre la lèvre. Je me répétais pourtant que c'était impossible. Tout indiquait que tu étais toujours en prison, enfermée, alors que moi, je devenais fou. Mais quand j'ai parlé à Sanaya et senti…

Il s'interrompit, les yeux sur les flammes dont les ombres dansaient sur son visage, sur ses pommettes hautes et fières, dans ses yeux insondables. Une cicatrice qui barrait un de ses sourcils m'était inconnue, et je pris conscience qu'il avait vécu, et combattu, pendant mon absence. Il avait subi des assauts dont je ne savais rien.

De nouveau, il passa une main dans ses cheveux.

— J'ai cru que je devenais fou, répéta-t-il tout bas. À chaque fois que je te parlais, sous les traits de Sanaya, j'avais l'impression de perdre la tête. Je pensais que c'était un moyen pour mon esprit de s'accommoder de ce que j'avais fait. J'ai appris qu'on t'avait aperçue au village, et j'ai envoyé des soldats à ta recherche. J'ai écrit à la prison, exigeant de te rendre visite, mais la directrice n'a jamais voulu donner suite. Elle n'a révélé ton évasion à personne. Sans doute craignait-elle d'être punie par l'empereur s'il apprenait que deux importantes détenues s'étaient échappées de ses geôles soi-disant impénétrables.

Il leva la tête et s'avança vers moi. Mon cœur battait la chamade.

— C'est alors que j'ai touché tes mains. Et je n'ai plus eu le moindre doute. J'ai retrouvé sous mes doigts les cicatrices que je connais par cœur, et tous les souvenirs sont revenus.

Il s'approcha encore d'un pas, jusqu'à n'être plus qu'à quelques centimètres. Je percevais la chaleur de son corps comme si c'était le feu lui-même, et mourais d'envie de l'enlacer – mais je gardai les paumes plaquées contre moi. Après tout ce qui s'était passé, n'était-ce pas pure folie ?

Peut-être étais-je folle. Et peut-être fallait-il l'accepter.

— Maz…

— Tu croyais vraiment que je ne verrais pas clair dans ton jeu ? Dani, je te reconnaîtrais quelle que soit ton apparence, ta peau, tes cheveux. Tous les djinns du monde pourraient réunir leurs forces pour te dissimuler… je te retrouverais toujours, rien qu'à ta respiration. Dis-moi que tu ne me pardonneras jamais et je partirai, annonça-t-il. Dis-moi que tu me hais et je ne t'importunerai plus.

Je basculai légèrement vers lui – mon corps répondant avant moi.

— Parce qu'à moins que tu ne me le dises, reprit Mazin, mon cœur imbécile ne cessera d'espérer. Je ne peux pas réparer mes erreurs. Mais je peux les transformer. Je peux supplier. Je peux promettre que, quoi qu'il arrive, je suis et je serai à toi. Que désormais, je me battrai toujours pour toi.

Sa voix était à la fois le crépitement du feu, les battements de mon cœur et l'air dans mes poumons. Elle était si puissante qu'elle étouffa la magie dans mon sang, les chuchotements du djinn, et les doutes qui ne cessaient de m'agiter.

— Non, répondis-je, d'un ton assuré. Je ne peux pas te le dire. Parce que ce ne serait pas la vérité. Or, on s'est promis de toujours se dire la vérité, n'est-ce pas ?

Il ferma les yeux. Je levai les mains pour saisir son visage, et les derniers obstacles entre nous partirent en fumée. Un instant plus tard, il m'enlaçait, me serrait contre lui, ses lèvres sur les miennes, sa bouche dans mon cou, ses doigts filant dans mes cheveux. Je l'embrassai en retour – je n'aurais jamais pu me retenir. J'en serais morte.

Je défis les boutons de son sherwani, et mon kurta humide rejoignit le sien sur le sol. Ensemble, nous tombâmes dans le lit, ses mains sur mes hanches, sur mes cuisses. Notre étreinte déchaînée résonnait avec la tempête qui faisait rage au-dehors, sauf qu'en lieu et place de la colère, ne tournoyaient en nous que les souvenirs partagés, les baisers, les regards. Une vie de passion et de rivalité, de douleur et d'espoir.

La nôtre – nos craintes, nos désordres, notre ferveur –, la même depuis toujours. Mes mains meurtries dans les siennes, sa langue sur mes veines, mes jambes à sa taille. Tout cela, c'était nous – ceux que nous étions autrefois, ceux que nous étions devenus. Et je savais qu'il avait raison.

Il me reconnaîtrait toujours, quelle que soit mon apparence.

Et réciproquement.

— La tempête est en train de passer.

J'observais la fenêtre, tandis que Mazin, perdu dans ses pensées, dessinait des cercles autour de mon nombril.

— Alors, il faut nous remettre en route.

Il prononça ces mots tout bas, et je sus qu'il avait, autant que moi, envie de rester lové dans cette auberge. Mais Anam et Noor comptaient sur nous, et nous ne pouvions les décevoir.

— Vahid va lancer des soldats à nos trousses, déclara-t-il.

Ce seul nom suffit à glacer la chaleur ambiante, et me ramena brutalement à la réalité.

Hélas, il éveilla aussi l'énergie sous ma peau, à croire que la magie connaissait le nom de l'empereur…

Nous passâmes en silence les vêtements chauds que nous avait apportés Attaf, et Maz courut seller son cheval.

Je le rejoignis sur le seuil de l'auberge et il me hissa sur le dos de l'étalon.

Alors, il se figea.

Je baissai les yeux vers lui, un peu inquiète.

— Qu'y a-t-il ?

— Rien.

Il secoua la tête et ajouta :

— Quoi qu'il se passe, quoi que fasse l'empereur, je veux me rappeler cet instant.

Il grimpa derrière moi et, de ses bras assurés, nous conduisit jusqu'à mon petit village niché dans la montagne. Transportée par l'espoir, je sentais en moi comme les battements d'ailes d'un oiseau, la sensation que nous pouvions tout surmonter, puisque nous étions ensemble.

Mais jamais je n'aurais pu imaginer ce qui nous attendait.

Aux abords du village, Maz dirigea son cheval vers la petite maison de Nanu. C'est là que devait m'attendre Noor, mais je n'aperçus personne, ni elle ni son cheval.

L'épouvante me gagna. Les lieux étaient trop silencieux, trop déserts. Comme le jour où j'avais appris la mort de mon père.

Je posai pied à terre et courus dans la maison.

Vide. Des cendres froides reposaient dans la cheminée, et une tasse de thé avait été abandonnée sur la table en bois de manguier.

— Où sont-elles… ? murmurai-je, la voix étranglée.

Maz se tenait derrière moi, contenant tout juste ma panique par sa présence. Je m'adossai contre lui, le souffle court, et sentis sa surprise. Puis, il leva les mains et les posa sur mes bras.

— Nous allons les trouver, chuchota-t-il à mon oreille.

— Sans Noor et Nanu, je n'ai plus personne…

— Nous allons les trouver, répéta-t-il, sondant la petite pièce.

Nous ressortîmes dans la rue déserte, baignée dans les premiers rayons du soleil. Alors, un fracas de verre retentit, suivi d'un cri étranglé.

Mazin et moi dégainâmes en même temps.

— Ça vient de la forge, articulai-je.

Ma maison. Celle de mon père.

La dernière fois que je m'y étais rendue, j'avais appris sa mort. J'avais juré de faire payer l'homme qui, à présent, se tenait près de moi.

Désormais, je ne désirais qu'une chose : secourir Noor et Nanu.

Nous courûmes d'un même pas vers la forge, comme si nous exécutions un ballet.

Je connaissais Maz, sa foulée, son souffle. À présent que nous étions à nouveau ensemble, je me sentais allégée d'un terrible fardeau.

Nous nous arrêtâmes à quelque distance de l'atelier et de la maisonnette attenante.

Je jetai un coup d'œil à Mazin qui s'accroupissait au pied d'un mur de pierre, cimeterre en main, les yeux fixés sur les bâtiments. Puis, il me regarda et se figea.

Mon estomac se noua devant ce regard intense, une émotion qui n'était ni du soulagement, ni de l'apaisement ni du réconfort, mais qui avait tout d'un plongeon dans une mer d'encre. Quelque chose que j'avais cru ne jamais ressentir.

— Qu'y a-t-il ? demanda-t-il d'une voix plus grave, plus rauque qu'avant, et je me demandai s'il éprouvait la même chose que moi.

— Ça me fait du bien, expliquai-je, abrupte comme à chaque fois que j'énonçais une vérité. De t'avoir à nouveau à mes côtés.

Son regard s'assombrit et il se rapprocha, juste assez près pour que j'entende ses paroles :

— Je suis désolé que tu aies cru m'avoir perdu.

J'expirai, secouée par la férocité calme de sa voix.

À pas de loup, nous avançâmes vers la petite maison de pierre. Le silence régnait, à présent. Je poussai la porte, épée brandie, prête à affronter ce qui m'attendait à l'intérieur.

Mais toutes les pièces étaient vides.

Pillées, comme la dernière fois.

Je les traversai lentement, jusqu'à la chambre du fond – celle de mes parents.

Une silhouette s'y tenait, recroquevillée sur le lit.

— Nanu ?

Elle sursauta, leva la tête. Ses yeux étaient plus clairs que d'habitude et sa peau ridée avait la couleur de braises calcinées. Que se passait-il ?

— Dania… gémit-elle.

Ce n'était pas une découverte mais un constat. À croire qu'elle m'attendait.

— Nanu, tout va bien ? J'ai cru qu'il t'était arrivé quelque chose – ta maison…

— Je vais bien, assura-t-elle, l'air étrangement détaché.

Je fronçai les sourcils, la détaillai de la tête aux pieds.

— Que fais-tu ici, Nanu ? Où est Noor ? Elle devait te rejoindre chez toi.

Se pouvait-il que Noor ne soit jamais arrivée au village ?

Dès que je prononçai le nom de mon amie, un éclair traversa le regard de Nanu.

— Elle n'était pas digne de confiance.

Ces paroles jaillirent de sa gorge comme un sifflement, un ton sauvage que je ne lui connaissais pas. Je reculai, tenaillée par l'épouvante.

— Que veux-tu dire ?

Mes yeux balayèrent la pièce.

— Elle est venue. Mais elle t'a trahie.

Je secouai la tête, sans comprendre.

Je connaissais la trahison désormais, et j'étais certaine, au plus profond de moi-même, que jamais Noor n'en serait capable.

— Nanu, de quoi parles-tu ?

Un cri étouffé retentit à nouveau, et je me rendis compte que Maz ne m'avait pas suivie dans la chambre. Je voulus reculer encore mais Nanu m'agrippa le poignet si fort que je manquai de hurler. Je tentai de me dégager, en vain.

— N'y va pas, ordonna-t-elle dans un râle.

À nouveau, je sondai les lieux pour essayer de comprendre.

— Nanu, lâche-moi…

— Ton amie t'a abandonnée, répéta-t-elle comme une machine. Sacrifiée à Vahid.

Dans le coin de la pièce, quelque chose attira mon œil, une masse sombre et scintillante. C'est alors que je les vis, ces pépins ovoïdes auxquels je ne pourrais décidément jamais échapper.

Des graines de zoraat.

Un sac rempli reposait sur la table de chevet. Celui que j'avais confié à Noor avant son départ. Sans respirer, je pivotai vers ma grand-mère.

— Nanu, où as-tu trouvé ça ?

Elle regarda par-dessus son épaule, et j'en profitai pour me libérer. Tout en moi m'enjoignait à dégainer mon arme.

Mais comment ? Je n'allais tout de même pas menacer ma propre grand-mère. Pourtant, une conviction se rompit en moi et je posai la main sur mon poignard.

Quelque chose ne tournait pas rond. Je le sentais, sans comprendre quoi précisément.

Une fois de plus, je posai les yeux sur les graines. Que faisait ce zoraat ici ?

Ma grand-mère en avait-elle consommé ? Dans ce cas, la femme devant moi était-elle vraiment celle que je croyais ?

— Tu n'es pas Nanu, n'est-ce pas ?

Elle me jeta un regard surpris, comme si ma question l'avait troublée. Je la dévisageai, à la recherche d'un indice qui me permettrait de l'identifier – la preuve physique que toute personne devait conserver avant de se transformer.

Pourtant, je ne trouvai rien. Elle avait tous les traits de ma grand-mère : de ses yeux à ses mains rugueuses, et chaque mèche de ses cheveux argentés. Même son odeur était la même – un parfum boisé de montagne, mêlé de crocus. Sa peau était ridée, ses iris clairs – c'était bien elle.

— Pourquoi ferais-je semblant d'être une autre, petite ? La transfiguration ne t'a pas permis de te venger, il me semble ?

Elle prononça ces mots d'un ton non pas cruel mais factuel, et simplement curieux.

J'ouvris la bouche pour répondre mais les mots s'éteignirent sur ma langue. En moi, la confusion rivalisait avec la peur, et avec autre chose qui tourbillonnait en mon for intérieur. *Vengeance. Vengeance. Vengeance.*

— J'ai vu que tu revenais avec ton Mazin, continua Nanu. N'est-ce pas précisément celui qui t'a envoyée en prison ?

Je fronçai les sourcils, déstabilisée par ce soudain changement de sujet.

— Qu'est-il arrivé à Noor ? répétai-je.

Et où est Mazin ?

Je jetai un coup d'œil dans le couloir. La magie djinn grondait toujours dans mes veines, mais j'y résistai de toutes mes forces. En aucun cas je ne voulais m'en servir contre Nanu.

Mais pourquoi aurait-elle pris du zoraat ?

— Noor est faible, cracha-t-elle soudain. Je suis surprise que tu te lies à des personnes comme elle. Comme Mazin. Ceux qui t'accompagnent se contentent d'absorber ta force. Tu es une guerrière, comme ta mère. Tu n'as pas besoin de t'entourer de bons à rien, ainsi que ta mère l'a fait avec ton père.

Je manquai de m'étrangler. Ma peau s'embrasa, une énergie folle montait en moi. Une chose plus puissante que le pouvoir djinn, une force qui changeait ma vision du monde.

Ma grand-mère et mon père ne s'étaient jamais entendus, ce n'était un secret pour personne. Mais jusqu'à cet instant, je n'avais pas compris que Nanu nourrissait pour lui de la haine. Je reculai et heurtai le mur derrière moi. Jamais ma grand-mère n'avait parlé de mes parents comme cela – jamais.

Un souvenir fugace me chatouilla le fond du cerveau. Avant l'assassinat de ma mère, Nanu était une personne très différente, l'opposé de la femme taciturne qu'elle était devenue. Mais je me rappelais encore ses cris, la nuit où ma mère était morte, la revoyais s'arrachant les cheveux. Et me repoussant furieusement.

Mon père avait tout fait pour la calmer, alors que lui-même venait de perdre sa femme. Mais Nanu n'avait voulu parler à personne. À la place, elle avait quitté notre maison pour vivre seule dans le village. Depuis ce jour, elle était devenue distante, à croire qu'une part d'elle-même était morte en même temps que sa fille.

Pourtant, à cet instant, je perçus un scintillement dans son regard. Quelque chose en elle s'était réveillé.

Comme si une vipère sinuait sous sa peau.

Elle s'avança vers moi, ses yeux clairs écarquillés, et des frissons glacés me lacérèrent le dos.

— Baba n'était pas un bon à rien, articulai-je, confuse. Je n'ai jamais connu qui que ce soit d'aussi fort que lui.

— C'est donc que tu ne connaissais pas bien ta mère. Elle aurait pu gouverner les provinces du nord. À la place, elle a choisi de suivre ton père et de venir ici.

Elle cracha sur le sol avant d'asséner :

— Pour finir assassinée.

— Amma a été tuée par un chef de guerre. Baba n'y était pour rien.

— Il l'a laissée partir ! C'est lui qui a attisé la colère de ce chef, en refusant de lui fabriquer une épée. Il est tout aussi responsable de sa mort que l'homme qui lui a tranché la gorge.

J'avais le cerveau en feu. Voilà ce que Nanu pensait depuis toutes ces années. Et je ne m'en étais même pas rendu compte… Mais, aujourd'hui, je la voyais dans toute sa rancœur.

Le ciel me tombait dessus. Je n'avais plus la force de respirer, j'étais au bord de l'explosion. Des flammes brûlaient sous mes yeux mais je ne versai aucune larme.

— Le chef de guerre, soufflai-je, si bas que les mots franchirent à peine mes lèvres. L'homme qu'on m'a accusée d'avoir tué… c'était toi, n'est-ce pas ?

Son expression agit comme une confirmation immédiate. Sa mâchoire se contracta, ses narines tressaillirent. Elle ne paraissait pas seulement coupable mais aussi… fière.

Depuis le début, je pensais que Vahid avait fait tuer le chef de guerre pour intimider les insurgés du nord.

Or, c'était l'œuvre de ma grand-mère, l'expression de sa vengeance, qui m'avait, du même coup, condamnée.

Je trébuchai en arrière, la gorge sèche, les mains tremblantes. Ma propre grand-mère était responsable de mon emprisonnement.

— Cet homme était l'assassin de ma fille, reprit-elle, les bras tendus vers moi. Il m'avait volé ma vie. Je n'avais jamais ressenti un tel besoin de vengeance. J'ai appris qu'il venait à Basral et, alors que je pensais succomber à la douleur, un djinn s'est présenté à moi. J'ai passé un marché avec lui pour avoir un peu de pouvoir – juste assez pour accomplir ce que je voulais… C'est comme ça que j'ai pu anéantir l'homme qui avait tué mon enfant.

Elle avait les yeux brillants, et la lèvre supérieure couverte de sueur comme si elle était malade. Sa peau paraissait grise et cireuse.

J'étais tétanisée, réduite au silence. Je fixais ma grand-mère, prenant douloureusement conscience que je ne la connaissais pas vraiment. Elle aussi avait marchandé avec le djinn pour se venger.

Nous nous ressemblions plus que je ne le pensais.

— Je l'ai regardé se tordre de douleur tandis que ses entrailles prenaient feu, souffla-t-elle, la voix comme une caresse. Que sa peau et son sang bouillonnaient. Mais ce n'était pas suffisant. Pas suffisant pour compenser ce qu'il m'avait pris. J'en ai tout de même retiré de la satisfaction. De la force. Plus que je n'avais ressenti depuis longtemps.

Elle braqua sur moi ses yeux couleur d'amande – ceux de ma mère –, et je sentis résonner en moi son besoin de revanche.

Le chef de guerre méritait de mourir. Je n'en voulais pas à Nanu de s'être vengée. J'en aurais fait autant.

J'en avais fait autant.

— Je savais que tu avais rendez-vous dans cette cour avec Mazin, reprit-elle – et mon sang se glaça. Je connaissais tes projets.

Elle ferma les yeux.

— Il restait une personne à punir. Et si tu étais en prison, je savais qu'il serait prêt à toutes les folies pour te venir en aide.

Une douleur intense me saisit mais Nanu continua de parler, sans considération pour mon chagrin.

— J'ai encouragé ton père à voler à ton secours. Ce n'était pas bien difficile… Il a couru au palais avec son cimeterre, et a fait pour toi ce qu'il n'avait pas fait pour ma fille.

La haine s'écoulait de sa bouche comme un thé amer.

— Il t'aimait plus qu'il ne l'a jamais aimée. Elle méritait mieux que ce bon à rien. Elle méritait mieux que toi.

Nos regards se rencontrèrent, et la noirceur du sien me glaça.

— Nanu. C'est à cause de *toi* que Baba est mort…

Mes lèvres étaient sèches, engourdies. Je ne pouvais pas le croire.

— Tu m'as fait arrêter. J'ai été frappée, torturée. Emprisonnée pendant *un an*.

— Mais tu as survécu.

Nanu tapa dans ses mains et un éclair doré traversa son regard. Elle s'approcha de moi lentement, et sa démarche mécanique me fit soupçonner à nouveau qu'elle avait consommé du zoraat.

— Je pensais qu'on t'exécuterait. Alors, j'aurais tenu ma part du marché – renoncer à quelque chose. À toi, en échange du chef de guerre. À toi, en échange de ton père. Mais tu as survécu.

Elle me dévorait du regard avec une intensité terrifiante.

— Parce que tu es *forte*, continua-t-elle. Comme moi, comme ta mère. Toi aussi, tu as été forgée dans la haine, régénérée par la vengeance. Je t'ai bien observée quand tu es revenue, j'ai vu qui tu étais devenue. Tu aurais pu mettre le monde à feu et à sang, et tout t'accaparer. J'ai songé à te tuer mais je n'ai pas pu. Tu me rappelais tant ta mère… Tu pouvais anéantir Vahid, et tous ceux qui se dresseraient sur ton chemin. La vengeance coulait dans tes veines, *comme elle coule dans les miennes*.

Elle tendit vers moi ses mains ridées, comme si j'allais les attraper et la serrer dans mes bras, comme si je ne luttais pas de toutes mes forces contre l'envie de dégainer mon couteau et de lui découper les doigts un par un, pour la punir d'avoir tué mon père, d'avoir voulu ma mort, de nous avoir abandonnés toutes ces années auparavant.

— Je savais que tu étais digne d'elle. Que tu étais capable de tout anéantir à l'aide du pouvoir djinn.

À cet instant, quelque chose s'éclaira en moi.

— Tu as détruit ta famille, et ta fille t'aurait haïe pour cela. Amma *aimait* Baba. Et elle m'aimait moi. En son nom, tu as détruit tout ce qui comptait pour elle.

J'expirai, les yeux brûlants, et abaissai mon épée.

— Toi et moi, nous n'avons *rien* de semblable. Plus jamais je ne renoncerai à ma vie pour suivre un chemin qui ne conduit qu'à la mort et au néant. Ce n'est pas ce qu'Amma aurait voulu.

Un voile sinistre passa à nouveau sur le visage de Nanu.

— Alors, on dirait que je vais pouvoir remplir ma part du marché, en fin de compte…

Une silhouette remua derrière moi, dans l'embrasure de la porte, ainsi que l'éclair d'une lame.

— Dani…

Mazin m'observa, puis ma grand-mère.

— J'ai trouvé Noor, dit-il. Elle va bien. Mais elle est paralysée et ligotée. Je n'ai pas pu la libérer. Je crois que c'est de la magie djinn…

Je pivotai de nouveau vers Nanu.

Elle ricana :

— Penses-tu que je me serais privée d'un tel pouvoir ? Et dire que tu y as renoncé… Je te pensais plus maligne que cela.

Elle scruta Mazin.

— Cela dit, tu as choisi un bon à rien, toi aussi. Un faible.

— Il n'est pas faible, marmonnai-je. Détruire sa famille par esprit de vengeance, tuer ceux qui vous aiment par intérêt – c'est cela, la faiblesse.

Je m'avançai d'un pas.

— Mais tu peux renoncer. Tu peux venir avec nous, déclarai-je.

Je rengainai mon épée.

— Nous détruirons les graines pour que plus personne ne puisse jamais en consommer.

Je ravalai la boule dans ma gorge en songeant à toutes ces vies sacrifiées à la vengeance.

Mais tout pouvait s'arrêter là.

— Je te pardonne, Nanu. Je te pardonne pour ce que tu as fait.

Elle m'observa un long moment, les yeux luisants.

— Me pardonner ? Il n'y a rien à pardonner. Je t'ai offert la possibilité d'être forte, de forger ton propre destin – et tout cela, tu le gâches.

Elle fouilla dans la poche de son shalwar noir, et en sortit une poignée de graines.

— Mais moi, je ne gâcherai rien. Je vais tout garder.

Sans attendre, elle goba le zoraat et les grains luisants, tels de minuscules insectes, noircirent ses gencives, ses lèvres et sa langue.

Je bondis.

— Nanu, arrête ! Tu ne sais pas ce qu'une telle quantité pourrait te faire !

J'avais vu Noor opérer avec tant de précaution, quand elle broyait les pépins en silence et mesurait les portions avec minutie… Je n'avais pas non plus oublié l'agonie de Thohfsa, morte d'en avoir ingéré une trop forte dose.

La magie djinn donnait la sensation d'être invincible.

J'en sentis justement, à cet instant, le poids dans mes veines, et résistai de toutes mes forces à cet appel. J'agrippai plus fort les bras de Nanu, mais en vain. Elle avait avalé les grains magiques et ceux-ci, déjà, illuminaient son regard. Elle rugit de douleur, se griffant la gorge, les yeux exorbités. Puis, son regard fou se fixa sur Mazin et moi.

Je me tournai vers Maz et, d'un coup d'œil, nous échangeâmes toutes nos émotions. La peur. L'attente.

L'amour.

Alors, j'entrouvris la bouche pour prononcer un mot unique :

— Fuis.

Chapitre 49

Maz ne posa aucune question et n'hésita pas une seconde. Il se rua vers la porte et appela Noor.

— Nanu, arrête… soufflai-je.

— Tu ne me laisses pas le choix. Pousse-toi !

— Je ne te ferai pas de mal.

La magie djinn éperonnait tous mes sens. Une flamme brûlante pouvait jaillir de mon corps à n'importe quel instant, et tout consumer – la maison, ma grand-mère et moi.

Mais cette voie-là ne m'intéressait plus.

Je ne voulais pas tuer Nanu, malgré les crimes qu'elle avait commis. Sa mort ne permettrait pas de briser le cycle de haine et de vengeance qui avait broyé notre famille.

— Tu ne pourrais pas me faire de mal, même si tu le voulais.

— J'ai plus de pouvoir que toi, assurai-je prudemment, levant la main pour lui montrer les lignes noires et la flamme au creux de ma paume… mais je ne veux pas l'utiliser, précisai-je.

Un éclair embrasa son regard.

— Alors, toi aussi tu as conclu un marché…

Elle sourit – si fort qu'on aurait dit un squelette à la peau étirée. Ma grand-mère n'était plus tout à fait elle-même, comme si le djinn l'habitait désormais, et qu'il l'avait dépouillée de son humanité pour ne conserver d'elle qu'une enveloppe fulminante et enragée.

Elle s'avança vers moi mais, cette fois, je ne reculai pas.

Serais-je devenue comme elle si j'avais poursuivi mon projet ?

Était-ce toujours l'avenir qui m'attendait ?

Celui d'une femme rongée et avilie par son besoin de vengeance ?

Non. J'en avais décidé autrement. Pour devenir cela, il fallait le choisir, renoncer à toute forme de joie pour s'adonner à la destruction.

Ce n'était pas mon destin.

Nanu avança encore d'un pas et, une fois de plus, je levai les mains. Soudain, son regard changea. J'y vis un malaise. Puis de la douleur.

Elle laissa échapper un hurlement.

— Nanu ?

Je m'approchai avec précaution.

— Ne m'appelle pas comme cela, cracha-t-elle, chassant ma main tendue.

Elle se recroquevilla sur elle-même.

— Je ne veux pas de toi comme petite-fille.

Puis, ses yeux verts virèrent au noir et je retins ma respiration lorsque des volutes noires jaillirent de ses phalanges, comme si elle répandait de l'encre dans l'air. Ces tiges luisantes m'assaillirent, telles des vipères prêtes à étrangler leur proie.

J'aurais pu me défendre, utiliser le pouvoir djinn qui cognait dans ma tête et contrer cette noirceur par le feu.

Mais je me retins. Je voulais voir jusqu'où ma grand-mère pouvait aller.

— Tu aurais pu m'aimer… chuchotai-je. Toutes ces années, tu m'as rejetée. Je comprends seulement maintenant que c'était le résultat du deuil et de la peine. Mais avec les années, la plaie aurait pu cicatriser, tu aurais pu choisir de m'aimer.

— Comme toi après la mort de ton père ?

Les veines noires se resserrèrent autour de moi, semblables à celles qui couraient sur mes bras. D'un coup, l'air devint froid, puis glacial.

Alors, je convoquai la magie qui frémissait sous ma peau. À son tour, elle assaillit Nanu, comme un essaim d'abeilles. Une colonne de feu jaillit de mon corps et fondit sur le sac de zoraat posé sur la table de chevet, qui partit en flammes, telle une broussaille dans le désert.

Je franchis le feu pour faire face à ma grand-mère, et ses yeux s'arrondirent en même temps que son teint blêmit.

— Comment as-tu fait cela ? souffla-t-elle, méfiante. Combien en as-tu consommé ?

— Ce pouvoir ne vient pas du zoraat, il m'a été offert par le djinn lui-même.

— Les djinns *n'offrent* rien. Tu as dû renoncer à une chose considérable pour obtenir cette force.

Elle inclina la tête, ses yeux perçants pleins d'attente.

— Aurais-tu concédé ta vie ?

Elle me scrutait attentivement et, devant cet air familier, je pris conscience que, toute son existence, elle m'avait jugée, évaluée.

— Tu penses que le danger vient de moi, alors que tu as passé un marché bien pire encore ? reprit-elle en me dévisageant de plus belle. Tu vois bien que nous sommes pareilles, Dania.

— Non ! protestai-je. Je peux changer. Et je peux expier mes fautes. Je peux réparer mes erreurs.

Je voulais le croire.

J'en avais besoin.

Je ne pouvais en aucun cas tenir ma part du marché. Pas alors que je voyais enfin où la vie pouvait me mener.

— Il n'est pas trop tard, Nanu.

De nouveau, je tendis la main.

— Tu peux t'arrêter ici, insistai-je.

Elle secoua la tête, hagarde.

— Je ne veux pas de ton pardon. Garde-le pour toi. J'ai vengé ma fille. J'ai donné…

Elle se tut à cet instant, et poussa un cri étranglé. Des deux mains, elle se griffa la peau encore et encore, jusqu'au sang.

— Nanu, que se passe-t-il ?

Elle chuta en hurlant, tandis que des volutes noires jaillissaient de ses dix doigts et emplissaient la pièce.

— Je… ne peux… pas… je ne peux…

Je m'agenouillai près d'elle – près de son corps pris de secousses.

Elle s'égosilla de plus belle et je vis, au fond de sa bouche, sa langue flétrie et ses dents noires.

— Les graines…

La dose était trop forte.

Je déglutis malgré ma gorge nouée, les yeux pleins de larmes sèches. Nanu méritait-elle ma mansuétude ? Mon empathie ?

Je soupirai et pris son visage entre mes mains. Je ne sacrifierais pas mon âme pour la punir, même si elle le méritait.

— Je vais t'aider, murmurai-je.

Je fermai les paupières et tirai sur l'énergie qui me liait au djinn, au fond de moi. Jusqu'à présent, celle-ci m'avait toujours obéi. Quelque chose chuchota dans ma poitrine, une force obscure et profonde. Je pouvais sauver Nanu. J'en étais persuadée.

Alors qu'elle convulsait sous l'effet du poison, je plaquai la paume sur les lèvres de ma grand-mère. Je me concentrai pour évacuer le poison de son corps. Nanu hurlait mais je tenais bon, un bras fermement passé autour de sa taille pour l'empêcher de remuer.

— J'essaie de t'aider, Nanu.

Mais plus j'inondais son être de pouvoir, plus je constatais… qu'il m'en fallait davantage.

Le zoraat ne réagissait pas comme je l'avais prévu. Il me résistait.

J'avais besoin de plus de force, plus d'énergie – peut-être me fallait-il utiliser l'intégralité de mes ressources.

Nanu cessa de gesticuler au moment où mes forces fléchirent. Je la lâchai, et elle tomba à quatre pattes sur le sol.

— Sauve-moi, Dania… supplia-t-elle, la peur infiltrant sa voix brisée.

J'humectai mes lèvres, cherchant les bons mots pour lui répondre.

— Je ne peux pas.

— Quoi ?

— C'est trop. Je ne peux pas te sauver sans me détruire moi-même.

Elle fut prise d'une quinte de toux et un liquide noir se déversa de sa bouche, coulant sur le tapis en feuille de dattier.

— Essaie ! Je suis la seule personne qu'il te reste de ta famille, Dania.

Les deux mains sur le ventre, elle vociféra encore :

— Aide-moi !

J'hésitai.

— Je ne te dois rien, articulai-je enfin. Tu ne mérites pas que je me sacrifie tout entière pour toi. Pas après ce que tu m'as fait. Et peut-être jamais. Si tu m'aimais, tu ne me demanderais pas cela.

Elle toussa de plus belle, au point de s'en décrocher les poumons.

— Tu as dit que tu ne croyais plus à la vengeance. Pourtant tu me fais payer la mort de ton père.

Je m'agenouillai près d'elle et baissai la voix le plus possible.

— Ce n'est pas une question de vengeance, Nanu.

— Dania…

Son gémissement me broya le cœur. Mais dans celui-ci, elle n'était pas seule et, sans elle, Baba serait encore là. Noor et Mazin, eux, étaient toujours à mes côtés et moi, j'étais en vie. C'était à eux et à moi-même que je devais la loyauté.

— Je ne peux plus rien pour te sauver, Nanu. Je ne me sacrifierai pas pour toi.

Elle s'effondra complètement et, à leur tour, ses ongles noircirent. La peine, la culpabilité et la douleur hurlaient en moi, mais je lui tournai le dos.

Je quittai cette chambre, et les derniers échos qui me parvinrent lorsque je fermai la porte de ma maison furent les cris d'agonie de ma grand-mère.

Chapitre 50

— Dani, tout va bien ?

La voix de Mazin résonna alors que je chassais de mon esprit l'image de ma grand-mère succombant au zoraat. Je chassais aussi l'idée que j'avais tourné les talons – tourné le dos aux choix qu'elle et moi avions faits et qui nous avaient menées à ce point ultime.

C'était son propre appétit de vengeance qui avait tué Nanu.

Est-ce que ce sera aussi mon sort ?

Noor et Maz m'attendaient à la lisière du village, avec Rakhna et un mulet, auquel ils avaient harnaché ce qui restait du trésor de Souma. Noor était assise par terre, les mains et les chevilles toujours entravées par la magie, le bâillon qui la muselait désormais autour du cou. Je soupirai de soulagement de la voir saine et sauve ; nos regards se croisèrent et elle eut un hochement de tête.

— Non, répondis-je enfin.

Mes pupilles se fixèrent sur le zoraat et je m'avançai jusqu'au mulet pour arracher la sacoche.

— Et ce sera le cas jusqu'à ce que ces graines soient détruites. Toutes, jusqu'à la dernière.

Je jetai le sac par terre et pris une longue inspiration, alors qu'un millier d'appels retentissaient dans ma tête.

Ces pépins représentaient la mort.

La mort de ma grand-mère. Celle de Baba. De tous les insurgés de Basral. L'énergie en moi se rebellait contre ce que je m'apprêtais à faire, mais je n'y prêtai aucune attention. Je concentrai le pouvoir du djinn pour faire jaillir une flamme pure dans ma main, et la dirigeai vers le trésor. Celui-ci prit feu – un brasier si puissant qu'il vira au bleu avant de devenir rouge. Quelques secondes plus tard, le sac était réduit en cendres.

À l'endroit du zoraat, le sol était calciné.

— À peine excessif… ironisa Noor, puis elle leva les poignets vers moi. Tant que tu y es, aurais-tu aussi l'amabilité de défaire mes liens ?

J'obéis, dirigeant mon pouvoir vers ses entraves jusqu'à ce qu'elles se désintègrent.

Libérée, Noor se leva, et nous regarda chacun notre tour.

— Dania, la dernière fois que je t'ai vue, tu étais partie pour assassiner ce garçon. Maintenant, qu'êtes-vous ? Des amis ?

Elle croisa les bras.

— … Ou plus que ça ?

— J'ai fini par changer d'avis… admis-je, les mains sur les hanches, ignorant la deuxième question.

— Voilà qui me rassure… répliqua Maz avec un haussement de sourcils.

Puis, il sourit et j'en fis autant.

Une joie légère voletait dans ma poitrine – un sentiment connu et en même temps nouveau. Je ne connaissais pas encore ce Mazin retrouvé, pourtant il faisait vibrer mon corps comme aucune magie au monde.

— Je crois que je préférais quand vous vouliez vous entretuer… gémit Noor, levant les yeux au ciel.

— Et ta grand-mère ? questionna Mazin.

Je détournai le regard.

Nanu avait beau être responsable de tout le mal que j'avais subi, sa mort me tourmentait. C'était un étrange entrelacs d'émotions – de la peine mêlée à de la colère. Je comprenais ses actes, et peut-être était-ce ce qui m'effrayait le plus. Son amour pour ma mère avait supplanté tout le reste, et fait disparaître à ses yeux ce qui demeurait, malgré tout, dans sa vie.

— Elle a ingéré trop de zoraat, expliquai-je. Elle ne l'a pas supporté. J'ai essayé de l'en… purger. Mais ça aurait consommé toute mon énergie. Je n'étais pas prête à renoncer à la vie.

Noor baissa les yeux, assaillie par un souvenir. Mazin aussi était sombre. Tous trois, nous vivions avec la mort, et le moment était venu d'en finir avec nos vieux démons, une bonne fois pour toutes.

Mais, avant cela, je voulus m'autoriser à vivre ma peine quelques minutes de plus.

Les bras croisés, je fermai les paupières et songeai à ma mère, mon père et ma grand-mère.

Mazin s'approcha de moi, d'un pas assuré, et m'attira contre lui. J'enfouis mon visage dans son sherwani et respirai son parfum de citron et de forêt. Tout ce que j'avais voulu chasser de ma mémoire et qui faisait qu'en dépit de tout, il n'avait jamais quitté mes pensées. À présent, je prenais appui sur lui. Sans retenue. Il glissa ses doigts dans mes cheveux, et embrassa le sommet de ma tête alors que je sanglotais.

Ma grand-mère avait choisi son propre destin, mais je resterais longtemps hantée par l'écho de ses hurlements.

Enfin, je me reculai et, du revers de la main, essuyai mon visage ruisselant de larmes.

— Merci… murmurai-je avec difficulté.

— Je suis là, assura Maz, son regard impénétrable rivé sur moi.

La voix de Noor m'arracha à mes pensées :

— Allons chercher la sœur de Mazin et quittons cet empire maudit avant que Vahid nous trouve, déclara-t-elle, adossée à un dattier. Il nous reste assez d'argent pour nous construire une nouvelle vie ailleurs, loin de ces gens obsédés par les djinns.

Je tournai ma réponse quelques secondes dans ma tête, en jouant avec la manche de mon kurta. Nous ne pouvions pas partir. Pas encore.

— J'ai un autre plan, déclarai-je.

Noor resta bouche bée.

— Dania, j'ai suivi tous tes plans depuis notre rencontre. Pour quel résultat ? Une armée de soldats à nos trousses, qui n'aspire qu'à nous tuer. Par pitié, dis-moi que ton plan ne consiste pas à retourner droit dans la gueule du loup. Je sais que tu en es capable…

Je poussai un bref soupir et répliquai :

— Si. On doit rentrer à la cité.

— J'en étais sûre…

Noor se couvrit le visage et je levai les bras au ciel.

— Noor, tu sais mieux que personne le danger que représentent ces graines. Nous devons les liquider. *Toutes*.

Une note de désespoir résonnait dans ma voix. Voilà ce que je pouvais faire pour expier mes fautes. Tuer le mal à la racine, l'empêcher de prendre d'autres vies.

Noor se redressa.

— Tu veux t'en prendre aux champs de culture de l'empereur ?

Maz s'avança, déterminé.

— Je suis d'accord avec Dani.

Noor laissa échapper un rire amer.

— Évidemment ! Tu es aussi fou qu'elle. Et je n'ai pas oublié que vous vouliez tous les deux vous venger de Vahid. Moi aussi, je rêve de le voir puni. Mais retourner à Basral serait une folie. La vengeance ne nous a rien apporté de ce que nous souhaitions. Alors pourquoi ne pas laisser tout cela derrière nous ?

Je secouai la tête.

— Il n'est plus question de vengeance. Il s'agit de s'assurer que le pouvoir ne réside plus entre les mains d'un homme qui l'utilise pour tout détruire. De mettre un terme à ce cycle infernal.

Noor jeta un coup d'œil à Maz, les sourcils levés.

— Et c'est aussi un peu une question de vengeance… admit-il.

Noor poussa un cri de frustration.

— Je vous déteste ! Tous les deux !

Je montai sur le cheval de Mazin et il grimpa derrière moi. Noor leva les yeux vers nous, les traits tirés mais le menton décidé. Je connaissais cette expression, je l'avais vue après notre évasion. Noor était prête à me suivre.

— Tu sais que c'est le bon choix.

— Oui… reconnut-elle avec un soupir. Et je pense même que Souma aurait partagé ton avis.

Elle se frotta l'épaule.

— Noor, tu n'es pas obligée de nous accompagner, soulignai-je. Tu as la fortune de ton père. Tu l'as dit toi-même, tu peux aller n'importe où, être qui tu veux.

— Et tout manquer ? Bien sûr que je vous accompagne ! Mais sachez que je ne suis pas contente de voyager à dos de mulet.

Elle jeta un coup d'œil au sac de richesses attaché à l'animal qu'elle s'apprêtait à enfourcher, et je sus qu'elle pensait à son père.

— Je veux détruire tout ce qui reste de zoraat, et tant mieux si Vahid est touché par la même occasion.

— Si ça, ce n'est pas la soif de vengeance !

Elle se hissa sur sa monture et dégagea les cheveux de son visage.

— J'ai tout appris de toi, Dania.

Chapitre 51

Nous regagnâmes la cité à la faveur de la nuit. Des gardes patrouillaient le long de la route de Basral, arrêtant les voyageurs qui allaient et venaient, mais Mazin et moi connaissions bien la vallée. Nous serpentâmes dans le désert glacial, entre les dunes coiffées de neige et les vergers de manguiers, et nous abstînmes de longer le lac.

Noor nous conduisit jusqu'aux champs de zoraat, où elle avait travaillé avec Souma. Les soldats étaient mobilisés aux quatre coins de la cité pour réprimer les émeutes. Ceux qui protégeaient les précieuses cultures de l'empereur n'étaient pas préparés à affronter la magie qui grondait dans mes veines, et je franchis leurs défenses sans difficulté.

Les fameux champs s'étendaient sur des kilomètres au nord de la ville. Sans doute Vahid était-il, à ce stade, informé de notre présence sur ses terres. En aucun cas, il ne nous laisserait anéantir ses ressources sans combattre.

Sauf qu'il était déjà trop tard.

Je posai mon talwar et plongeai les mains dans la terre meuble, palpant les racines de zoraat. Des flammes jaillirent de mes doigts et embrasèrent les radicules. Le ciel s'éclaira d'un halo de plus en plus intense, à mesure que le feu djinn engloutissait les cultures, hectare par hectare.

La chaleur de l'incendie nous repoussa à la lisière des champs, et nous contemplâmes l'extermination en cours. Le bien le plus précieux de l'empereur, responsable de tant de morts, partait en fumée dans le ciel nocturne. Noor prit un peu de ma force pour allumer des torches et, circulant de sillon en sillon, mit le feu aux derniers plants.

C'est alors qu'un bruit de sabots retentit.

Un cri angoissé résonna dans la nuit :

— Qu'as-tu fait ?

Je fis volte-face pour apercevoir le seul à avoir encore échappé à notre plan vengeur.

Notre enjeu commun, à tous les trois.

Les flammes éclairèrent le visage furieux de l'empereur, lui donnant une apparence presque surnaturelle.

Derrière lui, ses hommes attendaient ses ordres, leur regard vitreux révélant une récente absorption de zoraat.

— Mes champs…

Il leva les poings, et je me figeai en distinguant les volutes noires qui sillonnaient ses bras.

Ses yeux enragés sondèrent le paysage, puis se fixèrent sur nous.

— *Toi…*

Il me montra du doigt, plein de haine.

— … J'aurais dû te faire exécuter.

— Vahid !

La présence silencieuse de Maz, près de moi, me donnait plus de force que je ne l'aurais cru possible. Il m'adressa un hochement de tête pour confirmer qu'il me soutenait, même face à l'ire de l'empereur.

Mais c'était ma colère que Vahid devait affronter, à présent.

— Vos champs ne sont plus, annonçai-je, les bras croisés. Et nous avons détruit les dernières graines de Souma. Sans ce pouvoir, vous n'êtes rien.

Il s'avança d'un pas, et je vis qu'il avait changé d'apparence, depuis la dernière fois que je l'avais vu. Il semblait plus rabougri, plus petit et vacillant. Il paraissait aussi plus âgé. Ses lèvres grises, presque noires, et ses joues creusées me rappelèrent celles des mourants.

Celles de ma grand-mère.

— Vous êtes en train de succomber au pouvoir djinn, Vahid. Regardez-vous !

— Regarde-toi, toi-même ! Regarde tes mains. Je le sens d'ici... Tu connaîtras bien assez tôt les effets réels de la magie.

— Nous avons tout décimé, coupa Maz avec colère. Vous allez perdre le contrôle de la cité, et des autres contrées. Les provinces du nord s'unissent déjà contre vous. Vous avez perdu, Vahid.

Le visage de l'empereur s'empourpra.

— Je t'ai recueilli, Mazin. Je vous ai sauvés, toi et ta sœur, de votre existence misérable... offert le pouvoir. En échange, vous auriez dû me vénérer, pas me trahir !

— Pardonnez-moi de n'avoir aucun respect pour l'homme qui a tué ma mère.

— J'ai fait de toi ce que tu es devenu, gamin.

— Non, répliqua Maz en me désignant du menton. C'est son œuvre à elle.

Une onde de chaleur me submergea, qui n'avait rien à voir avec la magie. Les paroles de Mazin m'insufflèrent plus de force que si j'avais assimilé le pouvoir de cent djinns.

Je jetai un œil à Noor, et l'empereur suivit mon regard. Il rugit dès qu'il comprit ce que mon amie s'apprêtait à faire.

Elle s'approcha d'un dernier plant de zoraat encore épargné avec sa torche enflammée. Vahid s'élança aussitôt.

Je levai les mains, le pouvoir affluant vers mes paumes. Cette force était enivrante, et je compris pourquoi Vahid était tombé sous son emprise. Un tel sentiment de toute-puissance était aveuglant, et pouvait aisément conduire à nier tout le reste, y compris les effets délétères sur son propre état, sa propre santé.

Mais j'avais vu l'effet du désir de vengeance sur Nanu, sur Maz et sur moi-même.

Et j'étais décidée à ne plus y sacrifier une seule vie.

— Arrêtez ! lançai-je, le feu djinn tourbillonnant dans mon sang.

Mentalement, je cherchai l'énergie de Vahid, et sentis une tension intérieure. Je m'accrochai à ce filament de pouvoir. Et tirai dessus.

L'empereur chancela et tourna vers moi un visage hagard.

— Que fais-tu… ?

— Moi aussi, j'ai reçu quelque chose. De la part d'un être que vous connaissez bien.

Vahid blêmit dans la pénombre.

— Non… murmura-t-il dans un souffle que je pris presque pour une bourrasque. Que lui as-tu promis en échange ?

Je penchai la tête. Et lui, qu'avait-il bien pu faire miroiter au djinn, pour avoir l'air si effrayé ?

— Une chose à laquelle je suis prête à renoncer. Si nécessaire.

Si nécessaire.

Le marché que j'avais conclu était-il conditionnel ? Peut-être pas… Mais je pouvais essayer d'en changer les termes.

À nouveau, je serrai les poings. Il n'y avait plus qu'une chose à faire.

Je m'agrippai plus fort au pouvoir de l'empereur et y mêlai le mien. Cette fois, au lieu d'une traction légère, j'y mis toutes mes forces.

Et l'arrachai au corps de Vahid.

Celui-ci hurla et s'effondra en plein champ.

Maz posa une main sur mon bras.

— Dani, qu'est-ce… ?

— Je sais ce que je fais. Fais-moi confiance.

Il prit une inspiration et acquiesça. Sa présence m'aidait à me concentrer.

— Toujours, promit-il.

Cette fois, j'étendis ma traction aux soldats postés le long des cultures, les libérant du zoraat qui empoisonnait leur sang – ce que j'avais essayé de faire avec Nanu sans succès tant la quantité de graines empoisonnant son corps était grande.

À présent, je savais que les lignes qui serpentaient dans mes membres les infectaient aussi. Et je savais quoi faire pour anéantir cette force noire. Je me concentrai pour dénouer la magie djinn, comme des fils de suture, jusqu'à ce qu'il n'en reste plus une bribe dans le corps des gardes.

Ni dans celui de l'empereur.

Du coin de l'œil, je vis Noor accourir. Vahid se releva, chancelant, et se dirigea vers moi. Mazin dégaina son épée.

Mais, au même instant, l'air se densifia, ralentit.

L'épée de Maz se figea en plein air.

Comme Noor, en pleine course.

Vahid se dressa de toute sa hauteur et je vis que son regard se posait derrière moi. Sa colère se mua en terreur.

Je fis volte-face, me doutant de ce que j'allais trouver. La peau cireuse que je connaissais déjà, les rangées de dents scintillantes. Les yeux incandescents.

Le djinn était venu réclamer son dû.

Chapitre 52

Il était si proche que je distinguais tous les plis de son visage. On aurait dit qu'il portait un masque de peau humaine. Une rage violente brûlait dans ses yeux, et je dus me retenir de battre en retraite.

Cet être infernal ne saurait rien de ma peur.

— Le moment est venu de payer ta dette, articula-t-il.

Il courba les doigts, et sa tunique noire s'agita. Il humecta ses lèvres, se délectant à l'avance.

— Ma vengeance n'est pas totale, répliquai-je en désignant Vahid.

— Alors, tue-le, répliqua le djinn avec un rictus. De toute façon, il a fait son temps.

— Nous avions un accord, djinn ! hurla Vahid, au désespoir.

Les pupilles du djinn étincelèrent de plus belle.

— Et j'ai rempli ma part. Tu m'as donné ce dont j'avais besoin, désormais cette fille va m'offrir encore davantage.

— Je t'offrirai la même chose qu'elle, assura Vahid. Accorde-moi le pouvoir que tu lui as accordé. Ce n'est pas juste !

Ses paroles étaient un gémissement puéril.

— Penses-tu vraiment que je veuille m'incarner dans ton corps ? Tu es vieux et malade, Vahid. Ton temps est révolu.

Le djinn tourna les yeux vers moi et jeta :

— Accomplis ta vengeance, je suis venu réclamer ce qui me revient.

Devant l'impatience du djinn, une idée germa dans mon esprit. Il semblait tenir à ce que je tue Vahid *sur-le-champ*. Que je remplisse ma part du contrat au plus vite… comme s'il y avait un risque.

Je m'engouffrai dans la faille.

— Pourquoi avoir choisi de venir maintenant ?

Il lança un coup d'œil rapide vers l'empereur. Il s'était passé quelque chose. Quelque chose qui l'avait alerté.

— Parce que je veux mon dû, gronda-t-il en s'approchant.

— Comment avez-vous qualifié votre pouvoir, déjà ? De simples tours de passe-passe ?

Je désignai Maz et Noor, toujours statufiés.

— Cessez de m'intimider. Je sais que vous ne pouvez rien contre moi.

— Vraiment ? répondit-il d'un ton calme, inquiétant. Je te rappelle que c'est mon pouvoir qui coule dans tes veines, gamine.

— Et je suis la seule personne à pouvoir vous donner ce que vous désirez. Vous voulez prendre possession de mon corps pour régner sur le monde ? Eh bien, il vous faudra attendre que notre marché soit finalisé.

C'est mon pouvoir qui coule dans tes veines.

Il avait raison.

Mais s'il n'y avait aucun pouvoir ?

— Vous vous êtes nourri de mon désir de vengeance, repris-je. De celui de Vahid. Mais, tant que je n'obtiendrai pas ce pour quoi j'ai marchandé, alors vous n'obtiendrez rien.

— Tue-le ! pressa le djinn en montrant du doigt l'empereur. C'est lui qui a ordonné la mort de ton père ! Lui, qui t'a fait jeter en prison et soumettre à la torture ! En lui ôtant la vie, tu auras tout ce que tu as toujours souhaité.

— Non, répondis-je. Si je lui prends la vie, *vous* aurez tout ce que vous souhaitez. En revanche, je détiens toujours votre pouvoir qui, je crois le comprendre, ne peut être utilisé qu'à travers moi.

Le djinn pinça ses lèvres sombres, les yeux exorbités. Alors, je devinai ce qui l'avait fait accourir et qui l'avait tant enragé.

Le djinn avait confié une partie de son pouvoir à Vahid, et l'autre à moi. Or, j'avais entrepris de reprendre la part de pouvoir dévolue à Vahid tout en réduisant en cendres les cultures de zoraat.

Je fis face à l'empereur et levai les mains. J'arrachai la dernière volute de pouvoir qui demeurait en lui, l'ultime source de feu qui réchauffait son sang. Vahid s'égosilla, puis s'écroula. Au même moment, le djinn s'élança vers moi.

Je bondis en arrière pour lui échapper.

Cette fois, lorsque je cherchai la magie djinn en moi, je tirai vers l'intérieur, pour la condenser en une boule de flammes très concentrée.

Puis, je l'expulsai de mon corps.

Je me purgeai du feu djinn, qui fusa vers les champs incendiés de zoraat, éclairant le ciel et le paysage d'un brasier digne d'un feu de joie.

Une chape de chaleur s'abattit sur nous.

Le djinn hurla et se jeta sur moi, m'agrippant la gorge des deux mains. Nous chutâmes ensemble, alors que les flammes faisaient rage autour de nous – Noor et Maz, toujours paralysés, étaient prisonniers de la ronde incandescente.

Je tentai de repousser le djinn, mais il raffermit son emprise comme un étau de fer. Son visage était si proche qu'il aurait pu, à tout instant, planter ses crocs scintillants dans ma gorge.

Je jetai un coup d'œil désespéré à mes amis statufiés, et aux flammes qui se resserraient autour d'eux.

Mon œuvre, encore.

Par ma faute, les deux personnes qui m'étaient les plus chères allaient périr.

C'était la loi de causalité. Celle qui avait rattrapé ma grand-mère. Celle qui, à la faveur de mes propres plans, nous avait conduits à ce point de non-retour.

Non, je ne pouvais l'accepter. Je refusais de baisser les bras.

Vite, je tâtai le sol, à la recherche de quelque chose – un caillou, quoi que ce soit qui pourrait me servir d'arme. Sans succès. Le regard brouillé par la douleur, je m'emparai du seul objet à portée de ma main : le poignard miniature suspendu autour de mon cou.

J'arrachai le pendentif d'un geste sec… et le plantai dans l'œil du djinn.

Celui-ci se cabra avec un hurlement, un ruban de pus noir s'écoulant de son orbite. Son mouvement m'offrit un bref répit, juste suffisant pour reprendre mon souffle et repousser le halo qui envahissait mon champ de vision.

— Tu es à moi ! vociféra le djinn.

Je n'avais plus rien. Ni pouvoir, ni épée. Ni espoir.

« Gagner un combat n'est pas une question de talent, Dania. C'est une affaire de cœur. »

Les paroles de Baba transpercèrent le brouillard de mes pensées et je vis clair à nouveau. L'enjeu n'était plus de combattre. Seuls comptaient, désormais, mes amis, le pardon et l'amour.

Je me dégageai des mains du djinn, et me précipitai vers Maz et Noor, au moment même où les flammes commençaient à les atteindre.

— Rompez le sort qui les paralyse ! hurlai-je au djinn. Ils vont mourir !

Pour toute réponse, il partit d'un rire cruel, l'œil toujours crevé, mon pendentif planté dans la pupille.

— Crois-tu que leur mort m'importe le moins du monde ? Donne-moi ce que tu me dois et je les libérerai de mon sort. Livre-moi ton corps !

— Je ne vous céderai rien.

Dans le coin de mon champ de vision, quelque chose remua mais je gardai le regard rivé sur le djinn, qui s'avançait à présent vers moi.

Je ne tentai pas de fuir.

Après quelques mètres, le djinn s'arrêta et je vis, dans ses yeux, un éclair de panique. Il baissa la tête vers sa poitrine et je suivis son regard.

La pointe de mon talwar émergeait de son thorax, dans un torrent de sang noir.

Aussitôt, l'emprise magique se dissipa et l'air s'éclaircit.

Un hurlement traversa le champ : la voix de Noor, alors que l'empereur Vahid achevait de poignarder le djinn dans le dos.

Chapitre 53

— Dani…

La voix de Maz déchira le brouillard, et il m'agrippa les épaules avant de me secouer.

— … Dani, partons, vite !

Vahid repoussa le corps du djinn et le sang se répandit d'un coup sur le sol. Le djinn ne bougeait plus, le monde libéré de son emprise.

Mon collier glissa à terre. Je la ramassai et le serrai dans ma main.

Puis, je regardai Vahid. L'étincelle qui éclairait autrefois son regard avait disparu. Son visage, à présent, paraissait vide, creusé par l'ombre des flammes qui rugissaient autour de nous.

Maz prit une courte inspiration et l'empereur articula :

— Alors, qu'attendez-vous ?

Il écarta les bras et le feu sembla redoubler d'intensité. De toutes parts, la chaleur augmentait, et le seul chemin encore possible pour nous échapper se réduisait de seconde en seconde.

— Je n'ai plus rien ! vociféra-t-il. Allez-y ! Vengez-vous.

Mazin agrippait son cimeterre. J'avisai ma propre arme au sol.

L'homme qui se tenait devant nous n'était pas plus humain que le djinn. C'était une créature à genoux, brisée, évidée. La mort ne serait pas plus cruelle.

Vahid était déjà anéanti.

Et le pouvoir djinn dans mes veines s'était dissipé. Était-ce la conséquence de la mort du djinn ou de mes efforts acharnés pour l'expulser de mon corps ? Je n'en savais rien. Mais une chose était certaine : ce n'était plus la rage qui dictait mes actes.

— Allons-y, dis-je à Maz en m'éloignant.

— Attends, répondit-il, les yeux sur Vahid.

Je jetai un coup d'œil à Noor, qui avait échappé à la ronde de flammes et nous appelait depuis le champ. Elle aussi posa sur l'empereur un regard incandescent, plus ardent même que l'incendie qui continuait de ravager les cultures, et je compris que tourner les talons était pour elle un effort. Nous avions tant recherché la vengeance et, à présent qu'elle était à notre portée, le moment était venu de lâcher prise.

— Maz, si nous ne partons pas tout de suite, ce sera trop tard, alertai-je.

— Venez avec nous, Vahid, offrit Mazin.

Il lui tendit la main et ce geste me coupa le souffle. Après tout ce que cet homme lui avait fait, je n'aurais jamais imaginé qu'il veuille le sauver.

Vahid paraissait tout aussi stupéfait.

— Tu ne m'as donc pas entendu ? cracha-t-il, la lèvre retroussée.

Il tremblait de tous ses membres et, tel un frêle oiseau, semblait à peine capable de tenir sa propre tête.

— Venge-toi, Mazin ! Tue-moi !

Maz frémit mais resta immobile, captif de la haine de l'empereur.

Je le tirai par le bras. Les flammes se rapprochaient.

Enfin, il détourna les yeux, et son regard rencontra le mien. Je comprenais combien ce renoncement était douloureux mais Maz devait rester en vie. Pour moi.

Pour nous.

Je cherchai mes mots, pressée par le temps. Si je ne parvenais pas à le convaincre par mes paroles, je n'aurais pas d'autre choix que de l'assommer pour le traîner loin du feu.

Une solution que je n'écartais pas.

— Si Vahid veut la mort, c'est son choix. Ne laisse pas ses actes…

Ma voix se grippa et je dus reprendre mon souffle pour continuer à parler, malgré l'image qui me revenait de ma grand-mère secouée par la rage, et le souvenir des vies qu'elle avait massacrées.

— … ne laisse pas ses actes détruire ta vie, repris-je. Tu lui as accordé ton pardon mais ce n'est pas ton rôle de le sauver de lui-même.

Les épaules de Maz s'affaissèrent comme si ces paroles lui donnaient, enfin, la permission de lâcher prise. Il me saisit la main et nous traversâmes les flammes pour prendre, ensemble, le chemin de la liberté.

Noor contemplait les champs calcinés.

Elle n'avait pas bougé depuis que nous lui avions appris la fin de Vahid – son choix d'être dévoré par les flammes, et le nôtre de l'accepter.

— Qu'attends-tu ? lui demandai-je en m'approchant.

— Je veux voir la preuve de sa mort.

— Je ne crois pas que tu la trouveras… répondis-je en secouant la tête. Pas au milieu de toutes ces cendres.

— Alors, au moins, je verrai le travail de Souma, l'œuvre de sa vie, réduit à néant. Souma est mort du zoraat, comme Vahid. Ils en étaient tous deux les esclaves.

Je ne l'avais jamais vue aussi accablée, aussi brisée. Je passai la langue sur mes lèvres desséchées, espérant de toutes mes forces ne pas avoir perdu ma seule amie.

— As-tu trouvé ce que tu cherchais ? questionnai-je tout bas.

Noor détacha enfin les yeux des terres noircies.

— Et toi ?

J'esquissai un sourire triste.

— Je t'ai demandé en premier.

— Ce que j'ai trouvé a bien plus de valeur que la vengeance que je pensais chercher. L'amitié.

Elle laissa échapper un petit rire triste et me demanda :

— Comment te sens-tu, Dania ?

J'étirai mes bras, immaculés. Les filaments noirs avaient disparu. Je sondai en moi l'énergie sombre de la magie et, à mon grand soulagement, ne reçus aucune réponse.

— Je me sens… normale. Comme si je n'avais jamais consommé de zoraat. Et je peux encore tenir une épée. C'est tout ce qui m'importe.

— Et ici ? interrogea-t-elle en désignant mon cœur.

Je me mordis la lèvre et jetai un regard vers Mazin qui attendait un peu plus loin. Sentant mon coup d'œil, il tourna la tête.

— À vif, répondis-je, mais bien vivante. C'est le plus important.

— Oui, acquiesça Noor. Tu ne répéteras pas l'erreur de ta grand-mère.

— Je peux choisir mon destin, précisai-je avec une conviction nouvelle.

J'avais trouvé mon pouvoir : la liberté. Celle de dessiner mon propre chemin. Mon avenir ne serait pas dicté par mon passé.

— Et que choisis-tu ?

De nouveau, j'observai Mazin qui me regardait toujours, avec un sourire perplexe.

Je serrai dans ma paume le pendentif qu'il m'avait offert. Et je contemplai la seule personne avec qui je supporterais de vivre, malgré la peine et la douleur.

— C'est lui que je choisis, répondis-je. Lui et moi.

Épilogue

La luminosité, aujourd'hui, était parfaite pour s'entraîner. Des nuages marbrés filtraient les rayons du soleil et une brise légère balayait le terrain, offrant à mes élèves un répit salutaire par cette chaleur intense.

— Exercice suivant ! annonçai-je, provoquant un chœur de gémissements.

Une tasse apparut devant moi, et un parfum de thé macéré et de cardamome me caressa les narines.

— Un autre, vraiment ? Ils vont finir par te maudire…

Je pris volontiers la tasse des mains de Mazin.

— Peut-être, mais à la fin de la journée, ils sauront parer les coups. Pour le moment, Imran est loin du compte…

Il passa le bras autour de ma taille et pressa ses lèvres contre mes cheveux. Je fermai les yeux et inhalai son odeur. De citron. De forêt.

Le parfum de l'espoir.

Puis, j'entrouvris un œil et aboyai :

— Yalina ! Garde les bras levés ! Tu as failli te blesser avec ton propre cimeterre !

— J'aime quand tu cries des ordres pendant que je t'embrasse… murmura-t-il.

Je retins un ricanement.

— Tu ne devais pas te rendre à Basral pour assister à la réunion du Conseil ?

— Anam nous représente. Elle qui a toujours prétendu ne pas être faite pour le combat, a remporté plus de victoires devant le Conseil que nous sur le champ de bataille…

— J'ai toujours su que ta sœur était une guerrière.

Je souris en imaginant Anam face aux chefs des différents peuples de l'empire, affirmant son autorité sans l'aide de personne.

Nous restâmes ainsi plusieurs longues minutes. Mes élèves réalisèrent encore quelques exercices, chacun muni d'une épée fabriquée par mon père. La forge avait repris vie et servait à présent un nouveau dessein : l'avenir. Comme moi.

— Tiens, tu as de la visite.

Je suivis le geste de Mazin et aperçus Noor, adossée à la clôture, un étalon harnaché à ses côtés. Sur son épaule, elle portait un sac de voyage. Mon cœur se serra et je me dégageai de l'étreinte de Mazin, malgré son gémissement de protestation.

— Tu finis le cours pour moi ?

Il accepta d'un hochement de tête incertain et s'avança vers le terrain en criant des consignes.

Je me dirigeai vers Noor et, d'un bond, la rejoignis de l'autre côté de la clôture.

— Ton école s'est bien développée, constata-t-elle en montrant du menton le terrain d'entraînement. Je suis impressionnée.

Je contemplai mes élèves.

— J'ai toujours su que tu accomplirais des choses incroyables, Dania, ajouta-t-elle, si bas que ses mots furent presque aussitôt emportés par la brise.

— Je ne sais pas s'il faut être impressionné, répliquai-je. Je ne construis pas un empire… Mais ça me plaît.

— Bien sûr que tu construis un empire ! Ce n'est pas parce qu'il n'héberge ni rois ni djinns qu'il n'est pas puissant. En tout cas, une chose est certaine : tu en es l'impératrice.

— « Impératrice », ça me plaît.

J'avisai son sac de voyage, et mon sourire s'évanouit.

— Et toi, alors ?

Elle poussa un long soupir et leva le visage vers le soleil, ses boucles courtes dansant dans le vent.

— C'est la question qui me travaille depuis tout ce temps. Maintenant que le zoraat a été anéanti, Basral n'a plus besoin d'une herboriste.

— On a toujours besoin de toi, ici, assurai-je.

Elle esquissa un sourire reconnaissant.

— Et je serais heureuse de rester, répondit-elle. De cultiver des plantes médicinales le restant de mes jours, pour soigner les blessures de tes apprentis assassins…

— Épéistes. Pas assassins…

Elle haussa un sourcil.

— Si tu le dis… Mais je continuerai de croire que cette école n'est qu'une façade pour former clandestinement des criminels en tous genres.

Elle souffla pour écarter une boucle brune devant ses yeux, et reprit d'un ton sérieux :

— Je serais heureuse ici, Dania.

Je soupirai et complétai avant elle :

— … Mais ce n'est pas suffisant.

Elle acquiesça.

— Je veux retrouver le peuple de ma mère. Obtenir des réponses aux questions qui demeurent avant de m'installer pour de bon quelque part. Je veux savoir d'où je viens. Connaître ma famille.

— Avec nous, tu auras toujours une famille. On sera là pour t'accueillir, quel que soit le moment où tu reviendras.

— Je sais. Et je reviendrai.

Un silence serein se fit, puis Noor prit appui sur la clôture et laissa échapper un gloussement.

— Quoi ? lui demandai-je.

— Tu as tellement changé depuis le premier jour où je t'ai vue – crasseuse, couverte de sang, étendue sur le sol de ta cellule en me traitant de goule !

— Laisse-moi te rappeler que, toi aussi, tu étais légèrement différente...

Je me remémorai notre rencontre, la rage et la peur qui brûlaient alors en moi.

Mais aussi l'espoir. Un rêve d'ailleurs, par-delà les murs de notre prison, par-delà le destin auquel on nous avait condamnées. Noor m'avait aidée à percevoir cette attente et cet horizon.

— Creuser dans la mauvaise direction pour aboutir dans ta cellule est une des plus belles choses qui me soient arrivées, tu sais ?

— Moi aussi.

Nous échangeâmes un long regard, et notre dernière étreinte valut bien davantage que n'importe quelles paroles.

Mazin me rejoignit plusieurs minutes après le départ de Noor et, à son tour, s'appuya sur la clôture.

— Elle est partie ?

Je soupirai et levai les yeux vers lui. L'ombre dans son regard n'avait pas encore tout à fait disparu. Ce qui était sans doute aussi mon cas. La rage et le chagrin avaient puisé profondément dans mes ressources, mais ils m'avaient aussi enrichie. Ils m'avaient rendu Mazin. Vêtu d'une tunique bleue, dans le soleil de l'après-midi, cet amour était un cadeau que je ne pensais plus recevoir. L'amitié de Noor en était une autre et, malgré la peine de la voir partir, je comprenais qu'elle souhaite chercher le but de son existence, comme j'avais trouvé le mien.

— Elle veut renouer avec le peuple de sa mère.

— Elle reviendra.

Il prononça ces mots d'un ton si assuré que j'eus envie d'y croire.

— Je l'espère.

— Dani, personne ne peut rester longtemps loin de toi.

Je levai un sourcil.

— C'est de toi que tu parles, non ?

— C'est vrai. Une seule journée à Basral, et je presse Rakhna sur le chemin du retour.

— À moins que ce ne soit la cuisine de Tante Afra qui te manque.

Il s'esclaffa, un rire long et profond, et mon cœur frémit. Notre lien avait été mis à mal, éprouvé, mais, peu à peu, nous retrouvions le chemin l'un vers l'autre – à chaque rire, chaque murmure, chaque baiser.

Il se pencha vers moi.

— Pourquoi m'observes-tu comme ça ?

— Comment ?

Son sourire fit battre plus fort mon cœur.

— Ce regard peut vouloir dire deux choses : soit que tu veux m'embrasser, soit que tu veux me poignarder. On ne sait jamais, avec toi. Mais, étrangement, l'un est aussi excitant que l'autre.

Je m'esclaffai et dégainai mon talwar en même temps qu'il sortait son cimeterre.

— Offrons-leur une performance, proposai-je en désignant mes élèves d'un mouvement de tête. Tu sauras si j'aspire à t'assassiner ou à t'embrasser…

— Les deux, peut-être ? répliqua-t-il sans me quitter des yeux. Si je dois recevoir un coup de lame, j'exige un baiser en échange.

— Alors, suis-moi.

Je me dirigeai vers le terrain d'entraînement mais m'arrêtai devant sa mine grave.

— Dani, je te suivrai quoi qu'il arrive.

J'empoignai plus fort mon épée, décidée à ne pas laisser cet instant m'échapper. Jamais je n'avais été aussi sûre de mes sentiments.

Nos lames se croisèrent, comme de vieilles amies, et étincelèrent dans la clarté du soleil.

Enfin, lorsque tout fut terminé, que les élèves furent rentrés chez eux, il ne resta plus que Mazin et moi, pansant des plaies que nous ne voyions pas, chacun l'un pour l'autre ce dont nous avions le plus besoin pour avancer dans la pénombre.

NORD COMPO
multimédia

Composition et mise en pages
Nord Compo à Villeneuve-d'Ascq

Achevé d'imprimé en septembre 2025
à Barcelone par CPI Black Print

Numéro d'édition : 658663-0
Dépôt légal : octobre 2025